CB047715

O espelho do mar

Joseph Conrad

O ESPELHO DO MAR

seguido de

UM REGISTRO PESSOAL

Tradução e nota introdutória
Celso M. Paciornik

3ª edição

ILUMI//URAS

Título original:
The mirror of the sea & A personal record

Copyright © 1999 desta tradução e edição:
Editora Iluminuras Ltda.

Capa:
Fê

Revisão:
Rose Zuanetti

Composição:
Iluminuras

ISBN: 85-7321-094-X

2002
EDITORA ILUMINURAS LTDA.
Rua Oscar Freire, 1233 - 01426-001 - São Paulo - SP - Brasil
Tel.: (0xx11)3068-9433 / Fax: (0xx11)3082-5317
E-mail: iluminur@iluminuras.com.br
Site: www.iluminuras.com.br

ÍNDICE

NOTA INTRODUTÓRIA 9

O ESPELHO DO MAR

Nota do Autor 15

Aterragens e Partidas................................. 19
Emblemas de Esperança................................27
A Bela Arte 33
Teias de Aranha e Gaze 43
O Peso da Carga 49
Atrasado e Desaparecido 57
As Garras da Terra.......................................65
O Caráter do Inimigo 67
Soberanos de Leste e de Oeste 75
O Rio Fiel 89
Em Cativeiro 99
Iniciação 109
O Berço do Ofício.. 123
O *Tremolino* 129
A Idade Heróica 149

UM REGISTRO PESSOAL

Nota do Autor 161

Um Prefácio Familiar.................................... 167

Um Registro Pessoal 175

APÊNDICE

A Condição da Arte 271

CRONOLOGIA 281

NOTA INTRODUTÓRIA

Celso M. Paciornik

Nas duas obras de Conrad reunidas no presente volume, o leitor é alertado, desde o início, pela "Nota do Autor" à primeira, O Espelho do Mar, que o livro foi escrito "com perfeita sinceridade", mas o escritor acrescenta: "Dentro dessas páginas eu faço uma confissão completa, não de meus pecados, mas de minhas emoções". Já no "Prefácio Familiar", à segunda, Conrad, falando do ofício do escritor de ficção, oferece uma pista clara para se compreender como ele entendia o caráter "autobiográfico" daquela obra, consideração que pode perfeitamente ser estendida ao conjunto do presente volume. "Ali está ele, única realidade de um mundo inventado, entre coisas, pessoas e acontecimentos imaginários. Escrevendo sobre eles, está apenas escrevendo sobre si mesmo. Mas a revelação não é completa. Ele permanece, em certa medida, uma figura por trás do véu; uma presença mais suspeitada do que vista — um movimento e uma voz por trás dos reposteiros da ficção. Nestas notas pessoais não há esse véu".

Toda obra de cunho memorialístico ou autobiográfico é, aparentemente, uma exposição franca das recordações do autor sobre a sua vida pregressa, das impressões, idéias, sensações, sentimentos, convicções que, em algum momento, fizeram parte de sua vida e lhe pareceram significativas e merecedoras de registro. Mas uma obra literária com esse cunho não é um mero exercício confessional de seu autor, primeiro porque, sendo o demiurgo e o regente da obra, o escritor passará ao leitor a sua leitura das próprias recordações — cautelosamente pinçadas do caldeirão de lembranças que forma o passado de cada um —, e da importância e do significado que cada uma teve em sua vida; depois porque, sendo uma obra literária, obedecerá, em alguma medida, às convenções de seu feitio. Caberá a críticos e leitores atentos, escudados na experiência e no instrumental de cada um, fruir, interpretar e julgar, com seus próprios recursos emocionais e intelectuais, aquelas memórias contadas que, não poucas vezes, não coincidirão necessariamente com levantamentos biográficos independentes sobre aquele autor.

Em sua introdução a essas duas obras para a edição de Oxford, Zdzislaw Najder chama a atenção para a dificuldade de se relacionar diretamente muitos acontecimentos descritos por Conrad com fatos documentados de sua existência, ou para a inclusão, em alguns episódios, de detalhes mais ou menos realistas de acontecimentos melhor associados a outro momento e lugar. Isto, porém, não tiraria do livro seu cunho autobiográfico, na medida em que dele emana uma visão de seu autor e de sua vida, não simplesmente reconstruída com uma colagem de fragmentos de lembranças, mas antes recriada emocional e intelectualmente num conjunto coerente e significativo.

Reunir em um único volume O Espelho do Mar *e* Um Registro Pessoal *é, pois, um empreendimento facilmente explicável pelo caráter memorialístico e autobiográfico de ambos, os únicos desse viés na extensa obra de Joseph Conrad. Conquanto diferentes em estilo, em tom e em estrutura artística, as duas obras trabalham diretamente sobre a matéria de memória do escritor: a primeira sobre a sua experiência pessoal com o mar e a navegação, adquirida em seus tempos como marinheiro, imediato e, finalmente, capitão de navio na marinha mercante inglesa de 1874 a 1894; a segunda, sobre os seus antecedentes familiares e nacionais, os motivos que o levaram a sair de sua terra natal, a abraçar uma carreira no mar, e seus primeiros passos na carreira de escritor.*

Abarcando as facetas mais marcantes da trajetória humana de Conrad, aquelas que fizeram dele o criativo e respeitado estilista da língua inglesa — a despeito de sua origem e língua nativa polonesas —, um observador perspicaz e penetrante da condição humana nas situações mais comuns e mais extremas da existência, as duas obras possuem uma certa complementaridade, facultando ao leitor uma visão mais abrangente, mais íntegra, mais penetrante do autor de tantas obras que empolgaram seus contemporâneos e até hoje cativam admiradores em todo o mundo. E é no espírito de enriquecer a informação do leitor brasileiro sobre a trajetória humana e artística de Conrad tal como ele mesmo a entendia e interpretava que julgamos oportuno incluir, como apêndice deste volume, o prefácio que escreveu para O Negro do "Narciso", *publicado em 1897, onde expressa, sob a forma de um pequeno ensaio,* A Condição da Arte, *seu entendimento da arte literária e dos requisitos técnicos, emocionais e intelectuais necessários a um ficcionista.*

O Espelho do Mar *foi publicado originalmente como uma série de crônicas escrita especialmente para revistas populares a partir de 1903, possivelmente por sugestão de Ford Madox Ford com quem Conrad havia colaborado em* Os Herdeiros *(1901) e* Romance *(1903). Ganhou a forma de livro em 1906, merecendo uma recepção entusiástica de diversos escritores, entre os quais Henry James, Rudyard Kipling e H.G. Wells. Como seu subtítulo o indica, não se trata de uma obra estritamente autobiográfica, mas, partindo das recordações do autor de seus tempos de convívio direto com o mar, do conhecimento adquirido na arte e nos ofícios da navegação — sobretudo na navegação à vela —, dos homens com os quais privou e dos episódios que presenciou ao longo de vinte anos, ele constrói um painel de fragmentos, ora mais descritivos, ora mais introspectivos, ora mais emocionais daquela vida, daquele meio, daqueles homens. Mas sobretudo, situando-se simultaneamente como narrador, espectador, muitas vezes, protagonista dos episódios narrados, cria um espaço privilegiado para a revelação de suas crenças filosóficas mais fundamentais, de suas convicções mais fundas sobre a natureza, a vida, a sociedade humana, dos princípios que vieram a nortear sua existência, desnudando, mais do que em suas obras declaradamente ficcionais, a opinião que tem de si mesmo ou, ao menos, a maneira como gostaria de ser visto e interpretado pelo mundo.*

Um Registro Pessoal *foi escrito entre 1908 e 1909, a pedido de Ford Madox Ford, para ser publicado de forma serializada na* English Review, *revista literária fundada recentemente por Ford. Pensada como obra autobiográfica por Ford, foi tratada por Conrad como obra sobre "coisas autobiográficas", onde o autor se revela menos por avaliações de si próprio, suas idéias explícitas, suas emoções pessoais do que pelo modo, o tom e a visão que apresenta de seus antecedentes familiares, dos impulsos patrióticos de seus pais e seu decorrente exílio por motivos políticos da Polônia, das motivações e circunstâncias que o levaram à vida no mar e, depois, de sua estréia na atividade literária, detalhando saborosamente o processo de produção de sua primeira obra de ficção,* A Loucura de Almayer.

A obra foi publicada originalmente como livro em 1912, sob o título Some Reminiscences *(Algumas Reminiscências), e posteriormente reeditada como* A Personal Record *(Um Registro Pessoal), trazendo o título antigo como subtítulo.*

O ESPELHO DO MAR

Memórias e Impressões

> *"... pois este milagre ou prodígio perturba-me enormemente."*
>
> Boécio,
> *De Consolatione Philosophiae*
> L. IV. Prosa vi.

Para a Sra. Katherine Sanderson, cuja cálida acolhida e graciosa hospitalidade estendidas ao amigo de seu filho confortaram os primeiros dias de incerteza de minha despedida do mar, estas páginas são afetuosamente dedicadas.

NOTA DO AUTOR

Menos, talvez, do que qualquer outro livro escrito por mim ou por qualquer outro, este volume exige um prefácio. No entanto, como todos os outros, até mesmo *Um Registro Pessoal* que é apenas um fragmento de biografia, deve ter suas Notas do Autor, possivelmente não poderei privá-lo das suas sob pena de passar uma falsa impressão de indiferença ou enfado. Posso perfeitamente perceber que esta não vai ser uma tarefa fácil. Com a necessidade — mãe da invenção — inteiramente fora de cogitação neste caso, não sei o que inventar a título de exposição; e como a necessidade é também o maior incentivo ao empenho, nem mesmo sei por onde começar a me empenhar. Entra em cena aqui, também, a propensão natural. Tenho sido, ao longo de toda minha vida, avesso ao empenho.

Mesmo sob essas circunstâncias desencorajadoras, um certo senso de dever me impele a prosseguir. Esta Nota é coisa prometida. Em menos de um minuto, com algumas palavras descuidadas, assumi um compromisso que me tem pesado no peito desde então.

Pois este livro é uma revelação muito íntima; e o que mais de esclarecedor poderão acrescentar algumas páginas acerca de trezentas contendo as mais sinceras revelações? Tentei desnudar aqui, com a franqueza de uma confissão de hora derradeira, os termos de minha relação com o mar que, tendo principiado misteriosamente, como qualquer grande paixão que os Deuses inescrutáveis concedem aos mortais, avançou insensata e invencível, sobrevivendo ao teste da desilusão, desafiando o desencanto que espreita todos os dias de uma vida atribulada; prosseguiu cheia de delícias de amor e angústias de amor, enfrentando-as com surpresa exultação, sem amargura e sem queixumes, da primeira à última hora.

Subjugado, mas nunca abatido, sujeitei-me a essa paixão que, diversificada e grandiosa como a própria vida, não dispensou aqueles períodos de maravilhosa serenidade que mesmo uma amada volúvel pode dar, às vezes, a seu peito apaziguado, cheio de enganos, cheio de fúria, e

O Espelho do Mar

ainda assim capaz de encantadora doçura. E se alguém sugerir que isto não passa de ilusão lírica de um velho coração romântico, posso responder que vivi como um eremita, durante vinte anos, com minha paixão! Além da linha do horizonte marítimo, o mundo para mim não existia, tão certo como ele não existe para os místicos que se refugiam nos cumes de altas montanhas. Falo agora daquela vida mais íntima, contendo o melhor e o pior que nos pode suceder nas profundezas temperamentais de nosso ser, onde um homem deve verdadeiramente viver só, sem precisar desistir de toda esperança de manter uma convivência com seus semelhantes.

Isto talvez seja o suficiente para eu dizer nesta ocasião particular sobre estas, minhas palavras de despedida, sobre este, o derradeiro sentimento de minha grande paixão pelo mar. Chamo-a grande porque grande ela foi para mim. Outros a chamariam, talvez, de tolo arrebatamento. Essas palavras vêm sendo aplicadas a toda história de amor. De qualquer sorte, persiste o fato de que foi algo grande demais para se dizer com palavras.

Este vago sentimento sempre me acompanhou; e as páginas seguintes ficam, portanto, como uma confissão verdadeira de coisas reais que, a uma pessoa benévola e caridosa, poderão comunicar a verdade íntima de quase toda uma vida. Um período dos dezesseis aos trinta e seis anos não pode ser chamado uma era, mas é significativamente longo para aquele tipo de experiência que lentamente ensina um homem a ver e sentir. Foi, para mim, um período especial; e quando saí, por assim dizer, para outros ares e disse comigo mesmo: "Agora devo falar dessas coisas ou permanecer desconhecido até o fim de meus dias", foi com a inabalável esperança, que nos acompanha tanto na solidão como no meio de uma multidão, de finalmente, algum dia, em algum momento, me fazer entender.

E fui! Fui tão completamente entendido quanto é possível neste nosso mundo, que parece se constituir essencialmente de enigmas. Disseram coisas profundamente comoventes sobre este livro; mais profundamente ainda porque foram ditas por pessoas cuja ocupação era reconhecidamente a de compreender, analisar e expor — em poucas palavras, críticos literários. Eles se expressaram segundo sua consciência e alguns disseram coisas que me deixaram tanto grato como arrependido por ter enveredado por essas confissões. Obscura ou claramente, eles entenderam o significado de minha intenção e concluíram pelo mérito de minha tentativa. Eles perceberam seu caráter revelador mas, em alguns casos, consideraram a revelação incompleta.

Disse um deles: "Ao ler esses capítulos, fica-se sempre à espera da revelação; mas a personalidade nunca se revela por inteiro. Só podemos dizer que isto aconteceu com o Sr. Conrad, que ele conheceu determinado

Nota do Autor

homem e que assim a vida passou por ele deixando-lhe aquelas lembranças. São registros de acontecimentos de sua vida, nem sempre acontecimentos marcantes ou decisivos, antes aqueles acontecimentos ocasionais que, por nenhuma razão definida, gravaram-se em sua mente e ressurgem na lembrança, muito tempo depois, como símbolos sabe-se lá de que rituais sagrados acontecendo por trás do véu."

Quanto a isto, só posso dizer que este livro, escrito com perfeita sinceridade, não esconde nada — exceto a mera presença material do escritor. Dentro destas páginas, faço uma confissão completa, não de meus pecados, mas de minhas emoções. É o melhor tributo que minha piedade pode oferecer aos formadores supremos de meu caráter, de minhas convicções e, em certo sentido, de meu destino — ao mar imperecível, aos navios que já não existem e aos homens simples cujo tempo passou.

J.C.
1919

O ESPELHO DO MAR

"And shippes by the brinke comen and gon,
And in swich forme endure a day or two".

The Frankeleyn's Tale

I

Aterragem e Partida marcam o balanço cadenciado da vida de um marinheiro e da carreira de um navio. De terra em terra é a mais concisa definição do destino concebível de um navio.

Uma "Partida" não é o que algum presunçoso marinheiro de primeira viagem possa pensar. O termo "Aterragem" é mais facilmente compreendido; topa-se[1] com a terra, e é uma questão de olho vivo e ar límpido. Assim como Partida não é o navio saindo de seu porto, Aterragem não pode ser considerada sinônimo de chegada. Mas há na Partida a seguinte diferença: o termo não implica tanto um evento marítimo quanto um ato definido desencadeando um processo — a observação precisa de certos marcos terrestres por meio da rosa-dos-ventos.

A Aterragem, seja ela uma montanha peculiarmente recortada, um promontório rochoso ou uma faixa de dunas arenosas, é inicialmente percebida a uma simples mirada. O reconhecimento posterior acontecerá no devido tempo; mas a essência de uma Aterragem, boa ou má, se resolve ao primeiro grito de "Terra!" A partida é, diferentemente, um rito de navegação. Um navio pode ter deixado o porto há algum tempo; pode estar ao largo, no sentido mais pleno da

---

1) Tradução impossível: o autor opera aqui com o termo inglês para "Aterragem" no sentido da aproximação da costa quando se chega de alto-mar que é "Landfall" explicando pelo significado de suas partes: "you *fall in* with the land".

expressão, há dias; no entanto, com tudo isso, enquanto a costa que estiver se afastando for visível, um navio de antigamente rumando para o sul não teria, no sentir de um marinheiro, iniciado a viagem.

A Partida, se não a última visão da terra, é, talvez, o último reconhecimento profissional de terra por parte do marinheiro. É o "Adeus" técnico, distinto do sentimental. Dali por diante, ele não tem mais nada a ver com a costa a ré de seu navio. É um assunto pessoal para o homem. Não é o navio que empreende á Partida; o marinheiro faz sua Partida mediante rotas que determinam o lugar da primeira minúscula cruz feita a lápis no espaço branco da carta de navegação, onde a posição do navio ao meio-dia será marcada com mais uma minúscula cruz riscada a lápis a cada novo dia de sua travessia. E pode haver sessenta, oitenta, qualquer número dessas cruzes na rota do navio de terra a terra. O maior número, em minha experiência, foi cento e trinta dessas cruzes, do posto de pilotos em Sand Heads, na Baía de Bengala, até as luzes de Scilly. Uma péssima travessia...

Uma Partida, a última visão profissional de terra, é sempre boa, ou, pelo menos, razoável. Mesmo quando o tempo está carregado, isto não tem muita importância para um navio com o mar todo estendido diante de sua proa. Uma Aterragem pode ser boa ou ruim. Circundamos a terra com um determinado ponto dela em vista. Apesar de todos os traços tortuosos que a rota de um veleiro deixa sobre o papel branco de um mapa, ele está sempre visando aquele pequeno ponto — talvez uma pequena ilha no oceano, um simples promontório sobre a extensa costa de um continente, um farol ou um costão, ou simplesmente a forma pontiaguda de um monte, flutuando como um cupinzeiro na superfície das águas. Se ele é avistado, porém, na posição esperada, então a Aterragem é boa. Cerrações, nevascas, vendavais combinados com nuvens e chuva — eis os inimigos das boas Aterragens.

II

Alguns comandantes de navios fazem suas Partidas da costa natal tristes, tomados de pesar e desgosto. Eles têm esposa, filhos talvez, algum tipo de amizade ou então algum vício de estimação que terá de ser abandonado por um ano ou mais. Lembro-me apenas de uma pessoa que subia para o convés com passos elásticos e anunciava o primeiro curso da travessia em tom jubiloso. Mas ela, como fiquei sabendo posteriormente, não estava deixando nada para trás além de uma ressaca de dívidas e ameaças de ações judiciais.

Por outro lado, conheci muitos capitães que, mal seus navios deixavam as águas estreitas do Canal, sumiam da vista da tripulação de seus navios por três dias ou mais. Eles davam um longo mergulho, por assim dizer, em suas cabines, só voltando a emergir alguns dias depois com o semblante mais ou menos sereno. Esses eram os homens fáceis de lidar. Ademais, um retiro tão absoluto parecia implicar uma boa dose de confiança em seus oficiais, e ser objeto de confiança não desagrada nenhum marinheiro digno desse nome.

Em minha primeira viagem como imediato do bom Capitão MacW-, lembro-me de ter ficado muito envaidecido, atirando-me alegremente a meus afazeres, eu comandante, para todos os efeitos práticos. No entanto, por maior que fosse a grandeza de minha ilusão, persistia o fato de que o comandante real estava lá, respaldando minha autoconfiança, ainda que invisível a meus olhos, por trás de uma porta de cabine folheada com madeira de bordo, com puxador de louça branco.

Este é o momento, depois da Partida, em que o espírito de seu comandante comunga com você com voz abafada, como se viesse do *sancto sanctorum* de um templo; isto porque, seja ele um templo ou um "inferno flutuante" — como alguns navios já foram chamados —, a cabine do capitão é, seguramente, o lugar mais venerável de qualquer embarcação.

O bom MacW- sequer saía para suas refeições, alimentando-se solitariamente em seu "sagrado dos sagrados" numa bandeja que lhe era levada coberta com um guardanapo branco. Nosso camareiro costumava desviar um olhar irônico para os pratos perfeitamente limpos que trazia dali. A falta do lar que abate tantos marinheiros casados não privava o Capitão MacW- de seu legítimo apetite. Com efeito, o camareiro quase invariavelmente vinha até onde eu estava, sentado na cadeira do capitão à cabeceira da mesa, para dizer num murmúrio grave: "O capitão pede mais uma fatia de carne e duas batatas". Nós, seus oficiais, podíamos ouvi-lo movimentando-se em sua cabine, ou ressonando de leve, ou exalando profundos suspiros, ou esfregando-se e bufando em seu banheiro; e fazíamos nossos relatórios a ele pelo buraco da fechadura, por assim dizer. O coroamento de seu caráter cordial se revelava no tom assaz brando e amistoso das respostas que nos dava.

Alguns comandantes ficam constantemente irritados em seus períodos de reclusão e parecem receber como ofensa ou insulto o mero som de alguma voz. Mas um recluso resmungão não preocupa seus subordinados, ao passo que o homem com alto senso do dever (ou apenas, talvez, com o senso da própria importância), e que insiste em desfilar sua melancolia pelo tombadilho durante o dia todo — e, às vezes, metade da noite —, torna-se um doloroso castigo. Ele caminha pela popa dardejando olhares sombrios, como se desejasse envenenar o mar, e invectiva duramente qualquer um que cometa a asneira de ficar ao alcance de sua voz. E essas excentricidades são as mais difíceis de suportar pacientemente, quer como homem, quer como oficial, porque marinheiro algum fica realmente bem-humorado nos primeiros dias de uma viagem. Há desgostos, lembranças, a instintiva saudade do ócio abandonado, o ódio instintivo de todo trabalho. Ademais, as coisas costumam dar errado no começo, especialmente no que tange a ninharias irritantes. Sem falar do pensamento constante na perspectiva de um ano inteiro de vida mais ou menos dura, porque raramente havia uma viagem para o sul na navegação antiga que durasse algo menos de doze meses. Sim; eram precisos alguns dias depois da Partida para a tripulação de um navio se acomodar em seus lugares e para a tranquilizadora rotina de um navio de águas profundas impor seu benéfico embalo.

A rotina do navio é também um grande remédio para corações sofridos e cabeças doloridas e já a vi aplacar — pelo menos durante algum tempo — o mais turbulento dos espíritos. Ela traz saúde, paz e a satisfação do curso percorrido; pois cada dia na vida do navio parece fechar um ciclo dentro do amplo anel do horizonte marinho. Ela extrai uma certa dignidade de permanência da majestosa monotonia do mar. Quem ama o mar, ama também a rotina do navio.

Em nenhum outro lugar, além do mar, os dias, semanas e meses são relegados mais rapidamente ao passado. Eles parecem ser deixados para trás tão facilmente como as leves borbulhas de ar que rodopiam na esteira do navio e se desvanecem no grande silêncio em que o navio avança numa espécie de efeito mágico. Dias, semanas, meses transcorrem. Nada exceto um vendaval consegue perturbar a vida ordeira do navio; e o feitiço da inabalável monotonia que parece ter descido até mesmo sobre as vozes de seus homens só é quebrado pela perspectiva de aproximação de uma Aterragem.

Então, o ânimo do comandante do navio novamente se excita. Mas isto não o leva a buscar a reclusão e a permanecer, escondido e inerte, trancado numa pequena cabine com o consolo de um bom apetite material. Quando a Aterragem se aproxima, o espírito do comandante do navio é atormentado por uma inelutável inquietação. Ele parece incapaz de se abrigar por alguns segundos que seja no "sagrado dos sagrados" de sua

Aterragens e Partidas

cabine; ele sairá para o tombadilho e olhará para a frente, com olhos franzidos, à espera do momento previsto. Ele é duramente torturado pela vigilância excessiva. Neste período, o corpo do comandante do navio se enfraquece com a falta de apetite; enfim, esta é minha experiência, embora "enfraquecido" talvez não seja a palavra exata. Eu poderia dizer que ele se espiritualiza com sua negligência com a comida, o sono e todos os confortos habituais, sejam quais forem, da vida marítima. Em um ou dois casos que conheci, esse desapego das necessidades mais comezinhas da existência permanecia lamentavelmente incompleto no tocante às bebidas.

Mas esses dois casos eram, propriamente falando, casos patológicos, e os únicos em toda minha experiência marítima. Em uma dessas duas circunstâncias de busca de estimulantes resultante de aguda ansiedade, não posso afirmar que as qualidades do homem, como marinheiro, tivessem sido minimamente prejudicadas. Foi também uma situação muito preocupante, com a aproximação de terra acontecendo bruscamente, com muita proximidade e tempo ruim num curso errado e durante uma ventania moderadamente forte soprando para a costa. Descendo para falar com ele pouco depois, tive a infelicidade de flagrar meu capitão no próprio ato de desarrolhar ansiosamente uma garrafa. A visão, posso dizer, me apavorou. Eu estava perfeitamente consciente da natureza morbidamente sensível do homem. Felizmente consegui retroceder sem ser visto e, tratando de bater com força as botas de marinheiro à entrada da cabine, fiz minha segunda entrada. Mas apesar desse inesperado vislumbre, nenhum ato seu, nas vinte e quatro horas seguintes, transmitiu-me a mais leve suspeita de que tudo não ia perfeitamente bem com sua coragem.

III

Um caso bem diferente e sem nada a ver com bebida foi o do pobre Capitão B-. Ele costumava sofrer dores de cabeça, quando jovem, toda vez que se aproximava da costa. Contava já muito mais de cinqüenta anos quando o conheci; baixo, corpulento, cheio de dignidade, um pouco pomposo talvez, era um homem singularmente bem informado, parecendo muito pouco um marinheiro, mas certamente um dos melhores homens do mar a quem tive a sorte de servir. Era de Plymouth, eu creio, filho de um médico rural, e seus dois filhos mais velhos estudavam medicina. Comandava um grande navio de Londres, bastante conhecido em seu tempo. Refleti muito sobre ele e é por isso que me lembro com particular satisfação das últimas palavras que me disse a bordo de seu navio depois de uma viagem de dezoito meses. Foi no cais de Dundee, para onde havíamos trazido uma carga completa de juta de Calcutá. Foramos pagos naquela manhã e eu viera a bordo para retirar meu baú e me despedir. Com seu modo levemente pomposo mas cortês, perguntou-me sobre meus planos. Disse-lhe que devia partir com o trem da tarde para Londres onde pretendia me submeter ao exame para a obtenção de meu certificado de capitão de navio mercante. Eu já acumulara tempo de serviço suficiente para isto. Ele me elogiou por não desperdiçar meu tempo, revelando um interesse tão evidente por minha situação que muito me surpreendeu; depois, levantando-se de sua cadeira, disse:

"Tem algum navio em vista depois de aprovado?"

Respondi-lhe que não tinha nada em vista.

Ele apertou-me a mão e pronunciou as palavras memoráveis:

"Caso precise de emprego, lembre-se que enquanto eu tiver um navio, você terá um navio também."

Em matéria de elogio, não há nada que supere este partindo de um capitão de navio para seu segundo imediato ao final de uma viagem, quando o trabalho terminou e o subordinado está dispensado. E há algo de patético nessa lembrança, pois o pobre, afinal, nunca voltou ao mar. Ele já estava doente quando cruzamos Santa Helena; estava acamado quando chegamos ao largo das Western Islands, mas saiu da cama para fazer sua Aterragem. Conseguiu ficar no tombadilho até as Downs, onde, dando suas ordens com voz exausta, ancorou durante algumas horas para enviar um telegrama à esposa e receber a bordo um piloto do Mar do Norte para ajudá-lo a conduzir o navio pela costa leste. Ele próprio não se sentira à altura da tarefa, pois a Aterragem é o tipo de coisa que deixa um marinheiro de águas profundas de pé noite e dia.

Quando chegamos a Dundee, a senhora B- já estava lá esperando para levá-lo para casa. Viajamos a Londres no mesmo trem; mas quando consegui me livrar do exame, o navio havia partido para sua próxima viagem sem ele e, em vez de embarcar novamente, fui, a seu pedido, visitar meu antigo comandante em casa. Este foi o único de meus capitães que cheguei a visitar em sua casa. Ele estava fora da cama, então, "muito convalescente", como declarou ao me receber, com passos trôpegos, à porta da sala de visitas. Ele claramente relutava em traçar sua rota final desta terra na Partida para a única viagem com destino incerto que um marinheiro jamais empreende. E foi tudo muito bonito — a grande sala ensolarada; sua poltrona de espaldar alto ao lado de uma janela com sacada, com travesseiros e um escabelo; os cuidados atenciosos e tranqüilos da doce e idosa senhora que lhe dera cinco filhos e não teria vivido com ele, talvez, mais do que cinco anos completos dos trinta e tantos de sua vida marital. Havia também uma outra mulher por ali, toda de preto, cabelos bastante encanecidos, sentada muito ereta com um trabalho de costura em sua cadeira, de onde lançava olhares de soslaio na direção dele, e sem proferir uma única palavra durante minha visita. Mesmo quando, no devido momento, levei-lhe uma xícara de chá, apenas acenou com a cabeça silenciosamente com uma pálida sombra de sorriso nos lábios apertados. Imagino que fosse alguma irmã solteira da Sra. B- ajudando no atendimento do cunhado. Seu filho mais novo, temporão, com cerca de doze anos e aparentando ser bom jogador de criquete, tagarelava entusiasticamente sobre as proezas de W.G. Grace. E lembro-me também de seu filho mais velho, médico recém-formado, que me levou ao jardim para fumar, mas com genuína preocupação, murmurou: "É, mas ele não recupera o apetite. Não gosto disso — não gosto nada disso." A última visão que tive do Capitão B- foi acenando-me com a cabeça pela janela da sacada quando me virei para fechar o portão.

Foi uma impressão completa e única, algo que não sei se devo chamar de Aterragem ou Partida. Ele certamente havia olhado, às vezes, com muita fixidez para a frente, com o olhar vigilante da Aterragem, esse capitão-de-longo-curso indevidamente sentado numa poltrona de espaldar alto. Ele não conversara comigo sobre emprego, navios, ou sobre estar pronto para assumir um novo comando, na ocasião, mas discorrera sobre seus primeiros tempos com o fluxo caudaloso mas entrecortado da conversa de um inválido obstinado. A mulher observava preocupada, mas permanecia sentada, em silêncio, e fiquei sabendo mais sobre ele naquela entrevista do que em todos os dezoito meses em que navegáramos juntos. Parecia que ele havia "servido seu tempo" no comércio de minério de cobre, o famoso comércio de minério de cobre dos velhos tempos entre Swansea e a costa chilena, sai carvão e entra minério, carga total nos dois sentidos, como que num temerário desafio aos mares impetuosos do Cabo Horn — trabalho para navios sólidos e uma grande escola de solidez para marinheiros ocidentais. Toda uma frota de embarcações com fundo de cobre, as mais fortes em caverna e tabuamento e mais bem apetrechadas do que todas jamais lançadas nos mares, manejada por tripulações audaciosas e comandada por jovens comandantes, foi empenhada naquele comércio há muito extinto. "Foi nessa escola que me formei", disse-me ele, quase jactanciosamente, recostando-se em seus travesseiros e com um cobertor sobre as pernas. E foi naquele comércio que ele obteve seu primeiro comando, ainda muito jovem. Foi então que ele mencionou como, quando jovem comandante, ficava sempre indisposto durante alguns dias antes de aportar depois de uma longa travessia. Mas esse tipo de indisposição costumava passar com a primeira visão de um marco terrestre familiar. Posteriormente, acrescentou, na medida em que foi amadurecendo, todo aquele nervosismo desaparecera completamente; e observei seus olhos fatigados olharem fixamente para a frente como se não houvesse nada entre ele e a linha reta de mar e céu para onde qualquer marinheiro olha esperando o surgimento de seu primeiro ressalto. Mas vi também seus olhos pousarem ternamente nas faces presentes na sala, nos quadros das paredes, em todos os objetos familiares daquela casa, cuja imagem duradoura e nítida deve ter lampejado freqüentemente em sua memória em momentos de tensão e ansiedade no mar. Estaria ele alerta para uma singular Aterragem, ou traçando, com a mente imperturbável, a rota de sua última Partida?

Difícil dizer; pois naquela viagem da qual nenhum homem retorna, Aterragem e Partida são instantâneas, fundindo-se num momento de suprema e final atenção. Certamente não me lembro de ter observado qualquer sinal de hesitação na expressão fixa de seu rosto devastado, nenhum indício da ansiedade nervosa de um jovem comandante prestes a avistar terra numa costa não mapeada. Ele conhecera inúmeras Partidas e Aterragens! Então não "servira seu tempo" no famoso comércio de minério de cobre partindo do Canal de Bristol, trabalho para os mais sólidos navios e escola de rijos marinheiros?

IV

Antes que uma âncora possa ser içada, ela precisa ser largada; e este truísmo perfeitamente óbvio traz-me imediatamente ao tema da degradação da linguagem marítima na imprensa diária deste país.

O jornalista, quer tratando de um navio, quer de uma frota, quase invariavelmente "lança" sua âncora. Ora, uma âncora nunca é lançada, e tomar liberdades com linguagem técnica é um crime contra a clareza, a precisão e a beleza de uma narrativa perfeita.

Uma âncora é uma peça de ferro forjado admiravelmente adequada a seu fim, e a linguagem técnica é um instrumento forjado até a precisão por séculos de experiência, um objeto perfeito para sua finalidade. Uma âncora das antigas (porque atualmente há instrumentos parecidos com cogumelos e coisas como garras, sem nenhuma forma ou expressão particular — meros ganchos) era, a seu modo, um instrumento dos mais eficientes. Uma prova de sua perfeição é seu tamanho, pois não há nenhum

Emblemas de Esperança

outro instrumento tão pequeno para o grande trabalho que tem a fazer. Observem as âncoras penduradas nos *cat-heads*[2] de um grande navio! Como são minúsculas em comparação com o enorme tamanho do casco! Se fossem de ouro, lembrariam bijuterias, bugigangas ornamentais, não maiores, em proporção, que um pingente de pedra na orelha de uma mulher. E no entanto, delas dependerá, mais de uma vez, a própria vida do navio. Uma âncora é forjada e moldada para oferecer confiança; se lhe dermos chão para morder, ela ficará presa até que a amarra se rompa, e então, aconteça o que acontecer com o navio, aquela âncora estará "perdida". A rude e honesta peça de ferro, de aparência tão simples, tem mais partes que o número de membros de um corpo humano: o anel, o cepo, a coroa, as patas, as palmas, a haste. Tudo isso, segundo o jornalista, é "lançado" quando um navio, chegando a um porto, é ancorado.

Esta insistência em usar a odiosa palavra vem do fato de que um homem de terra particularmente ignorante deve imaginar o ato de ancorar como um processo de atirar alguma coisa pela borda, ao passo que a âncora pronta para seu trabalho já está fora de bordo e não é lançada, mas simplesmente deixada cair. Ela fica pendendo no costado do navio, na extremidade de uma pesada viga de madeira projetada chamada *cat-head*, na ponta de uma corrente grossa e curta cujo elo final é subitamente libertado por um golpe de malho ou pelo puxão de uma alavanca, quando a ordem é dada. E a ordem não é "Lançar âncora!" como o redator parece imaginar, mas "Largar âncora!".

Na verdade, nada é lançado, nesse sentido, de bordo de um navio, exceto a sonda, que é lançada para se verificar a profundidade da água em que ele navega. Um barco açoitado pelas ondas, uma verga sobressalente, um tonel ou qualquer coisa que não estiver amarrada na coberta são "deixados à deriva" quando não estão presos. O próprio navio é "lançado a bombordo ou a estibordo" quando zarpa. Ele, porém, nunca "lança" sua âncora.

Para falar em termos estritamente técnicos, um navio é "ancorado" — as palavras complementares não pronunciadas e não escritas são, é claro, "num ancoradouro"[3]. Menos tecnicamente, mas não com menor correção, a palavra "ancorado", com sua aparência característica e sonoridade firme, deveria servir para os jornais do maior país marítimo do mundo. "A frota

---

2) Ver explicação mais adiante no próprio texto.

3) A tradução literal é impossível. O termo usado em inglês com o sentido de "ancorar" é "brought up", passado de "bring up" com o sentido possível de "trazer para", o que permite ao autor concluir a expressão com "to an anchor", "para uma âncora".

ancorou em Spithead": pode-se desejar uma frase melhor em matéria de concisão e sonoridade marítima? Mas o truque da "âncora lançada", com sua afetação de expressão náutica — por que não escrever também "âncora atirada", "âncora arremessada" ou "âncora jogada"? —, é intoleravelmente odioso aos ouvidos de um marinheiro. Lembro-me de um piloto costeiro que conheci quando moço (ele costumava ler assiduamente os jornais) que, para definir o ápice da parvoíce num homem de terra, costumava dizer: "Ele é um daqueles pobres diabos 'lança-âncoras'".

V

Do primeiro ao último, os pensamentos do marinheiro se ocupam intensamente com suas âncoras. Não tanto por ser a âncora um símbolo de esperança, mas por ser o objeto mais pesado que ele precisa manejar a bordo de seu navio no mar, na rotina normal de suas obrigações. O início e o fim de toda travessia são distintamente marcados por trabalhos com as âncoras do navio. Uma barco navegando no Canal[4] tem as âncoras sempre preparadas, com as amarras enganchadas, e a terra quase sempre a vista. Âncora e terra estão indissoluvelmente ligadas nos pensamentos de um marinheiro. Mas tão logo ele se afasta dos mares estreitos enveredando pelo mundo sem nada de sólido digno de menção entre ele e o Pólo Sul, as âncoras são recolhidas e as amarras desaparecem da coberta. Tecnicamente falando, elas são "guardadas a bordo"; e amarradas a cavilhas de arganéu com cordas e correntes no castelo de proa, sob as escotas do joanete de proa, elas parecem muito indolentes, como que adormecidas. Assim amarrados, mas atentamente vigiados, inertes e poderosos, esses emblemas de esperança fazem companhia ao vigia nos turnos da noite; e assim vão se escoando os dias, com um longo descanso para aquelas peças de ferro de formato característico, repousando na proa, visíveis de quase toda a coberta do navio, aguardando o momento de seu trabalho em algum ponto do outro lado do mundo, enquanto o navio as carrega com grande ímpeto e um borbulhar de espuma, e os borrifos de alto-mar enferrujam seus membros vigorosos.

A primeira aproximação de terra, ainda invisível aos olhos da tripulação, é anunciada pela ordem brusca do imediato ao contramestre: "Vamos colocar as âncoras fora esta tarde" ou "antes de mais nada, amanhã

---

4) O English Channel ou Canal da Mancha, entre a Grã-Bretanha e a França.

Emblemas de Esperança

de manhã", conforme o caso. Pois o imediato é o encarregado das âncoras do navio e o guardião de sua amarra. Há bons e maus navios, navios confortáveis e navios onde, do primeiro ao último dia da viagem, não há descanso para o corpo e a alma de um imediato. E os navios são como os homens os fazem: este é um lema da sabedoria de marinheiro, e é, com certeza, essencialmente verdadeiro.

No entanto, há navios onde, como um velho imediato grisalho me disse certa vez, "nada parece dar certo!" E, olhando da popa onde ambos estávamos parados (eu lhe retribuía um convite de cortesia no cais), acrescentou: "Este é um deles". Ele ergueu os olhos para meu rosto, que expressava uma conveniente concordância profissional e corrigiu minha natural suspeita: "Oh, não; o velho faz bem. Ele nunca interfere. Tudo que for feito com boa marinhagem está bom para ele. E no entanto, de algum modo, nada parece dar certo neste navio. Vou lhe dizer: ele é naturalmente intratável".

O "velho", é claro, era seu capitão, que naquele exato momento apareceu na coberta usando um chapéu de seda e um sobretudo marrom e, tendo acenado polidamente com a cabeça para nós, desceu em terra. Ele seguramente não tinha mais de trinta, e o velho imediato, sussurrando-me "É o meu velho", prosseguiu dando exemplos da natural intratabilidade do navio numa espécie de tom depreciativo, como que dizendo, "Você não deve pensar que lhe guardo rancor por isso".

As circunstâncias pouco importam. O fato é que há navios onde as coisas *não* dão certo; mas seja qual for o navio — bom ou mau, feliz ou infeliz — é no castelo de proa que seu imediato sente-se mais à vontade. Ali é positivamente o *seu* canto do navio, embora, é claro, ele seja o supervisor executivo do navio todo. Ali estão *suas* âncoras, *seu* cordame, seu mastro de proa, seu posto de manobra quando o capitão está no comando. E ali também vivem os homens, os braços do navio, a quem é seu dever manter ocupados, com bom ou mau tempo, para o bem-estar do navio. O imediato é a única figura dos oficiais de popa do navio que avança alvoroçado gritando "Todos os braços na coberta!" Ele é o sátrapa daquela província no reino autocrático do navio, e o mais diretamente responsável por tudo que possa ali acontecer.

É também ali que, com a aproximação de terra e assistido pelo contramestre e o carpinteiro, ele "coloca as âncoras fora" juntamente com os homens de seu próprio turno de vigia, os que ele conhece melhor. Ali ele observa o cabo ser estendido, o cabrestante ser destravado, os freios da corrente serem soltos; e ali, depois de dar sua última ordem "Deixem o cabo livre!", ele espera, atento, num navio silencioso que avança lentamente para o atracadouro escolhido, pelo forte grito vindo da popa, "Largar âncora!" Curvando-se instantaneamente, ele observa o leal ferro cair num pesado mergulho debaixo de seus olhos que ficam observando a descida para verificar se ele desceu livremente.

A âncora "descer livremente" significa ela não se embaraçar na própria corrente. A âncora deve cair da proa do navio sem nenhum enrosco da amarra em algum de seus membros, caso contrário se estaria diante de uma ancoragem encepada. A menos que a tração do cabo se exerça corretamente no anel, nenhuma âncora merece confiança mesmo no melhor dos solos para retenção. Em momentos críticos, ela poderá ser arrastada, pois os equipamentos e os homens devem ser tratados corretamente para demonstrar suas "virtudes". A âncora é um emblema de esperança, mas uma âncora com cabo encepado é pior que a mais falaciosa das falsas esperanças que jamais induziu homens ou nações a um sentimento de segurança. E o sentimento de segurança, mesmo o mais sólido, é um mau conselheiro. É o sentimento que, assim como a sensação de euforia que prenuncia a aproximação da loucura, precede o rápido advento do desastre. Um marinheiro trabalhando com um sentimento injustificado de segurança deixa imediatamente de valer a metade do que come. De todos meus imediatos, portanto, aquele em que mais confiei foi um homem chamado B-. Ele tinha bigodes ruivos, um rosto magro também avermelhado, e olhos inquietos. Ele valia tudo o que comia.

Reavaliando agora, depois de muitos anos, o resíduo de sentimento resultante do contato de nossas personalidades, descubro, sem muita surpresa, um certo travo de aversão. No conjunto, penso que ele era um imediato dos mais incômodos para um jovem comandante. Se me for permitido criticar alguém ausente, diria que seu sentimento de insegurança ia um pouco além do desejável num marinheiro. Ele tinha a aparência extremamente perturbadora de estar sempre preparado (mesmo quando estava sentado à mesa, à minha direita, diante de um prato de carne-seca) para enfrentar qualquer calamidade iminente. Apresso-me em acrescentar que possuía também a outra qualidade necessária a um marinheiro confiável — uma absoluta confiança em si próprio. O que realmente havia de errado com ele era o grau exorbitante dessas qualidades. Sua postura de eterna vigilância, sua fala nervosa, entrecortada, até mesmo seus deliberados silêncios, por assim dizer, pareciam sugerir — e, acredito, sugeriam — que o navio nunca estava seguro em minhas mãos. Este era o homem que cuidava das âncoras de um barco com menos de quinhentas toneladas, meu primeiro comando, hoje já desaparecido da face da terra, mas seguramente uma entidade que será ternamente lembrada enquanto

Emblemas de Esperança

eu viver. Nenhum cabo poderia encepar na descida de uma âncora sob o olhar penetrante do Sr. B-. É bom saber disso quando se escuta da cabine, num ancoradouro aberto, o vento assobiar; mas ainda assim, houve momentos em que francamente detestei o Sr. B-. Pelo modo como costumava me olhar, imagino que mais de uma vez ele sentira o mesmo com juros a meu respeito. O fato é que ambos gostávamos muito da pequena embarcação. E era justamente pelo defeito de suas inestimáveis qualidades que o Sr. B- jamais conseguia se persuadir de que o navio estava a salvo em minhas mãos. Para começar, ele era uns cinco anos mais velho do que eu num período da vida em que cinco anos realmente contam, estando eu com vinte e nove e ele com trinta e quatro; depois, em nossa primeira partida de um porto (não vejo por que fazer segredo de que se tratava de Bangkok), algumas manobras que ordenei entre as ilhas do golfo de Sião produziram-lhe um pânico inesquecível. Desde então, ele formara secretamente uma noção implacável sobre minha absoluta temeridade. Mas no conjunto, e a menos que um aperto de mão na despedida não signifique nada, concluo que nos apreciávamos muito ao fim de dois anos e três meses.

O navio nos unia; e nisso, um navio, embora tenha atributos femininos e seja amado irracionalmente, é diferente de uma mulher. Não é de espantar que eu tenha me enamorado profundamente de meu primeiro comando, mas talvez deva admitir que o sentimento do Sr. B- era de ordem superior. Cada um de nós, é claro, tinha um zelo extremo com a boa aparência do objeto amado; e embora fosse eu a receber os cumprimentos em terra, B-tinha o mais profundo orgulho, parecendo uma criada fiel. E este tipo de leal e orgulhosa devoção chegava ao ponto de fazê-lo sair espanando o pó da amurada de madeira de teca envernizada da pequena embarcação com um lenço de seda — presente da Sra. B-, imagino.

Este era o efeito de seu amor pelo navio. O efeito de sua admirável falta de senso de segurança o levou, em certa ocasião, ao extremo de me fazer a seguinte observação: "Bem, senhor, o senhor *é* um felizardo!"

Isto me foi dito num tom carregado de significado, mas não exatamente ofensivo, e foi, imagino, minha prudência inata que me impediu de perguntar, "Que diabos você quer dizer com isso?"

Posteriormente, numa noite escura, seu significado foi plenamente ilustrado numa situação de apuro durante uma tempestade terrível na costa. Eu o havia chamado à coberta para me ajudar a avaliar a situação extremamente desagradável em que nos encontrávamos. Não havia muito tempo para pensamentos profundos, e seu resumo foi: "Parece bem ruim, qualquer que tentemos, mas o fato, senhor, é que o senhor sempre dá um jeito de sair do aperto".

VI

É difícil desligar a idéia das âncoras da idéia do imediato do navio — o homem que as observa descer livres e subir ocasionalmente enredadas; porque nem sempre o mais infatigável cuidado consegue impedir que o cabo de um navio, jogando ao sabor de ventos e marés, se enrede no cepo ou na pata, numa virada inábil. Então o negócio de "recolher a âncora" e depois prendê-la é excessivamente prolongado e deixa o imediato exausto. É a ele que cabe observar o crescimento do cabo — expressão de marinheiro que tem toda a força, precisão e imaginação da linguagem técnica que, criada por homens simples com olhos atentos para o aspecto real das coisas com que se deparam em seu ofício, alcança a expressão exata para captar o essencial, o que é a ambição do artista das palavras. Portanto, o marinheiro nunca dirá "Lançar âncora!", e o capitão vai agraciar seu imediato no castelo de proa com a frase impressionista: "Como vai o crescimento do cabo?" Porque "crescimento" é a palavra correta para o demorado deslizar de um cabo emergindo obliquamente pela tração, tenso como uma corda de arco, acima da superfície da água. E é a voz do encarregado da âncora do navio que vai responder: "Crescendo bem, senhor" ou "Todo na proa", ou qualquer outro grito conciso e respeitoso apropriado ao caso.

Não há ordem mais ruidosa ou recebida com gritos mais vigorosos a bordo de um navio mercante com destino ao lar do que o comando "Homens ao cabrestante!". A corrida de homens excitados saindo do castelo de proa, o apanhar das escoras, o tropel dos passos, o tinido das lingüetas do cabrestante fazem um acompanhamento coral excitante e atroador à canção lamurienta da âncora que sobe; e esta explosão de atividade ruidosa de toda a tripulação parece um sonoro despertar do próprio navio, até então "repousando adormecido sobre seu ferro", na pitoresca expressão de um marinheiro holandês.

Pois um navio com as velas ferradas sobre as vergas cruzadas e refletido da borla do mastro à linha de água, na lâmina lisa e reluzente de uma enseada parece, na verdade, aos olhos de um marinheiro, a mais perfeita imagem de um repouso adormecido. O recolhimento da âncora era uma operação ruidosa a bordo de um antigo navio mercante — um barulho alegre e inspirador, como se, junto com o emblema de esperança, a tripulação do navio esperasse ser arrastada para cima das profundezas, cada homem com suas esperanças pessoais ao alcance de uma mão protetora — a esperança do lar, a esperança de descanso, de liberdade, de dissipação, de prazeres escusos, depois de suportar o fardo de muitos dias

A Bela Arte

entre céu e água. E esta barulheira, esta exaltação no momento da partida do navio, fazia um tremendo contraste com os momentos silenciosos de sua chegada a um porto estrangeiro — os momentos silenciosos em que, despido de suas velas, ele avançava lentamente para o ancoradouro estipulado, as velas frouxas estremecendo suavemente no cordame acima das cabeças de homens parados na coberta, o capitão olhando fixamente para a frente do castelo de popa. Ele vai parando gradualmente, mal se movendo, com as três figuras em seu castelo de proa aguardando expectantes ao lado da âncora para a última ordem dos noventa dias completos, talvez, no mar: "Largar ferro!"

Esta é a palavra final da jornada concluída de um navio, a palavra de encerramento de sua labuta e de sua proeza. Numa vida cujo valor é contado em travessias de porto a porto; o barulho do choque da âncora com a água e o ruído estridente da corrente são como o encerramento de um período distante, do qual ele parece tomar consciência com um ligeiro e profundo estremecimento de toda sua estrutura. Esse transcurso o deixa mais perto de sua morte anunciada, pois idade e viagens não podem durar para sempre. É, para ele, como as batidas de um carrilhão de relógio; e no silêncio que se segue, ele parece se dar conta da passagem do tempo.

Esta é a última ordem importante; as outras são meros comandos de rotina. Uma vez mais o comandante é ouvido: "Dêem quarenta e cinco braças até a beira da água", e depois ele também encerra suas atividades por algum tempo. Durante dias, deixa todo o trabalho portuário aos cuidados de seu imediato, do encarregado da âncora do navio e da rotina do navio. Durante dias, sua voz não será ouvida alteando-se pela coberta com aquele tom áspero e brusco do comandante, até que, novamente, baixadas as escotilhas, e num navio silencioso e expectante, ele ordenará da popa, em tom de comando: "Homens ao cabrestante!"

VII

Um ano desses, folheando um jornal de princípios sólidos, mas cujo corpo editorial *insistirá* em "lançar" âncoras e fazer-se ao mar "sobre um" navio (ai!), dei com um artigo sobre a temporada de iatismo. E, notem! Era um bom artigo. Para alguém pouco afeito a velejar por prazer (embora qualquer velejar seja um prazer) e certamente nada afeito a regatas em mar aberto, as considerações do autor sobre as desvantagens dos veleiros eram apenas inteligíveis, e nada mais. Não tenho a menor intenção de enumerar as grandes regatas daquele ano. Quanto aos barcos de corrida de 52 pés, tão enaltecidos pelo autor, entusiasmou-me a aprovação que faz de seus desempenhos; mas no que toca a um claro entendimento, o fraseado descritivo, suficientemente preciso para a compreensão de um iatista, não evocou nenhuma imagem em minha mente.

O escritor elogia essa categoria de veleiros esportivos, e eu mesmo gostaria de endossar suas palavras como todo amante de qualquer artefato flutuante se disporia a fazer. Estou disposto a admirar e a respeitar os barcos de corrida de 52 pés acatando as palavras de alguém que lamenta, com espírito tão benévolo e compassivo, a ameaçada decadência do iatismo.

As regatas são um passatempo organizado, é claro, uma função do ócio social a serviço da vaidade de certos habitantes ricos dessas ilhas, bem como de seu amor inato pelo mar. Mas o autor do artigo em questão prossegue assinalando, com perspicácia e justiça, que para um grande número de pessoas (vinte mil, creio que ele diz) elas são um meio de vida — são, em suas próprias palavras, um empreendimento. Ora, o lado moral de um empreendimento, seja ele produtivo ou improdutivo, o aspecto redentor e ideal desse ganha-pão é a conquista e preservação da mais alta habilidade por parte de seus profissionais. Esta habilidade, a habilidade técnica, é mais que integridade; é algo mais amplo, abarcando integridade, graça e método, num sentimento claro e elevado, não de todo utilitarista, a que se pode chamar honradez do trabalho. Ela é formada de tradição acumulada, mantida por orgulho individual, aprimorada pelo julgamento profissional, e, como as artes maiores, estimulada e assistida pelo elogio seletivo.

Eis porque atingir a proficiência, incitar a própria habilidade atentando para as mais delicadas nuances da excelência, é questão de vital importância. Uma eficiência praticamente infalível pode ser alcançada naturalmente na luta pelo pão. Mas há alguma coisa mais — um ponto mais alto, um toque sutil e inconfundível de amor e orgulho, além da mera habilidade; uma quase inspiração que imprime a todo trabalho aquele acabamento que é quase arte — que *é* arte.

Assim como os homens escrupulosamente íntegros estabelecem um alto padrão de consciência pública acima do nível comum de uma comunidade real, os homens portadores daquela habilidade, que evolui para um estado de arte pelo esforço incansável, elevam o nível comum da prática correta nos ofícios de terra e de mar. As condições que impelem o crescimento dessa excelência suprema, viva, tanto no trabalho como nas diversões, deveriam ser preservadas com o maior cuidado para que o empreendimento ou jogo não venham a sofrer uma íntima e insidiosa

A Bela Arte

decadência. Li, pois, com profundo desgosto, naquele artigo sobre a temporada de vela de um certo ano, que a marinhagem a bordo dos veleiros esportivos já não era o que costumava ser havia poucos, pouquíssimos anos.

Tal era a essência daquele artigo, escrito evidentemente por alguém que não só conhece mas *compreende* — algo (permitam-me observar de passagem) muito mais raro do que se supõe, porque o tipo de compreensão a que me refiro é inspirada pelo amor; e o amor, ainda que em certo sentido possa ser considerado mais forte do que a morte, não é, de forma nenhuma, tão universal e tão certo. Na verdade, o amor é raro — o amor dos homens, das coisas, das idéias, o amor da habilidade aperfeiçoada. Pois o amor é o inimigo da pressa; ele leva em consideração o passar dos dias, os homens que se foram, uma bela arte lentamente amadurecida ao longo dos anos e condenada também a deixar, em breve, de existir. Amor e desilusão andam de mãos dadas neste mundo de mudanças mais céleres do que o deslizar das nuvens refletidas no espelho do mar.

Penalizar um iate conforme a excelência de seus desempenhos é uma injustiça para com o barco e seus homens. É uma injustiça para a perfeição de sua forma e para a habilidade de seus servidores. Pois nós homens somos, na verdade, servos de nossas criações. Permanecemos em eterna servidão às realizações de nosso cérebro e ao trabalho de nossas mãos. O homem nasce para cumprir seu tempo de serviço na terra, e existe algo de belo no serviço prestado sem fins utilitários. A servidão da arte é muito exigente. E como diz com delicioso fervor o escritor do artigo que propiciou esta cadeia de pensamentos, iatismo é uma bela arte.

Seu argumento é que disputar regatas sem outra consideração que não a tonelagem — isto é, o tamanho — conduziu a bela arte de velejar ao ápice da perfeição. O comandante de um veleiro esportivo é submetido a toda sorte de exigências, e ser penalizado na proporção dos próprios sucessos pode representar uma vantagem para o esporte em si, mas tem um efeito obviamente deletério sobre a marinhagem. A bela arte está se perdendo.

VIII

O iatismo e as regatas desenvolveram uma classe de marinheiros de barcos de mastreação longitudinal, homens nascidos e criados para o mar, pescando no inverno e velejando no verão; homens para quem o manejo desse particular equipamento não representa mistério algum. Foi sua busca

O Espelho do Mar

de vitórias que elevou o iatismo à dignidade de uma bela arte nesse sentido particular. Como já mencionei, não sei nada sobre regatas e muito pouco sobre mastreação longitudinal; mas as vantagens dessa mastreação são evidentes, especialmente para fins de lazer, seja em cruzeiros, seja em corridas. Ela exige menos esforço no manejo; o posicionamento dos planos das velas em relação ao vento pode ser feito com rapidez e segurança; a superfície inteiriça da vela oferece uma vantagem infinita; e a maior quantidade possível de vela é exposta com a menor quantidade possível de vergas. Leveza e concentração de força são as grandes qualidades da mastreação longitudinal.

Uma frota ancorada de barcos de mastreação longitudinal tem sua própria, e esbelta, graciosidade. A disposição das velas lembra mais do que qualquer outra coisa o desdobrar das asas de um pássaro; a leveza de suas evoluções é um prazer para os olhos. São aves marinhas que deslizando parecem voar, numa operação tão natural que parece dispensar o manejo humano. O barco de mastreação longitudinal, com sua simplicidade e a beleza de seu aspecto visual sob qualquer ângulo de visão, é, a meu ver, incomparável. Uma escuna, cúter ou iole manejados por homens capazes parecem manejar-se a si próprios como que dotados de raciocínio e com o dom da pronta execução. Pode-se rir de pura satisfação com alguma manobrazinha ágil, como se estivéssemos diante da manifestação de um espírito atilado e da graciosa precisão de uma criatura viva.

Dessas três variedades de barcos com mastreação longitudinal, o cúter — mastreação de corrida *par excellence* — tem uma aparência mais imponente porque praticamente todo seu velame está numa única peça. A enorme vela mestra de um cúter, quando ele desliza lentamente com a vela enfunada contornando uma ponta de terra ou a extremidade de um quebra-mar sob nosso olhar embevecido, o investe de imponente e silenciosa majestade. Ancorada, a escuna tem melhor aparência; parece ter maior eficiência e melhor equilíbrio ao olhar, com seus dois mastros distribuídos sobre o casco petulantemente inclinados para trás. Demora um pouco para se admirar a mastreação da iole. De todos, creio, é a mais fácil de manejar.

Para regatas, um cúter; para uma longa viagem de recreio, uma escuna; para um cruzeiro em águas familiares, a iole; e o manejo de todos eles é verdadeiramente uma bela arte. Esta não exige apenas o conhecimento dos princípios gerais da navegação a vela, mas também uma particular familiaridade com o caráter do ofício. Todas as embarcações são manejadas da mesma maneira no que tange à teoria, assim como se pode lidar com

A Bela Arte

todos os homens com base em princípios rígidos e amplos. Mas se quisermos obter aquele sucesso na vida resultante da afeição e da confiança de nossos companheiros, não lidaremos da mesma maneira com nenhum par de homens, por semelhantes que possam parecer suas naturezas. Pode haver uma regra de conduta, mas não há nenhuma regra para o companheirismo humano. Lidar com homens é uma arte tão bela quanto lidar com navios. Homens e navios vivem ambos num elemento instável, estão sujeitos a influências poderosas e sutis e querem mais o reconhecimento de seus méritos do que a revelação de seus defeitos.

Não é preciso conhecer aquilo que o barco *não* fará para estabelecer uma relação bem-sucedida com ele; é preciso antes conhecer aquilo que ele fará por nós quando for convidado a dar o que tem por um toque amigável. À primeira vista, a diferença não parece grande em nenhuma das linhas de abordagem do difícil problema das limitações. Mas a diferença é grande. A diferença está no espírito com que se aborda o problema. Afinal, a arte de manejar navios é mais bela, talvez, do que a arte de manejar pessoas.

E como todas as belas artes, ela deve se basear na ampla e sólida integridade que, como uma lei da Natureza, rege uma infinidade de fenômenos diferentes. Nosso empenho deve ser sincero. Falaríamos de modos diferentes com um carregador de carvão e com um professor. Mas isto não seria uma duplicidade? Não. A verdade está na sinceridade do sentimento, no genuíno reconhecimento dos dois homens, tão semelhantes e tão diferentes, como dois parceiros no imponderável da vida. Obviamente, um impostor tentando apenas ganhar sua corridazinha teria boas possibilidades de tirar proveito de seus truques. Os homens, sejam eles professores ou carregadores de carvão, são facilmente logrados; são mesmo excepcionalmente propensos a se deixar enganar, uma curiosa e inexplicável espécie de propensão a se deixar levar pelo nariz com os olhos abertos. Mas um barco é uma criatura que trouxemos ao mundo, por assim dizer, com o objetivo de desenvolvermos nossas melhores qualidades humanas. Em seu manejo, um barco não vai tolerar um mero impostor como, por exemplo, o público fará com o Sr. X, o popular estadista, Sr. Y, o popular cientista, ou Sr. Z, o popular — como diríamos? — qualquer coisa entre um professor de elevada moralidade e um caixeiro viajante — que ganharam sua corridazinha. Mas eu apostaria uma fortuna (embora não costume apostar) em que nenhum dos poucos capitães de primeiro time de veleiros esportivos jamais foi um impostor. Teria sido muito difícil. A dificuldade resulta de não se lidar com barcos em geral e sim com um barco particular. Assim devemos fazer com os homens. Mas

O Espelho do Mar

espreita em cada um de nós uma partícula do espírito de grupo, do temperamento de grupo. Mesmo quando lutamos seriamente uns contra os outros, continuamos irmãos nas profundezas de nosso intelecto e na incerteza de nossos sentimentos. Com barcos não é assim. Por mais que possam significar para nós, eles nada significam uns para os outros. Essas criaturas sensíveis não têm ouvidos para nossas adulações. Às vezes é preciso mais que palavras para persuadi-los a obedecerem nossas vontades, a nos cobrirem de glória. Felizmente, caso contrário teria havido mais falsas reputações de marinhagem de primeira classe. As embarcações não têm ouvidos, repito, muito embora creio ter conhecido algumas que realmente pareciam ter olhos, sem o que não conseguiria entender como um barco de mil toneladas que conheci em certa ocasião recusou-se a obedecer ao leme, evitando assim uma pavorosa colisão de dois navios e salvando a reputação de uma excelente pessoa. Eu conhecia intimamente aquela embarcação havia dois anos, e em nenhuma outra oportunidade anterior, ou desde então, tomei conhecimento de algum fato similar. Convivi por mais tempo com o homem a quem ela servira tão bem (cismando, talvez, na profundidade da afeição que ele lhe tinha) e, fazendo-lhe inteira justiça, devo dizer que esta experiência capaz de abalar a confiança (embora bem-sucedida) na embarcação, somente a fez aumentar. Sim, nossos navios não têm ouvidos, por isso não podem ser enganados. Eu ilustraria minha idéia de lealdade entre homem e navio, entre o mestre e sua arte, com uma declaração que, por sofisticada que possa parecer, é realmente muito simples. Eu diria que um capitão de veleiro esportivo que não pensasse em mais nada exceto na gloria de ganhar a regata, jamais atingiria uma sólida reputação. Os verdadeiros mestres de seus ofícios — digo isto com a segurança de minha experiência com navios — não pensaram em outra coisa senão em fazer o melhor que podiam com o barco sob seu comando. Esquecer-se de si, sujeitar todo sentimento pessoal a serviço dessa bela arte, eis o único meio de um marinheiro ser fiel ao cumprimento de seu dever.

Assim é a devoção a uma bela arte e às embarcações que navegam o mar. E com isso imagino poder apontar a diferença entre os marinheiros de antigamente, que ainda estão entre nós, e os marinheiros de amanhã, que já tomaram posse de seu legado. A história se repete, mas o apelo especial de uma arte que se extinguiu nunca se reproduz. Ele desaparece completamente do mundo como o canto de uma ave silvestre abatida. Nada despertará a mesma resposta de prazerosa emoção ou consciencioso empenho. E velejar qualquer embarcação é uma arte cuja bela forma parece já estar se afastando a caminho do tenebroso Vale do Esquecimento.

38

A Bela Arte

Conduzir um moderno vapor mundo afora (embora não se deva minimizar suas responsabilidades) não tem o mesmo teor de intimidade com a natureza que é, afinal, condição indispensável para o aprimoramento de uma arte. É menos pessoal e mais minucioso; menos árduo, mas também menos gratificante pela ausência de uma íntima comunhão entre o artista e o meio de sua arte. Em suma, não é tanto um caso de amor. Seus efeitos são medidos precisamente em tempo e espaço, como efeito nenhum de uma arte pode ser. É uma ocupação em que se pode imaginar qualquer pessoa, que não seja desesperadamente propensa a enjôos marítimos, realizando a contento, mas sem entusiasmo, com diligência, mas sem afeição. Pontualidade é seu lema. A incerteza que acompanha de perto todo esforço artístico está ausente desse empreendimento organizado. Ele não envolve grandes lances de autoconfiança, ou momentos não menos grandes de incerteza e auto-revelação. É uma atividade que, a exemplo de outras, tem seu romance, sua honradez e suas recompensas, suas amargas ansiedades e suas horas de sossego. Mas esta navegação não tem a qualidade artística de um enfrentamento pessoal com algo maior que nós mesmos; não é a prática laboriosa, absorvente, de uma arte cujo resultado final permanece incerto. Não é uma realização individual, temperamental, mas simplesmente o uso habilidoso de uma capacidade adquirida, um mero passo adiante no caminho do progresso universal.

IX

Cada viagem de um navio de antigamente, com as vergas cuidadosamente braceadas no exato momento em que o piloto, com os bolsos repletos de cartas, havia endireitado o flanco, era como uma corrida — uma corrida contra o tempo, contra um padrão ideal de realização acima das expectativas de homens comuns. Como toda arte verdadeira, o comando geral de um navio e seu manejo em casos particulares exigiam uma técnica que podia ser discutida com deleite e prazer por homens que encontravam em seu trabalho não apenas o pão, mas um meio de dar vazão à peculiaridade de seus temperamentos. Obter o resultado melhor e mais preciso das condições infinitamente cambiantes do céu e do mar, não figuradamente mas no espírito de sua exigência, era a vocação de cada um e de todos; e eles reconheciam isto com tanta sinceridade e tiravam tanta inspiração desse fato quanto qualquer homem que algum dia tivesse esfregado um pincel numa tela. A diversidade de temperamentos era enorme entre esses mestres da bela arte.

O Espelho do Mar

Alguns pareciam membros de alguma Academia Real das Artes. Eles nunca surpreendiam pelo toque de originalidade, por alguma ousada inspiração. Eram cautelosos, muito cautelosos. Vogavam solenemente convictos de sua consagrada e inútil reputação. Nomes são odiosos, mas lembro-me de um deles que poderia ter sido seu verdadeiro presidente, o Presidente da Academia Real do serviço naval. Seu belo rosto curtido, sua presença majestosa, suas camisas de punhos largos e abotoaduras de ouro, seu ar de enganosa distinção impressionavam os humildes observadores (estivadores, controladores portuários, autoridades aduaneiras) quando descia em terra pela escada lateral de seu navio ancorado no Circular Quay, em Sydney. Sua voz era grave, enérgica, autoritária — a voz de um verdadeiro príncipe entre marinheiros. Ele fazia tudo com uma afetação que atraía a atenção das pessoas e aumentava suas expectativas, mas o resultado, de alguma forma, eram falas estereotipadas, pouco sugestivas, vazias de qualquer ensinamento capaz de calar fundamente. Ele mantinha seu navio em perfeita ordem, o que teria sido bem típico de um homem do mar não fosse por um enjoativo exagero nos detalhes. Seus oficiais afetavam superioridade sobre o resto de nós, mas sua vacuidade de espírito se manifestava na tediosa submissão aos caprichos de seu comandante. Apenas seus aprendizes revelavam um espírito rebelde intocado pela mediocridade solene e respeitável daquele artista. Eram quatro, os rapazes: um filho de médico, outro de um coronel, o terceiro de um joalheiro; o nome do quarto era Twentyman, e isto é tudo que sei de sua ascendência. Mas nenhum deles parecia ter a menor centelha de gratidão. Embora o comandante fosse, à sua maneira, um homem bondoso e estivesse decidido a apresentá-los às melhores pessoas da cidade para não caírem na má companhia dos rapazes de outros navios, lamento dizer que eles lhe faziam caretas pelas costas e imitavam os trejeitos majestosos de sua cabeça sem a menor dissimulação.

Este mestre da bela arte era uma personagem, nada mais; como já mencionei, porém, havia uma infinita diversidade de temperamentos entre os mestres da bela arte que conheci. Alguns eram excelentes impressionistas. Imprimiam nas pessoas o medo de Deus e da Imensidão — ou, em outras palavras, o medo de se afogarem com todos os requintes de um terrível esplendor. Pode-se pensar que o local de se morrer sufocado na água não importa realmente muito. Não estou certo disso. Talvez seja excessivamente sensível, mas confesso que a idéia de ser bruscamente atirado num oceano enfurecido em meio à escuridão e à tormenta sempre me provocou uma sensação de arrepiante aversão. Afogar-se num lago, conquanto possa ser considerado um destino ignominioso pelo ignorante,

A Bela Arte

é ainda um fim radiante e tranqüilo em comparação com outros passamentos da viagem terrestre com os quais estremeci mentalmente nas pausas, ou mesmo em meio a provações violentas.

Mas deixemos isto de lado. Alguns mestres cuja influência deixou uma marca duradoura em meu caráter combinavam argúcia intelectual e certeza de execução com base na correta avaliação de meios e fins que é a mais alta qualidade do homem de ação. E um artista é um homem de ação, seja criando uma personalidade, seja inventando um expediente ou encontrando a saída para uma situação complicada.

Conheci também mestres cuja verdadeira arte consistia em evitar qualquer situação concebível. É escusado dizer que jamais fizeram coisas grandiosas em sua profissão; mas isto não é motivo para desprezá-los. Eles eram modestos; compreendiam suas limitações. Seus próprios mestres não lhes tinham entregue o fogo sagrado para a guarda de suas mãos frias e hábeis. Lembro-me especialmente de um desses últimos, hoje afastado daquele oceano que seu temperamento deve ter transformado em palco de uma pacífica trajetória. Uma única vez ele tentou um golpe de audácia, bem cedo, numa manhã com brisa firme, entrando num ancoradouro abarrotado. Mas ele não foi autêntico nessa exibição que poderia ter sido artística. Estava pensando em si próprio; almejava a glorificação vulgar de uma performance vistosa.

Ao contornarmos uma ponta escura e arborizada, banhada em ar fresco e ensolarada, e depararmos com uma multidão de navios ancorados meia milha à frente, talvez, ele chamou-me de meu posto no castelo de proa para a popa e, girando sem parar seu binóculo nas mãos bronzeadas, disse: "Está vendo aquele navio grande e pesado com mastros menores brancos? Vou ancorar entre ele e a praia. Cuide que o pessoal fique bem alerta para a primeira ordem".

Eu respondi, "Sim, senhor!", e acreditei de fato que aquilo seria uma bela proeza. Singramos pela frota em grande estilo. Deve ter havido algumas bocas abertas e olhos nos seguindo a bordo daqueles navios — holandeses, ingleses, uns salpicos de americanos, um ou dois alemães — que içaram suas bandeiras às oito horas como que saudando a nossa chegada. Teria sido uma bela proeza se houvesse terminado, mas não terminou. Por um rasgo de vaidade, aquele modesto artista de sólido mérito tornou-se infiel a seu temperamento. A arte pela arte não era com ele: era a arte para seu próprio benefício, e um funesto desastre foi a pena que pagou por esse pecado capital. Podia ter sido ainda pior, mas, tal como sucedeu, não encalhamos nosso navio nem fizemos um grande rombo no navio com os mastros menores pintados de branco. Mas é espantoso não

O Espelho do Mar

termos arrebentado os cabos de nossas duas âncoras, pois, como se pode imaginar, eu mal esperei a ordem de "Largar âncora!" que me chegou numa voz entrecortada, quase irreconhecível, de seus lábios trêmulos. Eu as larguei com tal rapidez que até hoje me espanta a lembrança. Nenhuma âncora comum de navio mercante jamais foi largada com tão milagrosa presteza. E as duas agüentaram. Eu poderia ter beijado de gratidão suas rudes palmas de ferro frio, se não estivessem enterradas na lama esponjosa debaixo de dez braças de água. Elas finalmente nos pararam com o pau da bujarrona de um brigue holandês furando nossa mezena — apenas isso. Erro é erro.

Mas não em arte. Posteriormente o capitão me disse num murmúrio envergonhado, "Por algum motivo, ele não orçou em tempo. O que há com ele?" E eu silenciei.

A resposta era clara, porém. O navio percebera a momentânea fraqueza de seu comandante. De todas as criaturas vivas de terra e de mar, somente os navios não podem ser enganados por pretensões estéreis, não tolerarão a arte inferior de seus mestres.

X

Da borla do mastro principal de um navio de altura mediana, o horizonte descreve um círculo de muitas milhas onde se pode avistar outro navio até a linha de água; e os mesmos olhos que seguem este escrito contaram, em sua época, mais de uma centena de velas paralisadas pela calmaria, como que retidas num círculo mágico, não muito longe dos Açores — navios de várias alturas. Mal haveria dois deles posicionados exatamente na mesma direção, como se cada um estivesse decidido a romper o círculo encantado num ponto diferente da circunferência. Mas o feitiço da calmaria é uma magia forte. O dia seguinte ainda os encontrou espalhados, ao alcance da vista uns dos outros, apontando para direções diferentes; mas quando finalmente o vento chegou encrespando o mar descorado com tons carregados de azul ao passar, todos zarparam juntos na mesma direção. Pois tratava-se de uma frota que rumava para casa vinda dos confins da terra, e uma escuna de frutas de Falmouth, a menor de todas, a encabeçava. Podia-se imaginá-la muito bela, embora não fosse divinamente alta, deixando um aroma de limões e laranjas em sua esteira.

No dia seguinte, poucos navios eram visíveis de nosso calcês — sete, no máximo, talvez, com algumas manchas mais distantes, apenas os mastros visíveis, além do mágico anel do horizonte. O feitiço do vento

Teias de Aranha e Gaze

favorável tem o sutil poder de dispersar uma companhia de navios com suas asas brancas parecendo ter o mesmo destino, cada um com seu filete branco de espuma borbulhante sob a proa. É a calmaria que misteriosamente congrega os navios; é o vento o seu grande separador.

Quanto mais alto o navio, maior a distância de que se pode avistá-lo; e suas alvas alturas enfunadas pelo vento são o primeiro atestado de seu tamanho. Os altos mastros, que sustentam as velas brancas espalhadas como uma armadilha para apanhar a invisível força do ar, emergem gradualmente da água, vela após vela, verga após verga, tomando corpo até que, sob a altaneira estrutura de seu velame, percebe-se a minúscula, insignificante mancha de seu casco.

Os altos mastros são os pilares que suportam as superfícies equilibradas que, imóveis e silenciosas, retiram do ar a força motriz do navio, como se fosse um dom dos Céus concedido à audácia do homem; e são os altos mastros do navio, despidos e despojados de seu branco esplendor, que se inclinam ante a fúria do céu borrascoso.

Quando eles se rendem em esquálida e nua submissão a uma rajada de vento, é que melhor se revela sua altura, mesmo para a percepção de um marinheiro. Somente quem avistar seu barco singrando à grande distância terá plena noção da altura estonteante de seus mastros. Parece quase impossível que aquelas vergas douradas, cuja visão integral exigia que se inclinasse a cabeça para trás e agora descem para o plano inferior da visão, devam forçosamente atingir a linha do horizonte. Uma tal experiência nos oferece uma impressão mais precisa da imponência dos mastros do que se poderia ter escalando um deles. E no entanto, em meu tempo, a verga do sobrejoanete de um navio lucrativo de médio porte ficava muito acima de sua coberta.

Um marinheiro ágil pode ter que subir inúmeras vezes as escadas de ferro da casa de máquinas de um navio, com certeza, mas eu me lembro de momentos em que mesmo para minhas pernas flexíveis e o orgulho de minha agilidade, o maquinário de um veleiro mercante parecia atingir as estrelas.

Pois maquinário ele é, realizando sua função em perfeito silêncio e com inabalável graça, parecendo ocultar uma caprichosa e nem sempre governável força sem se valer dos recursos materiais da terra. Não é para ele a precisão infalível do aço impelido por alvo vapor, vivendo de rubro fogo e alimentado-se de negro carvão. O outro parece extrair sua força da própria alma do mundo, sua formidável aliada, forçada à obediência pelos mais frágeis laços, como um fantasma feroz capturado numa armadilha de algo ainda mais delicado que fios de seda. Pois o que é a armação das

O Espelho do Mar

cordas mais fortes, das vergas mais altas e das velas mais resistentes contra o poderoso sopro do Infinito senão talos de cardos, teias de aranha, gaze?

XI

Na verdade, é menos que nada, e eu vi, quando a grande alma do mundo virou com um forte suspiro, uma vela de estai do traquete perfeitamente nova e ultra-resistente desaparecer como o fragmento de algum tecido vaporoso mais leve que a gaze. Depois foi a vez das altas vergas permanecerem inabaláveis em meio ao grande tumulto. O maquinário precisa fazer seu trabalho mesmo que a alma do mundo tenha enlouquecido.

O moderno navio a vapor avança por um mar sombreado e tranqüilo com um tremor pulsante de sua estrutura, um clangor ocasional em suas profundezas, como se abrigasse um coração de ferro em seu corpo de ferro; com um ritmo de pancadas surdas em seu avanço e a batida regular de seu propulsor, escutado de longe, à noite, com um som augusto e laborioso de marcha para um futuro inevitável. Mas, durante uma tormenta, a maquinaria silenciosa do veleiro não captaria somente a força, mas a selvagem e exuberante voz da alma do mundo. Estivesse ele correndo a favor do vento com as altas vergas balançando ou contra ele com o velame recolhido, ouvia-se invariavelmente aquela canção selvagem, profunda como um cântico, do sopro, ora grave, ora agudo, do vento sobre a crista das ondas, entrecortado pelo estrondo intermitente de uma onda se quebrando. Com o tempo, os efeitos fantásticos dessa orquestra invisível davam a tal ponto nos nervos de uma pessoa, que ela chegava a desejar a surdez.

E esta recordação de um desejo pessoal, experimentado em diversos oceanos onde a alma do mundo tem espaço de sobra para virar com um poderoso suspiro, leva-me a observar que, para cuidar corretamente da mastreação de um navio, convém o marinheiro não dar muita importância a seus ouvidos. Era tal a intimidade com que um marinheiro tinha de viver com seu navio antigamente, que seus sentidos se confundiam com os do navio, e a pressão sobre seu corpo permitia-lhe julgar a tensão nos mastros do navio.

Eu já navegava havia algum tempo quando percebi que a audição exerce um papel sensível na avaliação da força do vento. Anoitecera. O navio era um daqueles clíperes de ferro para transporte de lã do enxame que a Clyde operou mundo afora na sétima década do século passado. Foi um ótimo período para a construção naval e também, como não, um período de mastreação excessiva. Os mastros acotovelados nos cascos estreitos eram exageradamente altos então, e o navio a que me refiro, com os aros de suas clarabóias de vidro colorido exibindo o lema "Prospere Glasgow", era certamente um dos exemplares mais pesadamente aparelhados. Ele havia sido construído para transporte pesado e invariavelmente transportava toda a carga que pudesse suportar. Nosso capitão era famoso pelas travessias rápidas a que se acostumara no velho *Tweed*, um navio mundialmente conhecido por sua velocidade. O *Tweed* era um barco de madeira, e ele havia trazido sua tradição de rapidez consigo para o clíper de ferro. Eu era o mais novo ali, um terceiro oficial subordinado ao imediato; e foi justamente durante um dos turnos de vigia da noite com vento forte e refrescante que ouvi, por acaso, dois homens num canto abrigado da coberta principal trocando estas observações. Disse um deles:

"Acho que era tempo de recolher algumas dessas velas leves."

E o outro, um homem mais velho, grunhiu em resposta:

"Sem chance! Não enquanto o imediato estiver na coberta. Ele é tão surdo que não sabe dizer a força do vento."

E, de fato, o pobre P-, marinheiro inteligente e jovem, era muito duro de ouvido. Ao mesmo tempo, tinha fama de ser um diabo de bom em navegar forçando as velas de um navio. Era terrivelmente astuto para ocultar sua surdez e, quanto a navegar no limite, embora fosse uma pessoa ousada, não creio que jamais tenha desejado assumir riscos excessivos. Nunca esquecerei seu ingênuo espanto ao ser censurado pelo que pareceu a mais ousada das proezas. A única pessoa com autoridade para censurá-lo era, certamente, nosso capitão, ele próprio famoso pela temeridade; e realmente, para mim que sabia a quem estava servindo, aquelas cenas me impressionaram. O capitão S- tinha grande renome por qualidades de marinhagem — o tipo de renome que compelia minha admiração juvenil. Preservo até hoje sua memória pois, em certo sentido, foi ele que efetivamente completou meu treinamento. O processo foi freqüentemente conflituoso, mas deixemos isso de lado. Estou certo de que sua intenção era boa e tenho certeza de que jamais, nem mesmo na própria época, poderia atribuir intenções maldosas a seu extraordinário dom de criticar rispidamente. E ouvi-*lo* fazer um escândalo sobre o excesso de vela no navio parecia uma daquelas experiências incríveis que só acontecem nos sonhos.

Geralmente acontecia assim: Nuvens correndo pelo céu noturno, o vento uivando, as velas principais enfunadas e o navio singrando velozmente na escuridão, deixando uma imensa faixa de espuma branca alinhada com a amurada a sotavento. O Sr. P-, encarregado da coberta,

O Espelho do Mar

pendurado na mezena a barlavento, mastreando com perfeita serenidade; eu, o terceiro oficial, também pendurado em algum lugar a barlavento sobre a popa inclinada, em estado de prontidão para saltar ao menor sinal de algum tipo de ordem, mas também com ânimo perfeitamente sereno. De repente, emergindo da gaiúta, surgia uma figura alta e escura, de cabeça descoberta, com a curta barba branca de corte reto perfeitamente visível no escuro — o Capitão S- —, perturbado em sua leitura lá em baixo pelos tombos e cabeçadas assustadores do navio. Andando todo encurvado para contrabalançar a acentuada inclinação do convés, ele dava um ou dois giros em perfeito silêncio, demorava-se ao lado do compasso por algum tempo, dava mais um par de voltas e repentinamente explodia:

"O que você está tentando fazer com o navio?"

E o Sr. P-, que tinha dificuldade de ouvir o que se gritava ao vento, dizia inquisitivamente:

"Como, senhor?"

Então, em meio à crescente ventania do mar, haveria uma pequena tempestade privada no navio em que se poderia detectar linguagem pesada pronunciada com paixão, e protestos justificativos expressos com toda inflexão imaginável de inocência injuriada.

"Céus, Sr. P-! Eu costumava forçar o velame em meu tempo, mas..."

E o resto se perderia para mim numa rajada do vento tempestuoso.

Depois, numa calmaria, a inocência queixosa de P- se tornava audível:

"Ele parece estar suportando muito bem."

E então uma nova explosão indignada:

"Qualquer besta pode forçar o velame de um navio..."

E assim por diante, enquanto o navio corria ainda mais inclinado com um chiado mais barulhento, um assobio mais ameaçador da lâmina de espuma branca, quase cegante, a sotavento. Pois o melhor de tudo é que o Capitão S- parecia constitucionalmente incapaz de dar a seus oficiais uma ordem clara para reduzir velas; e assim prosseguiria aquela altercação estranhamente vaga até se tornar evidente para ambos, depois de alguma rajada particularmente alarmante, que já era tempo de fazer alguma coisa. Nada como a assustadora inclinação dos altos mastros sobrecarregados de velas para trazer um homem surdo e um furioso à razão.

XII

Assim o velame era reduzido ainda em tempo mesmo naquele navio, e suas altas vergas nunca foram atiradas ao mar enquanto ali servi.

Teias de Aranha e Gaze

Entretanto, durante todo o tempo em que estive com eles, o Capitão S- e o Sr. P- nunca se entenderam perfeitamente. Se P- forçava nas velas "como o próprio demônio" porque era surdo demais para saber como andava o vento, o Capitão S- (que, como já disse, parecia intrinsecamente incapaz de ordenar a um imediato seu para reduzir as velas) ressentia-se das obrigações que lhe eram impostas pelas ações ousadas do Sr. P-. Era típico do Capitão S- recriminar seus oficiais por não correrem o suficiente — em sua expressão "por não tirarem cada onça de vantagem de um bom vento". Mas havia também um motivo psicológico para deixá-lo extremamente intolerante a bordo daquele clíper de ferro. Ele viera havia pouco do maravilhoso *Tweed*, um navio que, segundo ouvi dizer, era duro de governar, mas espantosamente rápido. Em meados dos anos sessenta, ele vencera com um dia e meio de vantagem o vapor-correio na travessia de Hong-Kong a Cingapura. Haveria alguma rara felicidade, talvez, na disposição de seus mastros — quem sabe? Oficiais de vasos de guerra costumavam ir a bordo para tirar as dimensões exatas de seu velame. Talvez houvesse um toque de gênio ou o dedo da boa fortuna no traçado de suas linhas de proa e de popa. É impossível dizer. Ele fora construído em algum lugar das Índias Orientais, todo de madeira de teca, exceto o tombadilho. Tinha uma grande curvatura de convés, proa alta e popa desajeitada. Os homens que o tinham visto descreveram-no para mim como "sem grande coisa para se ver". Mas na terrível fome indiana dos setenta, aquele barco, já velho então, fez algumas incursões maravilhosas pelo Golfo de Bengala com carregamento de arroz de Rangum para Madras.

Ele levou consigo o segredo de sua velocidade e, por feio que pudesse ser, sua imagem certamente terá um lugar glorioso no espelho do velho mar.

O caso, porém, é que o Capitão S-, que costumava dizer freqüentemente "Ele nunca fez uma travessia decente desde que eu o larguei", parecia pensar que o segredo de sua rapidez estava em seu notório comandante. Seguramente, o segredo da excelência de muitos navios reside em seu comandante, mas era inútil o Capitão S- tentar fazer seu novo clíper de ferro igualar os feitos que fizeram do velho *Tweed* um nome memorável nos lábios dos marinheiros de língua inglesa. Havia algo de patético nisto, algo como o esforço de um artista envelhecido para igualar as obras-primas de sua juventude — pois as famosas travessias do *Tweed* eram obras-primas do Capitão S-. Era patético, e talvez, no mínimo, um tanto perigoso. De qualquer forma, fico contente de que, entre os anseios do Capitão S- por antigos triunfos e a surdez do Sr. P-, eu tenha presenciado algumas manobras memoráveis. E eu próprio carreguei nas velas das altas vergas

O Espelho do Mar

daquela obra-prima dos estaleiros Clyde como jamais fiz em algum outro navio antes ou depois.

Tendo o segundo oficial adoecido durante a viagem, fui promovido a oficial de guarda, encarregado exclusivo do convés. Assim, a enorme força mecânica do altos mastros do navio se tornou assunto muito especial de meu próprio interesse. Imagino que seja uma espécie de cumprimento um jovem merecer a confiança, aparentemente sem qualquer supervisão, de um comandante como o Capitão S-; embora, até onde consigo lembrar, nem o tom, nem o modo, nem mesmo o alvo das observações do Capitão S- a mim endereçadas jamais, mesmo na mais exagerada das interpretações, implicaram uma opinião favorável sobre minhas habilidades. E ele foi, devo dizer, um comandante dos mais complicados de quem se obter ordens à noite. Se eu devia ficar de guarda das oito à meia-noite, ele deixava a coberta em torno das nove com as palavras, "Não recolha nenhuma vela". Então, no momento de desaparecer pela escotilha, acrescentava bruscamente: "Não desaparelhe nada". Fico satisfeito em dizer que nunca o fiz; certa noite, porém, fui colhido, sem estar muito preparado, por uma brusca virada do vento.

Houve, é claro, muita algazarra — correria, os gritos da marujada, a trepidação das velas —, suficiente, com efeito, para despertar defuntos. Mas S- não veio à coberta. Quando fui rendido pelo imediato, uma hora mais tarde, o capitão mandou me chamar. Fui até sua cabine, onde ele estava deitado na cama, enrolado numa manta e com um travesseiro sob a cabeça.

"O que é que você estava aprontando lá em cima, agora há pouco?", perguntou.

"O vento virou para sotavento, senhor", eu disse.

"Não deu para perceber a virada chegando?"

"Sim, senhor, achei que ela não ia demorar muito".

"Por que não sirgou as velas mestras imediatamente, então?", perguntou num tom que deve ter feito meu sangue gelar.

Mas aquela era minha chance e não a deixei escapar.

"Bem, senhor", disse em tom apologético, "ele estava avançando muito bem em onze nós e pensei que agüentaria mais meia hora."

Ele ficou me fitando com um olhar furibundo, recostado em silêncio sobre o travesseiro branco, durante algum tempo.

"Pois sim, mais meia hora. É assim que os navios são desmastreados."

E isto foi tudo que obtive a título de repreensão. Esperei um pouco e depois saí, fechando cuidadosamente a porta da cabine.

Bem, eu amei o mar, convivi com ele e o deixei sem nunca ter visto os

O Peso da Carga

grandes panos com talos, teias de aranha e gaze de um navio serem atirados pela borda. Tremenda boa sorte, sem dúvida. Mas quanto ao pobre P-, estou certo de que teria se safado impunemente disso não fosse pelo Deus dos ventos que o chamou cedo desta terra, que é três partes oceano e, portanto, uma digna morada para homens do mar. Alguns anos mais tarde, encontrei um marinheiro num porto indiano que servira nos navios da mesma companhia. Surgiram nomes em nossa conversa, nomes de colegas nossos no mesmo emprego, e, naturalmente, perguntei por P-, se ele já obtivera um comando. E o outro me respondeu com indiferença:

"Não; mas ele está servido, de certa forma. Um mar bravio o levou da popa numa viagem entre a Nova Zelândia e o Horn."

P- abandonou pois as altas vergas dos navios de que exigira o máximo em muitos momentos de tempo borrascoso. Ele me havia mostrado o que significava navegar no limite, mas não era um homem com quem se aprende prudência. Ele não tinha culpa de sua surdez. Não se pode deixar de lembrar seu temperamento alegre, seu gosto pelas piadas da *Punch*, suas pequenas excentricidades — como, por exemplo, sua curiosa paixão por tomar lunetas emprestado. Cada uma de nossas cabines tinha sua própria luneta presa com parafusos no tabique, e jamais pudemos imaginar para que lhe serviriam as outras. De qualquer forma, era uma excentricidade inofensiva, e possa o Deus dos ventos, que o levou tão abruptamente entre a Nova Zelândia e o Horn, deixar que sua alma repouse em algum Paraíso de autênticos navegantes, onde nenhuma navegação no limite jamais desmastreará um navio!

XIII

Houve um tempo em que o imediato de um navio, agenda na mão e lápis atrás da orelha, mantinha um olho erguido para sua aparelhagem e o outro baixado para as escotilhas, para os estivadores, e observava a disposição da carga do navio, sabendo que, mesmo antes da partida, já estava dando o melhor de si para garantir uma travessia rápida e tranqüila.

A pressa dos tempos, a organização de carga e descarga nas docas, o uso de equipamento para elevação que opera com rapidez e não espera, a pressão para a pronta expedição, o próprio tamanho do navio, se interpõem, hoje em dia, entre o moderno marinheiro e o pleno conhecimento de seu ofício.

Há navios lucrativos e não lucrativos. O navio lucrativo transportará uma grande carga apesar dos percalços do tempo, e, quando em repouso,

O Espelho do Mar

ficará na doca e mudará de ancoradouro para ancoradouro sem lastro. Existe uma marca de perfeição operacional de um navio quando se diz que ele é capaz de *velejar* sem lastro. Eu mesmo nunca encontrei este tipo de modelo de perfeição, mas já o vi anunciado em navios à venda. Sempre desconfiei desse excesso de virtude e benevolência da parte de um navio. Qualquer um pode dizer que seu barco veleja sem lastro; e ele o dirá, também, com todos os sinais de uma profunda convicção, especialmente se não for ele a velejá-lo. O risco de alardear a capacidade de navegar sem lastro não é grande pois a declaração não implica uma garantia de que ele consiga chegar a alguma parte. Ademais, é estritamente verdade que a maioria dos navios pode navegar sem lastro por um tempo limitado até soçobrar.

O armador adora um navio lucrativo; o marinheiro sente orgulho dele; raramente duvida de sua boa aparência; mas se ele puder alardear qualidades mais úteis da embarcação, isto representa uma satisfação a mais para seu amor próprio.

O carregamento de navios já foi uma questão de habilidade, discernimento e saber. Livros alentados foram escritos a esse respeito. *Stevens on Stowage*[5] é um portentoso volume com a fama e o peso (em seu próprio universo) de *Coke on Littleton*[6]. Stevens é um escritor agradável e, como acontece com homens de talento, seus dons ornamentam sua genuína solidez. Ele nos oferece o ensinamento oficial sobre o assunto todo, é preciso quanto às normas, menciona fatos ilustrativos, cita casos legais em que os vereditos giraram em torno de alguma questão de estiva. Ele nunca cai no pedantismo e, com toda sua estrita adesão a princípios gerais, está sempre pronto a admitir que não há dois navios que possam ser tratados exatamente da mesma maneira.

A estiva, que foi uma atividade especializada, está rapidamente se transformando em trabalho não especializado. O moderno navio a vapor com seu elevado número de porões já não é carregado no sentido antigo que a marinhagem atribuía a essa palavra. Ele é enchido. Sua carga não é, em nenhum sentido, estivada; ela é simplesmente descarregada nele por seis escotilhas, mais ou menos, mediante cerca de doze guinchos, com estrépido, pressa, algazarra e calor, em meio a uma nuvem de vapor e uma

---

5) *Stevens on Stowage* de R.W. Stevens, *On the Stowage of Ships and their Cargoes*, 1. ed. (Plymouth, 1858).

6) *Coke on Littleton: Coke upon Littleton* (1628), o primeiro volume de *Institutes of the Lawes of England*, por Sir Edward Coke (1552-1634), contendo seus comentários aos escritos legais de Sir Thomas Littleton (1422-1481).

O Peso da Carga

confusão de pó de carvão. Enquanto mantivemos sua hélice submersa e cuidarmos, digamos, de não pousar tonéis de óleo sobre fardos de seda, ou depositar uma viga de ferro de cinco toneladas sobre uma camada de sacos de café, fezemos quase tudo em matéria de dever que o apelo à pronta expedição nos permite.

XIV

O veleiro, quando o conheci em seus dias de perfeição, era uma criatura sensível. Quando digo seus dias de perfeição, quero dizer perfeição de construção, equipamento, qualidades de navegação e facilidade de manejo, não a perfeição de velocidade. Essa qualidade surgiu com a mudança dos materiais de construção. Nenhum navio de ferro de antigamente jamais atingiu as maravilhas de velocidade que a marinhagem de homens famosos em seu tempo obteve de seus predecessores de madeira laminada com cobre. Foi feito de tudo para aperfeiçoar o navio de ferro, mas não houve inteligência humana capaz de idealizar uma composição de revestimento eficiente para manter sua quilha limpa, com a polida limpidez de uma lâmina de metal amarelo. Depois de algumas semanas no mar, um navio de ferro começa a se retardar como se ficasse fatigado antes da hora. Mas é apenas sua quilha que está ficando suja. É preciso muito pouco para afetar a velocidade de um navio de ferro que não seja impelido por uma propulsor implacável. Geralmente é impossível saber a bagatela que o tirou de seu andamento normal. Um certo mistério ronda a qualidade da velocidade tal como se via nos antigos veleiros comandados por um navegador competente. Naquela época, a velocidade dependia do marinheiro; portanto, afora as leis, normas e regulamentos para a boa preservação de sua carga, ele era cuidadoso com seu carregamento, ou com o que é tecnicamente chamado de estiva do navio. Alguns navios velejavam melhor com a quilha nivelada, outros precisavam ser estivados para rebaixar quase um pé do lado da popa, e ouvi falar de um navio que obtinha o melhor aproveitamento de um vento quando era carregado para ficar algumas polegadas mais fundo na proa.

Lembro-me de uma paisagem de inverno em Amsterdã — um terreno descampado e deserto com pilhas de madeira erguidas aqui e ali como as tendas no acampamento de uma tribo muito miserável; a longa extensão do Handelskade; frias docas revestidas de pedra, com o chão polvilhado de neve e a rígida água congelada do canal onde se acomodava uma fileira de navios com as amarras cobertas de geada pendendo frouxamente e as

O Espelho do Mar

cobertas ociosas e desertas porque, como o chefe da estiva (uma pessoa descorada e gentil com alguns poucos fios dourados no queixo e um nariz avermelhado) me informou, suas cargas estavam retidas pelo congelamento, em chatas e *schuyts*[7], no interior. À distância, além do terreno deserto e correndo em paralelo com a linha dos navios, um renque de casas cor de castanha que pareciam vergar sob os telhados cobertos de neve. Chegava de longe, do final da Tsar Peter Straat, pelo ar gelado, o tinir das campainhas dos bondes puxados a cavalo que surgiam e desapareciam nas abertura entre os edifícios como se fossem pequenas carruagens de brinquedo puxadas por cavalos de brinquedo e conduzidas por pessoas que não pareciam maiores que crianças.

Eu estava, como diz o francês, mordendo os punhos de impaciência por aquela carga congelada; enfurecido com aquele encalhe no canal, com o aspecto invernoso e deserto daqueles navios que pareciam afundar em profunda depressão por falta do mar aberto. Eu era imediato e estava muito solitário. Mal fora incorporado, recebera instruções dos proprietários para licenciar coletivamente todos os aprendizes do navio porque, com aquele tempo, não havia nada a fazer exceto manter o fogo aceso na estufa da cabine. Esta era atendida por um guardador holandês feio e cabeludo, inconcebivelmente sujo e desdentado, que mal conseguia falar três palavras em inglês, mas devia ter um conhecimento razoável da língua pois sempre conseguia interpretar em sentido contrário tudo que lhe diziam.

Apesar da pequena estufa de ferro, a tinta congelou na mesa basculante da cabine e achei mais oportuno descer em terra para caminhar por aquele deserto Ártico e tiritar em bondes cobertos de gelo para escrever minha carta vespertina aos proprietários em um suntuoso café no centro da cidade. Era um lugar imenso, imponente e dourado, guarnecido de pelúcia vermelha, cheio de luzes elétricas e tão fortemente aquecido que até mesmo as mesas de mármore pareciam quentes ao toque. O garçom que me trouxe uma xícara de café exibia, em razão de meu completo isolamento, a calorosa aparência de um amigo íntimo. Ali, sozinho em meio a uma ruidosa multidão, eu escreveria vagarosamente uma carta endereçada a Glasgow, cuja essência seria: Não há carga e aparentemente nenhuma perspectiva de sua chegada antes do avanço da primavera. E durante todo o tempo em que ficava ali sentado, a necessidade de voltar ao navio acossava fortemente meu ânimo já meio congelado — tiritar em bondes enregelados, caminhar pelo ermo salpicado de neve, avistar os navios

---

7) Pequenos barcos de fundo chato usados em canais e na navegação costeira na Holanda.

52

congelados numa fila parecendo vagos cadáveres de barcos negros num mundo branco, tão silenciosos, inertes, inanimados eles me pareciam.

Cautelosamente eu galgaria o costado de meu cadáver particular e o sentiria frio como o gelo e escorregadio sob meus pés. Minha cabine gelada engoliria como um gélido nicho sepulcral meus corpo tiritante e minha mente excitada. Era um inverno cruel. O próprio ar parecia duro e cortante como aço; mas seria preciso muito mais para extinguir meu fogo sagrado para o exercício de minha profissão. Nenhum jovem de vinte e quatro anos nomeado imediato pela primeira vez em sua vida teria deixado aquele tenaz inverno holandês penetrar em seu coração. Penso que naqueles dias não esqueci o fato de minha promoção sequer por cinco minutos seguidos. Imagino que isto me aquecia mais, mesmo durante o sono, do que a alta pilha de cobertores que literalmente estalavam de geada quando eu os afastava pela manhã. Eu me levantava cedo pela exclusiva razão de ser o único no comando. O novo capitão ainda não havia sido nomeado.

Chegava, quase todas as manhãs, uma carta dos proprietários instruindo-me para ir até o encarregado de fretes e cobrar a carga do navio; para ameaçá-lo com as piores multas por *demurrage*[8]; para exigir que aquele sortimento de mercadorias variadas encalhado numa paisagem de gelo e moinhos de vento em algum ponto do interior do país fosse colocado em trem imediatamente, e fosse levado para o navio, em quantidades regulares, todos os dias. Depois de beber um pouco de café quente, como um explorador Ártico de partida para uma viagem de trenó para o Pólo Norte, eu iria em terra e rodaria tiritando num bonde até o coração da cidade, cruzando casas de fachadas limpas, milhares de aldravas de latão sobre milhares de portas pintadas reluzindo por trás dos renques de árvores das calçadas, desfolhadas, esquálidas, aparentemente mortas para sempre.

Essa parte da expedição era bastante fácil, embora os cavalos cintilassem com pingentes de gelo e o rosto dos motorneiros exibisse uma repulsiva combinação de carmesim e púrpura. Mas quanto a assustar, coagir, ou mesmo adular Sr. Hudig para obter algum tipo de resposta, o caso era bem diferente. Ele era um holandês grande e trigueiro, com bigodes pretos e olhar impudente. A primeira coisa que fazia era me empurrar para uma cadeira antes que eu pudesse abrir a boca, oferecendo-me, cordialmente, um grande charuto; depois, em excelente inglês, começava a falar demoradamente sobre a espantosa inclemência do tempo. Era impossível ameaçar alguém que, embora dominasse perfeitamente a

---

8) Multa por reter um navio contratado mais tempo do que o acertado.

O Espelho do Mar

língua, parecia incapaz de compreender qualquer frase em tom de censura ou desagrado. Quanto a brigar com ele, teria sido uma estupidez. O tempo estava ruim demais para isso. Seu escritório era tão cálido, seu fogo tão brilhante, seus flancos chacoalhavam com tal vigor com o riso, que eu sempre sentia grande dificuldade em me decidir a apanhar o chapéu.

Finalmente a carga chegou. De início ela veio pingando, despachada em vagões ferroviários, até o degelo avançar; depois, mais depressa, numa multidão de chatas em meio a uma grande precipitação de águas. O amável agente da estiva ficou ocupadíssimo, enfim; e o imediato tratou de se ocupar com a boa distribuição do peso de sua primeira carga num navio que ele ainda não conhecia pessoalmente.

Navios gostam de atenção. Eles querem atenção no seu manejo; e se pretendermos manejá-los bem, eles devem ser bem atendidos na distribuição do peso que lhes pedimos para carregar pelas vicissitudes de uma travessia. O navio é uma dócil criatura cujas idiossincrasias devem ser respeitadas, para que ele angarie prestígio para si e para nós em seu existir turbulento.

XV

Assim parecia pensar o novo capitão que chegou no dia seguinte, depois de termos concluído o carregamento, na véspera do dia de partida. Avistei-o pela primeira vez no cais, um completo estranho para mim, obviamente não holandês, trajando chapéu coco e um curto sobretudo de lã, ridiculamente discrepante do aspecto invernal da área deserta ladeada pelas fachadas marrons das casas cujos telhados gotejavam a neve que derretia.

O estranho caminhava para cima e para baixo absorvido em atenta contemplação da elevação da popa e da proa do navio; mas quando o vi se agachar na neve enlameada da beira do cais para espiar o calado sob a almeida, disse comigo mesmo, "Este é o capitão". E então avistei sua bagagem chegando — uma verdadeira arca de marinheiro, carregada num moitão de cordas entre dois homens, com um par de maletas de couro e um rolo de mapas envolvidos em tela empilhados sobre sua tampa. A súbita e espontânea agilidade com que saltou para bordo por cima da amurada proporcionou-me o primeiro vislumbre de seu verdadeiro caráter. Sem mais delongas que um aceno amigável, ele dirigiu-se a mim: "Você se saiu muito bem no equilíbrio longitudinal. E quanto aos pesos?"

Contei-lhe que conseguira manter o peso suficientemente elevado, assim pensava, com um terço do total na parte superior "acima dos vaus",

O Peso da Carga

como dizia a expressão técnica. Ele assobiou: "Fiu!", escrutinando-me da cabeça aos pés. Uma espécie de aborrecimento sorridente era visível em seu rosto rubicundo.

"Bem, teremos muita agitação nesta viagem, aposto", disse. Ele sabia. O fato é que tinha sido imediato do navio nas duas viagens precedentes; e eu já me havia familiarizado com a sua caligrafia nos velhos livros de bordo que andara folheando, com natural curiosidade, em minha cabine, procurando registros sobre a sorte de meu novo navio, seu comportamento, os bons momentos que tivera e os problemas de que se safara.

Sua profecia estava certa. Em nossa viagem de Amsterdã a Samarang com uma carga variada, da qual, ai de mim, apenas um terço do peso estava armazenado "acima dos vaus", tivemos agitação de sobra. Foi agitada mas não divertida. Não houve um único momento de conforto porque nenhum marinheiro pode sentir conforto corporal ou mental quando deixou seu navio instável.

A viagem num navio desequilibrado durante aproximadamente noventa dias é certamente uma experiência enervante; mas neste caso, o que estava errado com nossa embarcação era o seguinte: em virtude de meu sistema de carregamento, ele tinha ficado estável demais.

Nunca antes nem depois senti um navio jogar tão bruscamente, tão violentamente, tão pesadamente. Uma vez começado, sente-se que ele jamais vai parar, e esta inelutável sensação característica do movimento de navios, cujo centro de gravidade fica baixo demais durante o carregamento, deixava todo mundo a bordo esgotado com o esforço para se manter de pé. Lembro-me de ter escutado certa vez, por acaso, um dos homens dizer: "Céus, Jack! Sinto que a qualquer momento vou me largar e deixar o maldito barquinho me arrebentar a cabeça, se quiser". O capitão costumava observar com muita freqüência: "Pois é; suponho que um terço da carga acima dos vaus teria sido perfeitamente suficiente para a maioria dos barcos. Mas, quer saber, não há dois deles que sejam iguais nos mares, e para carregar, este é um matungo especialmente instável".

Rumando para o sul, singrando pelos vendavais das altas latitudes, ele transformou nossa vida num inferno. Houve dias em que nada parava nas mesas balouçantes, em que não havia posição para se ficar sem sentir os músculos permanentemente tensos. Ele jogava e jogava, com um tranco de deslocamento terrível e aquela varredura rápida e atordoante de seus mastros em cada oscilação. Era um espanto que os homens mandados ao topo dos mastros não fossem atirados das vergas, que as vergas não fossem arrancadas dos mastros, que os mastros não fossem atirados ao mar. O capitão, acomodado em sua cadeira de braços, segurando-se taciturno à

O Espelho do Mar

cabeceira da mesa, com a terrina de sopa rolando por um lado da cabine e o camareiro cambaleando no outro, observava, olhando para mim: "Isto é o seu terço acima dos vaus. A única coisa que me surpreende é que os paus tenham agüentado esse tempo todo".

Finalmente, parte das vergas menores se foram — nada importante: botalós da vela de ré, coisas assim — porque o impressionante ímpeto de sua oscilação acabou rompendo a corda de cânhamo de três polegadas de algum moitão quádruplo como se fosse um barbante.

Foi por justiça poética que o imediato responsável pelo equívoco — parcialmente desculpável, talvez — na distribuição da carga do navio pagou o seu preço. Uma peça de uma das vergas menores que se soltou bateu nas costas do imediato e o atirou deslizando, de cara para o chão, por largo trecho do convés principal. Daí resultaram várias e desagradáveis conseqüências de ordem física — "sintomas esquisitos", como costumava dizer o capitão que os tratava; períodos inexplicáveis de lassidão, bruscos acessos de uma dor misteriosa; e o paciente concordava inteiramente com os resmungos pesarosos de seu zeloso capitão desejando que tivesse sido uma simples perna quebrada. Nem mesmo o médico holandês que assumiu o caso em Samarang foi capaz de oferecer alguma explicação científica. Resumiu-se a dizer: "Bem, meu amigo, você ainda é jovem; pode ser muito sério para o resto de sua vida. Você deve deixar o navio; deve ficar em silêncio completo por três meses — silêncio completo".

Com certeza ele pretendia dizer que o imediato devia ficar em repouso — de cama, na verdade. Seus modos eram muito comoventes, não obstante a puerilidade de seu inglês — comparada à fluência do Sr. Hudig, a figura na outra ponta da travessia — e, à sua maneira, igualmente memorável. Numa ampla enfermaria arejada de um hospital do Extremo Oriente, deitado de costas, tive tempo de sobra para recordar o frio e a neve terríveis de Amsterdã enquanto olhava as frondes das palmeiras agitarem-se farfalhando no alto da janela. Pude recordar o sentimento de orgulho e o frio causticante daquelas viagens de bonde à cidade para pressionar, como se diz em jargão diplomático, aquele bom Hudig, com seu fogo confortador, sua poltrona, seu grande charuto e a infalível insinuação de sua voz bonachona: "Imagino se no final das contas não será você que eles vão nomear capitão antes do navio zarpar?" Deve ter sido sua natureza bonachona, a bonacheirice séria e circunspecta de um homem gordo e trigueiro com bigodes retintos e olhar imperturbável; mas não lhe faltava uma certa diplomacia. Eu costumava rejeitar modestamente sua graciosa sugestão com a certeza de que isto seria extremamente improvável devido a minha pouca experiência. "Você sabe lidar muito bem com negócios",

Atrasado e Desaparecido

ele costumava dizer, com uma espécie de afetada melancolia toldando a serena face arredondada. Fico imaginando se ele nunca ria sozinho quando eu deixava seu escritório. Suponho que não, pois entendo que os diplomatas, dentro e fora da carreira, levam, a si e a seus truques, com exemplar seriedade.

Mas ele quase me persuadiu de meus requisitos para receber um comando. Foram precisos três meses de inquietação, jogo violento do navio, remorsos e dor física para eu assimilar a lição da falta de experiência.

Sim, a embarcação quer ser tratada com sabedoria. É preciso tratar com muita consideração os mistérios de sua natureza feminina e assim ela ficará fielmente do nosso lado na luta incessante contra forças das quais não é vergonhoso perder. É uma relação muito séria a que um homem mantém com seu barco. Ele tem os seus direitos como se respirasse e falasse; e, na verdade, há navios que para o homem certo farão qualquer coisa, exceto falar, como se diz.

Um navio não é um escravo. É preciso confortá-lo durante uma travessia, e não se deve jamais esquecer de lhe dedicar a maior parte de nossos pensamentos, nossa habilidade, nosso amor próprio. Se nos lembrarmos naturalmente e sem esforço dessa obrigação, como se ela fosse um sentimento instintivo de nossa vida interior, ele navegará, flutuará, correrá por nós enquanto puder ou, como uma ave marinha pousada no mar revolto, enfrentará o mais violento vendaval que já nos fez duvidar de viver o suficiente para ver uma nova aurora.

XVI

Percorro freqüentemente, com melancólica ansiedade, o espaço reservado nos jornais sob o título geral de "Informe de Navegação". Ali encontro os nomes de navios que conheci. A cada ano, alguns desses nomes desaparecem — os nomes de velhos amigos. "*Tempi passati!*"

As diferentes seções desse informe estão dispostas numa ordem que varia ligeiramente apenas na disposição dos títulos lacônicos. Primeiro vem "Comunicados" — registros de navios encontrados e identificados, discriminando mar, nome, porto, proveniência, destino, dias de ausência, e terminando geralmente com as palavras "Tudo bem". Depois vem "Naufrágios e Acidentes" — uma disposição mais extensa de parágrafos, a menos que o tempo tenha estado límpido e ameno, incluindo navios de todo o mundo.

Certos dias, aparece por ali o título "Atrasado" — uma ameaça funesta de perda e sofrimento ainda trêmula na balança do destino. O marinheiro vê algo de sinistro no agrupamento de letras que formam essa palavra de significado tão claro, e raramente ameaçando em vão.

Poucos dias mais tarde — espantosamente poucos para os corações que se decidiram bravamente a esperar contra todas as esperanças —, três semanas, um mês depois, talvez, o nome de navio sob a influência maligna do título "Atrasado" pode ressurgir na coluna "Informe de Navegação", mas debaixo da chamada definitiva "Desaparecido".

"O navio, ou barco, ou brigue Tal-e-tal, originário de tal porto, com tal e tal carga, com destino a tal outro porto, tendo partido em. tal e tal data, foi contatado pela última vez no mar, no dia tal, e nada mais se sabendo dele desde então, foi registrado hoje como desaparecido." Esta é, com sua eloqüência estritamente oficial, a fórmula de oração fúnebre para navios que, cansados talvez de uma prolongada luta, ou em algum momento de descuido, como pode acontecer com o mais atento de nós, deixaram-se vencer por um golpe repentino do inimigo.

Quem poderia saber? Talvez sua tripulação tivesse exigido demais dele, tivesse esticado além do ponto de ruptura a sólida fidelidade que parece forjada e batida naquela armação de cavername e chapeamento de ferro, de madeira, aço, lona e arame que entram na fabricação de um navio — uma criação completa dotada de caráter, individualidade, qualidades e defeitos, de homens cujas mãos o lançam na água, e que outros homens deverão aprender a conhecer com uma intimidade superior à de um homem com outro, a amar com um amor quase tão intenso quanto o de um homem por uma mulher, e, com freqüência, igualmente cego em seu apaixonado descaso pelos defeitos.

Há navios com má fama, mas até agora não encontrei nenhum cuja tripulação não se erguesse furiosa em sua defesa contra todas as críticas. Um navio de que me recordo agora tinha a reputação de matar alguém em cada viagem que fazia. Isto não era nenhuma calúnia, e lembro-me perfeitamente que, ali pelo final dos anos setenta, a tripulação daquele navio se mostrava muito orgulhosa de sua diabólica fama, como se constituísse um corrompido bando de desesperados gloriosos de sua associação com uma entidade maligna. Nós que pertencíamos a outros barcos ancorados no Circular Quay de Sydney costumávamos abanar a cabeça ao vê-lo com o honroso sentimento da impoluta virtude de nossos bem-amados navios.

Não devo declarar seu nome. Ele está "Desaparecido" agora, depois de uma carreira sinistra mas profícua — do ponto de vista de seus

Atrasado e Desaparecido

proprietários — que se estendeu por muitos anos e, poderia dizer, por todos os oceanos do globo. Havendo matado um homem em cada viagem, e talvez pelo aumento de sua misantropia com os achaques que assediam um navio envelhecido, decidiu matar todos de uma vez antes de abandonar o palco de suas proezas. Um fim adequado, este, para uma vida de utilidade e crime — numa derradeira explosão de uma paixão perversa supremamente satisfeita em alguma noite borrascosa, talvez, para os clamorosos aplausos do vento e das ondas.

Como foi que o fez? Na palavra "Desaparecido" existe uma horrível profundeza de dúvida e especulação. Teria saído rapidamente de baixo dos pés de seus homens, ou teria resistido até o fim, deixando o mar despedaçá-lo, arrancar seus tonéis, retorcer sua armação, enchê-lo com um peso crescente de água salgada e, desmastreado, ingovernável, jogando fortemente os botes perdidos, as cobertas varridas, exaurindo seus homens quase até a morte com o incessante trabalho nas bombas antes de afundar como uma pedra com eles?

Entretanto, um caso assim deve ser raro. Imagino que algum tipo de balsa poderia ter sido construída; e mesmo que ninguém se salvasse, ela flutuaria e seria recolhida, trazendo algum indício, talvez, do nome desaparecido. Então aquele navio não estaria propriamente desaparecido. Estaria "perdido com todos os homens", e nessa distinção há uma sutil diferença — menos horror e um mistério menos assustador.

XVII

Existe uma ímpia fascinação do horror na idéia dos últimos momentos de um navio registrado como "Desaparecido" nas colunas da *Shipping Gazette*. Nada dele vem à luz — nenhuma grade, nenhuma bóia, nenhum pedaço de bote ou remo gravado — para fornecer um indício do lugar e a data de seu repentino fim. A *Shipping Gazette* nem mesmo diz "perdido com todos os homens". Ele permanece simplesmente "Desaparecido", desapareceu enigmaticamente num mistério do destino tão grande quanto o mundo, onde nossa imaginação de um irmão-marinheiro, de um colega-servidor e amante de navios pode se espraiar livremente.

No entanto, às vezes se obtém um indício de como pode ter sido a última cena na vida de um navio e de sua tripulação, que se parece com um drama em sua luta contra uma fabulosa força se abatendo sobre ele, informe, inapreensível, caótica e misteriosa como o destino.

Foi numa tarde cinzenta, durante a calmaria de uma tormenta de três

O Espelho do Mar

dias que partira do Oceano do Sul[9] para se abater duramente sobre nosso navio, sob um céu encoberto por farrapos de nuvens que pareciam cortados e talhados pelo gume afiado de um vento de sudoeste.

Nossa embarcação, uma barca de mil toneladas construída pela Clyde, jogava com tanta força que alguma coisa lá no alto havia sido arrancada. Seja lá qual tenha sido, os danos foram suficientemente sérios para me induzir a galgar as alturas junto com um par de homens e o carpinteiro para garantir os consertos necessários.

Às vezes tínhamos que largar tudo e nos agarrar com as duas mãos nas vergas balouçantes, prendendo a respiração com medo de alguma oscilação especialmente violenta. E adernando como se pretendesse emborcar com todos a bordo, o barco, com as cobertas inundadas, o velame esvoaçando pendurado nas cordas, corria a cerca de dez nós por hora. Tínhamos navegado muito para o sul — muito além do que pretendíamos; e de repente, lá em cima, na eslinga da verga do traquete, mergulhados em nosso trabalho, a poderosa manopla do carpinteiro apertou meu ombro com tal força que gritei com a dor inesperada. Os olhos arregalados do homem estavam cravados em meu rosto e ele gritou: "Olhe, senhor! Olhe! O que é isto?", apontando para a frente com a outra mão.

De início não vi nada. O mar era uma vastidão deserta de colinas negras e brancas. De repente eu percebi, meio escondida no tumulto das vagas espumantes, alguma coisa enorme carregada pelas ondas, elevando-se e baixando — alguma coisa espalhada como uma explosão de espuma, mas com uma aparência mais azulada, mais sólida.

Era uma massa de gelo flutuante que derretera até se tornar um fragmento, mas ainda suficientemente grande para afundar um navio, flutuando com maior profundidade que uma balsa, diretamente em nosso caminho, como se estivesse emboscada entre as vagas com intenções assassinas. Não havia tempo para descer até o convés. Eu gritei lá do alto até minha cabeça ficar a ponto de estourar. Fui ouvido da popa e conseguimos desviar do gelo submerso que percorrera todo o caminho da calota polar antártica para fazer uma tentativa contra nossas vidas incautas. Se isto tivesse ocorrido uma hora mais tarde, nada teria salvo o navio, pois nenhum olhar conseguiria perceber aquele descorado pedaço de gelo varrido pelas vagas de cristas esbranquiçadas ao crepúsculo.

E enquanto estávamos, lado a lado, perto da amurada da popa, meu

---

9) Parte meridional dos oceanos Atlântico e Índico.

capitão e eu, olhando para o gelo já quase indistinguível mas ainda bastante próximo de nós, ele observou em tom meditativo:

"Não fosse o giro do timão na hora certa, haveria um novo caso de navio 'Desaparecido'".

Ninguém jamais retorna de um navio "Desaparecido" para dizer como foi cruel a morte da embarcação e como foi repentina e esmagadora a derradeira angústia de seus homens. Ninguém saberia dizer com que pensamentos, com que remorsos, com que palavras em seus lábios eles morreram. Mas há algo de belo no brusco passamento desses corações deixando para trás os paroxismos da luta, da tensão, do tremendo alvoroço — da vasta, incansável fúria da superfície para a enorme paz das profundezas que dormem serenas desde o princípio dos tempos.

XVIII

Mas se a palavra "desaparecido" põe fim a todas as esperanças e sela a perda das seguradoras, a palavra "atrasado" confirma os temores já surgidos em muitos lares de terra, e abre as portas para a especulação no mercado de risco.

Riscos marítimos, entenda-se. Há uma classe de otimistas pronta a ressegurar um navio "atrasado" por um prêmio considerável. Mas nada pode segurar os corações em terra contra a angústia de esperar o pior.

Pois se jamais veio à tona um navio "Desaparecido" na lembrança dos marinheiros de minha geração, já se soube do nome de um navio "Atrasado", trêmulo como se estivesse à beira do cabeçalho fatal, aparecer como "Chegado".

Deve mesmo reluzir com forte brilho a baça tinta de impressão gasta na montagem dessas poucas letras que formam o nome de um navio para os olhares ansiosos que vasculham a página com tremor e temor. É como a mensagem de suspensão da sentença de sofrimento para muitos lares, mesmo que alguns dos homens do navio tenham sido os mais desenraizado dos mortais entre os viajantes do mar.

O ressegurador, o otimista da má sorte e da catástrofe, bate em seu bolso com satisfação. O segurador, que vinha tentando minimizar a quantia da perda iminente, lamenta seu pessimismo prematuro. O navio foi mais resistente, os céus foram mais piedosos, os mares menos furiosos, e talvez a tripulação tenha revelado uma têmpera maior do que ele desejara acreditar.

"O navio Tal-e-tal, com destino a tal porto e listado como 'Atrasado', foi registrado ontem como tendo chegado a salvo em seu destino."

O Espelho do Mar

Assim rezam os termos oficiais da suspensão endereçada aos corações em terra que penam sob uma pesada sentença. E eles chegam celeremente do outro lado da terra por fios e cabos, pois o telégrafo elétrico é um grande mitigador de ansiedades. Detalhes surgirão, é claro. E eles podem trazer o relato de uma escapada por pouco, de prolongada má sorte, de ventos fortes e tempo carregado, de gelo, de calmarias intermináveis ou incessantes ventos ponteiros; um relato de dificuldades superadas, de adversidade desafiada por um punhado de homens sobre a imensa solidão do mar; um relato de expedientes, de coragem — de desamparo, talvez.

De todos os navios avariados em alto-mar, um vapor que tenha perdido seu propulsor é o mais desamparado. E se ele voga à deriva numa parte despovoada do oceano, pode ficar logo atrasado. A ameaça do "Atrasado" e o caráter definitivo do "Desaparecido" chegam muito rapidamente para vapores cuja vida, alimentada a carvão e exalando no ar o sopro de fumaça negra, transcorre desconsiderando ventos e vagas. Um desses, um grande vapor cuja vida útil se pautara por um recorde de pontualidade nas travessias a despeito das condições de vento e de mar, perdeu certa vez seu propulsor numa viagem para o sul, rumo à Nova Zelândia.

Era um período invernoso e sombrio com ventos gelados e mares violentos. Rompendo-se a ponta de seu eixo, a vida pareceu abandonar repentinamente o grande corpo, e de uma existência arrogante, obstinada, ele passou imediatamente à condição passiva de um tronco à deriva. Um navio avariado por sua própria fraqueza não tem o *pathos* de um navio vencido numa batalha com os elementos, e daí provém o drama íntimo de sua vida. Nenhum marinheiro consegue olhar sem compaixão um navio avariado, mas olhar um veleiro que perdeu suas imponentes vergas é como olhar um guerreiro vencido mas indomável. Persiste uma atitude de desafio nos tocos remanescentes de seus mastros, eretos como membros mutilados contra a carranca ameaçadora de um céu tempestuoso; há uma nobre coragem na inclinação ascendente de suas linhas em direção à proa, e tão logo uma tira de vela é exposta ao vento numa verga aparelhada às pressas para aplacar a situação, ele enfrenta novamente as ondas com irrefreável coragem.

XIX

A eficiência de um vapor não reside tanto em sua audácia quanto no motor que carrega em seu bojo. Ele vibra e pulsa como um coração palpitante no interior de suas costelas de ferro e quando pára, o vapor,

62

Atrasado e Desaparecido

cuja vida é menos um enfrentamento, que um desdenhoso descaso pelo mar, adoece e morre sobre as ondas. O veleiro, cujo corpo não palpita, parecia misteriosamente levar uma espécie de existência irreal, beirando a magia de forças invisíveis, sustentada pelo capricho de ventos vitalizantes ou fatais.

Assim, aquele grande vapor, prostrado por um golpe súbito, ficou à deriva como um volumoso cadáver afastado da rota de outras embarcações. E ele poderia ter sido efetivamente registrado como "Atrasado" ou, talvez, "Desaparecido", se não tivesse sido vagamente avistado, durante uma tempestade de neve, como uma estranha ilha flutuante, por um baleeiro que rumava para o norte vindo da região polar. Havia bastante comida a bordo, e não sei se os nervos de seus passageiros foram mesmo afetados por algo mais que um sentimento de tédio interminável, ou pelo vago temor daquela situação inusitada. Será que um passageiro sente a vida do navio em que está sendo transportado como uma espécie de honroso fardo de mercadorias altamente delicadas? Para alguém que nunca tenha sido um passageiro, é impossível dizer. Mas sei que não há provação mais dura para um marinheiro, que sentir um navio morto sob os pés.

Não há como confundir esta sensação, tão sinistra, tão torturante, tão sutil, tão cheia de infelicidade e desgosto. Eu não poderia imaginar um castigo eterno pior para marinheiros pecadores que morram impenitentes sobre o mar que a condenação de suas almas a comandar os fantasmas de navios avariados em deriva eterna por um oceano fantasmagórico e tempestuoso.

Ele deve ter parecido bastante fantasmagórico, aquele vapor avariado jogando em plena tempestade de neve — uma aparição tenebrosa em meio às brancas rajadas de neve —, aos olhares espantados da tripulação daquele baleeiro. Evidentemente eles não acreditavam em fantasmas, pois ao chegar ao porto, seu capitão relatou prosaicamente ter avistado um vapor avariado numa latitude próxima de 50° S. e longitude ainda mais incerta. Outros vapores saíram à sua procura e finalmente o rebocaram da frígida borda do mundo para um porto com docas secas e oficinas onde, com muitas marteladas, seu palpitante coração de aço foi posto em funcionamento novamente para partir com renovado orgulho de sua força, alimentado com fogo e água, lançando a negra fumaça pelo ar, pulsando, trepidando, abrindo caminho com arrogância por entre as grandes vagas, desdenhando cegamente os ventos e o mar.

O percurso que fez enquanto estava à deriva com o coração calado no interior das costelas de ferro parecia uma linha emaranhada sobre o papel branco da carta de navegação. Foi-me mostrado por um amigo, seu

O Espelho do Mar

contramestre. Naquele espantoso emaranhado havia palavras em letras diminutas — "ventos fortes", "cerração fechada", "gelo" — escritas por ele aqui e ali para o registro das condições climáticas. O navio oscilava incansavelmente em torno de sua rota, cruzando e recruzando seu curso aleatório até este parecer um intrincado labirinto de riscos a lápis sem qualquer significado. Mas daquele labirinto espreitava todo o romance do "Atrasado" e a ameaçadora sugestão do "Desaparecido".

"Foram três semanas daquilo", disse meu amigo. "Pense nisso!"

"Como foi que você se sentiu?", perguntei.

Ele fez um gesto com a mão querendo dizer: "Faz parte do trabalho". Mas então, bruscamente, como que tomando uma decisão:

"Eu vou lhe dizer. Já perto do fim, eu costumava me trancar na cabine e chorar."

"Chorar?"

"Derramar lágrimas", explicou sucintamente, e enrolou o mapa.

Eu garanto, ele era um bom marinheiro — o melhor que já pisou no convés de um navio —, mas não pôde suportar a sensação de um navio morto sob seus pés: a mórbida, desalentadora sensação que os homens de alguns navios "atrasados" que finalmente chegaram a um porto com uma mastreação improvisada devem ter sentido, combatido e superado no fiel desempenho de seu dever.

XX

Para um marinheiro, é difícil acreditar que seu navio encalhado não se sinta tão infeliz com a desnaturada condição de ficar sem água sob sua quilha quanto ele ao senti-lo encalhado.

O encalhe é, na verdade, o inverso do afundamento. O mar não se fecha sobre o casco inundado com uma ondulação radiante, ou, talvez, com o ímpeto furioso de um mar encapelado, apagando seu nome do rol dos navios existentes. Não. É como se uma mão invisível se erguesse furtivamente do fundo para agarrar sua quilha que desliza pela água.

Mais do que qualquer outro evento, o "encalhe" provoca no marinheiro uma sensação do mais completo e desalentador fracasso. Há encalhes e encalhes, mas estou tranqüilo para dizer que em noventa por cento dessas ocasiões um marinheiro pode perfeitamente, sem qualquer desonra, desejar estar morto; e não tenho a menor dúvida de que noventa por cento dos que provaram a situação de seu navio encostar no chão realmente desejaram, por cinco segundos talvez, estar mortos.

As Garras da Terra

"Dar no seco" é a expressão profissional para um navio encalhado em circunstâncias amenas. Mas o sentimento é mais como se o chão o tivesse agarrado. É uma sensação surpreendente para os que estão em seu tombadilho. É como se nossos pés fossem apanhados num imponderável laço; sente-se instantaneamente a estabilidade do corpo ameaçada e o equilíbrio mental desfeito. Esta sensação dura apenas um segundo, pois, ainda enquanto cambaleamos, alguma coisa parece se revolver na cabeça provocando, antes de mais nada, uma exclamação mental cheia de espanto e desalento, "Por Deus! Ele encalhou!".

E isto é terrível. Afinal, a única missão da vocação de um marinheiro é manter a quilha dos navios longe do chão. Assim, no momento do encalhe, ele perde qualquer pretexto para seguir vivendo. Manter os navios flutuando é seu ofício; é seu dever; é a fórmula real no fundo de todos os vagos impulsos, sonhos e ilusões que entram na formação da vocação de um garoto. Quando a terra agarra a quilha do navio, mesmo que nada de pior resulte disso, além do desgaste, da quebra de equipamentos e da perda de tempo, fica na memória do marinheiro um gosto indelével de desastre.

"Encalhar", no sentido em que o termo é usado atualmente, significa um erro mais ou menos desculpável. Um navio pode ser "impelido para a praia" por força das intempéries. É uma catástrofe, uma derrota. "Dar em seco" tem a pequenez, a pungência e o amargor de um erro humano.

XXI

Eis porque a maioria dos "encalhes" é inesperada. Na verdade, eles são todos inesperados exceto os que se anunciam com alvoroço e excitação por um curto vislumbre do perigo, como o despertar de um sonho alucinado.

A terra assoma bruscamente, à noite, bem diante da proa, ou talvez se ouça o grito de "Quebra-mar à frente!", e um antigo erro, um complicado edifício de auto-complacência, excesso de confiança e erro de raciocínio desmorona num choque fatal e na experiência confrangedora da quilha do navio raspando e esmagando, digamos, um recife de coral. É um som, para seu porte, bem mais aterrador para a alma do que a violenta extinção de um mundo. Mas daquele caos ressurge a crença no próprio tirocínio e sagacidade. Perguntamos, "Onde raios me meti? Como raios vim parar aqui?", com a convicção de que não poderia ser decorrência de nossos atos, de que houve a interferência de alguma conspiração misteriosa do acaso; de que os mapas estão todos errados, e se os mapas não estiverem

O Espelho do Mar

errados, que a terra e o mar trocaram de lugar; de que nosso infortúnio ficará eternamente inexplicado pois vivemos permanentemente com o senso de nosso dever, a última coisa ao fecharmos nossos olhos, a primeira quando os abrimos, como se nossa mente tivesse velado nossa responsabilidade durante as horas de sono.

Contemplamos mentalmente o próprio infortúnio até que o ânimo vai pouco a pouco mudando, dúvidas inconscientes se instilam até a medula dos ossos, observamos o fato inexplicável sob uma outra luz. É quando nos perguntamos, "Como diabos pude cometer a tolice de entrar ali?" E ficamos prontos para renunciar a toda fé em nosso bom senso, nosso conhecimento, nossa fidelidade, no que até então pensávamos ser o melhor de nós, proporcionando-nos o pão de cada dia e o respaldo moral da confiança alheia.

O navio pode ou não estar perdido. Uma vez encalhado, é preciso fazermos o melhor por ele. Ele pode ser salvo por nossos esforços, nossos expedientes e nossa determinação de suportar a carga pesada da culpa e do fracasso. E há encalhes justificáveis causados por cerrações, mares não mapeados, praias perigosas, marés traiçoeiras. Salvo ou não salvo, porém, fica em seu comandante um sentimento pessoal de perda, um ranço do perigo real e permanente que existe à espreita em todas as facetas da existência humana. Esse sentimento é também uma aquisição. Um homem pode superar a situação, mas ele não será o mesmo. Dâmocles viu a espada suspensa por um fio sobre sua cabeça; mesmo que este conhecimento não implicasse uma perda de seu valor como homem honrado que era, o banquete certamente não terá tido para ele, daquele momento em diante, o mesmo sabor.

Há alguns anos, estive envolvido, como imediato, num caso de encalhe que não foi fatal para o navio. Mergulhamos no trabalho por dez horas seguidas, deixando as âncoras preparadas para levantarmos ferro com a subida da maré. Enquanto eu ainda lidava nas cobertas da proa, ouvi o camareiro ao meu lado dizer: "O capitão pergunta se o senhor não pretende entrar, senhor, e comer alguma coisa hoje".

Fui até a pequena cabine. Meu capitão estava sentado à cabeceira da mesa como uma estátua. Havia uma estranha imobilidade em tudo naquela minúscula cabine. A tabela de turnos, que durante setenta e tantos dias estivera em uso quase todo o tempo, estava pendurada perfeitamente imóvel acima da terrina de sopa. Nada poderia ter alterado as cores vivas das feições de meu comandante generosamente impostas por mares e ventos; mas entre os dois tufos de cabelo louro acima de suas orelhas, seu crânio, de tom geralmente sangüíneo, exibia a palidez sem brilho de uma

O Caráter do Inimigo

cúpula de marfim. E ele parecia curiosamente desleixado. Notei que não tinha se barbeado naquele dia; e no entanto, os mais violentos sacolejos do navio nas mais tempestuosas latitudes por onde passáramos nunca o impediram de se barbear uma única manhã desde que deixáramos o Canal. É bem possível que um comandante não consiga se barbear quando seu navio está encalhado. Eu mesmo já comandei navios, mas não sei; nunca tentei me barbear em toda minha vida.

Ele não me passou a comida nem se serviu até eu tossir deliberadamente várias vezes. Falei com ele profissionalmente, num tom cheio de entusiasmo, concluindo com a declaração confiante:

"Vamos tirá-lo antes da meia-noite, senhor."

Ele sorriu discretamente sem erguer os olhos e murmurou consigo mesmo:

"Sim, sim; o capitão encalhou o navio e nós o tiramos."

Depois, erguendo a cabeça, descompôs o camareiro, um rapaz magro, nervoso, de rosto pálido e comprido, com dois grandes incisivos.

"Por que esta sopa está tão amarga? Me espanta que o imediato consiga engolir essa coisa abominável. Garanto que o cozinheiro despejou água salgada aí, por engano."

A acusação era tão injuriosa que a única resposta do camareiro foi baixar as pálpebras timidamente.

Não havia nada de errado com a sopa. Eu repeti o prato. Meu ânimo estava excitado por horas de trabalho duro chefiando uma tripulação mobilizada. Eu me sentia exultante depois de manejar pesadas âncoras, cabos, barcos sem a menor dificuldade; satisfeito por ter arrumado cientificamente ferro de leva, âncora leve e ancoreta exatamente onde eu acreditava que trabalhariam melhor. Não provei nessa ocasião o gosto amargo de um encalhe. Essa experiência veio posteriormente, e foi só então que entendi a solidão do homem no comando.

É o capitão que encalha o navio; somos *nós* que o tiramos.

XXII

Tenho a impressão de que nenhuma pessoa honesta consigo mesma afirmaria já ter visto o mar com aparência juvenil, assim como a terra parece juvenil na primavera. Mas alguns de nós, olhando para o oceano com compreensão e afeto, já o viram parecer velho, como se eras imemoriais tivessem sido revolvidas no fundo imperturbado de lodo. Pois é o vendaval que faz o oceano parecer velho.

O Espelho do Mar

Relembrando depois de muitos anos a aparência de tempestades vividas, esta é impressão que se destaca claramente da grande massa de impressões deixada por muitos anos de íntima convivência. Se quisermos saber a idade da terra, basta observarmos o mar durante uma tempestade. A cor cinza de toda a imensa superfície, os sulcos do vento na face das vagas, as grandes massas de espuma atiradas para um lado e para outro e ondulando como revoltas madeixas brancas dão ao mar enfurecido uma aparência ancestral, opaca, fosca, apagada, como se tivesse sido criado antes da própria luz.

Contemplando o passado depois de muito amor e muitos percalços, o instinto de homem primitivo, que procura humanizar as forças da Natureza para sua afeição e seu medo, renasce no peito do civilizado posterior àquele estágio de sua infância. Ao que parece, conhecemos os vendavais como inimigos, e mesmo como inimigos os acolhemos naquele afetuoso sentimento de pesar aferrado ao passado.

Os vendavais têm personalidade própria e isto talvez não seja estranho; afinal, são adversários cujos ardis precisamos vencer, a cuja violência devemos resistir, e, no entanto, com quem precisamos conviver durante noites e dias na intimidade.

Aqui fala o homem dos mastros e das velas para quem o mar não é um elemento navegável mas um companheiro íntimo. A extensão das travessias, o sentimento crescente de solidão, a estreita dependência das forças, que, hoje amigáveis, sem mudar sua natureza e pela simples manifestação de seu poder, tornam-se amanhã perigosas, dão forma a esse sentimento de companheirismo que os marinheiros modernos, por dignos que sejam, não podem esperar conhecer. Ademais, o moderno navio a vapor faz suas viagens baseado em outros princípios, sem precisar se submeter às intempéries e se adaptar ao mar. Ele recebe golpes esmagadores, mas avança; é uma batalha incruenta e não uma campanha científica. O maquinário, o aço, o fogo, o vapor se interpuseram entre o mar e o homem. A moderna frota de navios não faz uso do mar; antes o explora como uma estrada. O navio moderno não é o passatempo das ondas. Digamos que cada viagem sua é um avanço triunfante; e, no entanto, resta a questão se não é um triunfo mais sutil e mais humano ser o passatempo das ondas e ainda assim sobreviver, atingindo o objetivo.

Em sua época, todo homem é sempre muito moderno. É impossível saber se um marinheiro vivendo daqui a trezentos anos teria a faculdade da simpatia. Uma humanidade incorrigível enrijece seu coração no avanço em busca da própria perfeição. Como se sentirão eles contemplando as ilustrações das novelas marítimas de nossa época ou de nosso passado? É

O Caráter do Inimigo

impossível imaginar. Mas o marinheiro da geração passada, levado a um sentimento de simpatia pelas caravelas de antigamente, pelo seu veleiro, descendente direto delas, não consegue imaginar aquelas formas pesadas singrando por mares cândidos de antigas xilogravuras sem um sentimento de surpresa, de afetuoso escárnio, de inveja e admiração. Pois aquelas coisas, cuja dificuldade de manobrar, mesmo quando representada sobre papel, nos faz suspirar com uma espécie de divertido horror, eram manejadas por homens que são os ancestrais diretos de sua profissão.

Não; os marinheiros que viverem daqui a trezentos anos provavelmente não serão comovidos, nem levados ao escárnio, ao afeto ou à admiração. Observarão as fotografias de nossos veleiros quase extintos com um olhar frio, inquisitivo e indiferente. Nossos navios de ontem não lhes parecerão ancestrais diretos dos seus, mas meros predecessores cujo caminho terá sido trilhado, cuja raça estará extinta. Seja qual for a embarcação que maneje com habilidade, o marinheiro do futuro não será nosso descendente, apenas nosso sucessor.

XXIII

E tanta coisa depende da embarcação que, tendo sido fabricada pelo homem, forma um todo com ele, que o mar se revestirá para este homem de um outro aspecto. Lembro-me de ter visto, em certa ocasião, o comandante — oficialmente o mestre, por cortesia, o capitão — de um excelente navio de ferro da antiga frota de lã balançando a cabeça para um bergantim muito bonito com que cruzamos. Era um barquinho esbelto, equilibrado, limpo, extremamente bem cuidado; e naquela noite serena em que cruzamos à pequena distância ele parecia a encarnação de um conforto galante sobre o mar. Foi em algum lugar perto do Cabo — *O Cabo*, por certo, é o Cabo da Boa Esperança, o Cabo das Tormentas de seu descobridor português. E seja porque a palavra "tormenta" não deve ser pronunciada quando se está no mar onde as tormentas se multiplicam, seja porque os homens se envergonham de confessar suas boas esperanças, ele se tornou o cabo sem nome — o Cabo *tout court*. O outro grande cabo do mundo, por estranho que pareça, raramente ou nunca é chamado de cabo. Dizemos, "uma viagem contornando o Horn"; "contornamos o chifre"[10]; "levamos uma sova assustadora ao largo do Horn"; mas raramente

---

10) Em inglês, *we rounded the horn*.

O Espelho do Mar

"Cabo Horn" e, na verdade, com alguma razão, pois Cabo Horn é tanto uma ilha quanto um cabo. O terceiro cabo borrascoso do mundo, o Leeuwin[11], recebe geralmente seu nome completo, como que para consolar sua dignidade de segunda classe. São esses os cabos procurados pelos vendavais.

O pequeno bergantim havia, pois, dobrado o Cabo. Talvez estivesse vindo de Port Elizabeth[12], de East London[13], quem sabe? Isso foi há muitos anos, mas recordo-me perfeitamente do capitão do clíper de lã movendo a cabeça para ele com as palavras, "Estranho fazer-se ao mar numa coisa dessas!"

Ele era um homem formado em navios de águas profundas, e o tamanho do barco sob seus pés fazia parte de sua concepção do mar. Seu próprio navio era certamente grande como os navios costumavam ser. Ele deve ter pensado no tamanho de sua cabine, ou inconscientemente, talvez, ter conjurado a visão de um navio tão pequeno jogando no seio dos grandes mares. Não lhe perguntei, e para um jovem contramestre, o capitão do lindo bergantim, escarranchado num banquinho de lona com o queixo apoiado nos braços cruzados sobre a amurada, deve ter parecido um rei menor entre os homens. Cruzamos ao alcance da voz sem uma saudação, lendo os respectivos nomes a olho nu.

Alguns anos mais tarde, o contramestre que recebera aquele quase involuntário murmúrio poderia ter dito a seu capitão que alguém formado em grandes navios ainda pode desfrutar um especial deleite naquilo que ambos chamaram de barquinho. Provavelmente o capitão do grande navio não teria entendido muito bem. Sua resposta teria sido um rude "Prefiro tamanho", como ouvi outro homem replicar a uma observação enaltecendo a comodidade de um pequeno barco. Não era por amor ao grandioso, nem pelo prestígio associado ao comando de grande tonelagem, pois ele prosseguiu, com um ar de aversão e desdém, "Ora, muito provavelmente você é atirado de seu beliche em qualquer tipo de tempo ruim."

Não sei. Recordo-me de algumas noites de minha vida, também num grande navio (tão grande quanto então os construíam), quando não fomos atirados da cama simplesmente porque jamais tentamos deitar nela; estávamos exaustos demais, desalentados demais para isso. O expediente de colocar a roupa de cama num chão molhado e deitar-se sobre ele não valia a pena naquele caso pois não se conseguia parar no lugar, nem ter

---

11) Cabo na costa sudoeste da Austrália Ocidental, no Oceano Índico.
12) Na África do Sul, no Oceano Índico.
13) Oos-London, porto da África do Sul, no Oceano Índico.

O Caráter do Inimigo

um segundo de descanso naquela ou em qualquer outra posição. Mas o prazer de ver um pequeno barco singrando bravamente pelos vastos oceanos está fora de questão para alguém cujo espírito não vive em terra firme. Lembro-me perfeitamente de uma viagem de três dias com uma barca de 400 toneladas em algum lugar entre as ilhas de Saint-Paul e Amsterdã e o Cabo Otway, na costa australiana. Foi um vendaval duro e prolongado com nuvens cinzentas e mar verde, tempo pesado, certamente, mas ainda do tipo que um marinheiro poderia considerar manejável. Impelido por duas velas inferiores de gávea e com o traquete rizado, a barca parecia disputar corrida com um mar extenso e decidido que não se aquietava sequer nas depressões entre as ondas. Os solenes vagalhões atingiam-na estrondeando pela popa, varriam-na com uma furiosa efervescência de espuma até a altura da amurada, percorrendo-a de popa à proa sibilando e rugindo: e o pequeno barco, mergulhando o pau da bujarrona na precipitação de espuma, seguia navegando num manso e espelhado vazio, um vale profundo entre dois cumes marinhos que lhe ocultavam o horizonte para a frente e para trás. Havia tal fascínio em sua determinação, em sua agilidade, na exibição contínua de sua infalível capacidade de navegação, na aparência de coragem e resistência, que eu não pude deixar de me encantar contemplando o seu modo de navegar por três inesquecíveis dias naquele vendaval que meu imediato também cuidou de enaltecer como "um excelente empurrão".

E este é um desses vendavais cuja lembrança em recordações posteriores seria acolhida com a mesma honrosa austeridade com que nos lembraríamos com prazer das nobres feições de um estranho com quem tivéssemos cruzado espadas alguma dia, num encontro cavalheiresco, sem jamais o encontrar posteriormente. Assim, os vendavais têm uma fisionomia própria. Lembramo-nos deles através de nossos próprios sentimentos e não há dois vendavais gravados da mesma maneira em nossas emoções. Alguns se aferram a nós como um angustiante mistério; outros retornam enfurecidos e misteriosos como fantasmas curvados sugando nossas forças; outros, ainda, têm um catastrófico esplendor; alguns trazem recordações indesejadas, como cruéis gatos selvagens enfiando as garras em nossos órgãos vitais agonizantes; outros são severos como castigos divinos; e um ou dois se erguem drapejados e misteriosos com uma aparência de profética ameaça. Em cada um deles há um ponto característico em que todo o sentimento parece estar contido num único momento. Assim, às quatro horas de uma certa madrugada em meio ao confuso rugir de um mundo preto e branco e em que eu fora ao convés para assumir meu quarto de vigia, tive

O Espelho do Mar

a impressão instantânea de que o navio não sobreviveria mais uma hora naquele mar tão enfurecido.

Fico imaginando o que terá acontecido com os homens que silenciosamente (não se conseguia ouvir as próprias palavras) devem ter partilhado essa convicção comigo. Encarregar-se de escrever sobre isso talvez não seja o mais invejável dos destinos; mas a questão é que essa impressão recupera com toda intensidade a lembrança de dias e dias de um tempo terrivelmente perigoso. Estávamos então, por razões que não vale a pena especificar, nas imediações da Ilha Kerguelen; e agora, quando abro um atlas e olho os minúsculos pontos no mapa do Oceano do Sul, eu vejo, como que gravada no papel, a fisionomia enfurecida daquele vendaval.

Um outro, curiosamente, lembra-me um homem silencioso. No entanto, não lhe faltou foi estrondo; na verdade, foi terrível. Aquele vendaval desceu rapidamente sobre o navio, como um pampeiro, um vento certamente muito repentino. Antes de percebermos muito bem o que estava vindo, todas nossas velas haviam rasgado; as que estavam ferradas foram soltas pelo vento, com as cordas esvoaçando, o mar zunindo — ele zunia extraordinariamente —; o vento uivando, e o navio inclinado de tal forma sobre o costado que metade da tripulação ficava nadando e a outra metade se agarrando desesperadamente ao que houvesse ao alcance da mão, conforme o lado da coberta em que cada homem tivesse sido apanhado pela catástrofe, se a sotavento, se a barlavento. A gritaria, nem preciso mencionar — era uma mera gota num oceano de ruídos —; e ainda assim o caráter do vendaval pareceu-me contido na recordação de um homenzinho sem nada de especialmente notável, pálido, de cabeça descoberta, e com o rosto perfeitamente impassível. O Capitão Jones — chamemo-lo Jones — havia sido apanhado de surpresa. Duas ordens ele dera ao primeiro sinal de um ataque inteiramente imprevisto; depois, a magnitude de seu erro pareceu esmagá-lo. Estávamos fazendo o que era necessário e factível. O navio se comportava bem. Certamente transcorreu algum tempo antes de interrompermos nosso violento e laborioso esforço; mas durante todo o trabalho, excitação, tumulto e algum desalento, estávamos conscientes da presença daquele homenzinho silencioso no alto da popa, perfeitamente imóvel, calado, e freqüentemente oculto de nós pela variação dos borrifos.

Quando nós oficiais finalmente galgamos a popa, ele pareceu sair daquela atitude apática e gritou para nós na direção do vento: "Tentem as bombas". Mais tarde, ele desapareceu. Quanto ao navio, nem é preciso dizer, embora estivesse então engolfado numa das noites mais terríveis de que me lembro, não desapareceu. Na verdade, não creio que tenha

O Caráter do Inimigo

existido muito perigo naquilo, mas a experiência foi ruidosa e certamente absorvente — e, ainda assim, é a lembrança de um silêncio muito profundo que permanece.

XXIV

Pois, afinal, o poderoso som de um vendaval é inarticulado. É o homem que, numa expressão oportuna, interpreta a paixão elementar de seu inimigo. Neste sentido, há um outro vendaval em minha memória, algo com incansável, profundo e atroador rugido, luar e uma frase pronunciada.

Foi ao largo daquele outro cabo que é sempre privado de seu título, assim como o Cabo da Boa Esperança é privado de seu nome. Foi ao largo do Horn. Para uma real manifestação de desvairada selvageria não há como um vendaval sob o luar brilhante de uma alta latitude.

O navio, virado contra o vento, com as velas ferradas, inclinando-se ao sabor das monstruosas vagas lampejantes, luzia de umidade do convés ao topo dos mastros; a única vela desfraldada se projetava como um vulto negro retinto contra o azul ominoso do ar. Eu era um jovem então, sofrendo com a fadiga, o frio e a capa de oleado defeituosa vazando água por todas as costuras. Ansiando por companhia humana, deixei a popa e fui assumir meu posto ao lado do contramestre (um homem de quem eu não gostava) num ponto relativamente seco onde, na pior circunstância, a água nos chegava somente até os joelhos. Acima de nossas cabeças, explosivas rajadas estrondeantes de vento passavam continuamente, justificando a expressão de marinheiro "Ele dá salvas de canhões". E justamente por essa necessidade de companhia humana, estando muito próximo do homem, eu disse, ou melhor, gritei:

"Venta muito, contramestre."

Sua resposta foi:

"É, e se ele soprar só um pouquinho mais as coisas vão começar a voar. Não ligo enquanto tudo agüenta, mas quando as coisas começam a voar, é ruim."

O toque de pavor na voz gritada, a verdade prática daquelas palavras ouvidas há tantos anos de um homem de quem não gostava imprimiram um caráter peculiar àquele vendaval.

Uma mirada nos olhos de um colega de bordo, um resmungo em voz baixa no ponto mais abrigado quando os quartos de serviço se confundem, um lamento significativo com os olhos cravados no céu a barlavento, um suspiro de cansaço, um gesto de desgosto sobre a duração da ventania

O Espelho do Mar

tornam-se parte integrante do vendaval. O tom oliváceo das nuvens tempestuosas tem um aspecto especialmente assustador. Os sargaços escuros carregados com fúria por um vento de noroeste nos atordoam com sua alucinante rapidez, ilustrando a velocidade do ar invisível. Um forte vento de sudoeste nos apavora com a proximidade do horizonte e o céu baixo e cinzento, como se o mundo fosse um calabouço onde não houvesse repouso para o corpo ou para a alma. E há rajadas com chuva, rajadas sem chuva, rajadas tempestuosas e rajadas imprevistas que chegam sem o menor sinal no céu; e dentro de cada tipo, nenhuma se parece com outra.

Há uma infinita variedade nas ventanias que sopram no mar e, exceto pelo lamento peculiar, terrível e misterioso que se pode ocasionalmente ouvir por entre os rugidos de um furacão — exceto por esse som inesquecível, como se a alma do universo tivesse sido aguilhoada para produzir um resmungo lamuriento —, é, afinal, a voz humana que estampa a marca de consciência humana no caráter de um vendaval.

XXV

Não há nenhuma parte do mundo, incluindo costas, continentes, oceanos, mares, estreitos, cabos e ilhas, que não esteja sob o domínio de um vento reinante, o soberano de seu clima característico. O vento governa os aspectos do céu e a atividade do mar. Mas nenhum vento governa sem oposição seu reino de terra e de água. Tal como acontece com os reinos terrestres, há regiões mais tumultuadas que outras. No cinturão central da terra, o Ventos Alísios reinam supremos, incontestes, como monarcas de reinos há muito estabelecidos, cujo poder tradicional, vigiando todas as ambições desmedidas, não é tanto um exercício de poder pessoal quanto o funcionamento de instituições há muito estabelecidas. Os reinos entre trópicos dos Ventos Alísios são favoráveis à vida ordinária de um navio mercante. O toque de clarim da batalha raramente é conduzido em suas asas para os ouvidos atentos dos homens nos tombadilhos dos navios. As regiões governadas pelos Ventos Alísios de nordeste e de sudeste são calmas. Para um navio que zarpou para uma longa viagem rumo ao sul, a passagem por seus domínios se caracteriza por um relaxamento da tensão e da vigilância por parte dos marinheiros. Esses cidadãos do oceano sentem-se protegidos sob a égide de uma lei indiscutível, de uma dinastia inconteste. Ali se pode, com efeito, e se isso é possível em algum lugar da Terra, confiar no tempo.

Soberanos de Leste e de Oeste

Não tão implicitamente, porém. Mesmo na monarquia constitucional dos Ventos Alísios, navios ao norte e ao sul do Equador são atingidos por estranhas perturbações. Ainda assim, os ventos oriundos do leste e, genericamente falando, as condições climáticas oriundas do leste se caracterizam, em todo o mundo, pela regularidade e persistência.

Como governante, o Vento Leste tem uma estabilidade notável; como invasor das altas latitudes que repousam sob o domínio turbulento de seu grande irmão, o Vento do Oeste, ele é extremamente difícil de desalojar em virtude de sua fria astúcia e profunda duplicidade.

Os mares estreitos em torno dessas ilhas, onde almirantes britânicos mantêm sob vigilância contínua as andanças do Oceano Atlântico, estão sujeitos ao domínio turbulento do Vento Oeste. Chame-se ele noroeste ou sudoeste, dá tudo na mesma — uma fase diferente do mesmo caráter, uma expressão alterada da mesma face. Na orientação dos ventos que governam os mares, as direções norte e sul não têm nenhuma importância. Não há Ventos Norte e Sul de alguma importância nesta terra. Os Ventos Norte e Sul não passam de pequenos príncipes nas dinastias que fazem a paz e a guerra sobre o mar. Eles nunca reivindicam seus direitos sobre um vasto cenário. Eles dependem de causas locais — a configuração de costas, o formato de estreitos, os acidentes de escarpados promontórios em torno dos quais eles encenam seu pequeno papel. Na política dos ventos, como entre as tribos da terra, a verdadeira batalha se trava entre o Leste e o Oeste.

XXVI

O Vento Oeste impera sobre os mares que circundam as costas dos reinos; e das aberturas dos canais, de promontórios a torres de observação, de estuários de rios a portas traseiras, de galerias, enseadas, estreitos, braços de mar às guarnições da Ilha, e as tripulações dos navios que partem e retornam observam o ocidente para avaliar, pelos variados esplendores do manto de seu crepúsculo, o humor desse governante despótico. O final do dia é o momento de fitar a face majestosa do Tempo Ocidental que é o árbitro do destino do navio. Benigno e esplêndido, ou esplêndido e sinistro, o céu ocidental reflete os propósitos ocultos da mente real. Vestido com um deslumbrante manto dourado ou coberto com os andrajos de nuvens escuras como um mendigo, o poder do Vento Oeste está entronizado no horizonte ocidental com todo o Atlântico Norte como um escabelo para seus pés e as primeiras estrelas cintilantes formando um diadema em sua

O Espelho do Mar

fronte. Assim os marinheiros, atenciosos cortesãos do tempo, pensam em reger o comportamento de seus navios pelo humor do amo. O Vento Oeste é um rei poderoso demais para ser hipócrita: ele não é um calculista qualquer tramando esquemas profundos num coração sombrio; é forte demais para pequenos subterfúgios. Há paixão em seus modos, mesmo no modo suave de seus dias serenos, na graça de seu céu azul cuja enorme e incomensurável ternura refletida no espelho do mar abraça, possui, embala o sono dos navios com brancas velas. Ele é tudo para todos os oceanos; é como um poeta sentado sobre um trono — magnífico, simples, bárbaro, pensativo, generoso, impulsivo, instável, imprevisível —, mas, quando o compreendemos, é sempre o mesmo. Alguns de seus ocasos são como espetáculos suntuosos idealizados para o deleite da multidão, quando todas as jóias do tesouro real são exibidas acima do mar. Outros são como a abertura de sua real confidência, tingida com pensamentos de tristeza e compaixão num esplendor melancólico meditando sobre a efêmera paz das águas. E já o vi colocar a ira contida de seu coração na aparência de um sol inacessível, fazendo-o arder violentamente como o olho de um implacável tirano no céu pálido e assustado.

Ele é o chefe guerreiro que envia seus batalhões de vagas atlânticas para assaltar nossas costas marinhas. A voz imperativa do Vento Oeste convoca a seu serviço todo o poder do oceano. Sob as ordens do Vento Oeste surge uma grande comoção no céu acima dessas Ilhas e uma enorme torrente de águas se abate sobre nossas praias. O céu do Tempo Ocidental fica carregado de nuvens esvoaçantes, portentosas nuvens brancas se adensando cada vez mais até parecerem soldadas num sólido dossel em cuja face cinzenta os farrapos inferiores do vendaval, finos, escuros e ameaçadores, passam voando com vertiginosa rapidez. Densa, cada vez mais densa, esta cúpula de vapores vai descendo sempre mais baixo sobre o oceano, estreitando o horizonte ao redor do navio. E o aspecto característico do Tempo Ocidental, o tom espesso, cinzento, nebuloso e sinistro, se impõe, circunscrevendo a visão dos homens, engolfando seus corpos, oprimindo suas almas, tirando seu fôlego com rajadas estrondeantes, ensurdecendo, cegando, impelindo, arremetendo-os para a frente num navio oscilante contra nossas costas afogadas em brumas e chuva.

O capricho dos ventos, assim como a obstinação dos homens, é fértil em desastrosas conseqüências da auto-indulgência. Um ódio antigo, o sentimento de seu incontrolável poder corrompe a natureza generosa do Vento Oeste. É como se o seu coração fosse roído por um rancor tempestuoso e malévolo. Ele devasta seu próprio reino com sua força

Soberanos de Leste e de Oeste

descontrolada. O sudoeste é o quadrante dos céus onde ele exibe sua fronte ensombrecida. Ele expele seu ódio em rajadas terríveis e submerge seu reino num inexaurível alvoroço de nuvens. Ele espalha sementes de ansiedade sobre as cobertas das embarcações que navegam com pouca vela, faz o oceano estriado de espuma parecer velho, e esparge cabelos grisalhos nas cabeças dos comandantes nos navios que singram pelo Canal com destino ao lar. O Vento Oeste afirmando seu poder do quadrante sudoeste parece, freqüentemente, um monarca alucinado impelindo com imprecações violentas o mais fiel de seus cortesãos ao naufrágio, ao desastre e à morte.

O Tempo do Sudoeste é o tempo carregado *par excellence*. Não se trata da densidade da névoa; antes é uma contração do horizonte, um misterioso velamento das praias com nuvens que parecem formar um calabouço baixo e abobadado em torno do navio em curso. Não é cegueira; é um encurtamento da visão. O Vento Oeste não diz ao marinheiro "Tu ficarás cego"; ele simplesmente restringe o alcance de sua visão, aumenta em seu peito o medo de se chocar com terra. Faz dele um homem privado de metade de sua força, de metade de sua eficiência. Muitas vezes na vida, calçando botas marítimas de cano alto e vestindo uma capa de oleado, de pé, ao lado de meu comandante na popa de um navio de regresso ao lar rumando para o Canal, olhando para a vastidão cinzenta e tormentosa, ouvi um suspiro aborrecido se transformar num comentário estudadamente casual:

"Não se pode enxergar muito longe com esse tempo."

Ao que respondi no mesmo tom baixo e perfunctório:

"Não, senhor."

Seria a mera expressão instintiva de um pensamento onipresente associado à consciência de haver terra em algum ponto à frente e da grande velocidade do navio. Vento forte, vento forte! Quem ousaria lamentar um vento forte? Ele era um favor do Rei do Ocidente que governa despoticamente o Atlântico Norte da latitude dos Açores à do Cabo Farewell[14]. Um ótimo empurrão para encerrar uma boa travessia; e no entanto, de algum modo, não se poderia convocar aos lábios o sorriso de cortesão agradecido. Este favor era oferecido com o esgar de arrogante desprezo que é a verdadeira expressão do grande autocrata quando este se decidiu a maltratar alguns navios e perseguir outros para casa com um sopro de crueldade e condescendência, igualmente perturbador.

"Não, senhor. Não se pode enxergar muito longe."

---

14) Kap Farvel, a ponta meridional da Groenlândia.

O Espelho do Mar

Assim a voz do imediato repetiria o pensamento do capitão, ambos olhando para a frente enquanto, sob seus pés, o navio corre a doze nós na direção da praia a sotavento; e a um par de milhas apenas à frente do pau ensopado e oscilante de sua bujarrona, despida de suas velas e erguida como uma lança, um horizonte cinzento tolhe a visão com uma multidão de ondas que se erguem violentamente como se pretendessem alcançar as nuvens encurvadas.

Carrancas horríveis e ameaçadoras toldam a face do Vento Oeste em seu humor nublado, de sudoeste; e vindas da sala do trono do Rei, na borda ocidental, rajadas mais fortes nos atingem como os gritos ferozes da fúria avassaladora à qual somente a sombria grandeza da cena concede uma dignidade salvadora. Uma torrente bombardeia o convés e as velas do navio como que arremessada, com um grito, por uma mão enfurecida; e quando a noite se fecha, a noite de um vendaval de sudoeste, ela parece mais desalentadora que as sombras do Hades. O humor de sudoeste do grande Vento Oeste é um humor soturno, sem Sol, sem Lua e sem estrelas, sem brilho de luz exceto os lampejos fosforescentes dos grandes lençóis de espuma que, fervendo nas laterais do navio, atiram cintilações azuladas sobre seu costado escuro e estreito, jogando, enquanto avança, perseguido por mares furiosos, perdido no tumulto.

Há certas noites ruins no reino do Vento Oeste para navios que rumam para o lar na direção do Canal; e os dias de ira alvorecem sobre eles, pálidos e vagos, como o tímido acender de luzes invisíveis sobre a cena de uma irrupção tirânica e passional, terrível na monotonia de seus métodos e na crescente força de sua violência. É o mesmo vento, as mesmas nuvens, os mesmos mares furiosamente impetuosos, o mesmo horizonte fechado em torno do navio. O vento, porém, é mais forte, as nuvens parecem mais densas e mais opressivas, as ondas parecem maiores e mais ameaçadoras durante a noite. As horas, cujos minutos são marcados pelo estrondo das ondas se quebrando, escoam com as uivantes rajadas que bombardeiam colhendo o navio enquanto ele corre, sempre em frente, com as velas escurecidas, com as vergas escorrendo e as cordas gotejando. O aguaceiro se adensa. Precedendo cada chuvarada, uma misteriosa escuridão, semelhante à passagem de uma sombra pelo firmamento de nuvens cinzentas, filtra-se sobre o navio. De vez em quando, a chuva verte sobre as cabeças em torrentes como se jorrasse de um cano. Parece que o navio vai se afogar antes de submergir, como se toda a atmosfera tivesse se transformado em água. Arquejamos, falamos precipitadamente, ficamos cegos e surdos, sentimo-nos engolfados, eliminados, dissolvidos, aniquilados, escorrendo por toda parte como se os próprios membros

Soberanos de Leste e de Oeste

também se houvessem liqüefeitos. E com todos os nervos em alerta, esperamos pelo abrandamento do gênio do Rei do Oeste, que deverá chegar com a virada do vento para que ele não acabe com os três mastros do navio num piscar de olhos.

XXVII

Anunciada pela crescente violência das rajadas, às vezes pelo tênue lampejo de um relâmpago como o sinal de um farolete acenado à distância por trás das nuvens, a virada do vento finalmente chega, o momento crucial de mudança da violência velada e emergente do vendaval de sudoeste para o furor faiscante, lampejante, cortante e agudo do humor noroeste do Soberano. Percebe-se uma outra fase de sua paixão, um furor adornado de estrelas exibindo, talvez, o crescente da Lua em sua fronte, sacudindo os últimos vestígios de seu manto esgarçado de nuvens com rajadas retintas, com saraivadas de granizo e neve descendo como torrentes de pérolas e cristais ricocheteando nas vergas, martelando as velas, tamborilando nas capas de oleado, alvejando as cobertas dos navios que rumam para o lar. Pálidos relâmpagos rosados bruxuleiam ao clarão das estrelas sobre o topo dos mastros. Uma rajada enregelante zumbe sobre o cordame retesado fazendo o navio tremer até a quilha, e os homens ensopados em suas cobertas estremecerem até a medula dos ossos dentro de suas roupas encharcadas. Antes que uma rajada tenha passado para mergulhar na borda oriental, a ponta de outra já espreita acima do horizonte ocidental, avançando célere, informe, como um saco negro cheio de água congelada pronto para estourar com violência sobre a cabeça condenada. O humor do regente do oceano mudou. Cada rajada do humor nublado que parecia aquecida pelo calor de um coração flamejante de ira tem sua contrapartida nas rajadas frias que parecem soprar de um peito enregelado por uma súbita mudança de disposição. Em vez de cegar os olhos e esmagar a alma com um terrível aparato de nuvem, e névoas, e mares e chuva, o Rei do Oeste desloca seu poder para um desdenhoso bombardeio de nossas costas com sincelos, para fazer nossos olhos cansados lacrimejarem como em sofrimento e nossas carcaças exaustas estremecerem deploravelmente. Mas cada humor do grande autocrata tem sua própria grandeza, e cada um deles é difícil de aturar. Somente a fase noroeste daquele poderoso espetáculo não é igualmente desmoralizante porque entre as rajadas de neve e granizo de um vendaval de noroeste pode-se enxergar um longo espaço à frente.

Ver! Ver! — este é o anseio do marinheiro bem como do resto da humanidade cega. Ter o caminho claro à sua frente é a aspiração de todo ser humano em nossa existência tempestuosa e anuviada. Já ouvi um homem silencioso e reservado, não especialmente ousado, depois de três dias de uma corrida dura sob um tempo carregado de sudoeste explodir impetuosamente: "Por Deus, eu queria que pudéssemos enxergar alguma coisa!"

Tínhamos acabado de descer, por um momento, para trocar idéias numa cabine forrada de madeira com um grande mapa branco, flácido e úmido, aberto sobre uma mesa fria e pegajosa, iluminada por um lampião enfumaçado. Debruçado sobre aquele conselheiro silencioso e confiável do marinheiro, com um cotovelo apoiado na costa da África e o outro plantado nas vizinhanças do Cabo Hatteras (era um carta de navegação geral do Atlântico Norte), meu capitão ergueu seu rosto rugoso e barbado e fitou-me de um modo entre exasperado e suplicante. Não divisáramos nenhum Sol, nem Lua, nem estrelas por obra de sete dias. Devido ao furor do Vento Oeste, os corpos celestes haviam se ocultado por uma semana ou mais, e os últimos três dias tinham sentido a força de um vendaval de sudoeste crescer, passando de fresco a forte e violento como as anotações em meu livro de bordo poderiam atestar. Depois nos separamos, ele para voltar ao convés obedecendo àquele misterioso chamado que parece soar para sempre nos ouvidos de um capitão de navio, eu para cambalear até minha cabine com a vaga noção de lançar as palavras "Tempo muito pesado" num livro de bordo sem nada anotado até então. Mas desisti e me arrastei para o beliche sem tirar as botas e o chapéu (não fazia diferença; estava tudo encharcado depois de um mar violento ter estourado a clarabóia da popa na noite anterior), para ficar num estado de pesadelo, entre desperto e adormecido, durante um par de horas de pretenso repouso.

O humor sudoeste do Vento Oeste é um inimigo do sono e mesmo de um descanso recostado para os oficiais encarregados de um navio. Depois de duas horas de pensamentos fúteis, frívolos e inconseqüentes sobre todas as coisas sob o céu naquela cabine escura, úmida, abafada e devastada, levantei-me abruptamente e cambaleei até o convés. O autocrata do Atlântico Norte ainda oprimia seu reino e as dependências adjacentes até a longínqua Baía de Biscaia, no desalentador segredo de um tempo pesado, muito pesado. A força do vento, embora estivéssemos navegando a seu favor a uma velocidade aproximada de dez nós, era tão grande que me impeliu com um firme empurrão até a frente da popa onde meu comandante se agarrava.

"O que acha disso?", interrogou-me com num grito. O que eu realmente

Soberanos de Leste e de Oeste

pensava era que nós ambos já tivéramos o suficiente daquilo. A maneira escolhida pelo grande Vento Oeste para administrar seus domínios não é recomendável a uma pessoa de disposição pacífica e respeitadora da lei, propensa a distinguir o certo do errado em face das forças naturais cujo padrão, por certo, é exclusivamente o poder. Mas não disse nada, é claro. Para um homem encurralado, como era o caso, entre seu capitão e o grande Vento Oeste, o silêncio é o tipo mais seguro de diplomacia. Ademais, eu conhecia meu capitão. Ele não queria saber o que eu pensava. Os comandantes de navios suspensos por um fio diante dos tronos dos ventos que governam os mares têm uma psicologia cujo funcionamento é tão importante para o navio e todos a bordo quanto os humores cambiantes do tempo. O homem não daria, com efeito, sob nenhuma circunstância, uma moeda de latão pelo que eu ou qualquer outro em seu navio pudesse pensar. Ele já tivera o bastante disso, imaginei, e o que realmente lhe interessava era pescar uma sugestão. Era o orgulho de sua vida nunca ter desperdiçado um vento favorável, pouco lhe importando o que isso trouxesse de turbulência, ameaça e perigo. Como homens correndo desvairadamente para uma abertura numa sebe, estávamos terminando uma travessia esplendidamente rápida vindo dos Antípodas, com uma tremenda corrida para o Canal no tempo mais carregado de que posso me lembrar, mas sua psicologia não lhe permitia virar o navio com um bom vento soprando — pelo menos não por iniciativa própria. E, no entanto, ele sentia que muito em breve mesmo alguma coisa teria de ser feita. Queria que a sugestão partisse de mim, para que mais tarde, passado o problema, pudesse discutir o caso com seu próprio espírito obstinado colocando a culpa sobre meus ombros. Devo-lhe a justiça de dizer que esse tipo de orgulho era sua única fraqueza.

Mas não obteve nenhuma sugestão de minha parte. Compreendi sua psicologia. Ademais, eu tinha meu próprio estoque de fraquezas na ocasião (ele é diferente, hoje), e entre elas estava a noção de ser particularmente bem informado sobre a psicologia do Tempo Ocidental. Eu acreditava — falando francamente — que possuía o dom de ler a mente do grande Soberano das altas latitudes. Imaginava poder discernir a aproximação de uma mudança de seu humor real. E tudo o que disse foi:

"O tempo deve clarear com a virada do vento."

"Qualquer um sabe disso!", atirou-me no diapasão mais agudo de sua voz.

"Quero dizer, antes de escurecer!", gritei.

Esta foi toda a abertura que ele jamais obteve de mim. O ímpeto com que se aferrou a isso deu-me a medida da ansiedade que o dominava.

O Espelho do Mar

"Muito bem", gritou, com uma afetação de impaciência, como que abrindo espaço para longas súplicas. "Certo. Se não conseguirmos uma virada até lá, vamos retirar os estais do traquete e meter sua cabeça debaixo da asa para a noite."

Fiquei perplexo com o caráter pitoresco da frase assim aplicada a um navio orientado para sobreviver a uma tempestade, com as ondas se multiplicando por baixo de seu peito. Podia imaginá-lo em repouso, em meio ao tumulto dos elementos, como uma ave marinha com a cabeça enfiada debaixo da asa. Em matéria de precisão imaginativa, de sentimento verdadeiro, essa é uma das frases mais expressivas que jamais ouvi saindo de lábios humanos. Mas quanto a retirar os estais do traquete daquele navio antes de enfiarmos sua cabeça debaixo da asa, tive sérias dúvidas. Elas se justificaram. Aquela resistente peça de lona foi confiscada pelo decreto autoritário do Vento Oeste, a quem pertencem as vidas dos homens e os inventos de suas mãos dentro dos limites de seu reino. Com o som de uma leve explosão, ela desapareceu inteiramente no tempo borrascoso, deixando atrás de sua nobre substância nada mais que uma solitária tira, grande o suficiente para se transformar numa atadura de pano para, digamos, um elefante ferido. Arrancada de sua tralha, ela se esvaiu como uma baforada de fumo na enevoada corrida das nuvens batidas e rasgadas pela virada do vento. Pois a virada do vento chegara. O sol baixo, descoberto, brilhava furiosamente num céu caótico sobre um mar monstruoso e confuso arremetendo contra a costa. Reconhecemos o promontório e nos entreolhamos em silêncio de muda admiração. Sem nos apercebermos, tínhamos navegado ao longo da Ilha de Wight, e aquela torre tingida pelo pálido vermelhão do entardecer no nevoeiro salgado era o farol da Ponta de St. Catherine.

Meu capitão recobrou-se primeiro de seu espanto. Seus olhos esbugalhados foram recuando gradualmente para as órbitas. Sua psicologia, pesando tudo, era realmente muito confiável para um marinheiro médio. Ele havia sido poupado da humilhação de diminuir as velas com vento favorável; e imediatamente, aquele homem de natureza cândida e franca, falou com perfeita boa-fé, esfregando as mãos curtidas e cabeludas — as mãos de um mestre de navegação marítima.

"Runf! É justamente onde eu calculava que devíamos ir."

De certa forma, a transparência e engenhosidade dessa ilusão, o tom vago, a sugestão de orgulho já crescente eram perfeitamente deliciosos. Mas esta foi, na verdade, uma das maiores surpresas jamais lançadas pelo gênio clareante do Vento Oeste sobre um de seus mais consumados cortesãos.

XXVIII

Os ventos do Norte e do Sul não passam, como já disse, de pequenos príncipes entre as potestades do mar. Eles não têm território próprio; não são ventos reinantes sobre parte alguma. Entretanto, é em suas casas que nascem as dinastias reinantes que dividem entre si as águas da Terra. Todo clima do mundo se baseia no enfrentamento entre a linhagem Polar e a Tropical daquela raça tirânica. O Vento Oeste é o rei maior. O Leste governa entre os Trópicos. Os dois dividiram cada oceano entre si. Cada um tem sua vocação de supremacia. O Rei do Oeste nunca se intromete no domínio reconhecido de seu régio irmão. Ele é um bárbaro de tipo setentrional. Violento sem artifícios e furioso sem malícia, pode-se imaginá-lo sentado majestosamente, com uma espada de dois gumes apoiada nos joelhos sobre as nuvens douradas e coloridas do crepúsculo, curvando a cabeça coberta de cachos dourados, barba flamejante sobre o peito, imponente, colossal, com seus membros possantes, sua voz tonitruante, as bochechas infladas e ardentes olhos azuis, incitando a velocidade de seus vendavais. O outro, o Rei do Leste, rei das auroras cor de sangue, represento para mim como um Meridional esguio de feições bem talhadas com sobrancelhas negras e olhos escuros, trajando cinza, de pé ao nascer do Sol, recostando o rosto bem barbeado na palma da mão, impenetrável, reservado, cheio de astúcias, extremamente sutil, mordaz — planejando agressões.

O Vento Oeste é leal a seu irmão, o Rei do Tempo Oriental. "O que nós dividimos, dividido está", parece dizer com sua voz áspera, esse governante sem malícia que arremessa, como que por esporte, enormes massas de nuvens pelo céu afora e arroja as grandes ondas do Atlântico trazidas das praias do Novo Mundo nos veneráveis promontórios da Velha Europa, que abriga mais reis e governantes em seu corpo suturado e enrugado do que todos os oceanos reunidos do mundo. "O que nós dividimos, dividido está; e se nenhum descanso e paz neste mundo me couberam, deixem-me só. Deixem-me jogar malha com ciclônicos vendavais, atirando os discos de nuvens rodopiantes e turbilhões de ar de uma ponta de meu triste reino à outra: sobre os Great Banks[15] ou correndo pelas bordas das banquisas — este visando diretamente a angra da Baía de Biscaia, aquele os fiordes da Noruega depois de cruzar o Mar do Norte, onde pescadores de muitas nações fitam, cheios de expectativa, meu olho ameaçador. Esta é a hora do esporte real."

---

15) Praias da Nova Zelândia.

O Espelho do Mar

E o mestre real de altas latitudes, com o Sol poente sobre o peito e a espada de dois gumes sobre os joelhos, solta um estupendo suspiro como que fatigado pelos incontáveis séculos de um reinado estafante e deprimido pelo aspecto imutável do oceano a seus pés — pela eterna visão de séculos futuros em que o trabalho de semear vento e colher tempestades deverá prosseguir e prosseguir até que seu reino de águas vivas se torne um oceano congelado e inerte. Mas o outro, ardiloso e impassível, esfregando o queixo escanhoado entre o polegar e o indicador de sua mão fina e traiçoeira, pensa no fundo de seu coração cheio de malícia: "Arrá! Nosso irmão do Oeste caiu no estado de real melancolia. Ele está cansado de brincar com vendavais circulares, de soprar grandes canhonaços e desenrolar densas serpentinas de cerração em brincadeiras traquinas ao custo de seus pobres e miseráveis súditos. Seu destino é dos mais lamentáveis. Façamos uma incursão nos domínios desse bárbaro ruidoso, um grande ataque de Finisterre[16] ao Hatteras, pegando de surpresa seus pescadores, confundindo as frotas que obedecem ao seu poder, e atirando setas furtivas nos fígados dos homens que requestam sua benevolência. Na verdade, ele é um sujeito imprestável". E sem demora, enquanto o Vento Oeste medita sobre a futilidade de seu poder irresistível, a coisa está feita e o Tempo Oriental se impõe no Atlântico Norte.

O tempo dominante no Atlântico Norte é típico do modo como o Vento Oeste rege seu reino onde o Sol nunca se põe. O Atlântico Norte é o coração de um grande império. Ele faz parte dos domínios do Vento Oeste mais densamente povoados por gerações de excelentes navios e homens intrépidos. Feitos heróicos e façanhas aventurosas foram encenados ali, na sólida fortaleza de seu reino. Os melhores marinheiros do mundo nasceram e cresceram à sombra de seu ceptro aprendendo a manejar seus navios com habilidade e audácia diante dos degraus de seu tempestuoso trono. Aventureiros ousados, pescadores laboriosos, almirantes tão sábios e bravos como o mundo jamais conheceu esperaram pelos sinais de seu céu ocidental. Frotas de navios vitoriosos dependeram de seu sopro. Ele sacudiu em suas mãos esquadras de navios de três tombadilhos marcados pela guerra e estraçalhou, por mero esporte, o pano de estandartes consagrados nas tradições de honra e de glória. Ele é um bom amigo e um perigoso inimigo, impiedoso com navios despreparados para navegar e marinheiros tíbios. Com seus modos majestáticos, não toma conhecimento das vidas sacrificadas a sua política arrojada; é um

---

16) Ponta no extremo ocidental de Cornwall, Grã-Bretanha.

rei com uma espada de dois gumes desembainhada na mão direita. O Vento Leste, um intruso nos domínios do Tempo Ocidental, é um tirano impassível segurando um afiado punhal oculto às costas para um golpe traiçoeiro.

Em suas incursões no Atlântico Norte, o Vento Leste se comporta como um ardiloso e cruel aventureiro sem noção de honra ou de jogo limpo. Ocultando o magro rosto escanhoado numa fina camada de nuvens altas e compactas, eu o vi assaltar, como um enrugado xeque pirata, grandes caravanas de trezentos ou mais navios nos portais do Canal Inglês. E o pior era não haver resgate que se pudesse pagar para satisfazer sua cupidez; pois seja qual for o mal causado pela incursão do Vento Leste, ele é praticado tão-somente para provocar seu real irmão do Oeste. Observamos desamparados a sistemática, fria, cinzenta pertinácia do Tempo Oriental, enquanto rações reduzidas se tornavam a ordem do dia e o beliscão da fome abaixo do esterno ia se tornando mais familiar para cada marinheiro daquela frota rendida. Todo dia aumentava nosso número. Em bandos, grupos e destacamentos dispersos arremetíamos para um lado e para outro diante do portão fechado. Enquanto isso, os navios que rumavam para fora cruzavam velozes por nossas humilhadas fileiras com todas as velas que pudessem exibir. Penso que o Vento do Leste ajuda os navios que partem do lar na perversa esperança de que todos eles sejam levados a um fim prematuro e nada mais se ouça a seu respeito. Durante seis semanas, o xeque pirata obstruiu a rota de comércio terrestre, enquanto nosso soberano, o Vento Oeste, dormia profundamente como um Titã cansado, ou se abandonava a uma indolente melancolia só conhecida das naturezas francas. Estava tudo parado no lado oeste; olhávamos em vão para sua fortaleza: o Rei dormia tão profundamente que deixara seu irmão saqueador roubar o próprio manto de nuvens púrpuras debruadas de ouro de seus ombros encurvados. O que teria acontecido com o tesouro ofuscante de jóias exibidas em cada fechamento do dia? Sumira, desaparecera, se extinguira, fora levado sem deixar uma única faixa dourada ou o lampejo de um único raio de sol no céu crepuscular! Dia após dia, através de uma fria faixa de céu tão nua e pobre quanto as entranhas de um cofre saqueado, um sol despojado e sem raios se esgueiraria envergonhadamente, sem pompa nem espetáculo, para se esconder precipitadamente sob as águas. E o Rei dormia ainda, ou lamentava a vacuidade de sua potência e seu poder, enquanto o intruso de lábios finos colocava a marca de seu espírito frio e implacável sobre o céu e o mar. Em todo amanhecer, o Sol nascente tinha que vadear por uma faixa carmesim, luminosa e sinistra como o sangue derramado de corpos celestes assassinados durante a noite.

O Espelho do Mar

Neste particular exemplo, o perverso intruso obstruiu o caminho por cerca de seis semanas, estabelecendo seus métodos administrativos particulares sobre boa parte do Atlântico Norte. Parecia que o Tempo Oriental chegara para ficar eternamente ou, pelo menos, até que morrêssemos todos de inanição na frota retida — inanição ao alcance da vista, por assim dizer, de muitos, quase encostando no coração generoso do Império. Ali estávamos nós, pontilhando com nossas secas velas brancas o azul carregado do mar profundo. Ali nós estávamos, uma crescente companhia de navios, cada um com sua carga de grãos, madeira, lã, peles e até mesmo laranjas, pois abrigávamos entre nós uma ou duas escunas de frutas tardias. Ali nós estávamos, naquela memorável primavera de um certo ano do final da década de setenta, esquivando-nos para um lado e para outro, mudando de direção a cada sopro de vento, e com nossos depósitos se reduzindo a restos de pão e raspas de tonéis de açúcar. Era como se fosse da natureza do Vento Leste infligir a inanição aos corpos de marinheiros inofensivos, enquanto corrompia suas almas com uma exasperação que provocava sombrias explosões de blasfêmia como suas auroras sanguinolentas. Seguiram-se dias cinzentos sob a cobertura de altas nuvens imóveis que pareciam entalhadas numa laje de mármore cinza. E cada torpe pôr-do-sol inane nos deixava clamando, com imprecações, pelo Vento Oeste, mesmo em seu mais velado humor brumoso, para nos libertar, ainda que fosse para nos empurrar e arremeter as proas dos navios contra as muralhas de nosso inalcançável lar.

XXIX

Na atmosfera do Tempo Ocidental, diáfana como uma peça de cristal e refrangente como um prisma, podíamos observar os números impressionantes de nossa desamparada companhia, mesmo aqueles que em condições mais normais teriam ficado invisíveis com as velas recolhidas abaixo do horizonte. É do prazer maligno do Vento Leste aumentar o alcance de nossa visão para melhor podermos ver, talvez, a perfeita humilhação, o caráter inapelável de nosso cativeiro. O Tempo Oriental é geralmente claro, e isto é tudo o que pode ser dito a seu favor — quase sobrenaturalmente claro quando quer; mas seja qual for seu humor, há algo de sinistro em sua natureza. Sua duplicidade é tal que chega a iludir um instrumento científico. Nenhum barômetro advertirá sobre uma ventania chegando do Leste, embora seja sempre muito úmido. Seria injustiça e ingratidão dizer que o barômetro é um aparelho estúpido.

Soberanos de Leste e de Oeste

Acontece simplesmente que as artimanhas do Vento Leste são demais para sua fundamental honestidade. Depois de anos e anos de experiência, o instrumento mais confiável do gênero levado ao mar aparafusado ao tabique da cabine de um navio quase invariavelmente será induzido a subir pelo diabólico engenho do Tempo Oriental no exato momento em que este abandonando seus métodos de dura, seca e impassível crueldade, considera a possibilidade de afogar o que sobrou de nosso ânimo em torrentes de uma chuva peculiarmente fria e pavorosa. As rajadas de granizo e neve que se seguem ao raio no final de um vendaval do Oeste são terrivelmente frias, entorpecedoras, pungentes e cruéis. Mas o seco Tempo do Leste, quando umedece, parece despejar torrentes venenosas sobre nossas cabeças. É um tipo de aguaceiro contínuo, persistente, opressivo, interminável que deixa nosso coração doente e aberto a pressentimentos sombrios. E o humor tempestuoso do Tempo Oriental emerge escurecido no céu, com um negrume peculiar e assustador. O Vento Oeste estende cortinados cinza escuros de névoa e chuvisco diante de nossos olhos, mas o intruso oriental dos mares estreitos, quando reuniu sua ousadia e crueldade ao ponto de um vendaval, inutiliza nossos olhos, inutiliza-os completamente, faz com que nos sintamos cegos para afrontar os perigos. É também o vento que traz a neve.

De seu coração negro e impiedoso, ele atira um alvo lençol cegante sobre os navios do mar. Ele tem todas as vilezas e não mais consciência do que um príncipe italiano do século XVII. Sua arma é uma adaga carregada embaixo de uma capa preta quando sai em suas incursões criminosas. O mero indício de sua aproximação enche de pavor toda tripulação que percorre os mares, dos barcos de pesca de um mastro aos navios de quatro mastros que reconhecem o poder do Vento Oeste. Mesmo em seu humor mais sereno, ele inspira o medo da traição. Ouvi falar de mais de dez jogos de cabrestantes ganharem vida estrepitosamente como se fossem um só, na calada da noite, enchendo os Downs com o som assustador de âncoras sendo arrancadas apressadamente do chão ao primeiro sopro de sua aproximação. Felizmente seu coração às vezes falha: nem sempre ele sopra na direção de nossas costas desprotegidas; ele não tem a têmpera indômita de seu irmão do Oeste.

As naturezas desses dois ventos que dividem os domínios dos grandes oceanos são fundamentalmente diferentes. É estranho que os ventos que os homens se inclinam a considerar caprichosos permaneçam fiéis a seu caráter nas várias regiões da terra. Para nós moradores daqui, por exemplo, o Vento Leste chega cruzando um grande continente, varrendo a maior extensão de terra sólida sobre o globo. Para a costa leste australiana, o

O Espelho do Mar

Vento Leste é o vento do oceano, chegando depois de cruzar a maior extensão de água do globo; e no entanto, aqui e lá suas características permanecem as mesmas, com uma estranha consistência em tudo que é vil e abjeto. Os membros da dinastia do Vento Oeste são parcialmente modificados pelas regiões onde governam, como um Hohenzollern; sem deixar de ser ele mesmo, torna-se romeno em virtude de seu trono, ou como um Saxe-Coburg aprende a colocar ornamentos de expressões búlgaras em seus pensamentos particulares, sejam eles quais forem.

O poder autocrático do Vento Oeste, venha ele de quarenta de latitude norte ou quarenta de latitude sul do Equador, se caracteriza por uma temeridade aberta, generosa, franca e bárbara. Ele é um grande autocrata, e para ser um grande autocrata é preciso ser um grande bárbaro. Fui influenciado demais por seu poder para acalentar agora qualquer idéia de rebelião em meu íntimo. Ademais, o que é uma rebelião dentro das quatro paredes de um quarto em comparação com a regência tempestuosa do Vento Oeste? Permaneço fiel à memória do poderoso Rei com uma espada de dois gumes em uma mão e a outra segurando as recompensas de grandes corridas diurnas e travessias notavelmente rápidas para aqueles cortesãos seus que sabiam esperar atentamente cada sinal de seu ânimo secreto. Como os marinheiros de águas profundas sempre admitiam, ele tornava um ano em cada três bastante agitado para quem tivesse negócios sobre o Atlântico ou nas latitudes "quarenta" do Oceano do Sul. É preciso aceitar as coisas como elas são; e não se pode negar que ele jogava despreocupadamente com nossas vidas e fortunas. Mas ele era sempre um grande rei, talhado para reinar sobre as grandes águas onde, estritamente falando, um homem tudo devia a sua audácia.

O audacioso não teria do que se queixar. Um mero comerciante não deveria reclamar dos tributos cobrados por um rei poderoso. Seu reinado era às vezes muito opressivo; mas quando era preciso desafiá-lo abertamente, como nos baixios das Agulhas[17] a caminho de casa vindo das Índias Orientais, ou contornando o Horn na direção do Pacífico, ele nos atirava regularmente seus dolorosos golpes (diretos na face, também) e cada um que cuidasse de não cambalear demais. Afinal, se mostrássemos um pouco de compostura, o bem-intencionado bárbaro nos deixaria galgar os próprios degraus de seu trono. Somente de vez em quando a espada descia e uma cabeça rolava; mas quando caíssemos, teríamos a certeza de um funeral comovente e de um amplo e generoso túmulo.

---

17) Cabo das Agulhas, ponta no extremo sul do Continente Africano.

Este é o rei a quem os chefes vikings curvavam suas cabeças, e a quem os modernos e suntuosos vapores desafiam impunemente sete vezes por semana. No entanto, é apenas um desafio, não uma vitória. O magnífico bárbaro sentado no trono com um manto de nuvens debruadas de ouro observa, do alto, os grandes navios que deslizam como brinquedos mecânicos sobre seu mar, e os homens que, armados de ferro e fogo, já não precisam observar ansiosamente o mais leve sinal de seu gênio real. Ele é desprezado; mas ainda conserva toda sua força, todo seu esplendor e boa parte de seu poder. O tempo, que abala todos os tronos, está do lado desse rei. A espada em sua mão tem os dois gumes afiados como sempre; e ele pode perfeitamente seguir jogando seu jogo real de malha com furacões, atirando-os do continente das repúblicas ao continente dos reinos, com a garantia de que tanto as novas repúblicas como os velhos reinos, o calor do fogo e a resistência do ferro, as incontáveis gerações de homens audazes deverão se desfazer em pó diante dos degraus de seu trono, e se extinguir, e serem esquecidos antes que seu reinado chegue ao fim.

XXX

Os estuários dos rios exercem uma grande atração sobre a imaginação aventurosa. Esta atração nem sempre é agradável, pois há estuários de uma feiúra particularmente deprimente: baixios, mangues ou, talvez, dunas estéreis sem beleza de forma ou suavidade de aspecto, cobertos por uma vegetação rala e miserável, aparentando pobreza e inutilidade. Às vezes essa feiúra é apenas uma máscara repulsiva. Um rio cujo estuário se parece com uma rachadura num platô de areia pode correr por uma região das mais férteis. Mas todos os estuários dos grandes rios têm o seu fascínio, a atração de uma porta aberta. A água é benévola com o homem. O oceano, porção da Natureza mais afastada do espírito da humanidade pela impassividade e majestade de seu poder, sempre foi um amigo das nações empreendedoras da terra. E de todos o elementos, os homens sempre tenderam a confiar a sua sorte a ele como se a sua imensidão trouxesse uma recompensa tão vasta quanto ele próprio.

Visto do mar, o estuário aberto promete toda fruição possível de esperanças aventurosas. Aquela estrada aberta à empresa e à ousadia convida o explorador de regiões costeiras a novos esforços para preencher grandes expectativas. O comandante da primeira galera romana deve ter olhado, com intensa absorção, o estuário do Tâmisa ao dobrar a proa

O Espelho do Mar

bicuda de seu navio para oeste sob a borda de North Foreland[18]. O estuário do Tâmisa não é belo; ele não tem feições nobres, nem grandeza romântica no aspecto, nem sorridente jovialidade; mas é muito amplo, espaçoso, convidativo e hospitaleiro ao primeiro olhar, com um estranho ar de mistério que perdura até nossos dias. A condução de seu barco deve ter exigido toda atenção do romano na calma de um dia de verão (ele teria escolhido esta época), quando a fileira única de longos remos (a galera seria das leves, não uma trirreme) cairiam em cadência natural sobre uma lâmina de água parecendo um espelho plano, refletindo fielmente a forma clássica do barco e o contorno das praias desertas próximas de seu costado esquerdo. Imagino que ele deve ter costeado a terra e cruzado por aquilo que hoje se conhece como Margate Roads, tateando cuidadosamente o caminho para evitar bancos de areia submersos que hoje teriam uma bóia ou farol em cada extremidade. Ele deve ter ficado ansioso, embora certamente terá previamente obtido, nas praias da Gália, um arsenal de informações em conversas com negociantes, aventureiros, pescadores, mercadores de escravos, piratas — toda sorte de pessoas comuns relacionadas com o mar de uma maneira mais ou menos respeitável. Ele terá ouvido falar de canais e bancos de areia, dos acidentes naturais da terra aproveitáveis como marcos marítimos, de aldeias, tribos, modos de escambo e precauções a tomar: com os instrutivos relatos sobre chefes nativos ornamentados com tinta azul, cuja propensão para a avidez, a ferocidade ou a amabilidade lhe deve ter sido exposta com aquela capacidade para um linguajar exuberante que parece estar naturalmente associado ao caráter moral obscuro e ao espírito temerário. Com esse tipo de alimento apimentado em seu pensamento receoso, acautelado contra homens estranhos, feras estranhas, viradas estranhas da maré, ele seguiria o mais depressa que pudesse, navegante guerreiro com o gládio apoiado na coxa e o capacete de bronze à cabeça, o pioneiro comandante de uma frota imperial. Fico imaginando se a tribo habitante da Ilha de Thanet[19] teria uma disposição feroz, pronta a cair com suas clavas com pedras na ponta e suas lanças de madeira endurecidas no fogo sobre as costas dos marinheiros desprevenidos.

Entre os grandes rios comerciais dessas ilhas, o Tâmisa é o único que considero aberto a um sentimento romântico porque a visão de atividades humanas e os ruídos da indústria humana não descem por suas margens

---

18) Promontório no norte de Kent.
19) Na parte norte de Kent, separada do continente pelo rio Stour.

O Rio Fiel

até o mar, destruindo a sugestão de misteriosa vastidão causada pela configuração de sua praia. A ampla enseada do raso Mar do Norte muda gradualmente para a forma apertada do rio; mas, durante muito tempo, a sensação de mar aberto permanece quando o navio envereda para oeste por uma das passagens hoje iluminadas e marcadas com bóias do Tâmisa, como Queen's Channel, Prince's Channel, Four-Fathom Channel; ou então desce o Swin vindo do norte. O ímpeto da maré montante amarela o impele para cima como que para o desconhecido entre as duas linhas evanescentes da costa. Não há acidentes nesta terra, nenhum marco conhecido e visível para nos falar da maior aglomeração humana da terra a não mais de vinte e cinco milhas de distância, onde o sol se põe num esplendor de cores flamejantes contra um fundo dourado, e as margens baixas e escuras confluem. E, no grande silêncio, o surdo, tênue estrondo dos grandes canhões sendo testados em Shoeburyness paira sobre o Nore[20] — um local histórico de vigilância em um dos bastiões fixos da Inglaterra.

XXXI

As areias do Nore permanecem cobertas na vazante e nunca são vistas pelo olho humano; mas o Nore é um nome a se conjurar com as recordações de acontecimentos históricos, batalhas, frotas, motins, zelosa vigilância no grande coração pulsante do Estado. Este ponto ideal do estuário, este centro de memórias, é assinalado na vastidão cinza aço das águas por um farol flutuante pintado de vermelho que parece um brinquedinho bizarro e barato visto de um par de milhas de distância. Lembro-me de como, subindo o rio pela primeira vez, fui surpreendido pela pequenez daquele brilhante objeto — uma minúscula mancha carmesim perdida numa imensidão de tons cinzentos. Fiquei pasmo, como se o principal farol no curso d'água da maior cidade da terra devesse ter dimensões imponentes. E, acreditem, a cevadeira parda de uma chata ocultou-o inteiramente de minha vista.

Vindo do leste, a tonalidade vívida do farol assinalando a parte do rio confiada às ordens de um Almirante (o Comandante-em-Chefe do Nore) acentua a monotonia e a grande largura do estuário do Tâmisa. Mas, logo depois, o avanço do navio o faz ingressar no Medway, com seus vasos de guerra enfileirados e o extenso cais de madeira de Port Victoria com seus

---

20) Um banco de areia e ancoradouro entre Shoeburyness e Sheerness.

O Espelho do Mar

escassos edifícios baixos parecendo o começo de um povoado sendo montado às pressas numa praia inexplorada e selvagem. As famosas chatas do Tâmisa descansam formando aglomerados marrons sobre a água, parecendo aves deslizando por uma lagoa. Na imponente extensão do grande estuário, o tráfego do porto, onde uma parte tão considerável do trabalho mundial e do pensamento mundial são feitos, torna-se insignificante, esparso, fluindo em finas carreiras de navio pelos quartos orientais do rio nos diversos canais navegáveis cuja separação é assinalada pelo farol do Nore. O tráfego costeiro curva-se para o norte; os navios de águas profundas dirigem-se para leste com uma inclinação para o sul, através dos Downs, para os mais remotos confins do mundo. No alargamento das praias que decaem muito nas lonjuras enevoadas e cinzentas, a vastidão marinha recebe a frota mercantil de excelentes navios que Londres envia na virada de cada maré. Eles avançam muito próximos uns dos outros na altura da praia de Essex. Como as contas de um rosário corridas por armadores metódicos para maior lucro do mundo, eles deslizam, um a um, para o mar aberto, ao passo que em alto-mar, os navios que rumam para casa chegam isoladamente e em grupos do horizonte marítimo fechando a embocadura do rio entre Orfordness[21] e North Foreland. Todos eles convergem para o Nore, a cálida mancha vermelha sobre tons pardos e cinzentos, com as praias distantes correndo juntas para oeste, baixas e planas, como as margens de um enorme canal. O estuário do Tâmisa é plano e, deixando-se Sheerness para trás, suas margens parecem quase despovoadas, exceto pelo amontoado de casas que é Southend, ou algum ancoradouro de madeira aqui e acolá, os tanques de petróleo baixos e circulares com tetos ligeiramente abaulados espreitando sobre a margem da praia como se fosse a reprodução em ferro de uma aldeia de cabanas da África Central. Margeado pelas várzeas negras e brilhantes, o pântano nivelado se estende por muitas milhas. No horizonte distante, o terreno sobe, fechando a vista com uma encosta arborizada contínua formando uma interminável plataforma forrada de arbustos, à distância.

Então, na curva aberta de Lower Hope Reach, uma multidão de chaminés fabris se torna claramente visível, chaminés altas e esbeltas sobre as construções atarracadas das fábricas de cimento de Grays e Greenhithe. Fumegando silenciosamente para o alto contra o enorme esplendor do magnífico pôr-do-sol, elas dão um feitio industrial à cena,

---

21) Orford Ness, um promontório de Suffolk, na extremidade norte do estuário do Tâmisa.

O Rio Fiel

falando de trabalho, manufaturas e comércio, assim como os palmeirais nas praias de coral de ilhas distantes falam de graça luxuriante, de beleza e do vigor da natureza tropical. As casas de Gravesend se amontoam sobre a margem provocando um efeito de confusão como se houvessem desmoronado aleatoriamente do topo do morro ao fundo. A semelhança das praias de Kent termina aqui. Uma frota de rebocadores a vapor está fundeada em vários píeres. Quando se chega do mar, destaca-se à visão o campanário de igreja, o primeiro a ser visto distintamente quando se chega do mar, com uma graça discreta, a serenidade de uma forma esbelta se alteando sobre a desordem caótica das moradias humanas. Mas no outro lado, na margem plana de Essex, um edifício vermelho informe e desolado, uma vasta pilha de tijolos com muitas janelas e um telhado de ardósia mais inacessível do que uma encosta alpina, eleva-se sobre a curva com monstruosa feiúra, a construção mais alta e pesada numa distância de muitas milhas, algo como um hotel, um prédio de apartamentos (todos para alugar) exilado nesses campos, como que exilado de alguma rua de West Kensington. Virando a esquina, por assim dizer, num píer limitado por blocos de pedras e pilhas de madeira, um mastro branco, esbelto como uma haste de capim e cruzado por uma verga como uma agulha de tricô, hasteando os sinais de bandeira e balão, vigia um conjunto de pesados porta-batéis. Pontas de mastros e de chaminés de navios espiam por cima de fileiras de telhados de ferro corrugado. Trata-se da entrada da doca Tilbury, a mais recente de Londres; a mais próxima do mar.

Entre as casas amontoadas de Gravesend e a monstruosa pilha de tijolos na praia de Essex, o navio fica inteiramente sujeito à força do rio. Aquela sugestão de solidão, aquela alma do mar que o acompanhou até Lower Hope Reach o abandona na virada da primeira curva rio acima. O cheiro acre e salgado se foi do ar, juntamente com a sensação de espaço ilimitado abrindo-se livremente além da fronteira dos bancos de areia abaixo do Nore. As águas do mar sobem além de Gravesend, fazendo soar as grandes bóias de amarração colocadas diante da cidade; mas a liberdade marítima termina ali, sujeitando a maré salgada às necessidades, aos artifícios, aos equipamentos dos operários. Molhes, ancoradouros, porta-batéis, escadas ribeirinhas se sucedem continuamente até a Ponte de Londres, e o zumbido do trabalho humano enche o rio com uma nota murmurante e ameaçadora como a de uma incessante, aflitiva ventania. O curso de água, tão belo acima e tão largo abaixo, corre oprimido por tijolos, argamassa e pedra, por madeira enegrecida, vidro escurecido e ferro enferrujado, coberto por chatas negras, açoitado por remos e hélices, sobrecarregado de barcos, ameaçado por correntes, subjugado por

O Espelho do Mar

paredões que formam uma íngreme garganta para seu leito, coberto por uma confusão de fumaça e poeira.

Este trecho do Tâmisa entre a Ponte de Londres e a doca Albert é para outras costas de portos fluviais o que uma floresta virgem seria para um jardim. É uma coisa crescida, não criada. Lembra uma selva pelo aspecto confuso, variado e impenetrável dos edifícios que se alinham à margem sem um propósito planejado, como se brotassem, por acidente, de sementes espalhadas. Como as moitas emaranhadas de arbustos e plantas rasteiras velando as profundezas silenciosas de uma selva inexplorada, eles ocultam as profundezas da vida infinitamente variada, vigorosa, fervilhante de Londres. Em outros portos fluviais não é assim. Eles ficam expostos a seus rios, com cais parecendo amplas clareiras, com ruas parecendo avenidas cortadas numa mata cerrada para a conveniência do comércio. Fico pensando agora nos portos fluviais que conheci — Antuérpia, por exemplo, Nantes ou Bordeaux, ou mesmo a velha Rouen, onde os vigias noturnos dos navios, com os cotovelos apoiados nas amuradas, ficam olhando as vitrines e os cafés brilhantemente iluminados, e o público entrar e sair do teatro da ópera. Mas Londres, o mais antigo e maior dos portos fluviais, não possui nem cem jardas de cais aberto sobre a frente do rio. Escuras e impenetráveis como o rosto de uma floresta são as docas de Londres à noite. É a doca das docas, onde somente um aspecto da vida mundial pode ser visto e somente um tipo de homem labuta à beira do rio. As paredes escuras parecem brotar da lama sobre a qual jazem as barcaças encalhadas; e as vielas estreitas que descem para a margem se parecem com os caminhos de arbustos esmagados e terra esmigalhada onde o grande gamo vem beber nas margens de correntes tropicais.

Por trás do crescimento ribeirinho de Londres, as docas da cidade se espalham insuspeitas, suaves e plácidas, perdidas entre os edifícios como escuras lagoas escondidas numa floresta cerrada. Elas ficam ocultas no confuso amontoado de casas com alguns topos de mastros sobrepassando aqui e ali os telhados de alguns armazéns de quatro pavimentos.

É uma estranha conjunção, esta de telhados e mastros, paredes e laíses. Lembro-me de ter percebido, certa vez, essa incongruência de modo prático. Eu era o primeiro oficial de um belo navio que acabará de atracar com uma carga de lã de Sydney, depois de uma travessia de noventa dias. Na verdade, não estávamos ali havia mais de meia hora e eu ainda estava ocupado amarrando-o aos postes de pedra de um cais muito estreito diante de um imponente armazém. Um velho, com suíças grisalhas descendo por baixo do queixo e botões de latão em sua jaqueta azul, correu pelo cais chamando meu navio pelo nome. Era um daqueles oficiais conhecidos

94

como "mestres de atracação" — não aquele que nos atracara, mas um outro que aparentemente estivera ocupado atracando um vapor na outra extremidade do cais. Pude observar, de longe, seus duros olhos azuis nos observando, como que fascinados, em estranha absorção. Fiquei imaginando o que teria encontrado aquele sólido lobo-do-mar para criticar no cordame de meu navio e olhei também para cima, ansiosamente. Não consegui enxergar nada de errado por ali. Talvez aquele colega marinheiro aposentado estivesse simplesmente admirando a perfeita ordem das alturas do navio, pensei, com certo orgulho secreto; pois o primeiro oficial é responsável pela aparência de seu navio, e, quanto a sua condição externa, é a ele que se pode elogiar ou criticar. Neste ínterim, o velho marinheiro ("ex-piloto costeiro" estava escrito em toda sua pessoa) chegara coxeando em suas reluzentes botas esburacadas e agitando um braço curto e atarracado como a nadadeira de uma foca, terminando numa pata vermelha como um bife cru e dirigiu-se à popa com um bramido de voz fraco e abafado como se uma amostra de cada cerração do Mar do Norte de sua vida estivesse alojada para sempre em sua garganta: "Vire ele, Seu Imediato!", foram suas palavras. "Se não tomar cuidado, vai meter as vergas do mastaréu pelas janelas daquele armazém!" Este era o único motivo de seu interesse nas belas vergas do barco. Confesso que, por algum tempo, fiquei atônico com as bizarras associações entre laíses e janelas. Quebrar janelas é a última coisa em que se pensaria associar a verga do mastaréu, a menos, com efeito, que se fosse um experiente mestre de atracação numa doca de Londres. Esse velho camarada estava dando sua pequena contribuição do trabalho mundial com correta eficiência. Seus pequenos olhos azuis tinham percebido o perigo a muitas jardas de distância. Seus pés reumáticos, cansados de sustentar aquele corpo atarracado durante muitos anos pelos tombadilhos de pequenos navios costeiros, e inchados por milhares de caminhadas pelas lajes do cais tinham corrido em tempo de evitar uma ridícula catástrofe. Respondi-lhe com impertinência, eu temo, e como se já soubesse perfeitamente daquilo.

"Certo! Certo! Não posso fazer tudo de uma vez."

Ele ficou por perto, resmungando, até que as vergas tivessem sido viradas por ordem minha, e depois elevou novamente sua rouca voz enevoada:

"Nunca é cedo demais", observou, com um olhar crítico para o alto do armazém. "Isto é meio soberano em seu bolso, Senhor Imediato. Você devia sempre olhar primeiro a posição dessas janelas antes de enfiar seu navio no cais."

Era um bom conselho. Mas não se pode pensar em tudo ou prever

O Espelho do Mar

relações de coisas aparentemente tão distantes como estrelas e estacas para lúpulo.

XXXII

A visão de navios atracados em algumas das antigas docas de Londres sempre me sugeriu a imagem de um bando de cisnes no pátio inundado de horríveis prédios de apartamentos para alugar. A insipidez das paredes que rodeiam o escuro tanque em que eles flutuam ressalta maravilhosamente a graça harmoniosa de um casco de navio. A leveza dessas formas, idealizadas para enfrentar ventos e oceanos, faz, por contraste com as grandes pilhas de tijolos, as correntes e cabos de suas amarras parecerem absolutamente necessárias, como se nada menos pudesse impedi-los de sair voando por cima dos telhados. O menor sopro de vento se esgueirando pelos cantos dos edifícios das docas agita esses cativos agrilhoados a sólidas escoras. É como se a alma de um navio ficasse impaciente com o confinamento. Esses cascos mastreados, aliviados de sua carga, se agitam ao menor indício da liberdade do vento. Firmemente atracados, porém, eles se mexem um pouco em seus ancoradouros, fazendo oscilar imperceptivelmente as elevadas armações de vergas e cordame. Pode-se perceber sua impaciência observando o balanço da ponta dos mastros contra a gravidade imóvel, inanimada, das pedras e da argamassa. Quando se passa ao lado de cada desesperançado prisioneiro agrilhoado ao cais, o menor rangido das defensas de madeira produz um som de resmungo zangado. Mas, afinal, pode ser bom para os navios passarem por um período de reclusão e repouso, assim como a reclusão e a comunhão consigo mesmo propiciadas pela inatividade podem ser boas para uma alma rebelde — não quero, por certo, dizer que os navios são rebeldes: pelo contrário, são criaturas leais, como tantos podem atestar. E a lealdade é um grande freio, o jugo mais forte colocado sobre a teimosia de homens e navios que circulam neste globo de terra e de mar.

Este intervalo de servidão nas docas empresta a cada período da vida de um navio um sentimento de dever cumprido, de um papel efetivamente realizado no trabalho do mundo. A doca é o palco do que o mundo julgaria o papel mais importante na vida airosa, saltitante, balouçante de um navio. Mas há docas e docas. A feiúra de algumas docas é estarrecedora. Cavalos selvagens não me extrairiam o nome de um certo rio no norte cujo estuário estreito é inóspito e perigoso, e cujas docas são como um pesadelo de miséria e desalento. Suas margens sombrias são densamente povoadas de enormes estruturas de madeira parecendo cadafalsos cujos topos elevados ficam periodicamente encobertos pela infernal escuridão arenosa de uma nuvem de poeira de carvão. O principal ingrediente para seguir fazendo o trabalho do mundo está distribuído ali nas circunstâncias mais cruéis jamais suportadas por navios desenganados. Fechado no desolado circuito dessas bacias, poder-se-ia pensar que um navio livre definharia e morreria qual um pássaro encerrado numa gaiola emporcalhada. Mas o navio, talvez por sua lealdade aos homens, suportará uma dose extraordinária de maus-tratos. Já vi navios saírem de certas docas como prisioneiros semimortos saem de um calabouço, imundos, abatidos, inteiramente cobertos de sujeira, e com seus homens rolando os brancos globos oculares em faces enegrecidas e preocupadas alçadas para um céu que, em seu aspecto fumacento e poluído, parecia refletir a sordidez da terra abaixo. No entanto, uma coisa se pode dizer das docas do Porto de Londres nos dois lados do rio: com todas as queixas sobre seu equipamento precário, seus regulamentos obsoletos, a deficiência (dizem) na rapidez de despacho, nenhum navio jamais saiu combalido de seus portões. Londres é um porto de carga geral, como convém à maior capital do mundo. Os portos desse tipo de cargas pertencem à aristocracia dos pontos de comércio do mundo, e nessa aristocracia, Londres, como lhe cabe, tem uma fisionomia única.

A ausência do pitoresco não pode ser atribuída à abertura das docas no Tâmisa. Não obstante todas as minhas comparações desairosas sobre cisnes e quintais, não se pode negar que cada doca, ou grupo de docas, ao longo do lado norte do rio, tem sua própria graça. Começando pela aconchegante Doca St. Katherine, abrigada e escura como um tranqüilo lago entre penhascos rochosos, passando pela venerável e simpática Doca de Londres, sem um único trilho ferroviário em toda sua superfície e com o aroma de especiarias pairando entre seus armazéns, com suas célebres adegas de vinho, seguindo pelo interessante grupo de Docas West India, as excelentes docas em Blackwall, depois da entrada de Galleons Reach das Docas Victoria e Albert e descendo para a vasta escuridão das grandes bacias em Tilbury, cada um desses pontos de retenção de navios tem sua fisionomia particular, sua própria expressão. E o que os torna únicos e atraentes é o traço comum de serem românticos em sua utilidade.

A seu modo, as docas são tão românticas quanto o rio a que servem é diferente de todos os outros cursos d'água comerciais do mundo. O aconchego da Doca St. Katherine e o ar de velho mundo da Doca de Londres continuam impressos em minha memória. As docas rio abaixo, na altura de Woolwich, são imponentes por suas proporções e pela enorme fealdade de suas cercanias — fealdade tão pitoresca que é um deleite para

O Espelho do Mar

os olhos. Quando se fala das docas do Tâmisa, "beleza" é uma palavra vã, mas o romance viveu por muito tempo nesse rio para não ter lançado um manto de *glamour* em suas margens.

A antigüidade do porto apela à imaginação pela longa cadeia de empreendimentos aventurosos que principiaram na cidade e flutuaram para o mundo nas águas do rio. Mesmo a mais nova das docas, Tilbury, compartilha o *glamour* conferido por associações históricas. A Rainha Elizabeth fez uma de suas caminhadas ali, não uma de suas jornadas de pompa e circunstância, mas uma ansiosa caminhada de negócios durante uma crise da história nacional. A ameaça daquela época passou e agora Tilbury é conhecida por suas docas. Elas são muito modernas, mas sua antigüidade e isolamento no pântano de Essex, os dias de carência aguardando sua criação, investiram-nas de uma atmosfera romântica. Nada naqueles tempos poderia ter sido mais chocante do que os vastos diques vazios rodeados por milhas de cais nus e as filas de barracões de cargas, onde dois ou três navios pareciam perdidos como crianças enfeitiçadas numa floresta de esqueléticos guindastes hidráulicos. Recebia-se uma prodigiosa impressão de total abandono, de eficiência desperdiçada. Desde o início, as Docas Tilbury eram muito eficientes e prontas para sua função, mas tinham entrado cedo demais em campo, talvez. Um grande futuro se abre para as Docas de Tilbury. Elas jamais preencherão um antigo desejo (na expressão sacramentada que se aplica a ferrovias, túneis, jornais e novas edições de livros). Elas entraram prematuramente em campo. O desejo jamais será sentido porque, livres dos embaraços das marés, fáceis de alcançar, magníficas e desoladas, elas já estão ali, prontas para receber e guardar os maiores navios que flutuam no mar. Elas são dignas do mais antigo porto fluvial do mundo.

E, é bom que se diga, com todas as críticas lançadas às companhias de docas, as outras docas do Tâmisa não são nenhuma desgraça para a cidade com uma população maior que a de algumas nações. O crescimento de Londres como um porto bem aparelhado tem sido lento, conquanto não indigno de um grande centro de distribuição. Não se deve esquecer que Londres não tem o respaldo de grandes distritos industriais ou grandes campos de exploração natural. Nisto ela difere de Liverpool, de Cardiff, de Newcastle, de Glasgow; e por isso o Tâmisa difere do Mersey, do Tyne, do Clyde. Ele é um rio histórico; é uma corrente romântica escoando pelo centro de grandes empreendimentos comerciais, e com toda a crítica à administração do rio, minha convicção é de que seu desenvolvimento tem estado à altura de sua dignidade. Durante muito tempo, o próprio rio podia facilmente acomodar o tráfego transoceânico e o costeiro. Isto foi

Em Cativeiro

no tempo em que, na parte chamada o Pool, pouco abaixo da Ponte de Londres, os barcos, atracados proa com popa pela força da maré, formavam uma massa sólida como uma ilha coberta por uma floresta de árvores desfolhadas e esquálidas; e quando o comércio ficou grande demais para o rio, surgiram a Doca St. Katherine e a Doca de Londres, esplêndidas realizações respondendo às necessidades de seu tempo. O mesmo se pode dizer dos outros lagos artificiais repletos de navios que entram e saem dessa estrada para todas as partes do mundo. O trabalho do curso d'água imperial prossegue de geração em geração, dia e noite. Nada interrompe sua agitada faina exceto a chegada de uma cerração pesada, que cobre a fervilhante correnteza com um manto de impenetrável placidez.

Depois da gradual cessação de todo som e movimento no fiel curso d'água, somente o planger dos sinos do navio se faz ouvir, misterioso e abafado, em meio ao vapor branco da Ponte de Londres até o Nore, por milhas e milhas, num tilintar decrescente, até onde o estuário se alarga no Mar do Norte e os navios ancorados se espalham dispersos pelos canais amortalhados entre os bancos de areia da embocadura do Tâmisa. No longo e glorioso relato de anos de extenuantes serviços prestados pelo rio a sua gente, esses são seus únicos períodos de descanso.

XXXIII

Um navio no estaleiro, rodeado pelos cais e as paredes dos armazéns, tem a aparência de um prisioneiro sonhando com a liberdade, com a tristeza de um espírito livre colocado em reclusão. Correntes e cordas resistentes o mantêm preso a postes de pedra na beirada de um cais pavimentado, e o mestre de atracação, com seu casaco de botões dourados, anda por ali como um carcereiro rubicundo e curtido atirando olhares vigilantes e invejosos para as amarras que prendem um navio que repousa passivo, parado, seguro, como que perdido em profundas lamentações por seus dias de liberdade e perigo no mar.

A multidão de renegados — superintendentes de docas, mestres de atracação, guarda de comporta, entre outros — parece nutrir uma profunda aversão pela resignação do navio cativo. Nunca parece haver correntes e cordas suficientes para satisfazer suas mentes preocupadas com a amarração segura de navios livres a sólida, lamacenta e escravizante terra. "É melhor pôr mais uma laçada de uma espia a ré, Senhor Imediato", é a frase usual em suas bocas. Eu os estigmatizei como renegados porque, em sua maioria, foram marinheiros em seu tempo. Como se as

O Espelho do Mar

enfermidades da velhice — o cabelo grisalho, as rugas nos cantos dos olhos e as veias saltadas das mãos — fossem sintomas de um veneno moral, eles perambulam pelos cais com um ar furtivo de maligna exultação em face do espírito alquebrado dos nobres cativos. Eles querem mais defensas, mais amarras; eles querem mais molas, mais cadeias, mais ferros; eles querem deixar navios com suas almas voláteis tão imóveis quanto blocos quadrados de pedra. Ficam de pé sobre a lama do passeio, aqueles degradados lobos-do-mar, com extensas linhas de vagões ferroviários retinindo seus engates às suas costas, e examinam cada navio com olhares malevolentes, da ponta da proa ao balaústre da popa, com o exclusivo desejo de tiranizar a pobre criatura sob o disfarce hipócrita de benevolência e cuidado. Aqui e ali, guindastes de carga parecendo instrumentos de tortura para navios balançam ganchos cruéis na ponta de longas correntes. Bandos de doqueiros pululam com pés enlameados sobre os passadiços. É uma visão comovente esta, a de tantos homens de terra, grosseiros que nunca se importaram com um navio, atropelando-se, indiferentes, rústicos e brutais sobre seu corpo indefeso.

Felizmente, nada pode desfigurar a beleza de um navio. Aquela sensação de calabouço, aquele sentimento de infelicidade terrível e degradante subjugando uma criatura bela de se ver e confiável, prende-se apenas a navios atracados nas docas de grandes portos europeus. Sente-se que eles estão injustamente trancados para ser enxotados de molhe para molhe num tanque escuro, oleoso, quadrado, de águas negras como brutal recompensa pelo término de uma viagem dedicada.

Um navio atracado num ancoradouro aberto, com chatas de carga a seu lado e seu próprio guincho balançando a carga sobre o trilho, está realizando, em liberdade, uma função de sua vida. Não há qualquer reclusão; há espaço: água limpa ao redor e um céu límpido sobre o topo de seus mastros, com uma paisagem de verdes colinas e graciosas enseadas se abrindo em torno do ancoradouro. Ele não é abandonado por seus próprios homens à mercê volúvel do pessoal de terra. Ele ainda protege e é cuidado por seu próprio e pequeno bando devotado, e sente-se que ele vai, a qualquer momento, deslizar entre os promontórios e desaparecer. É somente quando está atracado na doca que ele fica abandonado, privado da liberdade por todos os artifícios de homens que pensam em despachos rápidos e fretes lucrativos. É somente então que as sombras retangulares e odiosas de paredes e telhados caem sobre seus tombadilhos com torrentes de fuligem.

Para alguém que jamais tenha visto a extraordinária nobreza, força e graça que dedicadas gerações de construtores de navios fizeram

Em Cativeiro

evoluir a partir de recessos puros de suas almas singelas, a visão que se podia ter, há vinte e cinco anos, de uma grande frota de clíperes atracados na face norte da Doca New South era um espetáculo inspirador. Havia então um quarto de milha deles desde as comportas de ferro guardadas por policiais, numa longa perspectiva de mastros parecendo uma floresta, ancorados de dois em dois a vários molhes robustos de madeira. Suas vergas apequenavam, com sua altura, os armazéns de ferro corrugado, as pontas de suas bujarronas avançavam bem para dentro da margem com suas figuras de proa branco-e-dourado quase deslumbrantes em sua pureza se projetando sobre o extenso cais por cima da lama e da sujeira do píer, com os vultos atarefados de grupos de homens se movimentando para um lado e para outro, incansáveis e sujos sob sua altaneira imobilidade.

Na hora da maré, podia-se ver um dos navios carregados com escotilhas forradas de madeira se afastar das filas e flutuar no espaço aberto do cais preso por linhas escuras e finas como os primeiros fios de uma teia de aranha se estendendo de suas proas e quartos aos mourões de atracação do píer. Ali, gracioso e parado, como um pássaro pronto a estender as asas, ele esperaria até que, com a abertura das comportas, um rebocador ou dois se acercasse ruidoso voltejando ao seu redor com um ar de rebuliço e solicitude, e o levasse para o rio, tomando conta dele, apascentando-o por pontes abertas, através de comportas, entre as planas pontas de píer com um pouquinho de gramado verde rodeado de cascalho e um mastro de sinalização branco com verga e carangueja, ostentando um par de desbotados estandartes azuis, vermelhos ou brancos.

A Doca New South (este era seu nome oficial), em que se concentram minhas primeiras memórias profissionais, pertence ao grupo das Docas West India, juntamente com duas docas menores e mais velhas chamadas, respectivamente, Import e Export, ambas tendo perdido a maior parte de suas atividades comerciais. Pitorescas e limpas que são, essas docas gêmeas se estendem lado a lado com o brilho escuro de sua água cristalina esparsamente ocupada por alguns navios amarrados a bóias ou afastados uns dos outros por rebocadores até a ponta de barracões nos cantos de cais vazios, onde pareciam ressoar silenciosamente distantes, intocados pelo bulício dos negócios humanos — mais em retiro do que em atividade. Eram curiosas e simpáticas, aquelas duas docas simples, despojadas e silenciosas, sem a exibição agressiva de gruas, sem aparato de pressa e trabalho em suas margens estreitas. Nenhuma linha ferroviária as estorvava. Os grupos de trabalhadores reunidos aleatoriamente nos cantos dos armazéns de carga para comer em paz a refeição que traziam embrulhada

O Espelho do Mar

em lenços de algodão vermelhos pareciam fazer piquenique ao lado de um solitário lago da montanha. Elas eram sossegadas (e, é bom que se diga, bem pouco lucrativas), aquelas docas onde o imediato de um dos navios envolvido na atividade cansativa, vigorosa e barulhenta da Doca New South, a algumas jardas de distância apenas, poderia escapar, na hora do jantar, para perambular, desembaraçado de homens e negócios, meditando (se quisesse) sobre a vacuidade de todas as preocupações humanas. Em certa época, elas devem ter estado cheias daqueles bons e morosos barcos das Índias Ocidentais, de popa quadrada, que suportavam seu cativeiro, imagina-se, tão estolidamente quanto enfrentavam a pancadaria das ondas com suas singelas proas rombudas e vomitavam açúcar, rum, melaço, café ou toras de madeira com seus próprios guinchos e talhas. Mas quando as conheci, de exportações não havia sinal que se pudesse detectar; e todas as importações que cheguei a ver foram alguns raros carregamentos de madeira tropical, enormes vigas desbastadas de troncos de pau-ferro crescidos nos bosques que rodeiam o Golfo do México. Eles ficavam empilhados em montes de troncos imensos e era difícil acreditar que toda aquela massa de árvores mortas e desbastadas saíra dos flancos de uma pequena barca esbelta e de aparência inocente trazendo, muito provavelmente, um nome de mulher — Ellen este, Annie aquele — em suas finas proas. Mas isto geralmente acontece com uma carga descarregada. Espalhada no cais, parece absolutamente impossível que tudo aquilo tenha saído do navio encostado.

Eram recantos calmos, serenos, no mundo agitado das docas, aqueles cais onde nunca tive a sorte de conseguir um ancoradouro depois de alguma travessia mais ou menos árdua. Mas bastava um olhar para se perceber que ali os homens e os navios nunca se apressavam. Eram tão calmos que, lembrando-os bem, chega-se a duvidar que jamais existiram — locais de repouso para navios cansados sonharem, mais propícios à meditação do que ao trabalho, onde navios perversos — os barcos de mar "doces de borda", os preguiçosos, os molhados, os difíceis de governar, os caprichosos, os teimosos, os realmente ingovernáveis — teriam pleno lazer para inventariar e se arrepender de seus pecados, pesarosos e desprotegidos, despidos de suas fendidas roupagens de lona e com o pó e as cinzas da atmosfera de Londres em seus calceses. De que o pior dos navios se arrependeria se lhe dessem tempo para isso, não tenho a menor dúvida. Conheci um exagero deles. Nenhum navio é inteiramente mau; e agora que seus corpos, que afrontaram tantas tempestades, foram varridos da superfície do mar por uma baforada de vapor (o mau e o bom juntos no limbo das coisas obsoletas) não pode haver mal em afirmar que nessas

Em Cativeiro

gerações desaparecidas de solícitos servidores não houve jamais uma única alma totalmente irredimível.

Na Doca New South certamente não havia tempo para remorso, introspeção, arrependimento, ou qualquer fenômeno de vida interior, seja para os navio cativos, seja para seus oficiais. Das seis da manhã às seis da noite, o trabalho duro da prisão que recompensa a bravura de navios que ganham o porto prosseguia incansavelmente, com as grandes eslingas de carga balançando por cima do parapeito para largá-las pelas escotilhas ao sinal do pessoal do passadiço das chalupas. A Doca New South foi especialmente uma doca de carregamento para as Colônias naqueles grandes (e últimos) dias dos ágeis clíperes de lã, bons de se olhar e — bem — excitantes de se comandar. Alguns eram mais belos do que outros ao olhar; muitos tinham (sendo compassivo) um excesso de mastros; todos deviam fazer boas travessias; e daquela linha de navios, cuja equipagem formava uma enorme e espessa malha contra o céu, cujos bronzes faiscavam até onde a visão do guarda das comportas podia alcançar, dificilmente haveria um que conhecesse algum outro porto entre todos os portos na Terra, exceto Londres e Sydney, ou Londres e Melbourne, ou Londres e Adelaide, talvez com o acréscimo de Hobart Rown para os de tonelagem menor. Podia-se quase acreditar, como seu segundo oficial de suíças grisalhas costumava dizer do velho *Duke of S-*, que eles conheciam a estrada para os Antípodas melhor que seus próprios comandantes que, ano sim, ano não, os levavam de Londres — o lugar de cativeiro — para algum porto australiano onde, vinte e cinco anos atrás, embora perfeitamente atracados a cais de madeira, eles não se sentiam cativos, mas respeitados hóspedes.

XXXIV

Essas cidades dos Antípodas, não tão grandes na época como agora, tomaram interesse na navegação, os vínculos correntes com o "lar", cujos números confirmaram o sentimento de sua crescente importância. Ela se tornou parte de seus interesses diários. Este foi especialmente o caso de Sydney onde, do coração da bela cidade, podia-se ver, das ruas principais, os clíperes de lã flutuando no Circular Quay — nada de prisão murada naquela doca que era parte integrante de uma das mais belas, vastas, seguras e excelentes baías sobre as quais o sol jamais brilhou. Atualmente, grandes vapores atracam naqueles ancoradouros, sempre reservados para a aristocracia do mar — navios suficientemente grandes e imponentes, mas

O Espelho do Mar

hoje aqui e na semana seguinte longe; enquanto os clíperes de cargas gerais, de emigrantes e de passageiros de meu tempo, armados com pesadas vergas e construídos com linhas esbeltas, costumavam permanecer meses reunidos, aguardando sua carga de lã. Seus nomes possuíam a dignidade das expressões familiares. Aos domingos e feriados, os cidadãos acorriam em profusão para visitá-los, e o solitário oficial de plantão consolava-se fazendo-se de cicerone — especialmente para as cidadãs com modos sedutores e um bem desenvolvido sentimento da diversão que se poderia extrair da inspeção das cabines e salas de comando de um navio. O martelar de pianinos meio desafinados flutuava para fora das portas abertas da popa até as lâmpadas a gás começarem a piscar nas ruas, e o vigia noturno do navio, chegando sonolento para o serviço depois do insatisfatório sono diurno, arriar as bandeiras e prender uma lanterna acesa na ponta do passadiço. A noite caía rapidamente sobre os navios silenciosos com as tripulações em terra. Acima de uma curta ladeira além do *pub* King's Head, freqüentado pelos cozinheiros e camareiros da frota, a voz de um homem gritando "*Saveloys*[22] quentes!" no final da Rua George, onde os restaurantes baratos (seis pence por refeição) eram mantidos por chineses (o de Sun-kum-on não era ruim), é ouvida em intervalos regulares. Escutei durante horas este persistente vendedor de rua (gostaria de saber se ele morreu ou fez fortuna) sentado no parapeito do velho *Duke of S-* (este morreu, pobrezinho! Uma morte violenta na costa da Nova Zelândia), fascinado pela monotonia, a regularidade, a brusquidão do grito recorrente, e tão exasperado com o insólito discurso que cheguei a desejar que o sujeito sufocasse até a morte engasgado com seu infame produto.

Serviço estúpido, próprio para velhos, o de vigia noturno de um navio cativo (não obstante honrado), costumavam dizer meus camaradas. Geralmente ele cabe aos mais velhos marinheiros aptos da tripulação de um navio. Às vezes, porém, nem o mais velho nem outro marinheiro qualquer perfeitamente sóbrio está disponível. As tripulações dos navios tinham a manha de desaparecer rapidamente naqueles tempos. Assim, provavelmente por causa de minha juventude, inocência e hábitos pensativos (que às vezes me deixavam lento no trabalho com o equipamento), eu era inesperadamente nomeado, com os tons mais sardônicos de nosso imediato, o Sr. B-, para aquela invejável posição. Não lamento a experiência. Os humores noturnos da cidade desciam da rua para a costa nas calmas vigílias noturnas: arruaceiros se atropelando

---

22) Espécie de salame de porco muito condimentado.

Em Cativeiro

em bandos para acertar as contas numa briga de mão longe da polícia, num ringue indistinto, meio escondido por pilhas de carga, com ruídos de socos, um grunhido aqui e ali, o sapatear dos pés e o grito "Tempo!" elevando-se bruscamente acima de sinistros e excitados murmúrios; larápios noturnos, perseguidos ou perseguindo, com um abafado guincho seguido de profundo silêncio, ou andando furtivamente como fantasmas e dirigindo-se a mim, do cais abaixo, em tons misteriosos, com propostas incompreensíveis. Os cocheiros, também, que duas vezes por semana, na noite em que o barco de passageiros da Companhia A.S.N. devia chegar, costumavam enfileirar um batalhão de lanternas brilhantes no cais, no lado oposto do navio, eram muito divertidos, à sua maneira. Eles desciam de suas boléias e ficavam contando histórias picantes em linguagem espirituosa, e todas suas palavras me chegavam distintamente por cima da amurada enquanto eu me sentava, fumando, na escotilha principal. Certa ocasião, tive uma conversa altamente intelectual, durante aproximadamente uma hora, com uma pessoa a quem não podia ver distintamente, um cavalheiro da Inglaterra, ele disse, com voz cultivada, eu no convés e ele no cais, sentado na caixa de um piano (desembarcado de nossa carga naquela tarde), e fumando um charuto de aroma excelente. Nossa conversa versou sobre ciência, política, história natural e cantores de ópera. Então, depois de observar abruptamente "Você me parece bastante inteligente, meu chapa", ele me informou intencionalmente que seu nome era Sr. Senior, e afastou-se — para seu hotel, suponho. Sombras! Sombras! Creio ter visto uma suíça branca quando ele se virou sob um poste de iluminação. É um choque pensar que no curso normal da natureza ele deve estar morto agora. Não havia nada a objetar quanto a sua inteligência, talvez um pequeno dogmatismo. E seu nome era Senior! Sr. Senior!

O posto tinha seus inconvenientes, porém. Numa noite invernal, tempestuosa e escura de julho em que eu estava de pé, sonolento, protegido da chuva sob uma abertura da popa, algo parecido com uma avestruz se precipitou pelo passadiço. Digo avestruz porque a criatura, embora corresse sobre duas pernas, parecia ajudar seu avanço agitando um par de asas curtas; era um homem, porém, apenas que seu casaco rasgado e com as duas metades esvoaçando às costas lhe dava aquela esquisita aparência de ave. Pelo menos imagino que fosse seu casaco, pois era impossível distingui-lo perfeitamente. Como ele conseguiu vir tão diretamente em minha direção, correndo sem tropeçar num tombadilho desconhecido, não consigo entender. Devia poder ver no escuro melhor que um gato. Ele me assediou com arquejantes súplicas para deixá-lo se abrigar até amanhecer em nosso castelo de proa. Seguindo ordens estritas, recusei

O Espelho do Mar

seu pedido, com gentileza no início, em tom mais duro à medida que ele insistia com crescente desfaçatez.

"Pelo amor de Deus, 'seu' imediato! Tem uns caras atrás de mim — e eu 'depenei um otário' por aí."

"Dê o fora!", eu disse.

"Não engrossa com um chapa, cara!", guinchou ele num lamento.

"Olha, desça para terra imediatamente. Está ouvindo?"

Silêncio. Ele pareceu encolher-se, mudo, como se a aflição lhe tirasse as palavras; então — bang! Veio uma pancada e uma forte explosão de luz em que ele desapareceu, prostrando-me de costas com o mais abominável olho preto que alguém já conseguiu no fiel cumprimento de seu dever. Sombras! Sombras! Espero que tenha escapado dos inimigos de quem fugia para a vida e tenha vicejado até nossos dias. Mas seu punho era invulgarmente duro e sua pontaria milagrosamente boa no escuro.

Houve outras experiências menos dolorosas e mais engraçadas, em sua maioria, com uma de caráter dramático; mas a maior experiência de todas foi com o Sr. B-, nosso próprio imediato.

Ele costumava ir em terra todas as noites para se encontrar, no salão de estar de algum hotel, com seu amigão, o imediato da barca *Cicero*, atracada no outro lado do Circular Quay. Alta noite, eu ouviria de longe suas passadas e as vozes alteadas em interminável discussão. O imediato do *Cicero* estava escoltando seu amigo para bordo. Eles podiam prosseguir na sua insensata e confusa discussão em tons de profunda amizade, durante meia hora ou mais, na ponta de terra de nosso passadiço, e depois eu ouviria o Sr. B- insistindo em escoltar o outro até seu navio. E lá iam eles, as vozes ainda conversando com descomunal amizade, sendo ouvidos perambulando por todo o porto. Aconteceu mais de uma vez que assim percorressem três ou quatro vezes a distância, cada um escoltando o outro até seu navio por pura e desinteressada afeição. Então, por cansaço, ou talvez num momento de esquecimento, conseguiam de algum modo se separar, e uma a uma as pranchas de nosso longo passadiço se curvariam e rangeriam sob o peso do Sr. B- subindo a bordo definitivamente.

Na amurada, seu vulto corpulento faria uma pausa e ficaria balançando.

"Vigia!"

"Senhor."

Uma pausa.

Ele esperava por um momento de equilíbrio para negociar os três degraus da escada interna da amurada ao convés; e o vigia, ensinado pela experiência, se absteria de lhe oferecer a ajuda que seria recebida como

Em Cativeiro

um insulto naquele particular estágio do retorno do imediato. Muitas vezes, porém, eu temi por seu pescoço. Era um homem muito pesado.

Então, com uma arremetida e um baque estava feito. Ele nunca precisou levantar-se depois de uma queda; mas custava-lhe um minuto recompor-se depois da descida.

"Vigia!"

"Senhor."

"O capitão está a bordo?"

"Sim, senhor."

"O cão está a bordo?"

"Sim, senhor."

Pausa.

Nosso cão era um animal feio e esquelético, mais parecendo um lobo doente do que um cão, e nunca notei o Sr. B- em qualquer outro momento mostrar o mais leve interesse pelos feitos do animal. Mas a pergunta nunca faltava.

"Me dê seu braço para eu me firmar."

Eu sempre estava preparado para esse pedido. Ele se apoiava pesadamente em mim até chegar suficientemente perto da porta de sua cabine para alcançar o trinco. Então largava meu braço imediatamente.

"Pronto. Já posso dar um jeito."

E podia. Podia achar o caminho até o beliche, acender sua lâmpada, meter-se na cama — ai, e sair dela quando eu o chamasse às cinco e meia, o primeiro homem no convés, levando a xícara de café matinal aos lábios com a mão firme, pronto para o dever como se houvesse virtuosamente dormido dez sólidas horas; um imediato melhor do que muitos que nunca provaram um grogue em sua vida. Ele conseguia lidar com tudo aquilo, mas nunca conseguiu dar um jeito em sua vida.

Somente uma vez ele não conseguiu agarrar o trinco da porta da cabine na primeira tentativa. Fez uma pausa, tentou de novo e novamente falhou. Seu peso estava aumentando muito em meu braço. Ele suspirou lentamente.

"M... da de trinco!"

Sem deixar de se apoiar em mim, ele se virou, o rosto claramente iluminado pela lua cheia.

"Queria que ele estivesse no mar", grunhiu com violência.

"Sim, senhor."

Senti necessidade de dizer algo porque ele se agarrava a mim como se estivesse perdido, respirando pesadamente.

"Os portos não prestam — os navios fedem, pro diabo os homens!"

O Espelho do Mar

Fiquei quieto, e depois de um instante ele repetiu com um suspiro:
"Queria que ele estivesse no mar fora disto."
"Eu também, senhor", aventurei.
Segurando meu ombro, ele se virou para mim.
"Você! Que lhe importa onde ele esteja? Você não... bebe."
E mesmo naquela noite ele finalmente "deu um jeito". Conseguiu agarrar o trinco. Mas não conseguiu acender a lanterna (nem creio que tenha tentado), muito embora pela manhã, como sempre, foi o primeiro a chegar ao convés, pescoço taurino, cabelos encaracolados, observando tudo com sua expressão sardônica e seu olhar inflexível.

Encontrei-o por acaso, dez anos mais tarde, inesperadamente, na rua, saindo do escritório de meu consignatário. Era pouco provável esquecê-lo com seu "Já posso dar um jeito". Ele me reconheceu imediatamente, lembrou-se de meu nome e em que navio eu servira sob suas ordens. Examinou-me da cabeça aos pés.

"O que você está fazendo por aqui?", perguntou.

"Estou comandando uma pequena barca", eu disse, "carregando aqui para Maurício." Então, impensadamente acrescentei: "E o que está fazendo, Sr. B-?"

"Eu", disse ele, olhando-me fixamente com seu velho sorriso sardônico — "eu estou procurando alguma coisa para fazer."

Senti que teria feito melhor mordendo minha língua. Seu cabelo encaracolado cor de azeviche se tornara cinza-ferro; ele estava escrupulosamente bem vestido, como sempre, mas com a roupa assustadoramente puída. Suas botas lustrosas estavam gastas no calcanhar. Mas ele me perdoou e fomos juntos, num trole, jantar a bordo de meu navio. Ele o examinou atentamente, elogiou-o calorosamente, congratulou-me por meu comando com absoluta sinceridade. Ao jantar, quando lhe ofereci vinho e cerveja, ele abanou a cabeça e, enquanto eu, sentado, olhava interrogativamente para ele, murmurou à meia-voz:

"Desisti disso tudo."

Depois do jantar voltamos ao tombadilho. Parecia que ele não conseguiria se separar do navio. Estávamos ajustando alguns equipamentos novos e ele ficou por ali, aprovando, sugerindo, dando-me conselhos à sua velha maneira. Por duas vezes dirigiu-se a mim como "Meu rapaz" e corrigiu-se rapidamente para "Capitão". Meu imediato estava prestes a me deixar (para se casar), mas escondi o fato do Sr. B-. Temia que ele me pedisse para dar-lhe o emprego com alguma horrível insinuação chistosa que eu não poderia deixar de perceber. Eu tinha medo, teria sido impossível. Não poderia dar ordens ao Sr. B-, e estou certo de que ele não as receberia

108

Iniciação

de mim por muito tempo. Ele não poderia dar um jeito *nisso*, embora tivesse dado um jeito de parar de beber — tarde demais.

Finalmente se despediu. Enquanto observava sua figura corpulenta, de pescoço taurino, se afastar pela rua, fiquei pensando, com o coração apertado, se ele teria mais do que o preço de um alojamento noturno no bolso. E compreendi que se naquele minuto eu o chamasse para algum serviço, ele nem mesmo voltaria sua cabeça. Ele também não é mais do que uma sombra, mas parece-me ouvir suas palavras ditas sob o luar no tombadilho do velho *Duke*:

"Os portos não prestam — os navios fedem, pro diabo os homens!"

XXXV

"Navios!", exclamou um velho marinheiro em asseados trajes de terra. "Navios" — e seu olhar agudo, afastando-se de meu rosto, percorreu as esplêndidas figuras de proa que, espremidas numa linha, no final dos anos setenta, costumavam se projetar sobre o passeio lamacento encostadas à Doca New South — "Tudo bem com os navios; são os homens que carregam..."

Cinqüenta cascos, pelo menos, moldados em linhas graciosas e velozes — cascos de madeira, de ferro, expressando em suas formas as mais altas realizações da moderna construção naval — jaziam atracados numa fila, de proa para o cais, como se ali tivessem sido reunidos para uma exposição, não de uma grande indústria, mas de uma grande arte. Suas cores eram cinza, preto, verde escuro com uma estreita faixa de cornija amarela definindo o tosamento de seu convés, ou com uma fileira de portas pintadas enfeitando com aparência bélica seus robustos flancos de cargueiro que outro triunfo não conheceriam senão a velocidade no transporte da carga, nenhuma outra glória exceto os longos serviços prestados, nenhuma vitória que não o interminável, obscuro enfrentamento com o mar. Os grandes cascos vazios com seus porões limpos, recém-saídos de docas secas com a tinta fresca reluzindo, acomodavam-se com imponente dignidade ao longo dos molhes de madeira, antes parecendo sólidos edifícios que artefatos flutuantes; outros, parcialmente carregados, a meio caminho de recobrar a verdadeira fisionomia marítima proporcionada pela linha de flutuação de um navio carregado, pareciam mais acessíveis. Seus passadiços menos inclinados pareciam convidar os marinheiros que perambulavam em busca de emprego a subirem a bordo e "tentarem a sorte" com o imediato, o guardião da eficiência de um navio. Como que

O Espelho do Mar

querendo passar desapercebidos entre seus irmãos mais altos, dois ou três navios "carregados" flutuavam baixo, com uma aparência de tensão na correia de suas amarras niveladas, exibindo seus tombadilhos desimpedidos e escotilhas fechadas, prontos para se afastar, de popa para a frente, das fileiras balouçantes, exibindo a verdadeira beleza de forma que somente uma boa armação das velas empresta a um navio. E por um bom quarto de milha, da comporta do estaleiro até o canto mais afastado onde costumava ficar fundeado o velho casco do *President* (navio de perfuração da Reserva Naval) com seu casco afilado esfregando contra a pedra do cais, acima de todos esses cascos, aparelhados e não aparelhados, cento e cinqüenta imponentes mastros, mais ou menos, sustinham a malha do cordame como uma imensa rede em cuja malha fechada, escura contra o céu, as pesadas vergas pareciam entrelaçadas e suspensas.

Era um espetáculo. A mais humilde embarcação cativa o homem do mar pela fidelidade de sua vida; e ali era o lugar onde se via a nata das embarcações. Era uma nobre reunião das mais belas e mais rápidas, cada uma trazendo inscrito na proa o emblema de seu nome como numa galeria de esculturas de gesso, figuras de mulheres com coroas murais[23], mulheres com vestidos esvoaçantes, com fitas douradas nos cabelos ou faixas azuis envolvendo a cintura, estendendo seus braços roliços como que apontando o caminho; cabeças de homens com ou sem capacete; grandes extensões de guerreiros, reis, estadistas, lordes e princesas, todos brancos da cabeça aos pés; aqui e ali a parda figura de turbante vistosamente adornada de algum distante herói ou sultão oriental, todas curvadas para a frente pela inclinação dos imponentes gurupés, parecendo ansiosas para empreender uma nova travessia de 11.000 milhas[24] pela aparência inclinada de suas posturas. Ali estavam as melhores figuras de proa dos melhores navios em operação. Mas por que, exceto pelo amor à vida que essas efígies compartilhavam conosco em sua errante impassividade, tentar reproduzir em palavras uma impressão cuja fidelidade não se pode criticar nem julgar, quando nenhum olhar humano tornará a ver tal exposição da arte da construção naval e da arte da escultura de figuras de proa como era vista de ano a ano na galeria a céu aberto da Doca New South? Todo aquele pálido e pacato ajuntamento de rainhas e princesas, de reis e guerreiros, de mulheres alegóricas, de heroínas e estadistas e deuses pagãos, coroados, de capacete, de cabeça descoberta, foi enxotado para sempre do mar

---

23) Na antiga Roma, conferia-se uma coroa ao primeiro soldado que escalasse a muralha de uma cidadela sitiada.

24) Distância aproximada entre Londres e Sydney contornando o Cabo da Boa Esperança.

Iniciação

distendendo sobre as espumas rolantes, pela última vez, seus belos braços roliços; segurando suas lanças, espadas, escudos, tridentes na mesma infatigável postura de combate. E nada resta exceto nas lembranças, talvez, de alguns homens o som de seus nomes há muito desaparecidos da primeira página dos diários londrinos; dos grandes cartazes nas estações ferroviárias e das portas das agências de navegação; das lembranças de marinheiros, superintendentes de docas, pilotos e do pessoal dos rebocadores; da saudação das vozes ásperas e do tremular das bandeiras de sinalização nas mensagens trocadas entre navios que se aproximavam e depois se afastavam na imensidão do mar.

O velho e respeitável marinheiro, desviando a vista da multidão de vergas, lançou-me um olhar para se certificar de nosso companheirismo no ofício e no mistério do mar. Nosso encontro fora casual, e entráramos em contato quando eu havia parado perto dele com a atenção atraída pela mesma peculiaridade que ele observava no equipamento de um navio obviamente novo, um navio com a reputação ainda por fazer, como diziam os marinheiros que deveriam compartilhar sua vida com ele. Seu nome já estava em meus lábios. Eu o ouvira ser pronunciado entre dois trabalhadores fortes do tipo seminautico que circula pela estação ferroviária da Rua Fenchurch, onde, naquele tempo, a boa parte da multidão masculina diária trajava camisas de lã e de tecido azul resistente, e parecia mais bem informada sobre o horário da maré cheia do que o dos trens. Eu tinha visto o nome daquele novo barco na primeira página do jornal matutino. Havia observado o agrupamento não familiar de suas letras azuis sobre fundo branco nos cartazes de propaganda toda vez que o trem fazia uma parada junto a uma das gastas plataformas de madeira parecidas com um molhe da linha ferroviária das docas. Ele certamente havia sido batizado, com era uso então, no dia em que saiu do picadeiro, mas ainda estava longe de "ter um nome". Inexperiente, ignorante dos caminhos do mar, havia sido atirado no meio daquela famosa companhia de navios para ser carregado antes de sua viagem inaugural. Nada poderia atestar sua solidez e o valor de seu caráter, exceto a reputação do estaleiro de onde havia sido impetuosamente lançado no mundo das águas. Pareceu-me modesto. Imaginei-o acanhado, repousando muito quieto com o costado aninhado timidamente contra o cais ao qual fora firmemente amarrado com cabos muito novos, intimidado pela companhia de seus provados e experientes irmãos já familiarizados com todas as violências do oceano e o exigente amor dos homens. Eles tiveram mais viagens longas para construir suas reputações do que as semanas de vida bem cuidada que ele tivera, pois um navio novo recebe a mesma atenção que uma jovem noiva. Mesmo os intratáveis velhos superintendentes de docas observam-no com olhar benevolente. Em sua timidez, no limiar de uma vida incerta e laboriosa em que tanto se espera de um navio, ele não poderia ter sido melhor encorajado e confortado se pudesse ouvir e compreender o tom de profunda convicção com que meu velho e respeitável marinheiro repetiu a primeira parte de sua fala, "Tudo bem com os navios..."

Sua civilidade o impediu de repetir a outra parte, mais cruel. Ocorreu-lhe que seria indelicado, talvez, insistir. Ele havia reconhecido em mim um oficial, muito possivelmente procurando emprego como ele, e, portanto, um camarada, mas ainda assim alguém pertencendo àquela parte posterior e pouco povoada de um navio, onde boa parte de sua reputação como um "bom navio", na fraseologia do marinheiro, é feita ou arruinada.

"Será que se pode dizer isto de todos os navios, sem exceção?", perguntei ociosamente, porque se era com certeza um oficial de navio, na verdade não estava nas docas "procurando emprego", uma ocupação tão absorvente quanto jogar, e tão pouco favorável a uma livre troca de idéias, além de ser destrutiva para a cordialidade necessária a uma conversa casual com um companheiro.

"Sempre se pode lidar com eles", opinou o respeitável marinheiro judiciosamente.

Ele também não rejeitava uma conversa. Se tinha vindo ao cais à procura de trabalho, não parecia oprimido pela ansiedade quanto a suas chances. Demonstrava a serenidade de um homem cujo caráter apreciável é felizmente expresso por sua aparência pessoal de uma maneira tão discreta, embora convincente, que nenhum imediato necessitando de pessoal resistiria. E soube, com efeito, que o imediato do *Hyperion* "escolhera" seu nome para o almoxarifado. "Assinamos na sexta-feira, e nos incorporamos no dia seguinte para a maré da manhã", observou num tom deliberadamente indiferente que contrastava fortemente com sua evidente disposição de ficar ali conversando por uma hora ou mais com um total desconhecido.

"*Hyperion*", disse eu. "Não me lembro de ter visto este navio em parte alguma. Que tipo de nome é este?"

Pareceu-me, por sua resposta discursiva, que o navio não tinha grande renome de um jeito ou de outro. Ele não era muito rápido. Não era serviço para um tolo, porém, mantê-lo ereto, acreditava ele. Alguns anos antes ele o vira em Calcutá e lembrava-se de lhe terem contado então que numa travessia rio acima ele havia arrancado seus dois escovéns. Mas deve ter sido por falha do piloto. Agora mesmo, conversando com os aprendizes a bordo, ele ouvira dizer que nesta mesma viagem, ancorado nos Downs, preparando-se para zarpar, ele quebrara seu prumo e ficara à deriva, perdendo uma âncora e a corrente. Mas isto devia ter ocorrido por falta de uma manobra cuidadosa num canal de maré. De qualquer forma, tudo indicava que ele jogava duro com suas amarras. Não era? De todo jeito, parecia um navio difícil de manobrar. Quanto ao resto, como ele teria um novo capitão e um novo imediato nesta viagem, conforme sabia, não se poderia dizer como ele se sairia...

É nos bate-papos de beira de cais, como este que o nome de um navio lentamente se estabelece, cria-se a sua fama, correm as histórias de suas qualidades e defeitos, comentam-se suas idiossincrasias com o sabor de fofocas pessoais, seus feitos são exagerados, suas falhas são analisadas como situações que, não tendo remédio em nosso mundo imperfeito, não deveriam merecer tanta importância de homens que ganham arduamente a vida no rude domínio do mar com a ajuda de navios. Toda essa conversa faz seu "nome", que é passado de uma tripulação para outra, sem malícia, sem animosidade, com a indulgência propiciada pela mútua dependência e o sentimento de associação íntima no exercício de suas perfeições e no risco de suas deficiências.

Este sentimento explica o orgulho que os homens têm dos navios. "Tudo bem com os navios", como dizia meu respeitável contramestre de meia-idade com muita convicção e alguma ironia; mas eles não são exatamente aquilo que os homens fazem deles. Os navios têm sua própria natureza; eles podem contribuir por si próprios com a nossa auto-estima pela exigência que suas qualidades fazem de nossa habilidade e suas deficiências de nossa firmeza e resistência. É difícil dizer qual dessas exigências é mais lisonjeira; mas o fato é que ouvindo, por mais de vinte anos, as conversas marítimas que correm a bordo ou em terra, nunca detectei um efetivo tom de animosidade. Não negarei que no mar, às vezes, tons profanos foram suficientemente audíveis naquelas ingênuas interpelações que um marinheiro molhado, enregelado e exausto dirige a seu navio, e em momentos de exasperação se dispõe a estender a todos os navios algum dia lançados ao mar — a toda a raça eternamente exigente que singra em águas profundas. E ouvi imprecações lançadas contra o próprio elemento instável, cujo fascínio, sobrevivendo às experiências acumuladas das eras, o capturou como antes capturara as gerações de seus predecessores.

Com tudo que se tem dito do amor que certas personalidades (em terra) professaram sentir por ele, com todas as celebrações de que foi objeto em prosa e canção, o mar nunca foi benévolo com o homem. Quando muito tem sido o cúmplice da inquietação humana e desempenhado o papel de perigoso incitador das ambições mundiais. Sem ser fiel a nenhuma raça como a prestimosa terra, sem receber nenhum emblema de valor, e labuta, e auto-sacrifício, sem reconhecer qualquer limite de domínio, o mar nunca adotou a causa de seus amos como aquelas terras onde as nações vitoriosas da humanidade se enraizaram, balançando seus berços e estabelecendo seus túmulos. Aquele — homem ou povo — que, depositando sua confiança na amizade do mar, negligencia a força e a destreza de sua mão direita é um tolo! Como se fosse grande demais, poderoso demais para as virtudes comuns, o oceano não tem nenhuma compaixão, nem fé, nem lei, nem memória. Sua inconstância só pode servir aos propósitos humanos mediante uma resolução intrépida e uma vigilância insone, armada, ciumenta em que, talvez, sempre terá havido mais ódio do que amor. *Odi et amo* pode perfeitamente ser a confissão daqueles que conscienciosa ou cegamente submeteram sua existência ao fascínio do mar. Todas as paixões tempestuosas dos primeiros tempos da humanidade, o amor pelo saque e o amor pela glória, o amor pela aventura e o amor pelo perigo, com o grande amor pelo desconhecido e os vastos sonhos de dominação e poder, passaram, como imagens refletidas de um espelho, sem deixar registro na misteriosa superfície do mar. Impenetrável e insensível, o mar não deu nada de si aos solicitantes de seus parcos favores. Diferentemente da terra, ele não pode ser subjugado a qualquer custo de paciência e esforço. Com toda a fascinação que a tantos atraiu a uma morte violenta, sua imensidão nunca foi amada como as montanhas, as planícies, o próprio deserto têm sido amados. Na verdade, suspeito que, deixando de lado os protestos e tributos de escritores que, com certeza, pouco se importam exceto com o ritmo de suas linhas e a cadência de sua frase, o amor pelo mar que alguns homens e nações tão facilmente confessam é um sentimento complexo em que o orgulho contribui com boa parte, a necessidade com não pouco, e o amor pelos navios — os incansáveis servidores de nossas esperanças e nossa auto-estima — com a parte melhor e mais genuína. Com as centenas que injuriaram o mar, a começar por Shakespeare — na linha

"Mais cruel que a fome, a angústia, ou o mar"[25]

— até o último obscuro lobo-do-mar da "velha guarda", de poucas palavras e ainda menos idéias, não se poderia encontrar, creio eu, um marinheiro que já tenha associado uma imprecação ao bom ou mau nome

---

25) No drama *Otelo*.

Iniciação

de um navio. Se, em algum momento, sua blasfêmia, provocada pelas asperezas do mar, chegar tão longe a ponto de atingir seu navio, será de leve, como uma mão poderia, sem pecado, pousar gentilmente sobre o corpo de uma mulher.

XXXVI

O amor votado aos navios é profundamente diferente do amor que os homens sentem por todas as demais obras de suas mãos — o amor que têm por suas casas, por exemplo —, porque ele não é manchado pelo orgulho da posse. O orgulho da habilidade, o orgulho da responsabilidade, o orgulho da resistência podem existir, mas afora esses, trata-se de um sentimento desinteressado. Nenhum marinheiro jamais apreciou um navio, mesmo que lhe pertencesse, meramente pelo lucro que ele coloca em seu bolso. Nenhum, penso eu, jamais o fez; pois um dono de navio, mesmo do melhor deles, sempre ficou fora dos limites desse sentimento que congrega num sentir de companheirismo estreito e mútuo o navio e o homem, apoiando-se mutuamente contra a implacável e às vezes dissimulada hostilidade de seu mundo aquático. O mar — esta verdade deve ser confessada — não é generoso. Jamais se soube de alguma exibição de qualidades humanas — coragem, ousadia, firmeza, lealdade — ter movido sua irresponsável consciência de poder. O oceano tem o temperamento inescrupuloso de um autocrata selvagem estragado por muita bajulação. Ele não consegue tolerar a mais leve aparência de desafio, e vem sendo o inimigo irreconciliável de navios e homens desde que navios e homens tiveram a inaudita coragem de navegar juntos na superfície de seu rosto carrancudo. Desde então, ele vem engolindo frotas e homens sem que seu ressentimento se sacie com as numerosas vítimas — com tantos navios naufragados e vidas naufragadas. Hoje, como sempre, ele está pronto para enganar e trair, para esmagar e afogar o incorrigível otimismo de homens que, apoiados na fidelidade dos navios, tentam extrair dele o sustento de suas casas, o domínio do mundo, ou apenas um naco de comida para sua fome. Se nem sempre está de ânimo exaltado para esmagar, estará sempre secretamente pronto para um afogamento. A mais espantosa maravilha do abismo é sua imensurável crueldade.

Senti seu pavor pela primeira vez certo dia, há muitos anos, no meio do Atlântico, quando recolhemos a tripulação de um brigue dinamarquês que se dirigia de seu país às Índias Ocidentais. Uma névoa rala e prateada aplacava o calmo e majestoso esplendor da luz sem sombras — parecia

115

O Espelho do Mar

tornar o céu menos distante e o oceano menos imenso. Era um daqueles dias em que o poder do mar parece realmente amigável, como a natureza de um homem forte em momentos de pacata intimidade. Ao amanhecer, avistamos uma mancha escura a oeste, aparentemente suspensa no alto do vazio por trás de um véu ondulante, resplandecente, de gaze azul prateada que parecia às vezes se agitar e flutuar sob a brisa que nos impelia lentamente. A quietude daquela encantadora manhã era tão profunda, tão imperturbada, que toda palavra dita em voz alta no convés parecia penetrar no coração mesmo daquele infinito mistério nascido da união de água e céu. Não erguíamos a voz. "Um navio naufragando, eu creio, senhor", disse o segundo oficial calmamente, vindo da proa com o binóculo dentro de sua caixa pendurada ao ombro; e nosso capitão, sem uma palavra, sinalizou para o timoneiro se aproximar da mancha negra. Logo percebemos um toco de madeira curto, entalhado, espetado em riste — tudo que restava de seus mastros destroçados.

O capitão estava discorrendo para o imediato, em voz baixa, sobre o perigo desses navios abandonados e sobre seu pavor de se meter sobre um deles à noite, quando alguém gritou subitamente da proa, "Há pessoas a bordo, senhor! Eu as vejo!", com uma voz assaz extraordinária — uma voz jamais ouvida em nosso navio; a espantosa voz de um estranho. Ela deu o sinal para uma súbita explosão de gritos desencontrados. O vigia que estava embaixo subiu correndo para o castelo de proa, o cozinheiro se precipitou da cozinha. Todos podiam ver os pobres colegas agora. Ali estavam eles! Mas, de repente, nosso navio que conquistara a merecida fama de não ter rivais em velocidade sob ventos fracos, pareceu perder a capacidade de avançar, como se o mar, tornando-se viscoso, tivesse grudado em seus flancos. Entretanto, ele avançava. A imensidade, companheira inseparável da vida do navio, escolheu aquele dia para soprar sobre ele com a suavidade de uma criança adormecida. O clamor de nossa excitação se extinguira e nosso ágil navio, famoso por jamais perder a direção enquanto houvesse ar suficiente para fazer flutuar uma pena, deslizou de mansinho, sem uma ondulação, branco e silencioso como um fantasma, rumo a seu irmão ferido e mutilado que chegara à beira da morte na neblina cintilante de um dia calmo no mar.

Com o binóculo colado aos olhos, o capitão disse com voz trêmula: "Eles estão acenando para nós com alguma coisa da popa". Ele descansou bruscamente o binóculo na clarabóia e começou a perambular pela popa. "Uma camisa ou uma bandeira", ejaculava irritadamente. "Não consigo perceber... Algum maldito trapo!" Deu mais umas voltas pela popa, olhando por cima da amurada de tempos em tempos para verificar o ritmo

Iniciação

de nossa progressão. Suas passadas nervosas ressoavam fortemente no silêncio do navio, onde os outros homens, todos com a mesma aparência, haviam se esquecido de si em expectante imobilidade. "Assim não vai dar!", ele gritou, subitamente. "Baixem os botes imediatamente! Baixem eles!"

Antes que eu saltasse para o meu, ele me puxou de lado por eu ser um novato experiente para uma palavra de advertência:

"Veja lá como vai encostar para não ser arrastado por ele. Entende?" Ele murmurou isto confidencialmente para que nenhum homem nos turcos pudesse ouvir e fiquei chocado. "Céus! Como se numa emergência a gente parasse para pensar em perigo!", exclamei mentalmente, desdenhando aquela advertência insensível.

É preciso muitas lições para se fazer um verdadeiro homem do mar, e eu tive minha reprovação imediatamente. Meu experimentado comandante pareceu ter lido meus pensamentos com um único olhar a meu rosto ingênuo.

"Você está indo salvar vidas e não afogar a tripulação de seu barco a troco de nada", grunhiu severamente em meu ouvido. Mas quando nos afastamos remando, ele se inclinou e gritou: "Tudo depende da força de seus braços, homens. Vão salvar as vidas!"

Fizemos daquilo uma regata, e nunca teria acreditado que a tripulação de um barco comum de um navio mercante pudesse manter um vigor tão determinado no movimento cadenciado de seus remos. O que nosso capitão claramente percebera antes de partirmos se tornou evidente para nós desde então. O resultado de nossa empresa estava suspenso por um fio sobre aquele abismo de águas que não desistirá de seu morto até o Dia do Juízo. Era uma corrida de dois botes de navio contra a Morte, tendo como prêmio a vida de nove homens, e a Morte havia saído muito na frente. Vimos a tripulação do brigue de longe trabalhando nas bombas — ainda bombeando naquele destroço, já tão afundado que a ondulação baixa e suave que fazia nossos botes subir e descer facilmente sem prejudicar sua velocidade, subindo quase ao nível das amuradas da proa, tocava as pontas dos petrechos quebrados que balançavam desoladamente sob seu gurupés nu.

Nós não poderíamos, em sã consciência, ter escolhido um dia melhor para nossa regata se tivéssemos, a nossa livre escolha, todos os dias que jamais amanheceram sobre as lutas e agonias solitárias dos navios desde que os viajantes escandinavos navegaram para oeste enfrentando as ondas do Atlântico. Foi uma corrida e tanto. Na chegada, não havia um comprimento de remo entre o primeiro e o segundo barcos, com a Morte chegando perto, em terceiro, na crista da suave onda seguinte. Os

O Espelho do Mar

embornais do brigue gorgolejavam suavemente ao mesmo tempo quando a água, subindo por seus costados, se elevava sonolentamente com um silencioso marulho como que brincando com uma rocha inamovível. Suas amuradas de popa e de proa tinham sumido e podia-se ver o tombadilho nu, baixo como uma jangada, varrido de botes, vergas, casas — de tudo, exceto as cavilhas dos arganéus e o topo das bombas. Tive um triste vislumbre dele quando tratei de receber sobre o peito o último homem a deixá-lo, o capitão, que literalmente desmoronou em meus braços.

Tinha sido um resgate estranhamente silencioso — um resgate sem uma saudação, sem uma única palavra, sem um gesto ou sinal, sem uma troca de olhares significativos. Até o derradeiro instante, os que estavam a bordo se agarraram a suas bombas que esguichavam dois claros filetes de água em seus pés nus. Sua pele bronzeada era entrevista pelas fendas das camisas; e os dois pequenos bandos de homens tatuados seminus prosseguiam se curvando uns para os outros em seu árduo trabalho, para cima e para baixo, absortos, sem tempo de olhar sobre os ombros para o salvamento que se aproximava. Quando arremetemos, sem ser vistos, para o seu lado, uma voz soltou um, apenas um, áspero berro de comando, e então, no momento em que eles se erguiam, descobertos, com o sal seco acinzentando as rugas e dobras de seus rostos desfigurados e barbados, piscando estupidamente para nós suas pálpebras vermelhas, eles se afastaram dos cabos, trombando e cambaleando, e simplesmente se atiraram sobre nossas cabeças. O estrépito que fizeram desmoronando em nossos botes teve um efeito extraordinariamente destrutivo sobre a ilusão de trágica dignidade que nossa auto-estima projetara sobre as disputas da humanidade com o mar. Naquele admirável dia de vento ameno e luz pálida teve fim meu amor romântico com o que a imaginação dos homens havia proclamado como o mais augusto elemento da Natureza. A cínica indiferença do mar para com os méritos do sofrimento e da coragem humanos expostos cruamente naquela proeza ridícula, manchada pelo pânico, extorquida do limite extremo de nove marinheiros bons e honrados, revoltou-me. Percebi a duplicidade do mais ameno humor do mar. Assim era porque assim tinha de ser, mas a respeitosa admiração dos primeiros tempos se fora. Senti-me pronto para sorrir amargamente em face de seu charme encantador e encarar maliciosamente suas fúrias. Num instante, antes de nos afastarmos, eu me apercebera friamente da vida que me esperava. As ilusões se foram, mas seu fascínio persistiu. Eu me tornara um marinheiro, enfim.

Remamos duro por um quarto de hora e depois pousamos os remos à espera de nosso navio. Ele vinha em nossa direção com as velas enfunadas,

Iniciação

parecendo delicadamente alto e deliciosamente nobre através da neblina. O capitão do brigue, sentado nas pranchas da popa ao meu lado com o rosto enterrado nas mãos, ergueu a cabeça e começou a falar numa espécie de sombria loqüacidade. Eles tinham perdido seus mastros e arranjaram um rombo num furacão; à deriva durante semanas, sempre nas bombas, encontraram mais tempo ruim; os navios que avistaram não conseguiram entendê-los, o vazamento foi progredindo lentamente e os mares não lhes deixaram nada com que fazer uma balsa. Era muito duro ver navio após navio passar à distância, "como se todo mundo houvesse combinado que devíamos ser deixados para afogar", acrescentou. Mas eles continuaram tentando manter o brigue flutuando, trabalhando as bombas continuamente, com comida insuficiente, quase toda crua, até que "ontem à noite", prosseguiu ele monotonamente, "assim que o sol se pôs, o moral dos homens quebrou".

Ele fez uma pausa quase imperceptível e foi em frente no mesmo tom:

"Eles me disseram que o brigue não poderia ser salvo e achavam que tinham feito o máximo possível. Eu não disse nada. Era verdade. Não foi nenhum motim. Eu não tinha nada para lhes dizer. Ficaram deitados na proa, a noite toda, tão quietos que pareciam mortos. Eu não me deitei. Fiquei de vigia. Quando a primeira luz surgiu, vi seu navio imediatamente. Esperei a luz aumentar; senti a brisa amainando em meu rosto. Então gritei o mais alto que pude, 'Olhem aquele navio!' mas somente dois homens se ergueram muito lentamente e vieram até mim. De início, só nós três ficamos ali de pé, por muito tempo, observando vocês virem em nossa direção e sentindo a brisa quase estancar; mas depois os outros também foram se erguendo, um a um, e aos poucos fui tendo toda minha tripulação atrás de mim. Virei-me e disse a eles que podiam ver que o navio estava vindo em nossa direção, mas com aquela brisa fraca ele iria chegar tarde demais, a menos que voltássemos às bombas tentando manter o brigue flutuando até vocês nos salvarem. Falei assim com eles, e depois ordenei que manejassem as bombas."

Ele dera a ordem e dera também o exemplo, indo ele próprio aos cabos, mas ao que parece aqueles homens tinham hesitado um instante, entreolhando-se irresolutamente antes de segui-lo. "He! He! He!" Ele irrompeu num riso dos mais inesperados, abobalhado, patético, nervoso. "Seus ânimos estavam quebrados! Eles tinham sido exigidos demais.", explicou apologeticamente, baixando os olhos, e silenciou.

Vinte e cinco anos é um longo tempo — um quarto de século é um passado nebuloso e distante; mas até hoje eu me recordo dos pés, das

O Espelho do Mar

mãos e dos rostos curtidos de dois desses homens cujos ânimos tinham sido quebrados pelo mar. Eles estavam deitados, muito quietos, de lado, sobre as pranchas do fundo, enrodilhados como cães. A tripulação de meu barco, curvando-se sobre os cabos dos remos, olhava e ouvia como se estivesse no teatro. O mestre do brigue levantou os olhos subitamente e perguntou-me em que dia estávamos.

Eles tinham perdido a noção do tempo. Quando lhe disse que era domingo 22, ele franziu a testa fazendo cálculos mentais e depois balançou a cabeça duas vezes, olhando para o vazio.

Seu aspecto era terrivelmente desgrenhado e lamentável. Não fosse pela inextinguível candura de seus olhos azuis, cujo olhar cansado e infeliz procurava, a todo momento, divisar seu brigue abandonado e afundando como se não pudesse encontrar repouso em nenhum outro lugar, teria parecido um louco. Mas era simples demais para enlouquecer, simples demais, com aquela humana simplicidade que só pode deixar os homens incólumes de corpo e de alma depois de um confronto com a mortal jocosidade do mar ou com sua menos abominável fúria.

Nem furioso, nem brincalhão, nem sorridente, ele envolveu nosso navio distante que crescia aproximando-se de nós, nossos barcos com os homens resgatados e o desmantelado casco do brigue que estávamos deixando para trás, no largo e plácido abraço de sua quietude, meio perdidos no belo nevoeiro como se num sonho de infinita e doce clemência. Não havia franzidos, nem rugas em sua face, nenhuma ondulação. E o ameno movimento das ondas era tão suave que parecia a graciosa ondulação de um tecido de seda cinzento reluzindo com cintilações de verde. Remávamos com facilidade; mas quando o mestre do brigue, depois de um olhar por sobre os ombros, levantou-se com uma exclamação, meus homens instintivamente transviaram os remos sem uma ordem, e o barco perdeu velocidade.

Ele se apoiava em meu ombro com um forte aperto, enquanto o outro braço estendia-se rigidamente apontando com um dedo acusador para a imensa tranqüilidade do oceano. Depois de sua primeira exclamação que paralisara o balanço dos remos, ele se calou, mas toda sua atitude parecia gritar um indignado "Vejam!"... Eu não poderia imaginar que infortunada visão o acometera. Eu estava espantado, e a fabulosa energia de seu gesto imobilizado fez meu coração disparar antevendo alguma coisa monstruosa e insuspeita. A imobilidade que nos cercava era esmagadora.

Por um momento, a sucessão de ondulações sedosas prosseguiu inocentemente. Eu via cada uma delas erguer a linha enevoada do horizonte, muito, muito além do brigue abandonado e no momento

Iniciação

seguinte, com um leve solavanco amistoso, ela passava sob nós e seguia seu caminho. A cadência calmante de subida e descida, a invariável suavidade dessa força irresistível, o enorme encanto das águas profundas acalentavam deliciosamente meu peito, como o sutil veneno de um filtro do amor. Mas tudo isto durou apenas alguns segundos tranqüilos antes de eu também me erguer de sopetão, fazendo o barco rolar como um genuíno marinheiro de água doce.

Alguma coisa apavorante, misteriosa, confusamente impetuosa estava acontecendo. Fiquei olhando com incrédula e fascinada admiração como se observa os movimentos rápidos e confusos de algum ato de violência praticado no escuro. Como que obedecendo a um sinal, o jogo das suaves ondulações pareceu estancar subitamente em torno do brigue. Uma estranha ilusão de óptica fez todo o mar parecer crescer sobre ele numa fabulosa elevação de sua superfície sedosa onde, num ponto, uma nuvem de espuma se formou ferozmente. E então a agitação se acalmou. Estava tudo acabado, e a ondulação suave rolou, como antes, do horizonte, numa cadência ininterrupta, passando sob nós com um leve solavanco amistoso de nosso barco. Lá longe, onde o brigue havia estado, uma furiosa mancha branca ondulando na superfície acerada das águas reluziu com cintilações de verde, diminuiu rapidamente com um sibilo, como uma punhado de pura neve se derretendo ao sol. E a grande quietude que se seguiu a esta iniciação no implacável ódio do mar pareceu-me cheia de pensamentos apavorantes e sombras de desastre.

"Foi-se!", ejaculou das profundezas do peito meu proeiro, em tom conclusivo. Ele cuspiu nas mãos e agarrou com firmeza seu remo. O capitão do brigue baixou lentamente o braço esticado e olhou para nossas faces num silêncio solenemente consciente, convidando-nos a compartilhar seu ingênuo e maravilhado espanto. Logo em seguida, sentou-se ao meu lado e inclinou-se decididamente para a tripulação de meu barco que, balançando o corpo ritmicamente numa longa remada, fixava fielmente os olhos nele.

"Nenhum navio poderia ter feito melhor", dirigiu-se a eles com firmeza, depois de um momento de tenso silêncio durante o qual pareceu procurar, com os lábios trêmulos, as palavras adequadas para tão solene testemunho. "Ele era pequeno, mas era bom. Eu não tinha preocupações. Ele era forte. Na última viagem trouxe minha mulher e dois filhos nele. Nenhum outro navio poderia ter suportado por tanto tempo o que ele teve de suportar por dias e dias até ser desmastrado, há uma quinzena. Ele estava completamente esgotado e isso é tudo. Podem me acreditar. Ele agüentou debaixo de nós por dias e dias, mas não podia durar para sempre. Durou muito. Estou feliz por ter acabado. Nenhum navio melhor jamais foi deixado para afundar no mar num dia como este."

Ele era competente para a oração fúnebre de um navio, aquele descendente de antiga gente do mar, cuja vida nacional, tão pouco maculada por virtudes humanas excessivas, não pedira nada além de um ponto de apoio mínimo em terra. Pelos méritos de seus antepassados marítimos e pela franqueza de seu coração, ele era talhado para fazer aquele excelente discurso. Não faltara nada em seu arranjo bem ordenado — nem piedade, nem fé, nem o tributo do elogio devido ao morto valoroso com a edificante exposição de seus feitos. O navio vivera e ele o havia amado; o navio sofrera e ele estava satisfeito por estar agora repousando. Foi um excelente discurso. E foi ortodoxo, também, em sua fidelidade ao artigo fundamental da fé de um marinheiro, dao qual foi uma sincera admissão. "Tudo bem com os navios." Tudo bem. Os que convivem com o mar têm que se apegar a este credo do começo ao fim; e percebi, ao olhá-lo de lado, que alguns homens não eram totalmente indignos da honra e consciência de proferir o elogio fúnebre da constância de um navio na vida e na morte.

Depois disto, sentado ao meu lado com as mãos frouxamente entrelaçadas entre os joelhos, ele não pronunciou uma só palavra, não fez qualquer movimento até a sombra das velas de nosso navio cair sobre o barco quando, diante da saudação entusiasmada ao retorno dos vitoriosos com seu prêmio, ele ergueu seu rosto perturbado com um pálido sorriso de patética indulgência. Este sorriso do valoroso descendente da mais antiga gente do mar, cuja audácia e temeridade não deixaram traço de grandeza e glória sobre as águas, completou o ciclo de minha iniciação. Havia uma infinita profundidade de sabedoria ancestral em sua compassiva tristeza. Ela fazia as entusiásticas explosões de saudação parecerem uma ruidoso triunfo infantil. Nossa tripulação gritava com imensa confiança — almas singelas! Como se alguém pudesse jamais ter certeza de ter prevalecido contra o mar, que traiu tantos navios de grande "renome", tantos homens orgulhosos, tantas ambições agigantadas de fama, poder, fortuna e grandeza!

Enquanto eu conduzia o bote para baixo do turco, meu capitão, de excelente humor, inclinou-se, apoiando os cotovelos vermelhos e sardentos abertos sobre a amurada, e dirigiu-se a mim com o sarcasmo tirado das profundezas de sua cínica barba de filósofo:

"Então você trouxe o barco de volta, afinal, não é?"

Sarcasmo era "seu jeito" e o mais que se pode dizer disso é que era

O *Berço do Ofício*

natural. Isto não o tornava adorável. Mas é decoroso e oportuno conformar-se com os modos de seu comandante. "Sim. Trouxe o barco de volta, senhor", respondi. E o bom homem acreditou em mim. Não lhe cabia discernir em mim as marcas de minha recente iniciação. E, no entanto, eu não era exatamente o mesmo jovem que saíra com o barco — todo impaciência para uma corrida contra a Morte, com o prêmio de nove vidas humanas no final.

Eu já olhava então o mar com outros olhos. Sabia-o capaz de trair o generoso ardor da juventude tão implacavelmente quanto, indiferente ao bem e ao mal, teria traído a mais baixa cobiça ou o mais nobre heroísmo. Minha concepção de sua grandeza magnânima se fora. E eu olhava para o verdadeiro mar — o mar que joga com os homens até que seus corações se quebrem e consome valorosos navios até a morte. Nada pode tocar a persistente amargura de sua alma. Aberto a todos e fiel a nenhum, ele exerce seu fascínio para a perdição do melhor. Não convém amá-lo. Ele desconhece qualquer laço de lealdade empenhada, qualquer fidelidade ao infortúnio, ao velho companheirismo, à devoção antiga. A promessa que mantém perpetuamente é muito grande; mas o único segredo de sua posse é a força, força — a invejosa, incansável força de um homem guardando um tesouro cobiçado dentro de seus portões.

XXXVII

Berço do tráfego transoceânico e da arte dos combates navais, o Mediterrâneo, afora todas as associações com a aventura e a glória, herança comum de toda a humanidade, provoca um terno enlevo em todo homem do mar. Ele abrigou a infância de sua arte. O marinheiro o vê como alguém olharia um vasto quarto de criança numa mansão muito, muito antiga onde incontáveis gerações dos seus aprenderam a andar. Digo os seus porque, em certo sentido, todos os marinheiros pertencem a uma mesma família: todos descendem daquele ancestral aventuroso e desgrenhado que, montado num tronco informe e remando com um galho torto, fez a primeira travessia costeira numa enseada protegida festejado pela gritaria exultante de sua tribo. É pena que todos esses irmãos de ofício e sentimento cujas gerações aprenderam a palmilhar um tombadilho de navio naquele berço tenham se empenhado furiosamente, algum dia, em cortar os pescoços uns dos outros por ali. Mas a vida, aparentemente, faz exigências desse tipo. Sem a humana propensão para o homicídio e

O Espelho do Mar

outras malfeitorias não teria havido heroísmo histórico. É uma reflexão consoladora. Aliás, olhando com imparcialidade os atos de violência, eles não parecem ter tido grandes conseqüências. De Salamis[26] a Actium[27], passando por Lepanto[28] e o Nilo, até o massacre naval de Navarino[29], para não falar de outros conflitos armados de menor interesse, todo o sangue heroicamente derramado no Mediterrâneo não manchou com um único traço de púrpura o azul profundo de suas clássicas águas.

É perfeitamente possível argumentar que aquelas batalhas moldaram o destino da humanidade. Essa questão deve ficar em aberto. Suponho que não vale a pena discuti-la. É muito provável que se a batalha de Salamis não tivesse acontecido, a face do mundo continuaria parecendo a que hoje conhecemos, moldada pela inspiração medíocre e os esforços míopes dos homens. Depois de longa e miserável experiência de sofrimento, injustiça, desgraça e agressão, as nações da terra são dominadas pelo medo — medo de um tipo que qualquer oratoriazinha barata facilmente transforma em furor, ódio e violência. O medo inocente, ingênuo, tem causado muitas guerras. Não, é claro, o medo da guerra em si, que, na evolução dos sentimentos e idéias, veio a ser finalmente encarada como uma cerimônia de certa forma mística e gloriosa, com ritos elegantes e feitiçarias preliminares em que se perde a noção de sua verdadeira natureza. Para se compreender o verdadeiro aspecto, força e moralidade da guerra como função natural da humanidade, é preciso uma pluma no cabelo e um anel no nariz, ou, melhor ainda, dentes limados e peito tatuado. Lamentavelmente, é impossível um retorno a essa ornamentação singela. Estamos presos ao carro do progresso. Não há volta atrás; e, infelizmente, nossa civilização, que tanto fez para o conforto e o adorno de nossos corpos e a elevação de nossas mentes, tornou a mortandade consentida assustadoramente, desnecessariamente dispendiosa.

A questão toda dos armamentos modernos foi abordada pelos governos da terra com ansiosa e irrefletida pressa, quando o modo correto estava bem à sua frente, bastando procurá-lo com calma determinação. Seria justo que as vigílias e esforços eruditos de uma certa classe de inventores

---

26) Ilha do Mar Egeu onde, em 480 a.C., os gregos ganharam uma batalha decisiva contra os persas.

27) Promontório no oeste da Grécia, no Mar Jônico, perto do qual Otávio (depois Augusto) derrotou a armada de Marco Antônio e Cleópatra (31 a.C.).

28) No Golfo de Patras (Grécia), local da vitória das forças cristãs aliadas (especialmente espanholas e venezianas) sobre os turcos, em 1571.

29) A batalha da Baía de Abukir, na desembocadura do Nilo, quando a armada inglesa comandada por Nelson derrotou a armada napoleônica, em 1798.

O *Berço do Ofício*

fossem liberalmente recompensados; e os corpos dos inventores deveriam ser despedaçados por seus próprios explosivos perfeitos e armas modernas com total publicidade, como ditaria a mais comum das prudências. Assim, o ardor da pesquisa nesse rumo teria sido contido sem infringir os sagrados privilégios da ciência. Por falta de um pouco de reflexão serena de nossos guias e mestres, esse caminho não foi seguido e a bela simplicidade foi sacrificada sem qualquer vantagem real. Uma mente sóbria não pode se furtar a uma considerável amargura ao pensar que, na Batalha de Actium (travada na disputa de nada menos do que o domínio do mundo), a armada de Otávio Cesar e a armada de Antônio, incluindo a divisão egípcia e a galera de Cleópatra com suas velas púrpuras, provavelmente custaram menos do que duas belonaves modernas, ou, no dizer do moderno jargão naval, duas unidades capitais. Mas nenhuma quantidade do tosco jargão naval pode dissimular um fato bem calculado para afligir a alma de qualquer sólido economista. É pouco provável que o Mediterrâneo venha a assistir, algum dia, a uma batalha com tanta coisa em jogo; mas quando chegar o momento de outro embate histórico, seu fundo estará enriquecido como nunca por uma grande quantidade de sucata de ferro, paga quase a peso de ouro pelas populações ludibriadas que habitam as ilhas e continentes deste planeta.

XXXVIII

Feliz aquele que, como Ulisses, fez uma viagem aventurosa[30]; e não há mar para viagens aventurosas como o Mediterrâneo — o mar interior que os antigos consideravam tão vasto e tão maravilhoso. E ele era realmente terrível e maravilhoso; pois somos nós mesmos, movidos pela audácia de nossas mentes e os temores de nossos corações, os artesãos de toda maravilha e todo romance do mundo.

Foi para os marinheiros do Mediterrâneo que as sereias de lindos cabelos cantaram das rochas negras açoitadas por alvas espumas e que vozes misteriosas falaram da escuridão sobre as ondas revoltas — vozes ameaçadoras, sedutoras ou proféticas, como aquela ouvida nos primórdios da Era Cristã pelo comandante de uma embarcação africana no Golfo de Syrta, cujas noites calmas são povoadas de estranhos murmúrios e sombras esvoaçantes. Ela chamou-o pelo nome, pedindo-lhe para informar a todos

---

30) Primeiro verso de um soneto do poeta francês Joachim Du Bellay (1522-1560).

O *Espelho do Mar*

os homens que o poderoso deus Pã havia morrido[31]. Mas a grande lenda do Mediterrâneo, a lenda das canções tradicionais e da grave história, vive, fascinante e imortal, em nossas mentes.

O mar sombrio e assustador das engenhosas errâncias de Ulisses, agitado pela ira dos deuses olímpicos, abrigando em suas ilhas a fúria de monstros terríveis e as astúcias de mulheres estranhas; o caminho de heróis e sábios, de guerreiros, piratas e santos; a via mercantil dos comerciantes cartagineses e o lago de prazer dos césares romanos instiga a veneração de qualquer marinheiro como o lar histórico daquele espírito de corajoso desafio das grandes águas da terra que é a alma de seu apelo. Saindo dali para o oeste e para o sul como um jovem deixa o abrigo do lar paterno, esse espírito abriu caminho para as Índias, descobriu as costas de um novo continente e atravessou, por fim, a imensidão do grande Pacífico, rico em arquipélagos remotos e misteriosos como as constelações do céu.

O primeiro impulso de navegação tomou sua forma visível naquelas enseadas sem marés abertas com baixios escondidos e correntes traiçoeiras, como que em terna consideração pela infância da arte. As costas íngremes do Mediterrâneo favoreceram os precursores em uma das mais ousadas empresas da humanidade, e o encantador mar interno da aventura clássica conduziu gentilmente a humanidade, de promontório em promontório, de baía em baía, de ilha em ilha, para fora, para a promessa de oceanos de extensão mundial para além das Colunas de Hércules.

XXXIX

O encanto do Mediterrâneo persiste no inesquecível sabor de minha mocidade, e, até hoje, esse mar onde os romanos reinaram incontestes conservou para mim o fascínio de um romance de juventude. A primeira noite de Natal que passei longe de terra foi empregada correndo a favor de

---

31) *Pã havia morrido*: essa história tem sua origem no diálogo "Sobre a suspensão dos oráculos" em *Moralia* do filósofo e historiador grego Plutarco (c. 46-d.C. 119 d.C.). Na mitologia grega, Pã era o deus das florestas, dos rebanhos e dos pastores; posteriormente veio a ser considerado uma divindade universal, permeando toda a Natureza. Plutarco conta de Tammuz, piloto de um barco que navegava da Grécia para a Itália, ter ouvido — nas vizinhanças de Paxos, no Mar Jônico, e não, portanto, no Golfo de Syrta, que fica no litoral líbio do Mediterrâneo — uma voz misteriosa que o exortava a divulgar a notícia de que o grande deus Pã estava morto. Plutarco diz que desde aquele momento (cerca de 30 d.C.) os oráculos pararam. O anúncio misterioso foi posteriormente interpretado como coincidente com a morte de Cristo.

O Berço do Ofício

uma ventania no Golfo de Lions, que fazia gemer cada prancha do velho navio que saltava à sua frente no mar bravio até conseguirmos ancorá-lo, esgotado e ofegante, a sotavento de Majorca, onde ventos enfurecidos sob um céu borrascoso riscavam a superfície lisa da água.

Nós, ou melhor, eles — pois eu mal tivera dois vislumbres de água salgada em minha vida até então — conservaram-no ao largo durante todo aquele dia, enquanto eu ouvia, pela primeira vez, com a curiosidade de meus verdes anos, a canção do vento no velame de um navio. O tom monótono e vibrante estava destinado a penetrar na intimidade do coração, passar para o sangue e os ossos, acompanhar os pensamentos e os atos de duas décadas inteiras, persistindo para assombrar como uma censura a tranqüilidade ao pé da lareira e entrar na textura mesma de sonhos respeitáveis sonhados com segurança sob as vigas e telhas do teto. O vento era favorável, mas naquele dia não navegamos mais.

A coisa (não o chamarei duas vezes de navio na mesma meia hora) fazia água. Toda ela fazia água generosamente, inundando-se — como um cesto. Tomei parte entusiasmado na excitação causada por aquela enfermidade terminal de altivos navios sem me preocupar muito com os porquês e para-quês. A suspeita de meus anos mais maduros é que, cansada de sua interminável existência, a veneranda antigüidade simplesmente bocejava de tédio em cada fenda. Mas na ocasião eu não sabia; sabia, aliás, muito pouco, e menos ainda o que estava fazendo naquela *galère*[32].

Lembro-me de que, exatamente como na comédia de Molière, meu tio fez a mesmíssima pergunta com idênticas palavras — não a meu valete particular, porém, mas de uma longa distância de terra, numa carta em que o estilo zombeteiro, mas indulgente, mal conseguia ocultar sua quase paternal preocupação. Imagino que tentei lhe transmitir minha (totalmente infundada) impressão de que as Índias Ocidentais me aguardavam. Eu precisava ir até lá. Era uma espécie de convicção mística — algo da natureza de um chamado. Mas era difícil afirmar, de maneira compreensível, os fundamentos dessa crença àquele homem rigorosamente lógico, embora infinitamente caridoso.

A verdade deve ter sido que, ignorando completamente as artes do astuto grego, o enganador de deuses, o amante de notáveis mulheres, o conjurador de sombras sedentas de sangue, eu ainda almejava o início de minha própria e obscura Odisséia que, para um homem moderno, deveria desdobrar suas maravilhas e terrores além das Colunas de Hércules. O

---

32) Galera. Aqui o autor estaria fazendo uma referência à conhecida citação de uma peça de Molière, *Les Fourberies de Scapin*: "Que diable allait-il faire dans cette galère?"

O Espelho do Mar

desdenhoso oceano não se abriu todo para engolir minha audácia, embora o navio, a velha e ridícula *galère* de minha extravagante aventura, a velha, gasta, desencantada galera de açúcar, parecia extremamente disposta a se abrir e engolir toda água salgada que pudesse. Isto, ainda que menos grandioso, teria sido igualmente uma catástrofe definitiva.

Mas a catástrofe não aconteceu. Eu sobrevivi para ver, numa praia estrangeira, uma Nausicaa[33] negra e jovem em companhia de um alegre séquito de aias carregando cestas de roupa branca para um riacho de águas cristalinas encoberto pelas folhagens de esguias palmeiras. As cores vivas de seus trajes vistosos e o ouro de seus brincos investiam de régio e bárbaro esplendor suas figuras caminhando airosamente sob um chuveiro de raios entrecortados de sol. A alvura de seus dentes ofuscava mais que o esplendor de seus brincos. Seus sorrisos resplendiam na face sombreada da ravina. Eram tão impudicas quanto muitas princesas, mas, que pena, nenhuma era filha de um soberano negro. Minha lamentável sorte foi ter vindo a um mundo situado à ínfima distância de vinte e cinco séculos tarde demais, onde os soberanos rareavam com escandalosa rapidez, enquanto os poucos que restaram adotavam os modos e costumes vulgares de reles milionários. Certamente era uma vã esperança poder ver, em 187-, as damas de uma casa real caminhando sob um sol recortado, com cestos de roupa branca sobre as cabeças, para a beira de regatos cristalinos encobertos por frondes radiantes de palmeiras. Era uma vã esperança. Se, limitado por impossibilidades tão desestimulantes, não me perguntei então se a vida ainda valia a pena, foi somente porque tinha várias questões mais urgentes, algumas das quais ficaram sem resposta até hoje. As vozes risonhas, sonoras, daquelas deslumbrantes donzelas espantaram uma multidão de beija-flores, cujas asas delicadas engrinaldaram com a névoa de sua vibração as copas de arbustos florescentes.

Não, não eram princesas. Seu riso desabrido se espalhando pela ravina quente forrada de samambaias tinha uma limpidez desalmada, como se partisse de selvagens habitantes de florestas tropicais. Seguindo o exemplo de viajantes cautelosos, afastei-me sem ser visto — e voltei, não muito mais sábio, ao Mediterrâneo, o mar das aventuras clássicas.

---

33) Na Odisséia, a filha de Alcinoo, rei dos feácios, avistada pelo naufragado Ulisses jogando bola com suas aias na praia.

O Tremolino

XL

Estava escrito que ali, no berço de nossos ancestrais navegantes, eu deveria aprender a trilhar os caminhos de meu ofício e crescer no amor do mar, cego como todo amor juvenil costuma ser, mas absorvente e generoso como todo verdadeiro amor deve ser. Não lhe pedi nada — nem mesmo aventura. Mostrei com isto, talvez, mais uma sabedoria instintiva do que uma augusta abnegação. Ninguém jamais chegou à aventura por desejá-la. Quem sai em busca deliberada de aventura acaba colhendo o fruto do Mar Morto[34], a menos, com efeito, que seja amado pelos deuses e grande entre os heróis, como aquele fabuloso cavaleiro Dom Quixote de la Mancha. Nós, comuns mortais de ânimo medíocre ansiando tomar honestos moinhos de vento por gigantes perversos, acolhemos as aventuras como anjos visitantes. Elas chegam inadvertidamente para nos alegrar. Como os hóspedes indesejados, freqüentemente chegam no momento inoportuno. E ficamos contentes de deixá-las partir inadvertidas, sem qualquer reconhecimento por tão alta deferência. Depois de muitos anos, olhando os acontecimentos passados do meio do caminho da vida[35], que como uma multidão amigável parecem olhar melancolicamente para nós apressando-nos para a costa Cimeriana[36], podemos ver, aqui e ali na multidão cinzenta, algum vulto brilhando palidamente como se tivesse captado a luz de nosso céu já crepuscular. E, sob esse brilho, podemos reconhecer a face de nossas verdadeiras aventuras, dos hóspedes indesejados que algum dia foram acolhidos inadvertidamente em nosso passado.

Se o Mediterrâneo, o venerável (e às vezes terrivelmente mal-humorado) berço de todos os navegantes, devia embalar minha mocidade, o berço necessário a essa operação foi incumbido, pelo Destino, à mais casual reunião de jovens irresponsáveis (todos, porém, mais velhos do que eu) que, aparentemente embriagados pelo sol provençal, desperdiçavam a vida com alegre leviandade ao jeito da *Histoire des Treize*[37] de Balzac com uma pitada de romance *de cape et d'épée*.

Aquele que foi meu berço nesses anos fora construído no Rio de Savona

---

34) Fruto mítico, parecendo apetitoso mas cheio de cinzas.
35) Alusão ao primeiro verso da *Divina Comédia* de Dante Alighieri, "Nel mezzo del camin di nostra vita".
36) Na mitologia grega, os cimerianos habitavam uma região sombria e misteriosa na costa ocidental do oceano, onde o sol nunca brilha.
37) Trilogia de Honoré de Balzac (1799-1850) em sua série de "cenas da vida parisiense".

O Espelho do Mar

por um famoso construtor naval, aparelhado na Córsega por outro excelente sujeito e descrito em seus papéis como uma "tartana" de sessenta toneladas. Na verdade, era mesmo uma *balancelle* com dois mastros curtos inclinados para a frente e duas vergas curvas do comprimento do casco; um verdadeiro filho do Lago Latino, com a envergadura das duas enormes velas parecendo as asas pontiagudas no corpo esbelto de um pássaro marinho, e ele próprio, como um verdadeiro pássaro, antes planando sobre o mar que navegando nele.

Seu nome era *Tremolino*. Como traduzir isto? O *Trêmulo*? Que nome esse para se dar ao mais valente barquinho a ter mergulhado o casco na espuma enfurecida! É bem verdade que eu o senti estremecer durante noites e dias sob meus pés, mas isso com a mais sensível tensão de sua constante ousadia. Em sua curta e brilhante carreira, ele nada me ensinou, mas deu-me tudo. A ele devo o despertar de meu amor pelo mar que, junto com o estremecimento de seu corpinho ágil e o zumbido do vento na base de suas velas latinas, esgueirou-se para dentro de meu coração com uma espécie de suave violência, arrebatando minha imaginação para seu despótico domínio. O *Tremolino*! Até hoje não posso pronunciar, nem mesmo escrever, esse nome sem um estranho aperto no peito e um suspiro daquela mescla de deleite e espanto da primeira experiência passional.

XLI

Nós quatro formávamos (para usar um termo bem conhecido atualmente em qualquer esfera social) um "sindicato" proprietário do *Tremolino*: um sindicato internacional e admirável. E éramos todos ardentes Realistas do mais branco Legitimismo — sabe Deus porquê! Em todas as associações humanas geralmente existe alguém que, pela autoridade que lhe confere a idade e por uma sabedoria mais calcada na experiência, assume o caráter coletivo do grupo todo. Se mencionar que o mais velho de nós era muito velho, extremamente velho — quase trinta anos — e que ele costumava declarar com galante indiferença, "Vivo por minha espada", creio que terei fornecido informação suficiente sobre o nível de nossa sabedoria coletiva. Tratava-se de um cavalheiro da Carolina do Norte, J.M.K.B. eram as iniciais de seu nome, e ele realmente vivia pela espada, até onde tenho conhecimento. E morreu por ela, também, mais tarde, numa escaramuça balcânica pela causa de alguns sérvios ou búlgaros que não eram nem católicos nem cavalheiros — pelo menos, não no sentido estrito e exaltado que ele emprestava a essa última palavra.

O Tremolino

Pobre J.M.K.B., *Américain, Catholique et gentilhomme*[38], como ele costumava se descrever em momentos de arrogante expansividade! Fico pensando se ainda será possível encontrar pela Europa cavalheiros de rosto ardente e corpo esbelto, distinto, fascinantemente formal, e com um olhar sombrio e fatal, que vivam por suas espadas. Sua família se arruinara na Guerra Civil, imagino, e parece ter levado uma década de vida errante no Velho Mundo. Quanto a Henry C-, o segundo em idade e sabedoria de nosso bando, ele havia fugido da inflexível rigidez de sua família, de sólidas raízes, se bem me lembro, num subúrbio abastado de Londres. Por conta de sua respeitável reputação, ele se apresentava humildemente a estranhos como uma "ovelha negra". Jamais vi um exemplar mais astucioso de proscrito. Jamais.

No entanto, sua gente fazia o favor de lhe enviar algum dinheiro de vez em quando. Enamorado pelo Sul, pela Provença, por sua gente, sua vida, seu sol e sua poesia, peito esguio, alto e míope, ele caminhava pelas ruas e becos, a longa perna se projetando bem à frente do corpo, o nariz branco e o bigode ruivo enterrados num livro aberto, pois tinha o hábito de ler andando. É um grande mistério como ele evitava despencar em precipícios, dos cais ou das escadarias. Os lados de seu sobretudo viviam estufados com edições de bolso de diversos poetas. Quando não se entretinha lendo Virgílio, Homero ou Mistral, em parques, restaurantes, ruas, e lugares públicos do gênero, compunha sonetos (em francês) para os olhos, ouvidos, queixo, cabelo e outras perfeições visíveis de uma ninfa chamada Thérèse, a filha — a honestidade me obriga — de uma certa Madame Leonore que tocava um pequeno café para marinheiros em uma das ruas mais estreitas da cidade velha.

Nenhum rosto mais adorável, talhado como uma antiga gema, com o delicado matiz de uma pétala de flor, foi jamais aplicado, pobrezinho, num corpo assim roliço. Ele lia seus versos em voz alta para ela, no próprio café, com a inocência de uma criança e a vaidade de um poeta. Nós o acompanhávamos voluntariamente até ali, quando menos para observar a divina Thérèse rir sob os olhos negros vigilantes de Madame Leonore, sua mãe. Ela ria com muita graça, não tanto dos sonetos, que não poderia menos que apreciar, mas do pobre sotaque francês de Henry, que era único, parecendo o gorjeio de pássaros, se os pássaros algum dia gorjearam com entonação balbuciante, nasal.

O terceiro de nossos parceiros era Roger P. de la S-, o mais escandinavo

---

38) Paródia de uma dedicatória (*Polonês, Católico e cavalheiro*) que Conrad escreveu, aos cinco anos, em uma fotografia sua que deu à avó.

O Espelho do Mar

dos escudeiros provençais, bonito, com metro e oitenta de altura, como convinha a um descendente de aventureiros nórdicos navegantes, autoritário, incisivo, desdenhoso, com uma comédia em três atos no bolso, e, no peito, o coração arruinado por uma paixão desesperada por sua bela prima, casada com um rico comerciante de couro e sebo. Ele costumava nos levar para almoçar na casa deles sem a menor cerimônia. Eu admirava a doce paciência da boa senhora. O marido tinha um espírito conciliador, com um grande lastro de resignação que ele gastava com "os amigos de Roger". Suspeito que ele se horrorizava intimamente com aquelas invasões. Mas ali era um salão carlista[39], e nessa condição nos fazíamos bem-vindos. A possibilidade de sublevar a Catalunha no interesse do *Rey netto*[40], que acabara de cruzar os Pireneus, era muito discutida ali.

Don Carlos, certamente, deve ter tido muitos aliados estranhos (é a sina de todos os Pretendentes), mas entre eles nenhum mais extravagantemente fantástico que o Sindicato do *Tremolino*, que costumava se reunir numa taverna do cais do velho porto. A cidade velha de Massilia[41] certamente jamais conheceu, desde os tempos dos primitivos fenícios, um conjunto mais estranho de proprietários de navios. Nós nos reuníamos para discutir e preparar o plano de operações para cada viagem do *Tremolino*. Nessas operações, uma casa bancária também tinha interesses — uma casa bancária muito conceituada. Mas temo que acabarei falando demais. Havia também senhoras interessadas (creio mesmo que estou falando demais) — toda sorte de mulheres, algumas suficientemente velhas para conhecerem coisa melhor que depositar sua confiança em príncipes, outras jovens e cheias de ilusões.

Uma dessas últimas era extremamente divertida nas imitações que fazia para nós, em confiança, de várias personalidades bem postas. Ela viajava constantemente para Paris, ao seu encontro, no interesse da causa — *Por el Rey*! Pois era carlista, e de sangue basco, com algo de leoa na expressão de seu rosto corajoso (especialmente quando deixava o cabelo solto) e com a pequena alma volátil de um pardal vestido com finas plumas parisienses, que tinha a habilidade de se desprender desconcertantemente nos momentos mais inesperados.

Mas suas imitações de uma personalidade parisiense, de fato muito bem situada, quando ela a representava de pé, no canto de um quarto com

---

39) Os carlistas eram os adeptos de Don Carlos de Bourbon (1848-1909), pretendente ao trono espanhol.

40) Em espanhol no original, mais corretamente o *Rey neto*, o rei sem mácula.

41) Nome grego original de Marselha, no sul da França.

O Tremolino

o rosto para a parede, esfregando as costas da cabeça e gemendo desamparadamente "Rita, você é a minha perdição!", bastavam para fazer qualquer um (que fosse jovem e livre de cuidados) arrebentar de rir. Ela tinha um tio ainda vivo, carlista militante também, cura de uma pequena paróquia montanhesa em Guipuzcoa. Na condição de membro de alto-mar do sindicato (cujos planos dependiam fortemente das informações de Doña Rita), eu costumava ser encarregado de transmitir mensagens humildemente afetuosas ao velho. Eu devia entregar essas mensagens aos arrieiros aragoneses (que fielmente aguardavam o *Tremolino*, em algumas ocasiões, nas vizinhanças do Golfo das Rosas) para serem transportadas em confiança ao interior, juntamente com os diversos gêneros ilegais descarregados secretamente dos porões do *Tremolino*.

Bem, eu realmente falei demais (como temia acabar fazendo) sobre o conteúdo usual de meu berço marítimo. Mas deixa estar. E se alguém observar cinicamente que eu devo ter sido uma criança promissora naqueles tempos, deixa estar também. Preocupa-me apenas o bom nome do *Tremolino*, e afirmo que um navio nunca é culpado dos pecados, transgressões e loucuras de seus homens.

XLII

Não era por culpa do *Tremolino* que o sindicato dependia tanto da astúcia, da sabedoria e das informações de Doña Rita. Ela alugara uma casinha mobiliada no Prado, para o bem da causa — *Por el Rey!* Estava sempre alugando casinhas para o bem de alguém, dos doentes ou dos pobres, de artistas quebrados, jogadores arruinados, especuladores temporariamente sem sorte — *vieux amis* — velhos amigos, como costumava explicar apologeticamente, com um encolher de seus belos ombros.

Se Don Carlos era um de seus "velhos amigos", é difícil dizer. Coisas mais improváveis já se ouvira em salas para fumantes. Só sei que certa noite, entrando descuidadamente na sala da casinha pouco depois de chegarem notícias de um significativo êxito carlista à leal seguidora, fui agarrado pelo pescoço e o peito, e rodopiei temerariamente três vezes pelo recinto, ao som de móveis revirados e do cantarolar de uma valsa em cálida voz de contralto.

Liberto do perturbador abraço, sentei-me no tapete — repentinamente, sem afetação. Nessa atitude despretensiosa, tomei conhecimento de que J.M.K.B. havia me seguido até a sala, elegante, fatal, correto e severo

O Espelho do Mar

com uma gravata branca sobre o largo peito da camisa. Em resposta a seu polidamente sinistro e prolongado olhar inquisitivo, pude escutar Doña Rita murmurando, entre confusa e aborrecida, *"Vous êtes bête, mon cher. Voyons! Ça n'a aucune conséquence."* Muito satisfeito por não ter, neste caso, nenhuma importância especial, já tinha reunido os elementos de algum sentido mundano.

Corrigindo o colarinho que, a bem da verdade, deveria ser do tipo redondo por cima de uma jaqueta curta mas não era, observei ditosamente que viera me despedir, devendo me fazer ao mar naquela mesma noite com o *Tremolino*. Nossa anfitriã, ainda um pouco ofegante, e apenas um nadinha desalinhada, virou-se acidamente para J.M.K.B. desejando saber quando *ele* estaria pronto para partir com o *Tremolino*, ou de qualquer outra maneira, para se incorporar ao quartel-general realista. Será que ele pretendia, perguntou ironicamente, esperar pelas vésperas da entrada em Madri? Assim, por um judicioso exercício de tato e aspereza, restabelecemos o equilíbrio atmosférico da sala bem antes de eu deixá-los, um pouco antes da meia-noite, agora ternamente reconciliados, para andar até o porto e saudar o *Tremolino* com o usual assobio baixo da beira do cais. Era nosso sinal, invariavelmente ouvido pelo sempre vigilante Dominic, o *padrone*[42].

Ele ergueria silenciosamente uma lanterna para iluminar os degraus da estreita prancha de mola de nosso primitivo passadiço. "Então largamos", murmuraria ele, tão logo meu pé tocasse o convés. Eu era o arauto das partidas repentinas, mas não havia nada no mundo suficientemente imprevisto para pegar Dominic desprevenido. Seu grosso bigode preto, enrolado toda manhã com pinças quentes pelo barbeiro, no canto do cais, parecia esconder um eterno sorriso. Mas ninguém, acredito eu, jamais vira a verdadeira forma de seus lábios. Pela gravidade contida e imperturbável daquele homem encorpado era possível pensar que ele jamais sorria. Espreitava de seus olhos um olhar impiedosamente irônico, embora fosse dotado de uma alma extremamente provada; e a mais leve distensão de suas narinas daria a seu rosto bronzeado um olhar de extraordinária firmeza. Este era o único jogo facial de que parecia capaz, sendo um meridional de tipo decidido, intenso. Seu cabelo de ébano se enrolava ligeiramente nas têmporas. Devia ter uns quarenta anos e era um grande viajante do Mediterrâneo.

Astuto e impiedoso, teria rivalizado em astúcias com o infortunado filho de Laertes e Anticlea[43]. Se não contrapunha sua habilidade e audácia

---

42) Capitão, no dialeto corso.

O Tremolino

aos próprios deuses, é somente porque os deuses olímpicos estão mortos. Certamente nenhuma mulher poderia assustá-lo. Um gigante de um só olho[44] não teria a mínima chance contra Dominic Cervoni, da Córsega, não de Ítaca; e sem ser um rei, filho de reis, pertencia a uma família muito respeitável — autêntica Caporali, ele garantia. Mas assim devia ser. As famílias Caporali remontam ao século doze.

Por falta de adversários mais dignos, Dominic orientou sua audácia fértil em estratagemas ímpios contra os poderes da terra representados pela instituição das Alfândegas e todo mortal a elas integrado — escrivães, secretários e guardas costeiros de mar e de terra. Ele era a pessoa certa para nós, aquele errante moderno e marginal com sua própria lenda de amores, perigos e carnificinas. Ele nos contava pedaços dela, às vezes, em tons comedidos, irônicos. Falava o catalão, o italiano da Córsega e o francês da Provença com a mesma naturalidade. Trajando roupas de terra, uma camisa branca engomada, casaco preto e chapéu coco, como em certo dia em que o levei para visitar Doña Rita, era extremamente apresentável. Ele podia se fazer interessante com uma reserva discreta e austera contrabalançada por uma tênue, quase imperceptível, jocosidade no tom e nos modos.

Ele tinha a confiança física de um homem corajoso. Depois de meia hora de conversa na sala de visita em que se entenderam perfeitamente, Rita nos disse com seu melhor modo de *grande dame*: "*Mais il est parfait, cet homme.*" Ele era perfeito. A bordo do *Tremolino*, envolvido num *caban*, a pitoresca capa dos marinheiros do Mediterrâneo, com aqueles bigodes maciços e os olhos impiedosos realçados pela sombra do profundo capuz, tinha um ar pirático, monacal, de alguém secretamente iniciado nos mais terríveis mistérios do mar.

XLIII

Enfim, ele era perfeito, como Doña Rita declarara. A única coisa insatisfatória (e mesmo inexplicável) em nosso Dominic era seu sobrinho, Cesar. Era espantoso de ver uma desolada expressão de vergonha dissimular a audácia impiedosa nos olhos daquele homem acima de todos os escrúpulos e terrores.

---

43) Ulisses, na *Odisséia*.
44) O gigante Polifemo, da *Odisséia*.

O Espelho do Mar

"Eu jamais ousaria trazê-lo a bordo de sua *balancelle*", desculpou-se ele certo dia. "Mas que posso fazer? Sua mãe morreu e meu irmão foi para o mato."

Deste modo fiquei sabendo que nosso Dominic tinha um irmão. Quanto a "ir para o mato", isto significava apenas que o homem tinha cumprido com êxito seu dever na execução de alguma *vendetta* hereditária. A disputa que existira durante séculos entre as famílias Cervoni e Brunaschi era tão antiga que parecia ter finalmente se exaurido. Certa noite, Pietro Brunaschi, depois de um dia estafante em seu olival, sentara-se numa cadeira encostada na parede de sua casa com uma tigela de sopa nos joelhos e um pedaço de pão na mão. O irmão de Dominic, indo para casa com uma espingarda a tiracolo, descobriu uma súbita ofensa nesse quadro de satisfação e repouso tão obviamente calculado para despertar sentimentos de ódio e vingança. Ele e Pietro nunca haviam tido nenhuma desavença pessoal; mas, como explicou Dominic, "todos os nossos mortos clamavam por isto". Ele gritou de trás de um muro de pedra. "Ô Pietro! Veja só o que está chegando!" E quando o outro olhara inocentemente em sua direção, fizera mira em sua testa e liquidara a velha conta de *vendetta* tão lindamente que, segundo Dominic, o morto continuara sentado com a tigela de sopa nos joelhos e o pedaço de pão na mão.

Este era o motivo — porque na Córsega nossos mortos não nos deixam em paz — para o irmão de Dominic ter entrado no *maquis*, no mato da selvagem encosta montanhosa, para fugir dos gendarmes durante o insignificante resto de sua vida; e Dominic tivera que se encarregar de seu sobrinho com a missão de fazer dele um homem.

Não se poderia imaginar alguma empresa menos promissora. O material mesmo para a tarefa parecia faltar. Os Cervonis, se não eram homens bonitos, eram de carne e ossos vigorosos. Mas aquele jovem extraordinariamente magro e pálido parecia não ter mais sangue do que uma lesma.

"Alguma maldita feiticeira deve ter roubado o filho de meu irmão do berço e colocado aquele filhote de algum diabo faminto no lugar", Dominic me diria. "Olhe para ele! Olhe só para ele!"

Olhar para Cesar não era nada agradável. Sua pele apergaminhada, revelando um branco cadavérico em seu crânio através dos cachos de sujo cabelo castanho, parecia colada rente a seus grandes ossos. Sem ter nenhuma deformação, ele era a coisa mais próxima que eu jamais vira ou poderia imaginar do que se entende comumente pela palavra "monstro". Que a origem do efeito era realmente moral, eu não tinha dúvidas. Uma natureza total e inapelavelmente depravada se expressava em termos físicos

O Tremolino

que, tomados em separado, não tinham nada de positivamente chocante. Podia-se imaginá-lo como uma cobra, pegajosamente frio ao tato. A mais leve reprovação, a mais suave e justificada recriminação, seria recebida por um olhar ressentido e um maldoso encolher de seu fino e seco lábio superior, um esgar de ódio ao qual ele geralmente acrescentava o encantador ruído do ranger de dentes.

Era mais por esta performance venenosa que por suas mentiras, impudências e preguiça que seu tio costumava socá-lo. Não se deve imaginar que fosse algo como um assalto brutal. O musculoso braço de Dominic seria visto descrevendo um largo gesto horizontal, um respeitável golpe, e Cesar cairia como um pino de boliche — o que era divertido de se ver. Mas, uma vez caído, ele se contorceria no chão, rangendo os dentes de raiva impotente — uma visão horrível. E aconteceu também, mais de uma vez, de ele desaparecer completamente — o que era espantoso de se ver. Esta é a exata verdade. Depois de um daqueles majestosos socos, Cesar desabaria e desapareceria. Ele desapareceria de calcanhar para cima por escotilhas abertas, por cestos, por trás de tonéis, conforme o lugar onde entrasse em contato com o poderoso braço de seu tio.

Certa vez — foi no velho porto, pouco antes da última viagem do *Tremolino* — ele desapareceu borda afora, para minha infinita consternação. Dominic e eu estávamos discutindo negócios na popa, e Cesar se esgueirara por trás de nós para escutar porque, entre suas outras perfeições, era um consumado espião. Ao som da dura pranchada, o horror deixou-me pregado no chão; mas Dominic caminhou calmamente até o parapeito e curvou-se sobre ele esperando que a miserável cabeça de seu sobrinho emergisse pela primeira vez.

"Êi Cesar!", gritou desdenhosamente para o miserável que se debatia. "Segure aquela amarra — *charogne*![45]"

Ele aproximou-se de mim para retomar a conversa interrompida.

"O que houve com o Cesar?", perguntei ansiosamente.

"*Canallia*! Que fique pendurado ali", foi sua resposta. E seguiu falando sobre o assunto em questão com calma, enquanto eu tentava inutilmente tirar da cabeça a imagem de Cesar mergulhado até o pescoço na água do velho porto, uma infusão secular de detritos marinhos. Tentei tirar da mente porque a mera idéia daquele líquido me deixava enjoado. Mais adiante, Dominic, chamando um barqueiro ocioso, ordenou-lhe que fosse pescar seu sobrinho; e pouco depois Cesar apareceu andando para bordo, vindo do cais, tremendo, escorrendo a água fétida, com pedaços de restos

---

45) Em francês no original: carcaça, grosseirão, patife.

O Espelho do Mar

podres nos cabelos e uma tira suja de casca de laranja encalhada no ombro. Seus dentes batiam; seus olhos amarelos nos fitaram malignamente de soslaio quando cruzou por nós. Considerei meu dever recriminá-lo. "Por que você está sempre esmurrando ele, Dominic?", perguntei. Na verdade, estava convencido que isto possivelmente não era bom — um desperdício absoluto de força muscular.

"Tenho que tentar fazer dele um homem", respondeu Dominic, desesperançado.

Contive a réplica óbvia de que deste modo ele corria o risco torná-lo, nas palavras do imortal Sr. Mantalini[46], "um 'mardito' cadáver encharcado".

"Ele quer ser serralheiro!", explodiu Cervoni. "Para aprender a arrombar fechaduras, imagino", acrescentou com sardônica amargura.

"Por que não deixá-lo ser serralheiro?", aventurei.

"Quem lhe ensinaria?", gritou. "Onde poderia deixá-lo?", perguntou, baixando a voz; e tive meu primeiro vislumbre de genuíno desespero. "Ele rouba, você sabe! *Par la Madonne!* Acho que seria capaz de colocar veneno na tua comida e na minha — a víbora!"

Ele ergueu o rosto e os dois punhos fechados lentamente para o céu. Cesar, porém, nunca colocou veneno em nossos copos. Não se pode ter certeza, mas imagino que ele tratou de agir de outra forma.

Nesta viagem, da qual não é preciso dar detalhes, tivemos de navegar bem fora do caminho por razões de sobra. Vindo do Sul para encerrá-la com a parte importante e realmente perigosa do esquema sob controle, tivemos necessidade de buscar algumas informações precisas em Barcelona. Isto soa como enfiar a cabeça na própria boca do leão, mas na realidade não era assim. Tínhamos ali um ou dois amigos importantes, influentes, e muitos outros humildes, mas valiosos, porque comprados com dinheiro vivo. Não corríamos o risco de ser molestados; na verdade, a informação importante nos chegou prontamente pelas mãos de um funcionário da Alfândega que veio a bordo cheio de deferência para espetar uma chuço de ferro na camada de laranjas que constituía a parte visível de nossa carga no porão.

Esqueci de mencionar anteriormente que o *Tremolino* era oficialmente conhecido como navio mercante de frutas e cortiça. O zeloso funcionário conseguiu deslizar uma oportuna folha de papel na mão de Dominic e desceu para terra; algumas horas mais tarde, estando fora de serviço, voltou a bordo sedento de bebidas e gratidão. Obteve ambas, naturalmente. Enquanto ele estava sentado bebericando seu álcool na minúscula cabine,

---

46) Personagem de *Nicholas Nickleby*, de Charles Dickens.

O Tremolino

Dominic crivou-o de perguntas sobre as andanças da polícia marítima. O Serviço Preventivo flutuante era realmente o que devia nos preocupar, e era fundamental para nosso sucesso e segurança saber a exata posição do barco patrulha da vizinhança. As notícias não poderiam ser mais favoráveis. O funcionário mencionou um pequeno lugar na costa, a doze milhas de distância, onde, sem suspeitar e despreparado, ele estava ancorado, com as velas desamarradas, pintando vergas e mastros descascados. Depois dos cumprimentos de praxe, ele nos deixou sorrindo de maneira tranqüilizadora por cima dos ombros.

Eu tinha ficado em baixo, bem escondido durante todo o dia, por excesso de prudência. A parada em jogo naquela viagem era grande.

"Estamos prontos para partir imediatamente, exceto pelo Cesar, que está desaparecido desde o café da manha", anunciou-me Dominic com seu jeito grave e lento.

Onde o sujeito tinha ido, e por que, não podíamos imaginar. As suposições usuais em caso de um marinheiro ausente não se aplicavam a Cesar. Ele era hediondo demais para o amor, a amizade, o jogo, ou mesmo para um coito eventual. Mas uma ou duas vezes ele se ausentara desse modo anteriormente.

Dominic desceu em terra para procurá-lo, mas voltou só e muito aborrecido ao cabo de duas horas, como pude observar pela intensificação do sorriso invisível por baixo dos bigodes. Ficamos assuntando o que teria acontecido com o patife e fizemos uma rápida investigação em nossos bens pessoais. Nada havia sido roubado.

"Ele vai voltar logo", disse eu, confiante.

Dez minutos mais tarde, um dos homens no convés avisou em voz alta:

"Lá vem ele."

Cesar trajava apenas calça e camisa. Tinha vendido o capote, aparentemente para obter alguns trocados.

"Seu pulha!", foi tudo que Dominic disse, com terrível mansidão. Ele conteve a cólera por um instante. "Por onde andou, vagabundo?", perguntou em tom ameaçador.

Nada induziria Cesar a responder àquela pergunta. Era como se desdenhasse até mesmo mentir. Olhou-nos, franzindo os lábios e rangendo os dentes, e não se encolheu uma polegada diante do soco de Dominic. Ele desabou como se tivesse sido baleado, é claro. Mas percebi desta vez que, ao se recompor, permaneceu mais tempo que o normal de quatro, exibindo seus grandes dentes por cima do ombro e olhando para cima, para seu tio, com um novo tipo de ódio em seus amarelados olhos redondos.

O Espelho do Mar

Aquele sentimento permanente parecia, naquele momento, aguçado por uma malícia e curiosidade especiais. Fiquei muito interessado. Se algum dia conseguir colocar veneno na comida, pensei comigo mesmo, é assim que olhará para nós quando nos sentarmos para comer. Mas certamente não acreditei em momento algum que ele envenenaria nossa comida. Ele comia as mesmas coisas. Ademais, não possuía veneno. E não conseguia imaginar um ser humano tão cego pela cupidez a ponto de vender veneno a uma criatura tão bestial.

XLIV

Deslizamos para o mar silenciosamente, ao crepúsculo, e durante toda a noite tudo correu bem. O vento era tempestuoso; um vendaval estava se formando para os lados do sul. Era um belo vento para nossa travessia. De vez em quando, Dominic batia palmas, lenta e cadenciadamente, como que aplaudindo o desempenho do *Tremolino*. A *balancelle* zumbia e estremecia dançando levemente sob nossos pés.

Ao raiar do dia, apontei para Dominic, entre as diversas velas à vista que corriam à frente da tempestade em formação, um determinado barco. A tensão de suas velas parecia fazê-lo emergir muito ereto, de frente, como uma coluna cinzenta imóvel diretamente em nosso encalço.

"Olhe só aquele sujeito, Dominic", disse eu. "Parece estar com muita pressa."

O Padrone não disse nada, mas enrolando-se no capote escuro, levantou-se para olhar. Seu rosto curtido, enquadrado pelo capuz, tinha um aspecto de autoridade e desafio, com os olhos profundos fitando ao longe fixamente, sem piscar, como os olhos duros, concentrados, impiedosos de uma ave marinha.

"*Chi va piano va sano*[47]", observou finalmente, com um olhar zombeteiro para o lado, numa alusão irônica a nossa tremenda velocidade.

O *Tremolino* estava dando o melhor de si, mal parecendo tocar o torvelinho de espumas sobre o qual dardejava. Eu me agachei procurando o abrigo da baixa amurada. Transcorridas mais de meia hora de balouçante imobilidade em atenta vigilância, Dominic afundou no tombadilho ao meu lado. Dentro do capuz de monge, seus olhos brilhavam com uma expressão feroz que me espantou. Tudo que ele disse foi:

---

47) Provérbio italiano, equivalente ao nosso "Devagar se vai ao longe".

O Tremolino

"Ele veio até aqui para lavar a tinta fresca de suas vergas, imagino."

"O quê?", gritei, ficando de joelhos. "É o barco patrulha?"

A perpétua sugestão de sorriso sob os bigodes piráticos de Dominic pareceu acentuar-se — muito real, sombrio, realmente quase visível através dos pêlos úmidos e alisados. A julgar por esse indício, ele devia estar furibundo. Mas pude perceber que também estava perplexo, e essa descoberta me afetou desagradavelmente. Dominic perplexo! Durante um longo tempo, inclinado sobre a amurada, olhei sobre a popa a coluna cinzenta que parecia balançar levemente em nossa esteira, sempre à mesma distância.

Dominic, enquanto isso, permanecia sentado, sombrio e encapuçado, com as pernas cruzadas sobre o convés e as costas para o vento, lembrando vagamente um chefe árabe em seu *bournuss*[48] sentado na areia. Acima de seu vulto imóvel, o pequeno cordão e a borla do capuz balançavam descuidadamente ao vento. Enfim, desisti de vigiar o vento e a chuva, e acocorei-me a seu lado. Estava convencido de que a vela era de um barco patrulha. Sua presença não era coisa para se comentar, mas logo, entre duas nuvens carregadas de granizo, um raio de sol caiu sobre suas velas, e nossos homens perceberam do que se tratava. Daquele momento em diante, percebi que não pareciam dar atenção uns aos outros e a mais nada. Não conseguiam desviar os olhos e o pensamento da esbelta forma acolunada a ré. Seu balanço se tornara quase imperceptível. Por um momento, ele permaneceu ofuscantemente branco, depois foi se desvanecendo lentamente em meio a uma rajada de chuva para ressurgir novamente, quase negro, parecendo um poste ereto contra o fundo cor de ardósia de sólidas nuvens. Desde que fora observado pela primeira vez, não progredira um pé em nossa direção.

"Ele jamais alcançará o *Tremolino*", falei, exultante.

Dominic não olhou para mim. Ele observou absortamente, mas com muita justeza, que o tempo ruim favorecia nosso perseguidor. Ele tinha o triplo de nosso tamanho. Tudo que tínhamos a fazer era manter a distância até escurecer, o que poderíamos facilmente conseguir, e depois sirgar para alto-mar e analisar a situação. Mas seus pensamentos pareciam tropeçar na obscuridade de algum enigma não resolvido, e logo depois silenciou. Nós corríamos velozmente, com as velas enfunadas dos dois lados. O Cabo San Sebastian, quase à nossa frente, parecia se afastar de nós durante as rajadas de chuva, e reaproximar-se novamente de encontro ao nosso avanço, cada vez mais nítido entre as rajadas.

---

48) Tipo de capote árabe.

O Espelho do Mar

De minha parte, eu não estava nem um pouco certo de que este *gabelou*[49] (como nossos homens aludiam ofensivamente a ele) estava em nossa cola, afinal. Havia dificuldades náuticas nesse ponto de vista que me fizeram expressar a opinião otimista de que ele estava, em plena inocência, mudando de posto. A isso, Dominic consentiu em virar a cabeça.

"Eu lhe digo que ele está na caça", afirmou, sombriamente, depois de um curto olhar na direção da popa.

Eu jamais duvidara de sua opinião. Mas com todo o ardor de um neófito e o orgulho de um aprendiz perspicaz, eu fui, naquela ocasião, um grande casuísta náutico.

"O que não consigo entender", insisti sutilmente, "é como diabos, com este vento, ele conseguiu estar justo ali onde estava quando o avistamos. Está claro que ele poderia ganhar e não ganhou doze milhas sobre nós durante a noite. E há outras impossibilidades..."

Dominic estivera sentado imóvel, como um inerte cone negro apoiado sobre o tombadilho da popa, perto do timão, com a pequena borla esvoaçando em sua ponta afilada, e durante algum tempo manteve a imobilidade de sua meditação. Depois, curvando-se para a frente com um riso curto, deu seu fruto amargo a meus ouvidos. Entendia tudo perfeitamente, agora. Ele estava onde nós o víramos pela primeira vez, não porque tivesse nos avistado, mas porque passáramos por ele durante a noite enquanto já estava à nossa espera, parado, muito provavelmente em nosso próprio curso.

"Entende... já?", Dominic murmurou, em tom feroz. "Já estava! Você sabe que saímos umas boas oito horas antes do esperado, caso contrário ele teria tido tempo de ficar à nossa espera no outro lado do Cabo e" — ele cerrou os dentes como um lobo, perto de meu rosto — "teria nos apanhado como... isso."

Eu via tudo claramente agora. Eles estavam com as cabeças no lugar, naquele barco. Tínhamos cruzado com eles no escuro enquanto avançavam lentamente para preparar sua emboscada pensando que ainda estávamos muito atrás. Ao raiar do dia, porém, avistando uma *balancelle* à frente a toda vela, saíram em nosso encalço. Mas nesse caso, então...

Dominic agarrou meu braço.

"É, é! Ele estava informado, percebe? Informado... Fomos vendidos, traídos. Por quê? Como? Para quê? Sempre lhes pagamos muito bem em terra... Não! Mas é minha cabeça que vai estourar."

Ele pareceu sufocar, puxou o botão do colarinho da capa, saltou de

---

49) Termo depreciativo francês para funcionário aduaneiro.

O Tremolino

boca aberta como se fosse vociferar pragas e acusações, mas instantaneamente se recompôs e, apertando ainda mais a capa ao redor de si, sentou-se novamente no tombadilho tão inerte como antes.

"Sim, deve ter sido coisa de algum canalha em terra", observou.

Ele puxou a borda do capuz bem para a frente, sobre a testa, antes de murmurar:

"Um canalha... Sim... É evidente."

"Bem", disse eu, "eles não podem nos pegar, está claro."

"Não", assentiu calmamente, "não podem."

Contornamos o Cabo bem perto da costa para evitar alguma corrente adversa. No outro lado, por efeito da terra, o vento faltou-nos tão completamente, por um momento, que as duas imponentes velas do *Tremolino* penderam ociosas dos mastros sob o rugido trovejante do mar que quebrava contra a costa que deixáramos para trás. E quando a volta da rajada as enfunou novamente, vimos, com espanto, metade da nova vela principal, que considerávamos resistente, despedaçar-se por completo nas tralhas. Descemos a verga imediatamente e a recuperamos, mas já não era uma vela; era apenas um amontoado de tiras de lona encharcadas atravancando o convés e fazendo peso no barco. Dominic ordenou que a coisa toda fosse atirada ao mar.

"Eu teria mandado atirar a verga também", disse ele, conduzindo-me de novo na direção da popa, "não fosse pela complicação. Que fique entre nós", prosseguiu, baixando a voz, "mas vou lhe dizer uma coisa terrível. Ouça: notei que as costuras daquela vela foram cortadas! Está ouvindo? Cortadas com faca em muitos lugares. E ainda assim ela resistiu todo esse tempo. Os cortes não foram suficientes. Aquela lufada finalmente conseguiu. O que significa? Mas veja! A traição está sentada neste mesmo tombadilho. Pelos cornos do diabo, sentada aqui, às nossas costas. Não se vire, *signorino*."

Estávamos de frente para a popa, então.

"O que devemos fazer?", perguntei, aterrorizado.

"Nada. Silenciar! Seja um homem, *signorino*."

"O que mais?", disse eu.

Para mostrar que eu podia ser um homem, resolvi não falar nada enquanto o próprio Dominic tivesse forças para manter seus lábios cerrados. Somente o silêncio convém em certas situações. Ademais, a experiência de traição parecia espalhar uma inelutável dormência em meus pensamentos e sentidos. Por uma hora ou mais, observamos nosso perseguidor aumentar, aproximando-se cada vez mais, através das rajadas de chuva que às vezes o escondiam completamente. Mesmo quando não

O Espelho do Mar

podíamos vê-lo, sentíamos sua presença ali, como uma faca encostada em nossas gargantas. Ele ganhava terreno assustadoramente. E o *Tremolino*, sob um vento feroz e em águas muito mais calmas, avançava com facilidade debaixo de sua única vela, com algo de assustadora indiferença na alegre liberdade de seu movimento. Outra meia hora transcorreu. Eu já não podia mais suportar.

"Eles vão alcançar o pobre barquinho", gaguejei, subitamente, quase à beira das lágrimas.

Dominic não se agitava mais do que uma escultura. Um sentimento de catastrófica solidão tomou conta de minha alma inexperiente. A visão de meus companheiros passou diante de mim. Todo o bando Realista estaria em Monte Carlo, agora, eu supunha. E eles me apareceram muito pequenos e nítidos, com vozes afetadas e gestos hirtos, como uma procissão de rígidas marionetes num palco de brinquedo. Tive um sobressalto. O que era isso? Um sussurro misterioso e cruel veio do interior do capuz negro e imóvel ao meu lado.

"*Il faut le tuer.*"

Ouvi-o perfeitamente.

"O que está dizendo, Dominic?", perguntei, movendo apenas os lábios.

E o sussurro dentro do capuz repetiu misteriosamente. "Ele tem de ser morto."

Meu coração começou a pulsar violentamente.

"Certo", balbuciei. "Mas como?"

'Gosta muito dele?"

"Gosto."

"Então você terá de encontrar coragem para esse serviço também. Você terá que conduzi-lo sozinho, e cuidarei que ele morra rapidamente sem deixar uma lasca."

"Você consegue?", murmurei, fascinado pelo capuz preto imóvel sobre a popa, como se em ilegal comunhão com todos os magos, mercadores de escravos, exilados e guerreiros daquele antigo mar, o mar de lendas e terrores, onde os marinheiros da remota antigüidade costumavam ouvir a incansável sombra de um velho errante se lastimar em voz alta no escuro.

"Conheço uma rocha", sussurrou a voz de dentro do capuz conspirativamente. "Mas — cuidado! Deve ser feito antes de nossos homens perceberem o que pretendemos. Em quem podemos confiar agora? Uma faca passada nas adriças da frente arriaria o traquete e poria fim em nossa liberdade em vinte minutos. E o melhor de nossos homens pode ter medo de se afogar. Há nosso bote, mas num assunto como esses ninguém pode ter certeza de se salvar."

O Tremolino

A voz calou. Tínhamos partido de Barcelona com nosso escaler a reboque; depois ficou arriscado demais tentar trazê-lo para dentro, por isso deixamo-lo tentar a sorte no mar, preso à extremidade de uma confortável extensão de corda. Muitas vezes ele nos pareceu ficar completamente submerso, mas logo depois o víamos se aprumar sobre uma onda, aparentemente boiando e inteiro como sempre.

"Compreendo", disse eu, mansamente. "Muito bem, Dominic. Quando?"

"Ainda não. Primeiro precisamos ganhar um pouco mais de terreno", respondeu a voz do capuz num murmúrio fantasmagórico.

XLV

Estava acertado. Agora eu tinha a coragem de me virar. Nossos homens estavam agachados por todo o convés, com os crestados rostos ansiosos, todos virados para o mesmo lado para observar o perseguidor. Pela primeira vez, naquela manhã, notei Cesar, todo estirado sobre o convés, perto do mastro de proa, e fiquei imaginando por onde ele andara se escondendo até então. Na verdade, porém, ele poderia ter estado bem ao meu lado. Estivéramos entretidos demais observando nosso destino para dar atenção uns aos outros. Ninguém comera nada naquela manhã, mas os homens acorriam constantemente para beber na tina que recolhia a água da chuva.

Corri para a cabine. Tinha ali, guardados num baú chaveado, dez mil francos em ouro cuja presença a bordo, até onde estava sabendo, nenhuma alma, exceto Dominic, tinha a mais remota suspeita. Quando emergi novamente no tombadilho, Dominic tinha se virado e estava espiando a costa por baixo de seu capuz. O Cabo Creux fechava a vista à nossa frente. À esquerda, uma larga baía, as águas rasgadas e varridas por fortes rajadas, parecia toda enevoada. A ré, o céu tinha uma aparência ameaçadora.

Tão logo me avistou, Dominic, em tom plácido, quis saber o que havia. Aproximei-me dele, parecendo o mais despreocupado que podia, e disse-lhe em voz baixa que tinha encontrado meu baú arrombado e sem o cinto com o dinheiro. Na noite passada ainda estava lá.

"O que pretendia fazer com ele?", perguntou-me, estremecendo violentamente.

"Colocá-lo na cintura, é claro", respondi, espantado de ouvir seus dentes batendo.

"Maldito ouro!", murmurou. "O peso do dinheiro poderia custar-lhe a vida, talvez". Ele estremeceu. "Não há tempo para falar sobre isso agora."

O Espelho do Mar

"Estou pronto."

"Ainda não. Estou esperando essa rajada passar", murmurou. E mais alguns minutos de chumbo transcorreram.

A ventania finalmente amainou. Nosso perseguidor, atingido por algum obscuro tipo de redemoinho, desaparecera de nossa vista. O *Tremolino* estremecia e se inclinava para a frente. A terra à frente desaparecera também, e parecíamos abandonados, sozinhos, num mundo de água e vento.

"*Prenez la barre, monsieur*", Dominic quebrou o silêncio repentinamente, com voz rude. "Assuma o timão." Ele inclinou seu capuz sobre minha orelha. "A *balacelle* é sua. Suas próprias mãos terão que cuidar do choque. Eu — eu tenho outro trabalhinho para fazer." Ele falou em voz alta para o homem do leme. "Deixe o *signorino* assumir o leme, e você e os outros preparem-se para sirgar o barco rapidamente assim que eu mandar."

O homem obedeceu, surpreso, mas em silêncio. Os outros se agitaram e atiçaram os ouvidos a isso. Ouvi seus murmúrios: "O que está havendo? Vamos correr para algum lado e dar no pé? O Padrone sabe o que está fazendo."

Dominic avançou. Parou para olhar para baixo, para Cesar que, como já mencionei, estava estendido, de cara para o chão, debaixo do traquete. Eu não via nada à frente. Não podia ver nada exceto o traquete aberto e parado, como uma grande asa escura. Mas Dominic tinha seus propósitos. Sua voz chegou até mim da proa, num grito apenas audível:

"Agora, signorino!"

Eu segurei o timão como havia sido instruído. Novamente eu o escutei fracamente, mas tudo que tinha a fazer era mantê-lo reto. Nenhum navio correra tão alegremente para a morte antes. Ele se erguia e tombava, como que flutuando no espaço, e dardejou para frente, sibilando como uma flecha. Dominic, passando abaixado sob a base do traquete, reapareceu e ficou se equilibrando contra o mastro, com o dedo indicador esticado numa atitude de atenta expectativa. Um segundo antes do choque, deixou o braço cair. A isto, apertei os dentes. E então...

Falar em pranchas estilhaçadas e costados esmagados! Este naufrágio mora em minha alma com o espanto e o horror de um homicídio, com o inesquecível remorso de ter esmagado um coração vivo e fiel com um único golpe. Num momento a pressa e o balanço crescente da velocidade; no seguinte, um impacto, morte, quietude — um momento de horrível imobilidade, com o canto do vento mudado para um uivo estridente e as águas encrespadas fervendo ameaçadoras e preguiçosas em torno do

O Tremolino

cadáver. Vi, num instante de distração, a verga do traquete voar de um lado para outro num balanço brutal, os homens todos amontoados, praguejando de medo e uivando freneticamente na beirada do barco. Com a estranha satisfação do familiar, vi também Cesar entre eles e reconheci o velho e conhecido gesto positivo de Dominic, a varredura de seu poderoso braço. Lembro-me distintamente de ter dito para mim mesmo, "Cesar vai desabar, é claro", e então, enquanto me arrastava de quatro, o timão descontrolado que eu havia largado acertou-me por baixo da orelha e me derrubou desmaiado.

Não creio que tenha realmente ficado inconsciente mais de alguns minutos, mas, quando voltei a mim, o escaler estava correndo a favor do vento para uma angra protegida, com apenas dois homens mantendo-o no rumo com seus remos. Dominic, com o braço em volta de meu ombro, escorava-me na área da popa.

Aportamos numa parte familiar da região. Dominic levou um dos remos do barco consigo. Imagino que estava pensando no rio que teríamos logo que cruzar, no qual havia uma miserável chata, freqüentemente despojada de sua vara. Mas primeiro tínhamos que galgar uma colina de terra nos fundos do Cabo. Ele me ajudou. Eu estava tonto. Minha cabeça parecia inchada, pesada. No topo da subida, agarrei-me a ele e paramos para descansar.

À direita, abaixo de nós, a ampla baía enevoada estava vazia. Dominic manteve a palavra. Não havia uma lasca para se ver em torno da rocha negra de onde o *Tremolino*, com seu valoroso coração esmagado de um golpe só, deslizara pelas águas profundas para seu repouso eterno. A vastidão do mar aberto estava engolfada em brumas esvoaçantes, e, no centro da chuva que rareava, parecendo um fantasma sob uma assustadora pressão das velas, o inadvertido barco-patrulha emergiu, ainda em perseguição, rumo ao norte. Nossos homens já estavam descendo a vertente oposta à procura daquela balsa que sabíamos, por experiência, que nem sempre era facilmente encontrada. Eu olhava por trás deles, com os olhos toldados. Um, dois, três, quatro.

"Dominic, onde está Cesar?", gritei.

Como que repelindo o próprio som desse nome, o Padrone fez aquele amplo gesto de demolição com o braço. Diminuí o passo e encarei-o assustado. Sua camisa aberta deixava entrever o pescoço musculoso e os pelos cerrados do peito. Ele plantou o remo de pé no chão macio e, enrolando lentamente a manga direita, estendeu o braço nu diante de meu rosto.

"Este", começou, com extrema deliberação, cuja contenção sobre-

O Espelho do Mar

humana vibrava com a violência contida de seus sentimentos, "é o braço que largou o golpe. Temo que foi o teu próprio ouro que fez o resto. Tinha me esquecido completamente do teu dinheiro." Ele apertou as mãos tomado de súbita aflição. "Esqueci, esqueci", repetia desconsoladamente.

"Cesar roubou o cinto?", gaguejei, desnorteado.

"E quem mais? *Canallia*! Ele deve ter espiado você durante dias. E fez a coisa toda. Ausente todo o dia em Barcelona. *Traditore*! Vendeu sua jaqueta — para alugar um cavalo. Há! Há! Um bom negócio! Eu lhe digo que foi ele quem os atirou sobre nós..."

Dominic apontou para o mar, onde o barco patrulha era uma diminuta mancha escura. Seu queixo caiu sobre o peito.

"...Por delação", murmurou, acabrunhado. "Um Cervoni! Ó, meu pobre irmão!..."

"E você o afogou.", balbuciei.

"Acertei-lhe uma e o patife afundou como uma pedra — com o ouro. É. Mas ele teve tempo de ler em meus olhos que nada poderia salvá-lo enquanto eu estivesse vivo. E não tinha o direito — eu, Dominic Cervoni, Padrone que o trouxe a bordo de seu falucho — meu sobrinho, um traidor?"

Ele arrancou o remo do chão e me auxiliou cuidadosamente a descer a encosta. Durante esse tempo todo não me olhou no rosto. Impeliu a balsa, depois recolocou o remo no ombro e esperou que nossos homens se distanciassem um pouco para me oferecer o braço. Depois de caminharmos por algum tempo, avistamos a aldeia pesqueira que estávamos buscando. Dominic parou.

"Acha que consegue chegar sozinho até as casas?", perguntou-me calmamente.

"Sim, acho que sim. Mas por quê? Onde é que você vai, Dominic?"

"A qualquer parte. Que pergunta! Signorino, você é pouco mais que um menino para fazer uma pergunta dessas a um homem com este escândalo em sua família. *Ah! Traditore!* O que me fez ter essa cria de diabo faminto em nosso próprio sangue! Ladrão, impostor, covarde, mentiroso — outros podem lidar com isto. Mas eu era seu tio, por isso... Antes tivesse me envenenado — *charogne!* Mas isto: que eu, um homem de palavra e um corso, ter que pedir perdão por tê-lo trazido a bordo de seu barco, do qual eu era o Padrone, um Cervoni, que o traiu — um traidor! — é demais. Demais. Bem, peço seu perdão; e você pode cuspir na cara de Dominic porque um traidor de nosso sangue nos mancha a todos. Um ladrão pode se tornar bom entre os homens, uma mentira pode ser corrigida, um morto vingado, mas o que se pode fazer para reparar uma traição dessas?... Nada."

A Idade Heróica

Ele virou e afastou-se de mim pela margem do rio, brandindo um braço vingador e repetindo lentamente, para si mesmo, com ênfase selvagem: "Ah! *Canaille! Canaille! Canaille!...*" Deixou-me ali, tremendo de fraqueza e mudo de espanto. Incapaz de emitir um som, fiquei olhando aquele vulto estranhamente desolado de marinheiro, com um remo sobre o ombro, subindo a ravina pedregosa e estéril sob o soturno céu plúmbeo do derradeiro dia do *Tremolino*. Assim, caminhando com firmeza, de costas para o mar, Dominic desapareceu de minha vista.

É com a qualidade de nossos desejos, pensamentos e admiração proporcionados por nossa infinita pequenez que medimos o próprio tempo e nossa própria estatura. Aprisionado na casa de ilusões pessoais, trinta séculos de história da humanidade parecem menos para se olhar retrospectivamente do que trinta anos de nossa própria vida. E Dominic Cervoni ocupa seu lugar em minha memória ao lado do errante legendário sobre o mar de maravilhas e terrores, ao lado do fatal e ímpio aventureiro, a quem a sombra evocada do vidente predisse uma jornada terra adentro, com um remo sobre o ombro, até encontrar homens que jamais tivessem posto os olhos em remos e navios. Parece-me que posso vê-los, lado a lado, no crepúsculo de uma terra árida, os infortunados detentores do saber oculto do mar, carregando o emblema de sua dura vocação sobre os ombros, cercados de homens curiosos e calados: como também eu, voltando as costas para o mar, carrego essas poucas páginas ao crepúsculo, com a esperança de encontrar, num vale interior, a silenciosa acolhida de algum ouvinte paciente.

XLVI

"Um sujeito não tem a menor chance de promoção se não pular dentro da boca de um canhão e se arrastar para fora pelo seu ouvido."[50]

Quem pronunciou, há aproximadamente cem anos, as palavras acima com o coração inquieto, sedento de reconhecimento profissional, foi um jovem oficial naval. Nada se preservou de sua vida, carreira, realizações e fim para a edificação de seus jovens sucessores da armada atual — nada, exceto essa frase que, pelo sabor marítimo na simplicidade do sentimento pessoal e na força da imagem, encarna o espírito da época. Este modesto mas vigoroso testemunho tem seu preço, seu significado e sua lição. Ele

---

50) Citação de *The Letters and Papers of Sir Thomas Byam Martin* [1773-1854], 3 v., ed. Sir R.V. Hamilton (The Navy Records Society, v. 12, 19, 24), v. I [Londres],1903.

nos chega de um valoroso ancestral. Não sabemos se ele viveu o suficiente para ter uma chance daquela promoção tão arduamente alcançada. Ele pertence às grandes hostes do desconhecido — que são grandes, na verdade, pela soma total do esforço dedicado e a colossal escala de sucesso atingido por sua firme e insaciável ambição. Não conhecemos seu nome; sabemos dele apenas o que nos importa saber — que ele nunca recuou em ocasiões desesperadas. Sabemos disso pela autoridade de um ilustre marinheiro do tempo de Nelson. Deixando esta vida como Almirante de Esquadra às vésperas da Guerra da Criméia, Sir Thomas Byam Martin registrou para nós, entre suas exíguas notas autobiográficas, essas poucas palavras características pronunciadas por um jovem dos muitos que devem ter sentido esse particular inconveniente de uma época heróica.

O ilustre Almirante passou por isto e foi um bom árbitro do que se esperava de homens e navios naquele tempo. Brilhante capitão de fragata, pessoa de sólido juízo, enérgico destemor e espírito sereno, escrupulosamente preocupado com o bem-estar e a honra da Marinha, somente os acasos do serviço o privaram de maior renome. Podemos perfeitamente citar, hoje em dia, as palavras escritas sobre Nelson no declínio de sua existência bem vivida por Sir T.B. Martin, que morreu faz apenas cinqüenta anos, no dia mesmo do aniversário de Trafalgar.

"A nobreza intelectual de Nelson era uma parte destacada e bela de seu caráter. Suas fraquezas — falhas, se quiserem — nunca encontrarão guarida em qualquer memorando de minha autoria", declara ele, e prossegue: "ele cujas realizações esplêndidas e incomparáveis serão lembradas com admiração enquanto houver gratidão nos corações dos britânicos, ou enquanto um navio singrar no oceano; ele cujo exemplo, no eclodir da guerra, deu um estímulo tão nobre aos mais jovens do serviço que se apressaram todos na rivalidade de ousadia que, desdenhando qualquer conselho prudente, rendeu façanhas heróicas que contribuíram grandemente para exaltar a glória de nossa nação."

São palavras suas e são verdadeiras. O ousado jovem capitão de fragata, homem que em sua meia-idade não hesitaria em perseguir, sem ajuda, aos setenta e quatro anos, toda uma armada, homem de empresa e de consumado juízo, o velho Almirante da Armada, o bom e confiável servidor de seu país sob dois reis e uma rainha, sentiu corretamente a influência de Nelson e expressou-a com precisão na plenitude de seu coração de marinheiro.

"Exaltou", escreveu ele, não "aumentou". E com isso seu sentimento e sua pena captaram toda a verdade. Outros houveram prontos e aptos para contribuir com o tesouro de vitórias que a armada britânica ofereceu à nação. Coube a Lord Nelson exaltar toda essa glória. Exaltar! A palavra parece criada para o homem.

XLVII

A marinha britânica pode ter deixado de contar suas vitórias. Sua riqueza supera os mais extravagantes sonhos de fama e sucesso. Ela pode perfeitamente, num dia culminante de sua história, procurar na memória alguns reveses para aplacar os fados invejosos que acompanham a prosperidade e os triunfos de uma nação. Ela detém, na verdade, a mais pesada herança que jamais foi confiada à coragem e à fidelidade de homens de armas.

Ela é grande demais para um mero orgulho. Deveria tornar os marinheiros de hoje humildes no íntimo de seus corações e indômitos em sua secreta resolução. Em todos os registros da história, não houve jamais uma época em que a sorte vitoriosa tenha sido tão fiel aos guerreiros do mar. E, é justo que se diga, de sua parte eles souberam ser fiéis a sua sorte vitoriosa. Eles eram exaltados. Estavam sempre à espera de seu sorriso; noite e dia, com tempo bom ou ruim, esperavam pelo mais leve sinal de sua presença com a oferenda de seus bravos corações nas mãos. E a inspiração dessa alta constância, deviam apenas a Lord Nelson. Sejam quais forem as afeições terrenas que tenha abraçado ou largado, o grande Almirante sempre foi, acima de tudo, um amante da Fama. Ele a amava ciumentamente, com inextinguível ardor e insaciável desejo — ele a amava com imperiosa devoção e infinita fidelidade. Na plenitude de sua paixão, ele era um amante exigente. E ela nunca traiu a grandeza de sua confiança! Ela o serviu até o final de sua vida, e ele morreu apertando sua última dádiva (dezenove galardões) contra seu peito. "Ancorar, Hardy — ancorar!"[51] foi tanto o grito de um amante ardoroso como o de um consumado marinheiro. Assim ele estreitaria contra o peito a última dádiva da Fama.

Foi esse ardor que o tornou grande. Ele foi um exemplo flamejante aos cortejadores da fortuna gloriosa. Houve grandes comandantes antes — Lord Hood, por exemplo, que ele próprio considerava o maior oficial naval que a Inglaterra tivera. Uma longa sucessão de grandes comandantes abriu o mar ao vasto alcance do gênio de Nelson. Seu tempo passara; e,

---

51) Última ordem de Nelson dada ao Capitão Thomas M. Hardy, seu comandante da nau capitânea.

depois dos grandes oficiais, as gloriosas tradições navais passaram para a guarda de um grande homem. Não foi menor glória a Marinha ter compreendido Nelson. Lord Hood confiava nele. Assim falou dele o Almirante Keith: "Não podemos dispensá-lo, seja como Capitão, seja como Almirante." O Conde St. Vincent colocou em suas mãos, sem restrições, uma divisão de sua frota, e Sir Hyde Parker entregou-lhe outros dois navios que ele havia pedido, em Copenhague. Isto quanto aos chefes; o restante da armada rendeu-lhe sua devotada afeição, confiança e admiração. Em troca, ele lhes deu nada menos do que sua própria alma exaltada. Ele bafejava em seus homens seu ardor e sua ambição. Em poucos anos, ele revolucionou, não a estratégia ou as táticas de guerra naval, mas o próprio conceito de vitória. E isto é gênio. Somente nisso, na fidelidade de sua fortuna e no poder de sua inspiração, ele permanece único entre os líderes de esquadras e marinheiros. Ele trouxe o heroísmo para a linha do dever. Ele é, com certeza, um fabuloso ancestral.

E os homens de seu tempo o amavam. Eles o amavam não só como exércitos vitoriosos amaram grandes comandantes; eles o amavam com o sentimento mais íntimo, como um dos seus. Nas palavras de um contemporâneo, ele tinha "a maneira mais alegre de conquistar o afetuoso respeito de todos que tiveram a felicidade de servir sob seu comando".

Ser tão grande e permanecer tão acessível à afeição de seus companheiros é a marca de uma excepcional humanidade. A grandeza de Lord Nelson era muito humana. Ela possuia uma base moral; não precisava se sentir rodeada de cálida devoção de um bando de irmãos[52]. Ele era vaidoso e terno. O amor e admiração que a armada lhe votava tão desabridamente tranqüilizava a inquietação de seu orgulho profissional. Ele confiava em seus companheiros tanto quanto eles confiavam nele. Era um marinheiro de marinheiros. Sir T.B. Martin afirma nunca ter conversado com algum oficial que tivesse servido sob o comando de Nelson "sem ouvir as mais calorosas expressões de apego a sua pessoa e de admiração por seus modos francos e conciliatórios com seus subordinados". E Sir Robert Stopford, que comandou um dos navios com que Nelson perseguiu, até as Índias Ocidentais, uma frota numericamente quase o dobro da sua, diz numa carta: "Estamos meio mortos de fome além do incômodo de estar navegando há tanto tempo, mas nossa recompensa é que estamos com Nelson."

Este espírito heróico de ousadia e resistência, em que as diferenças

---

52) Citação de *Henrique V*, de Shakespeare, ato IV, cena 3: *"we band of brothers"*.

A Idade Heróica

públicas e privadas desapareciam em toda a esquadra, é o grande legado de Lord Nelson, triplamente selado pelo vitorioso sinete do Nilo, de Copenhague e de Trafalgar. Este é um legado cujo valor as mudanças do tempo não podem afetar. Os homens e navios que ele sabia conduzir amavelmente para o ofício da coragem e a premiação da glória se foram, mas o toque exaltador de Nelson permanece como padrão de realização que ele estabeleceu para todos os tempos. Os princípios estratégicos podem ser imutáveis. Seguramente eles foram e serão novamente negligenciados por timidez, por cegueira, até por fragilidade de propósitos. As táticas dos grandes capitães de terra e mar podem ser infinitamente discutidas. O primeiro objetivo da tática é enfrentar o adversário com a maior vantagem possível; no entanto, nenhuma regra rígida pode ser extraída da experiência, por essa razão fundamental, entre outras — que a qualidade do adversário é uma variável do problema. As táticas de Lord Nelson têm sido amplamente discutidas, com muito orgulho e algum benefício. E no entanto, elas já são de interesse puramente arcaico. Mais alguns anos e os duros riscos de comandar uma frota a vela estarão além do entendimento de marinheiros que guardam para seu país o legado do espírito heróico de Lord Nelson. A mudança nas características dos navios tem sido tão grande e tão radical. É bom e correto estudar os feitos de grandes homens com zelosa reverência, mas a intenção precisa do famoso memorando[53] de Lord Nelson parece jazer sob aquele véu que o Tempo lança sobre as mais cristalinas concepções de toda grande arte. Não se deve esquecer que aquela foi a primeira vez em que Nelson, como comandante-em-chefe, teve seu oponente em plena marcha — a primeira e última. Tivesse ele vivido, tivessem havido outras frotas para enfrentá-lo, nós teríamos conhecido, talvez, algo mais de sua grandeza como oficial naval. Nada poderia ser acrescentado a sua grandeza como líder. E pode-se afirmar que em nenhum outro dia de sua curta e gloriosa carreira, Lord Nelson foi mais esplendidamente fiel a seu gênio e à sorte de seu país.

XLVIII

Mas permanece o fato de que, tivesse o vento falhado e a armada não conseguisse virar, ou, pior, tivesse ela sido empurrada das costas do leste,

---

53) Refere-se a um memorando de 9 de outubro de 1805 com ordens de formação para a batalha de Trafalgar que se daria doze dias mais tarde.

O Espelho do Mar

com seus líderes a curta distância dos canhões inimigos, nada, ao que parece, poderia ter salvo os navios de vanguarda da captura ou destruição. Nenhuma habilidade de um grande oficial naval teria servido nessas circunstâncias. Lord Nelson era mais do que isso, e seu gênio não ficaria diminuído pela derrota. Mas obviamente as táticas, que estão de tal forma à mercê de acidentes fortuitos, parecem ser, para um marinheiro moderno, uma questão pouco considerável. O comandante-em-chefe na ação da grande armada, que assumirá seu lugar próximo da Batalha de Trafalgar na história da marinha britânica, não terá tal ansiedade e não sentirá o peso de uma tal dependência. Durante os últimos cem anos, nenhuma frota britânica enfrentou o inimigo na linha de batalha. Cem anos é um longo tempo, mas a diferença das condições modernas é enorme. O abismo é imenso. Se a última grande batalha da marinha inglesa tivesse sido a de Primeiro de Junho[54], por exemplo, se não tivessem ocorrido as vitórias de Nelson, ele teria sido quase intransponível. O vulto frágil e apaixonado do grande Almirante ergue-se na encruzilhada dos caminhos. Ele tinha a audácia do gênio e uma inspiração profética.

O moderno homem da Marinha deve sentir que chegou a hora das experiências táticas dos grandes oficiais navais do passado serem relegadas ao templo das memórias augustas. As táticas navais do tempo dos veleiros eram regidas por dois pontos: a natureza mortal de uma varredura de fogo longitudinal e o pavor, natural para um comandante dependente dos ventos, de ter, em algum momento crucial, parte de sua frota inapelavelmente empurrada para sotavento. Esses dois pontos eram a própria essência das táticas de navegação a vela e foram eliminados do moderno problema tático pelas mudanças de propulsão e de armamentos. Lord Nelson foi o primeiro a desconsiderá-los com convicção e audácia, apoiado numa confiança irrestrita em seus homens. Essa convicção, essa audácia e essa confiança emanam das linhas do famoso memorando, que não é mais do que uma declaração de sua fé na superioridade esmagadora de fogo como o único meio de vitória e a única meta de táticas sólidas. Sob as dificuldades das condições então existentes, ele batalhou por isso, por isso apenas, colocando sua fé em prática contra todas as ameaças. E naquela exclusiva fé, Lord Nelson nos aparece como o primeiro dos modernos.

---

54) Em 1794, enfrentamento naval em mar aberto entre a armada inglesa comandada pelo Conde Howe e a francesa comandada por Louis Villaret de Joyeuse, em que os britânicos tiveram uma vitória técnica, mas os franceses realizaram seu intento de proteger um grande comboio de graneleiros americanos.

A Idade Heróica

Contra todas as ameaças, afirmei; e os homens de hoje, nascidos e criados para o uso do vapor, dificilmente poderiam perceber o quanto aquelas ameaças estavam presentes. Exceto na batalha do Nilo, onde as condições eram ideais para engajar uma frota ancorada em águas rasas, Lord Nelson não foi feliz com o tempo. Praticamente, foi nada menos do que uma falta bastante invulgar de vento que lhe custou o braço durante a expedição de Tenerife. No Dia de Trafalgar, o tempo não só não estava muito favorável, como extremamente perigoso.

Foi um daqueles dias de insolação vacilante, ventos fracos e inconstantes, com vagas compridas do oeste, e geralmente enevoado, mas com a terra em torno do Cabo distintamente visível de tempos em tempos. Tive a sorte de observar com reverência, mais de uma vez e por muitas horas, o local exato. Há quase trinta anos, certas circunstâncias excepcionais tornaram-me muito familiarizado, durante certo tempo, com aquela baía na costa espanhola que seria fechada por uma linha reta de Faro a Spartel[55]. Minha bem lembrada experiência convenceu-me de que, naquele canto do oceano, tão logo o vento tenha virado de oeste para norte (como ocorreu no dia 20, empurrando para trás a armada britânica), manifestações de tempo de oeste não servem para nada, e é infinitamente mais provável virar-se totalmente para leste do que desvirar de novo. Foi nessas condições que, às sete da manhã do dia 21, o sinal para a frota fazer-se ao mar e virar para leste foi dado. Com uma clara recordação dessas lânguidas vistas para leste ondulando inesperadamente contra a rolagem das suaves ondulações, sem qualquer outro aviso, além de uma calmaria de dez minutos e um estranho escurecimento da linha costeira, não consigo imaginar aquele momento fatídico sem um suspiro de admiração profissional. Talvez a experiência pessoal, num momento da vida em que a responsabilidade tinha um particular frescor e importância, tenha me induzido a exagerar no perigo do tempo. O grande Almirante e bom marinheiro poderia ler perfeitamente os sinais do mar e do céu, como provam suficientemente suas ordens de preparar para largar âncoras no final do dia; ainda assim, a mera idéia desses ventos desconcertantes de leste prontos para chegar a qualquer momento no espaço de meia hora depois do primeiro disparo é suficiente para tirar o fôlego de qualquer um, com a imagem dos navios de retaguarda das duas divisões arribando, ingovernáveis, com os costados de frente para as ondulações de oeste, e de dois Almirantes britânicos em situação desesperadora. Até hoje não

---

55) Faro é a cidade mais meridional de Portugal, e Spartel, um cabo em Tanger, Marrocos, na entrada de sudoeste do Estreito de Gibraltar.

O Espelho do Mar

consigo me libertar da impressão de que, por cerca de quarenta minutos, o destino da grande batalha dependeu de um sopro de vento como o que senti se infiltrando por trás, por assim dizer, sobre minhas faces, enquanto tentava divisar, no oeste, os sinais do tempo verdadeiro.

Os marinheiros britânicos que entrarem em ação jamais terão que confiar o êxito de seu valor a um sopro de vento. O Deus das ventanias e das batalhas, favorecendo suas armas até o final, permitiu que o sol da armada inglesa e do maior de seus comandantes se pusesse em inigualada glória. Agora, os velhos navios e seus homens se foram; os novos navios e os novos homens, muitos deles ostentando os velhos e auspiciosos nomes, assumiram seu turno no mar implacável e imparcial, que só oferece oportunidades aos que sabem agarrá-las com a mão pronta e o coração intrépido.

XLIX

Isto, a armada da Guerra dos Vinte Anos sabia fazer perfeitamente, e nunca melhor do que na época em que Lord Nelson inflou sua alma com seus próprios anseios de fama e honradez. Foi uma frota afortunada. Suas vitórias não foram o mero esmagamento de navios desprotegidos e o massacre de homens acovardados. Foi-lhe poupado esse cruel favor, pelo qual nenhum coração valente jamais suplicou. Ela foi afortunada em seus adversários. Digo adversários, pois ao recordar lembranças tão orgulhosas deveríamos evitar a palavra "inimigos", cuja sonoridade hostil perpetua os antagonismos e contendas de nações, tão irremediáveis talvez, tão funestas — e também tão inúteis. A guerra é um dom da vida; mas nenhuma guerra parece tão necessária assim quando o tempo baixou sua mão pacificadora sobre as apaixonadas discórdias e os apaixonados desejos de grandes povos. "Le temps", como dizia um ilustre francês, "est un galant homme."[56] Ele fomenta o espírito da concórdia e da justiça, em cuja obra há tanta glória a ser colhida quanto nos feitos de armas.

Uma desorganizada pelas mudanças revolucionárias, outra enferrujada pela negligência de uma monarquia decaída, as duas armadas que se nos opunham entraram na disputa em desvantagem desde o início. Por mérito de nossa ousadia e lealdade, e do gênio de um grande líder, nossa

---

56) Jules Mazarin (1602-1661).

A Idade Heróica

vantagem aumentou no curso da guerra, e conseguimos conservá-la até o final. Mas na exultante ilusão de poder irresistível que uma longa série de sucessos traz para uma nação, pode-se perder de vista, talvez, o aspecto menos óbvio de tal sorte. A velha Marinha ganhou, em seus últimos tempos, uma fama que nenhuma malevolência ousava contestar. E este supremo favor, ela deve somente a seus adversários.

Privados, por uma sorte malsinada, daquela autoconfiança que fortalece os braços de uma força armada, com a habilidade reduzida, mas não a coragem, pode-se seguramente dizer que nossos adversários ainda conseguiram um confronto melhor em 1797 do que o de 1793. Mais tarde ainda, a resistência oferecida no Nilo foi tudo, e mais do que tudo que se poderia exigir de marinheiros que, a menos que fossem cegos ou ignorantes, deveriam ter visto seu destino selado desde o momento em que o *Goliath*, mantendo-se firme sob a proa do *Guerrier*, ancorou perto da costa. As frotas combinadas de 1805, recém-saídas do porto e sem outra ajuda além das lembranças perturbadoras de seus reveses, apresentou, à nossa aproximação, uma tenaz resistência, pela qual o Capitão Blackwood, com espírito cavalheiresco, congratulou seu Almirante. Com o exercício de seu valor, nossos adversários haviam acrescentado maior brilho a nossas armas. Nenhum amigo poderia ter feito mais, pois mesmo na guerra, que divide durante algum tempo todos os sentimentos de amizade humana, este sutil vínculo de ligação permanece entre homens corajosos — que o testemunho final do valor da vitória deve ser recebido da mão dos vencidos.

Aqueles que no âmago daquela batalha afundaram juntos para seu repouso nas frias profundezas do oceano não compreenderiam os lemas de nossos dias, olhariam com olhos esgazeados os engenhos de nosso esforço. Tudo passa, tudo muda: a animosidade dos povos, o manejo das armadas, a forma dos navios; até o próprio mar parece ter uma aparência diferente e apequenada do mar da época de Lord Nelson. Neste incessante mover de sombras e matizes que, assim como as fantásticas formas de nuvens lançam sobre as águas escurecendo-as num dia de vento, passam por nós para descer precipitadamente abaixo da linha firme de um horizonte implacável, devemos nos voltar para o espírito nacional, que superior em sua força e continuidade à boa ou má fortuna, somente ele nos pode dar o sentimento de uma existência duradoura e de um poder invencível contra os fados.

Como um sutil e misterioso elixir derramado na argila perecível de gerações sucessivas, ele cresce em verdade, esplendor e potência com a

O Espelho do Mar

marcha dos séculos. Em seu fluir incorruptível por toda a superfície da terra, ele preserva da decadência e do esquecimento da morte a grandeza de nossos grandes homens, e, entre eles, a apaixonada e terna grandeza de Nelson, cujo gênio, na fé de um bravo marinheiro e ilustre Almirante, tinha a qualidade de "exaltar a glória de nossa nação".

UM REGISTRO PESSOAL

Algumas Reminiscências

NOTA DO AUTOR

O relançamento deste livro em novo formato dispensa, estritamente falando, um novo Prefácio. Mas como este é inconfundivelmente um espaço para observações pessoais, aproveito a oportunidade para me referir, nesta Nota do Autor, a dois pontos levantados em algumas declarações a meu respeito que venho observando ultimamente na imprensa.

Um deles diz respeito à questão da língua. Sempre me senti um tanto observado como um fenômeno, situação esta que, fora do mundo do circo, não se pode dizer invejável. É preciso ter um temperamento especial para se congratular com o fato de ser capaz de realizar, intencionalmente, coisas excêntricas, e, por assim dizer, por mera vaidade.

O fato de não escrever em minha língua nativa tem sido freqüentemente mencionado, é claro, em análises e comentários sobre meus diversos trabalhos e nos artigos críticos mais extensos. Imagino que isso seria inevitável; e na verdade, tais comentários foram dos mais lisonjeiros para a vaidade. Quanto a isso, porém, não tenho qualquer vaidade a ser lisonjeada. Não poderia tê-la. A primeira intenção desta nota é rejeitar qualquer mérito que possa ter existido num ato de deliberada intenção.

De certa forma, disseminou-se a impressão de eu ter feito uma escolha entre duas línguas, o francês e o inglês, ambas estrangeiras para mim. É um equívoco. Creio que se originou de um artigo escrito por Sir Hugh Clifford e publicado no ano de 98, me parece, do século passado. Algum tempo antes, Sir Hugh Clifford viera me visitar. Ele é, se não o primeiro, um dos dois primeiros amigos que meu trabalho me rendeu, o outro sendo o Sr. Cunninghame Graham que, caracteristicamente, tinha sido cativado por meu conto "A guarda avançada do progresso". Conto essas amizades, que duram até hoje, entre meus mais preciosos bens.

O Sr. Hugh Clifford (ele ainda não havia sido condecorado) acabara de publicar seu primeiro volume de esboços malaios. Naturalmente fiquei muito contente em vê-lo e infinitamente grato pelas coisas amáveis que encontrou para dizer sobre meus primeiros livros e alguns de meus primeiros contos, cuja ação se passava no Arquipélago Malaio. Lembro-me de que, depois de dizer muitas coisas que me devem ter feito corar até a raiz dos cabelos com a modéstia ultrajada, ele concluiu dizendo, com a firmeza amável mas inflexível de um homem afeito a dizer verdades impalatáveis inclusive a potentados orientais (para seu próprio bem, certamente), que, na verdade, eu não sabia nada sobre os malaios. Eu estava perfeitamente consciente disto. Nunca pretendera ter esse conhecimento e fui levado — até hoje me espanta minha impertinência — a retorquir: "Claro que não sei nada sobre malaios. Se soubesse um centésimo do que você e Frank Swettenham sabem sobre eles, prenderia a atenção de todo mundo". Ele ficou me olhando amavelmente (mas sério) e então caímos na gargalhada. Durante essa agradável visita há vinte anos, da qual me lembro tão bem, conversamos sobre muitas coisas; as características de várias línguas foi uma delas, e foi naquele dia que meu amigo saiu com a impressão de que eu fizera uma escolha deliberada entre o francês e o inglês. Posteriormente, quando, levado por sua amizade (que não era uma palavra vazia para ele), escreveu um estudo para a *North American Review* sobre Joseph Conrad, transmitiu essa impressão ao público. A culpa desse mal-entendido, pois outra coisa não é, seguramente foi minha. Devo ter-me expressado mal numa conversa amigável e íntima, quando não se presta muita atenção às próprias palavras. Minha lembrança do que pretendia dizer é: *se tivesse a necessidade* de fazer uma escolha entre as duas, e embora soubesse francês muito bem e estivesse familiarizado com esta língua desde a infância, teria tido medo de tentar me expressar numa língua tão perfeitamente "cristalizada". Esta, creio, foi a palavra que usei. Em seguida, passamos para outros assuntos. Tive que lhe contar um pouco sobre mim; e o que ele contou sobre seu trabalho no Leste, seu Leste particular do qual eu só tinha um curto e nebuloso vislumbre, foi do mais absorvente interesse. O atual governador da Nigéria pode não se lembrar daquela conversa tão bem quanto eu, mas tenho a certeza de que ele não se importará com isto, que em linguagem diplomática se chama "retificação" de uma declaração feita a ele por um obscuro escritor que sua generosa benevolência o levara a procurar e tornar seu amigo.

A verdade dos fatos é que minha faculdade de escrever em inglês é tão natural quanto qualquer outra aptidão com que possa ter nascido. Tenho um estranho e avassalador sentimento de que ela tem sido, continuamente, uma parte inerente a mim. O inglês não foi, para mim, uma questão de escolha nem de adoção. A mera idéia de escolha jamais me passou pela cabeça. E quanto à adoção — bem, de fato, houve uma adoção; mas fui eu

Nota do Autor

o adotado pelo gênio da língua que, mal saíra eu do estágio de gagueira, incorporou-se a mim tão completamente que seus próprios modos peculiares de expressão tiveram, acredito, uma ação direta sobre meu temperamento e moldaram meu caráter ainda plástico.

Foi uma influência muito profunda e, por isso mesmo, misteriosa demais para se explicar. A tarefa seria tão impossível quanto tentar explicar o amor à primeira vista. Havia algo nessa conjunção de exultação, de reconhecimento quase físico, o mesmo tipo de sujeição emocional e o mesmo orgulho de posse, tudo unido no encanto de uma grande descoberta; mas não houve aí nada daquela sombra de dúvida atemorizante que desce sobre a chama de nossas paixões perecíveis. Estava perfeitamente claro que esta era para sempre.

Questão de descoberta e não de herança, essa mesma inferioridade do título torna a faculdade ainda mais preciosa, coloca seu possuidor na obrigação vitalícia de se manter digno de sua grande fortuna. Isto me soa como uma explicação, porém — tarefa que acabo de declarar impossível. Se na ação podemos admitir, com admiração, que o Impossível recua diante do espírito indômito dos homens, o Impossível, em matéria de análise, vai sempre opor resistência em um ou outro ponto. Tudo que posso alegar depois desses anos todos de prática devotada, com a angústia acumulada de suas dúvidas, imperfeições e hesitações em meu peito, é o direito de merecer crédito quando digo que, se não tivesse escrito em inglês, não teria absolutamente escrito.

A outra observação que gostaria de fazer aqui é também uma retificação, mas de caráter menos direto. Não tem nada a ver com o meio de expressão. Refere-se à questão de minha criação literária de outra maneira. Não cabe a mim criticar meus juízes, quando menos porque sempre achei que eu estava recebendo mais do que justiça de suas mãos. Mas guardo a impressão de que seu interesse, infalivelmente simpático, atribuiu a influências raciais e históricas muito do que, a meu ver, concerne simplesmente ao indivíduo. Nada é mais estranho ao temperamento polonês, com sua tradição de autonomia governamental, sua visão cavalheiresca dos condicionamentos morais e um exagerado respeito aos direitos individuais, do que aquilo que se chama, no mundo literário, de eslavismo: para não falar do importante fato de que a mentalidade polonesa como um todo, por natureza, Ocidental, foi instruída por Itália e França e sempre se manteve historicamente simpática às correntes mais liberais do pensamento europeu, mesmo em questões religiosas. Uma visão imparcial da humanidade em todos seus graus de esplendor e mistério, juntamente com uma consideração especial em relação aos direitos dos

Um Registro Pessoal

desprivilegiados desta terra, não em qualquer base mística mas com base na simples camaradagem e na honrosa reciprocidade de serviços, foram a característica dominante da atmosfera mental e moral dos lares que abrigaram minha atribulada infância: questões de tranqüila e profunda convicção, duradouras e consistentes, e, tanto quanto possível, afastadas daquele humanitarismo que parece ser mera questão de desequilíbrio nervoso ou consciência mórbida.

Um de meus críticos mais compassivos tentou avaliar certas características de minha obra pelo fato de eu ser, em suas palavras, "filho de um Revolucionário". Nenhum epíteto poderia ser menos aplicável a um homem com um senso de responsabilidade tão forte no plano das idéias e da ação, e tão indiferente aos apelos da ambição pessoal, quanto meu pai. Aplicar a descrição "revolucionário", como se faz em toda Europa, aos levantes poloneses de 1831 e 1863 é coisa que não consigo realmente entender. Esses levantes foram puras revoltas contra a dominação estrangeira. Os próprios russos os chamaram de "rebeliões", o que, de seu ponto de vista, era a perfeita expressão da verdade. Entre os participantes dos antecedentes do movimento de 1863, meu pai não foi mais revolucionário do que os outros, no sentido de trabalhar pela subversão de qualquer esquema social ou político de existência. Ele era simplesmente um patriota, no sentido de alguém que, acreditando na espiritualidade de uma entidade nacional, não podia suportar a visão desse espírito escravizado.

Convocada publicamente numa amável tentativa de justificar o trabalho do filho, essa figura de meu passado não pode ser descartada sem algumas palavras mais. Em criança, é claro, eu pouco sabia das atividades de meu pai, pois sequer atingira os doze anos quando ele morreu. O que vi com meus próprios olhos foi o funeral público, as ruas desimpedidas, as multidões silenciosas; mas compreendi perfeitamente que aquilo era uma manifestação do espírito nacional aproveitando uma ocasião propícia. Aquela massa de trabalhadores com a cabeça descoberta, jovens universitários, mulheres nas janelas, escolares nas calçadas não poderiam ter conhecido nada de positivo a seu respeito exceto a fama de sua fidelidade à principal emoção norteadora de seus corações. Eu mesmo tive apenas esse entendimento; e essa grande demonstração silenciosa pareceu-me o tributo mais natural do mundo — não ao homem, mas à Idéia.

O que mais me impressionou intimamente foi a queima de seus manuscritos, mais ou menos uma quinzena antes de sua morte. Foi executada sob sua própria supervisão. Aconteceu de eu ir até seu quarto

Nota do Autor

um pouco mais cedo que o usual, naquela noite, e ficar desapercebido observando a irmã-enfermeira alimentar o fogo da lareira. Meu pai estava sentado numa poltrona de espaldar alto, recostado em travesseiros. Esta foi a última vez em que o vi fora da cama. Seu aspecto me pareceu o de um homem não tão desesperadamente doente quanto mortalmente esgotado — um homem derrotado. Aquele ato de destruição afetou-me profundamente por seu ar de rendição. Não diante da morte, porém. Para alguém com uma fé tão poderosa, a morte não deve ter sido uma inimiga.

Durante muitos anos, acreditei que cada rabisco de seus escritos havia sido queimado, mas em julho de 1914, o Bibliotecário da Universidade de Cracóvia, visitando-me durante nossa curta estada na Polônia, mencionou a existência de alguns manuscritos de meu pai e, especialmente, de uma série de cartas escritas, antes e durante seu exílio, a seu amigo mais íntimo, que as enviara à Universidade para serem preservadas. Fui imediatamente à Biblioteca, mas só tive tempo de dar uma olhada. Pretendia voltar no dia seguinte e obter cópias da correspondência toda. No dia seguinte, porém, veio a guerra. Assim, talvez, eu jamais venha a saber o que ele escreveu a seu amigo mais íntimo na época de sua felicidade doméstica, de sua paternidade recente, de suas vigorosas esperanças — e posteriormente, de suas horas de desilusão, desolação e tristeza.

Eu imaginara também que ele havia sido completamente esquecido quarenta e cinco anos depois de sua morte. Não foi esse o caso. Alguns jovens literatos o haviam descoberto, a maioria como um notável tradutor de Shakespeare, Victor Hugo e Alfred de Vigny, para cujo drama *Chatterton*, traduzido por ele, havia escrito um eloqüente prefácio defendendo a profunda humanidade do poeta e seu ideal de nobre estoicismo. O lado político de sua vida também vinha sendo lembrado, pois alguns homens de seu tempo, seus companheiros de trabalho na tarefa de manter elevado o espírito nacional na esperança de um futuro independente, estavam, em sua velhice, publicando memórias onde expunham publicamente, pela primeira vez, a parte por ele desempenhada. Fiquei sabendo então de aspectos de sua vida que nunca soubera, coisas que, fora do grupo dos iniciados, não poderiam ser conhecidas de nenhum vivente exceto minha mãe. Foi assim que, de um livro de memórias póstumas abordando aqueles anos amargos, fiquei sabendo que o primeiro princípio do Comitê Nacional secreto visando organizar uma resistência moral ao aumento da pressão da russificação surgiu por iniciativa de meu pai, e que as primeiras reuniões foram realizadas em nossa casa de Varsóvia, da qual tudo que me lembro distintamente é uma sala, branca e carmesim, provavelmente a sala de visitas. Numa de suas paredes havia a mais imponente das arcadas. Para onde ela dava, permanece um mistério; mas, até hoje, não consigo me livrar da crença de que tudo aquilo tinha proporções enormes, e que as pessoas que entravam e saíam daquele imenso espaço tinham estatura maior que a normal da humanidade tal como a conheci posteriormente, ao longo da vida. Entre elas, lembro-me de minha mãe, uma figura mais familiar do que outras, trajando o preto do luto nacional em desafio à ferocidade dos regulamentos policiais. Preservei também, daquele particular período, a admiração por sua misteriosa gravidade que, na verdade, não carecia absolutamente de sorrisos. Pois me recordo também de seus sorrisos. Talvez, para mim, ela sempre conseguisse endereçar um sorriso. Ela era jovem então, certamente com menos de trinta. Morreu quatro anos depois, no exílio.

Nas páginas que se seguem, menciono a visita que fez à casa de seu irmão, cerca de um ano antes de sua morte. Falo também um pouco de meu pai tal como dele me recordo nos anos posteriores ao que foi para ele o golpe mortal de sua perda. E agora, tendo sido novamente evocadas para responder às palavras de um crítico compassivo, possam essas Sombras retornar a seu lugar de repouso, onde suas formas em vida ainda persistem, difusas mas pungentes, aguardando o momento em que sua etérea realidade, seus derradeiros vestígios na terra partirão definitivamente comigo para fora deste mundo.

J.C.
1919

UM PREFÁCIO FAMILIAR

Como regra geral, não carecemos de muito estímulo para falar de nós mesmos; no entanto, este pequeno livro é o resultado de uma amável sugestão e, inclusive, de uma pequena e amigável pressão. Defendi-me com algum vigor; mas com característica obstinação, a voz amiga insistiu, "Sabe, você realmente precisa".

Não era um argumento, mas submeti-me imediatamente. Se é preciso!...

É conhecida a força de uma palavra. Aquele que quiser persuadir deve colocar sua verdade, não no argumento certo, mas na palavra certa. O poder do som sempre foi maior que o poder do sentido. Não digo isso com intenção depreciativa. É melhor para a humanidade ser impressionável que reflexiva. Nada de humanamente grande — por grande entendo algo que afeta toda uma multidão de vidas — veio da reflexão. Por outro lado, não se pode deixar de perceber o poder de simples palavras; palavras como Glória, por exemplo, ou Compaixão. Não mencionarei mais nenhuma. Não é difícil encontrá-las. Clamadas com perseverança, com ardor, com convicção, essas duas, apenas com seu som, colocaram nações inteiras em movimento e subverteram o terreno seco e áspero onde repousa todo nosso tecido social. Há "virtude", se quiserem!... Evidentemente, é preciso atentar para o tom. O tom certo. Isto é muito importante. O vasto pulmão, as cordas vocais tonitruantes ou ternas. Não me venham com sua alavanca de Arquimedes. Ele era um distraído com imaginação matemática. A matemática merece todo meu respeito, mas não tenho uso para motores. Dai-me a palavra certa e o tom certo e moverei o mundo!

Que sonho para um escritor! Porque as palavras escritas também têm o seu tom. Sim! Que eu encontre a palavra certa! Ela certamente deve jazer em algum lugar entre os destroços de todos os lamentos e exultações despejados em voz alta desde o primeiro dia em que a esperança, a imperecível, desceu sobre a terra. Ela deve estar por aí, bem perto, desapercebida, invisível, bem à mão. Mas isto não resolve. Creio que há pessoas capazes de achar uma agulha num palheiro na primeira tentativa. Quanto a mim, nunca tive esta sorte.

Depois, há esse tom. Outra dificuldade. Quem vai dizer se o tom está certo ou errado até a palavra ser gritada e, não conseguindo ser ouvida, ser levada pelo vento, talvez, deixando o mundo inalterado? Houve uma vez um sábio Imperador que era uma espécie de homem de letras. Ele rascunhava, em tabuletas de marfim, pensamentos, máximas, reflexões que o acaso preservou para a edificação da posteridade. Entre outros ditos — estou citando de memória —, lembro-me desta solene advertência: "Que todas tuas palavras tenham o tom de verdade heróica". O tom de verdade heróica! Isto é ótimo, mas imagino que é fácil para um Imperador austero rabiscar conselhos grandiosos. A maioria das verdades operantes desta terra são humildes, não heróicas; e houve épocas da história da humanidade em que os tons de verdade heróica não a conduziram a outra coisa senão o ridículo.

Que ninguém espere encontrar entre as capas deste pequeno livro palavras de poder extraordinário ou tons de irresistível heroísmo. Por humilhante que seja para minha auto-estima, devo confessar que os conselhos de Marco Aurélio não me servem. Eles são mais apropriados a um moralista do que a um artista. Verdade de um tipo modesto posso lhes prometer, e também sinceridade. Esta completa, louvável sinceridade que, embora nos coloque nas mãos de nossos inimigos, provavelmente não nos colocará em conflito com nossos amigos.

"Conflito" talvez seja uma expressão forte demais. Não consigo imaginar, quer entre meus inimigos, quer entre os amigos, alguém tão desocupado a ponto de se desentender comigo. "Desapontar os amigos" estaria melhor posto. A maioria, a quase totalidade, das amizades de minha fase de escritor chegou-me através de meus livros; e sei que um romancista vive de seu trabalho. Ali está ele, única realidade de um mundo inventado, entre coisas, pessoas e acontecimentos imaginários. Escrevendo sobre eles, está apenas escrevendo sobre si mesmo. Mas a revelação não é completa. Ele permanece, em certa medida, uma figura por trás do véu; uma presença mais suspeitada do que vista — um movimento e uma voz por trás dos reposteiros da ficção. Nestas notas pessoais não há esse véu. E não posso deixar de pensar numa passagem da "Imitação de Cristo" em que o ascético autor, que tão profundamente conhecia a vida, diz que "há pessoas estimadas por sua reputação que, ao se revelarem, desfazem a opinião que se tinha a seu respeito". Este é o perigo que ronda um autor de ficção que decide falar de si próprio sem disfarces.

Quando essas páginas reminiscentes estavam saindo em série, fui

Um Prefácio Familiar

censurado por má economia; como se esse escrito fosse uma forma de desperdício auto-indulgente da matéria para futuros livros. Ao que parece, não sou literato o suficiente. Na verdade, alguém que não escreveu uma linha para ser impressa até os trinta e seis anos, não pode considerar sua vida e sua experiência a soma de seus pensamentos, sensações e emoções, suas lembranças e arrependimentos, e a plena posse de seu passado unicamente como material para suas mãos. Há três anos, quando publiquei *O Espelho do Mar*, um volume de impressões e lembranças, as mesmas observações me foram feitas. Observações práticas. Verdade seja dita, porém, nunca compreendi o tipo de economia que elas recomendam. Queria pagar meu tributo ao mar, seus navios e seus homens, de quem me sinto devedor pelo tanto que ajudaram a fazer de mim aquilo que sou. Aquela me pareceu a única forma com que poderia oferecê-lo a suas sombras. Não poderia haver nenhuma outra motivação em minha mente. É bem possível que eu seja um mau economista; mas com toda certeza sou incorrigível.

Tendo amadurecido nas cercanias do mar e sob as condições especiais da vida marítima, tenho uma especial devoção por aquela forma de meu passado; pois suas impressões foram vívidas, seu apelo direto, suas exigências de molde a serem atendidas com a natural exaltação da juventude e um vigor equivalente ao apelo. Nada havia nelas que pudesse desconcertar uma jovem consciência. Tendo rompido com minhas origens debaixo de uma tempestade de censuras vindas de todas as partes que se arrogavam a menor sombra de direito a emitir uma opinião, afastado por grandes distâncias daquelas afeições naturais que ainda me restavam e mesmo distanciado delas, em certa medida, pelo caráter totalmente ininteligível da vida que me seduziu tão misteriosamente para longe de meus laços, posso dizer, com toda segurança, que pela força cega das circunstâncias, o mar haveria de ser todo meu mundo, e o serviço na marinha mercante, meu único lar, por uma longa sucessão de anos. Não é de estranhar, portanto, que em meus dois livros exclusivamente marítimos — *O Negro do Narciso* e *O Espelho do Mar* (e nos poucos contos marítimos como "Juventude" e "Tufão") — eu tenha tentado, com o mais filial dos respeitos, exprimir a vibração da vida no grande mundo das águas, no coração dos homens simples que durante eras cruzaram suas solidões, e também naquela coisa sensível que parece habitar os navios — as criaturas de suas mãos e objetos de seus cuidados.

Na vida literária, é preciso amparar-se freqüentemente em lembranças e dialogar com as sombras, a menos que se queira escrever somente para recriminar a humanidade pelo que ela é, ou louvá-la pelo que não é, ou —

geralmente — ensinar-lhe como deve se comportar. Não sendo um contestador, ou bajulador, ou sábio, não fiz nenhuma dessas coisas e estou preparado para aceitar serenamente a mediocridade que se atribui a pessoas que não são, de uma forma ou de outra, intrometidas. Resignação não é o mesmo que indiferença, porém. Não gostaria de ser deixado como mero espectador à margem da grande corrente que tantas vidas conduz. Me satisfaria reivindicar a faculdade de toda percepção intuitiva que puder se manifestar numa expressão de simpatia e compaixão.

Para uma parte da crítica autorizada, ao que parece, sou suspeito de uma certa aceitação inflexível, desapaixonada dos fatos — aquilo que os franceses chamariam *sécheresse du coeur*. Quinze anos de silêncio ininterrupto diante dos elogios ou censuras atestam suficientemente meu respeito pela crítica, esta fina flor da expressão pessoal no jardim das letras. Mas isto tem um caráter mais pessoal, atingindo o homem por trás da obra, e pode ser abordado, portanto, num livro que é uma nota pessoal à margem da página pública. Não que me sinta minimamente magoado. A acusação — se chegou a ser uma acusação, afinal — foi feita nos termos mais atenciosos; em tom de pesar.

Minha resposta é que, se é verdade que todo romance contém um elemento autobiográfico — e isto dificilmente pode ser negado, já que o criador só pode expressar a si mesmo em sua criação —, há alguns de nós para quem uma exposição franca de sentimentos é repugnante. Eu não louvaria indevidamente a virtude da contenção. Com muita freqüência, ela é meramente temperamental. Mas nem sempre é um sinal de frieza. Pode ser orgulho. Não pode haver nada mais humilhante do que ver a seta de nossas emoções errar o alvo do riso ou das lágrimas. Nada mais humilhante! E isto porque, se o alvo não for atingido, se a exposição franca da emoção não conseguir comover, então ela inevitavelmente perecerá em aversão e escárnio. Nenhum artista pode ser recriminado por recuar de um risco a cujo encontro apenas os tolos correm e que só gênios ousam enfrentar impunemente. Numa tarefa que consiste principalmente em desnudar mais ou menos a própria alma para o mundo, o respeito pela decência, mesmo ao custo do sucesso, é apenas o respeito pela própria dignidade que está inseparavelmente unida à dignidade da própria obra.

E mais, é muito difícil ser integralmente alegre ou integralmente triste nesta terra. O cômico, quando é humano, logo se cobre de uma faceta de dor; e algumas de nossas tristezas (algumas somente, não todas, pois é a capacidade de sofrer que torna o homem digno aos olhos dos outros) têm sua origem em fraquezas que devem ser reconhecidas com sorridente compaixão como o legado comum de todos nós. Alegria e tristeza

Um Prefácio Familiar

convertem-se uma na outra neste mundo, misturando suas formas e seus murmúrios no crepúsculo da vida, misteriosas como um oceano encoberto, ao passo que o brilho ofuscante das esperanças supremas fica distante, fascinante e estático, na longínqua linha do horizonte.

Sim! Também eu gostaria de brandir a varinha de condão dando aquele comando aos risos e às lágrimas que se declara ser a mais alta realização da literatura imaginativa. Acontece que, para ser um grande mágico, a pessoa deve se render a poderes ocultos e irresponsáveis, tanto externos quanto internos a seu peito. Já ouvimos falar de homens simples vendendo suas almas, por amor ou poder, a algum diabo grotesco. A inteligência mais singela pode perceber, sem muita reflexão, que qualquer coisa desse gênero está condenada a ser uma barganha tola. Não reivindico alguma sabedoria particular por minha aversão e desconfiança de tais transações. Talvez seja meu treinamento marítimo agindo sobre uma disposição natural de agarrar com firmeza aquilo que é realmente meu, mas o fato é que tenho um decidido horror de perder, mesmo por um momento passageiro, aquela plena posse de minhas faculdades, que é a primeira condição de um bom serviço. E carreguei a noção de bom serviço de minha existência anterior para a seguinte. Eu, que nunca busquei na palavra escrita algo mais do que uma forma do Belo, trouxe comigo aquele artigo do credo dos tombadilhos dos navios para o espaço mais circunscrito de minha escrivaninha, e por esse ato, suponho, tornei-me permanentemente imperfeito aos olhos da inefável companhia dos puros estetas.

Na atividade literária, tanto quanto na atividade política, conquistam-se adeptos principalmente pela paixão dos próprios preconceitos e o consistente estreitamento da própria perspectiva. Mas nunca fui capaz de amar o que não era amável; ou odiar o que não era odiável por deferência a algum princípio geral. Se alguma coragem, há em fazer essa admissão, não sei. Tendo cruzado a metade do percurso da vida, avaliamos riscos e alegrias com a mente tranqüila. Assim, prossigo em paz ao declarar que sempre desconfiei de um degradante toque da insinceridade na tentativa de pôr em jogo emoções extremas. Para comover profundamente os outros, devemos deliberadamente nos deixar conduzir para além das fronteiras de nossa sensibilidade normal — com suficiente inocência, talvez, e por necessidade, como um ator que eleva sua voz no palco acima do tom de uma conversa natural — mas ainda assim devemos fazê-lo. E seguramente isto não é um grande pecado. Mas o perigo reside no escritor, vítima de seu próprio exagero, perder a noção exata de sinceridade e, ao fim, desprezar a própria verdade como algo excessivamente frio e moderado para seus fins — como algo insuficientemente bom para sua insistente emoção. De risos e lágrimas é fácil cair-se em choradeiras e casquinadas.

Essas considerações podem parecer egoístas, mas não se pode condenar moralmente num homem o zelo pela própria integridade. Este é seu claro dever. E menos ainda se pode condenar um artista que persegue, ainda que com humildade e imperfeição, uma meta criativa. Naquele mundo interior em que seus pensamentos e emoções saem à procura da experiência de aventuras imaginadas, não há nenhum policial, nenhuma lei, nenhuma pressão de circunstâncias ou pavor da opinião pública para conservá-lo dentro de limites. Quem se não sua própria consciência irá dizer "Não" a suas tentações?

E além disso — este, lembremos, é o lugar e o momento da conversa totalmente franca —, creio que todas as ambições são justas exceto as que tripudiam sobre as misérias e credulidades da humanidade. Todas as ambições artísticas e intelectuais são permissíveis, até e mesmo além do limite da sanidade mental prudente. Elas não podem ferir ninguém. Se forem insanas, tanto pior para o artista. Na verdade, como se diz da virtude, essas ambições são sua própria recompensa. Será uma presunção muito louca acreditar no poder soberano da própria arte, tentar, por outros meios, por outros caminhos, afirmar essa crença no apelo mais profundo do próprio trabalho? Tentar ir mais fundo não é ser insensível. Um historiador de corações não é um historiador de emoções, mas ele vai mais fundo, por mais contido que seja, pois seu objetivo é atingir a fonte mesma do riso e das lágrimas. A visão dos assuntos humanos merece admiração e compaixão. Eles também merecem respeito. E não é insensível quem lhes paga o tributo reservado de um suspiro que não é um soluço, e de um sorriso que não é um arreganho. Resignação, não mística, não desligada, mas resignação de olhos abertos, consciente e informada por amor, é o único de nossos sentimentos para o qual é impossível nos tornarmos um logro.

Não que eu considere a resignação como a última palavra de sabedoria. Sou criatura demais de meu tempo para isso. Mas penso que a sabedoria correta é desejar o que os deuses desejam, sem talvez estar certo de qual é seu desejo — ou mesmo se eles têm um desejo próprio. E nesta questão de vida e de arte importa menos para nossa felicidade o "Porquê" do que o "Como". Como dizia o francês, *"Il y a toujours la manière"*. Muito verdadeiro. Sim. Há uma maneira. A maneira no riso, nas lágrimas, na ironia, nas indignações e entusiasmos, nos julgamentos — e até mesmo no amor; a maneira com que, como nas feições e caráter de um rosto humano, a verdade interior é perscrutada por aqueles que sabem olhar para sua espécie.

Um Prefácio Familiar

Aqueles que me lêem conhecem minha convicção de que o mundo, o mundo temporal, repousa em algumas idéias muito simples; tão simples que devem ser tão velhas quanto as montanhas. Ele repousa especialmente, entre outras, na idéia de Fidelidade. Numa época em que nada que não seja de alguma forma revolucionário pode esperar atrair muita atenção, não tenho sido revolucionário em meus escritos. O espírito revolucionário é fortemente conveniente no sentido de que nos liberta de todos os escrúpulos no tocante às idéias. Seu otimismo absoluto, inflexível, é repulsivo à minha mente pela ameaça de fanatismo e intolerância que contém. Certamente se poderia sorrir dessas coisas; mas, Esteta imperfeito, não sou melhor Filósofo. Todo apelo a uma retidão especial desperta em mim aquele desprezo e aquela cólera que não deveriam habitar um espírito filosófico...

Temo que, tentando ser familiar, só tenha conseguido ser indevidamente discursivo. Nunca fui muito familiarizado com a arte da conversação — essa arte que, tal como a entendo, supostamente se perdeu. Meus primeiros tempos, tempos em que se formam os hábitos e o caráter de uma pessoa, foram bastante familiarizados com longos silêncios. As vozes que os penetravam eram tudo menos familiares. Não. Não adquiri o hábito. Mas essa discursividade não é tão irrelevante para o punhado de páginas que se segue. Elas também têm sido acusadas de discursividade, de desrespeito pela ordem cronológica (o que, em si, é um crime), de inconvencionalidade formal (o que é uma impropriedade). Disseram-me severamente que o público receberia com desagrado o caráter informal de minhas recordações. "Puxa!", protestei suavemente. "Poderia ter começado com as palavras sacramentais 'Nasci em tal data e em tal lugar'? A lonjura do lugar teria retirado todo interesse da afirmação. Não vivi aventuras maravilhosas para serem relatadas *seriatim*. Não conheci homens ilustres a quem pudesse atribuir tolas observações pessoais. Não estive metido em casos notáveis ou escandalosos. Isto é apenas uma peça de documento psicológico, e mesmo assim, não o escrevi com o intuito de apresentar alguma conclusão própria."

Mas meu opositor não foi aplacado. Estas seriam boas razões para não se escrever nada — e não uma defesa do que já está escrito, disse ele.

Reconheço que quase tudo, tudo no mundo, seria um bom motivo para não se escrever nada. Mas como já as escrevi, tudo que desejo dizer em sua defesa é que essas memórias, registradas sem o menor respeito por convenções estabelecidas, não foram criadas sem método nem propósito. Elas carregam sua esperança e seu objetivo. A esperança de que da leitura dessas páginas possa emergir finalmente a visão de uma personalidade; o homem por trás de livros tão essencialmente distintos como, por exemplo, *A Loucura de Almayer* e *O Agente Secreto*, e ainda assim uma personalidade coerente, justificável, tanto em sua origem quanto em seus atos. Esta é a esperança. O objetivo imediato, intimamente associado à esperança, é recordar lembranças pessoais apresentando fielmente os sentimentos e as sensações relacionados com a composição de meu primeiro livro e meu primeiro contato com o mar.

Na ressonância deliberadamente combinada desse duplo esforço, um amigo aqui ou ali talvez descubra um acorde sutil.

J.C.K.

UM REGISTRO PESSOAL

I

Livros podem ser escritos em toda sorte de lugar. A inspiração verbal pode chegar na cabine de um marinheiro a bordo de um navio preso no gelo no meio de uma cidade; e assim como se imagina que os santos protegem os humildes devotos, rendo-me à agradável fantasia de que a sombra do velho Flaubert — que se imaginava (entre outras coisas) um descendente dos vikings — pode ter pairado com divertido interesse sobre o convés de um vapor de 2.000 toneladas chamado *Adowa*, a bordo do qual, preso pelo inverno inclemente ao lado de um cais em Rouen, iniciei o décimo capítulo de *A Loucura de Almayer*. Digo com interesse, pois não foi o doce gigante normando de enormes bigodes e voz trovejante o último dos Românticos? Não foi ele, em sua indescritível, quase ascética devoção a sua arte, uma espécie de santo ermitão literário?

"Enfim ele se pôs, disse Nina a sua mãe, apontando para as colinas onde o Sol se deitara"... Lembro-me de ter rabiscado essas palavras da romântica filha de Almayer no papel cinzento de um bloco pousado sobre a colcha de meu leito. Referiam-se a um pôr-do-sol nas Ilhas Malaias, e tomaram forma em minha mente em meio a uma alucinada visão de florestas, rios e mares, muito distante de uma cidade comercial, e no entanto romântica, do hemisfério norte. Mas naquele momento, a predisposição para visões e palavras foi interrompida pelo terceiro oficial, jovem caloroso e imprevisível, que entrou batendo a porta e exclamando: "Que calorzinho gostoso você arranjou por aqui".

Estava quente. Eu havia ligado o aquecedor a vapor depois de colocar uma lata por baixo da válvula de água que pingava — pois talvez vocês não saibam que por onde não sai o vapor, a água vaza. Não imagino o que estaria fazendo meu jovem amigo no tombadilho naquela manhã, mas as mãos que ele esfregava vigorosamente estavam muito vermelhas, deixando-me enregelado só de vê-las. Ele acabou sendo o único tocador

Um Registro Pessoal

de banjo que conheci, e como era também o filho caçula de um coronel aposentado, o poema de Kipling[1], por estranha aberração das associações de idéias, sempre me pareceu ter sido escrito tendo em vista exclusivamente a sua pessoa. Quando não estava tocando o banjo, gostava de ficar sentado olhando para ele. Deixou-se ficar, pois, nessa inspeção sentimental, e depois de meditar um instante sobre as cordas silenciosamente observado por mim, perguntou alegremente:

"O que é que você está sempre rabiscando aí, se posso perguntar?"

Era uma pergunta muito direta, mas não lhe respondi e simplesmente virei o bloco para baixo num movimento instintivo de reserva: não lhe poderia ter dito que havia afugentado a psicologia de Nina Almayer, sua fala de abertura no décimo capítulo e as sábias palavras da Sra. Almayer que a deveria seguir na fatídica aproximação de uma noite tropical. Não lhe poderia ter contado que Nina dissera: "Ele finalmente se pôs". Ele teria ficado extremamente surpreso e talvez deixasse cair seu precioso banjo. Também não lhe poderia ter dito que o sol de minha vida marítima também estava se pondo, mesmo enquanto escrevia palavras que expressavam a impaciência da juventude apaixonada subjugada por seu desejo. Eu próprio não o sabia, e é mais seguro dizer que ele não teria se importado, embora fosse um excelente rapaz e me tratasse com maior deferência que nossas posições hierárquicas exigiam.

Ele deitou um olhar terno em seu banjo e ficou espiando pela vigia. A abertura redonda emoldurava em seu aro de latão um fragmento do cais com uma carreira de tonéis sobre o piso congelado e a traseira de uma grande carroça. Um carroceiro de nariz rubicundo, trajando um blusão e um barrete de lã, recostava-se na roda. Um guarda alfandegário caminhava a esmo, cingido em seu capote azul, parecendo deprimido pela exposição ao tempo e pela monotonia de sua vida profissional. O fundo de casas encardidas encontrou um lugar no quadro emoldurado por minha vigia, do outro lado de um largo passeio de cais pavimentado, com a cor pardacenta da lama congelada. A coloração era sombria, e o elemento mais notável, um pequeno *café* com janelas acortinadas e fachada miserável de madeira branca, condizia com a esqualidez dos bairros pobres que margeiam o rio. Fôramos trazidos para ali de um outro ancoradouro nas vizinhanças da Casa da Ópera, onde aquela mesma vigia proporcionava a vista de um *café* de tipo bem diferente — o melhor da cidade, acredito, e o mesmo onde o honrado Bovary e sua esposa, a romântica filha do

---

1) O poema *"The song of the banjo"* da coletânea *The Seven Seas* de Rudyard Kipling.

velho Père Renault, se refrescaram, depois da memorável encenação de uma ópera que era a trágica história de Lucia de Lammermoor, num ambiente com música festiva.

Não pude mais recordar a alucinação do Arquipélago Oriental que certamente esperava rever. A história de *A Loucura de Almayer* foi posta de lado, debaixo do travesseiro, naquele dia. Não sei se alguma ocupação me manteve afastado dela; o fato é que, a bordo daquele navio, estávamos levando, até então, uma vida contemplativa. Nada direi sobre minha posição privilegiada. Estava ali "de favor", como um ator famoso faria um pequeno papel na apresentação beneficente de um amigo.

No que toca a meus sentimentos, não gostaria de estar naquele vapor naquele momento e naquelas circunstâncias. E talvez eu nem mesmo fosse necessário ali, no sentido usual em que um navio "necessita" de um oficial. Foi a primeira e última ocasião de minha vida marítima em que servi a armadores que permaneceram totalmente desconhecidos para mim. Não me refiro à conhecida firma de armadores londrinos que fretaram o navio para a, não direi fugaz mas efêmera, Franco-Canadian Transport Company. Todo morto deixa alguma coisa para trás, mas nunca houve alguma coisa tangível deixada pela F.C.T.C. Seu florescimento não durou mais do que o de uma rosa, mas, diferentemente das rosas, ela se abriu no auge do inverno, exalou um tênue perfume de aventura e morreu antes da chegada da primavera. Mas era inquestionavelmente uma companhia, e tinha inclusive um estandarte, todo branco com as letras F.C.T.C. artisticamente entrelaçadas num complicado monograma. Nós o hasteamos no mastaréu de nosso mastro principal, e agora percebo que era o único estandarte existente daquele tipo. De qualquer forma, nós a bordo tivemos, por muitos dias, a impressão de fazer parte de uma grande frota com partidas quinzenais para Montreal e Quebec, como se anunciava em panfletos e prospectos que chegaram a bordo num grande pacote, na Doca Victoria, em Londres, pouco antes de partirmos para Rouen, em França. E na vida obscura da F.C.T.C. reside o segredo daquilo que, no último emprego de que me lembro, num sentido remoto, interrompeu o desenvolvimento compassado da história de Nina Almayer.

O então secretário da Sociedade dos Capitães Navais de Londres, com seus modestos escritórios na Rua Fenchurch, era pessoa infatigavelmente ativa com a maior devoção a seu serviço. Ele foi responsável por minha última associação com um navio. Chamo-a assim porque dificilmente a poderia chamar de experiência marítima. O prezado Capitão Froud — impossível não lhe render o tributo de afetuosa familiaridade a esta distância no tempo — tinha opiniões muito sólidas sobre o progresso do

Um Registro Pessoal

conhecimento e do *status* de todo o corpo de oficiais da marinha mercante. Ele organizava cursos com palestras de profissionais para nós, aulas no hospital St. John, correspondia-se industriosamente com órgãos públicos e membros do Parlamento sobre temas relacionados aos interesses do serviço; e quando se aproximava algum inquérito ou comissão relacionados com assuntos do mar e o trabalho de marinheiros, era uma tremenda sorte contar com sua necessidade de se pronunciar em nosso favor. Juntamente com este alto senso de seus deveres oficiais, tinha em si a vocação para a bondade pessoal, uma forte disposição para fazer todo bem que pudesse a membros individuais daquela gente de quem, em seu tempo, havia sido um excelente capitão. E que maior gentileza se pode fazer a um marinheiro que colocá-lo em condições de arranjar emprego? O Capitão Froud não via por que a Sociedade dos Capitães Navais, além da defesa de nossos interesses, não podia ser, extra-oficialmente, uma agência de emprego do mais alto interesse da categoria.

"Estou tentando persuadir a todas nossas grandes empresas proprietárias de nos procurarem para equipar seus navios. Não há nenhum espírito corporativo em nossa sociedade e realmente não vejo por que elas não deveriam", disse-me ele, certa vez. "Sempre tenho dito aos capitães, também, que nas mesmas condições, eles deveriam dar preferência aos membros da sociedade. Em minha posição, geralmente posso encontrar para eles o que precisam entre nossos membros e nossos associados."

Em minhas andanças por Londres, de Oeste para Leste e de volta (eu estava perfeitamente ocioso, então), as duas salinhas na Rua Fenchurch eram uma espécie de retiro onde meu espírito, ansioso pelo mar, podia sentir-se mais perto dos navios, dos homens e da vida de sua escolha — mais perto ali do que em qualquer outro ponto de terra firme. Este retiro costumava se encher de homens e fumaça de tabaco às cinco da tarde, mas o Capitão Froud tinha a saleta menor para si, e ali concedia entrevistas privadas com o objetivo maior de prestar serviço. Assim, em certa tarde escura de novembro, ele convidou-me a entrar com um gesto de dedo e aquele curioso olhar por cima dos óculos que talvez seja minha mais forte recordação física do homem.

"Esteve aqui um capitão esta manhã", disse ele, voltando a sua escrivaninha e indicando-me uma cadeira, "que está precisando de um oficial. É para um vapor. Você sabe, nada me agrada mais do que ser procurado, mas infelizmente não vejo muito bem..."

Como a sala externa estava cheia de homens, lancei um olhar inquisidor para a porta fechada, mas ele abanou a cabeça.

Um Registro Pessoal

"Ó, sim, eu deveria ficar muito satisfeito de conseguir aquele posto para um deles. Mas a verdade é que o capitão desse navio quer um oficial que possa falar francês fluentemente, e isto não é muito fácil de encontrar. Eu mesmo não conheço ninguém exceto você. É um posto de segundo oficial, e, é claro, você não se importaria... importaria? Sei que não é o que você está procurando."

Não era. Tinha me entregado à ociosidade de um homem perseguido por lembranças que outra coisa não procura senão as palavras para captar suas impressões. Mas admito que externamente eu parecia alguém capaz de ocupar um posto de segundo oficial num vapor fretado por uma companhia francesa. Não exibia nenhum sinal de estar sendo perseguido pelo destino de Nina e os murmúrios de florestas tropicais; mesmo meu relacionamento íntimo com Almayer (pessoa de caráter fraco) não deixara uma marca visível em minhas feições. Durante anos, ele e o mundo de sua história haviam sido os companheiros de minha imaginação sem, eu espero, prejudicar minha capacidade de lidar com as realidades da vida marítima. Eu tivera o homem e seus ambientes comigo desde minha volta dos mares orientais, cerca de quatro anos antes do dia a que me refiro.

Foi na sala de visita de um apartamento mobiliado da praça Pimlico que eles começaram a reviver com uma vivacidade e pungência muito estranhas a nosso relacionamento direto anterior. Preparando-me para uma longa estadia em terra e precisando ocupar minhas manhãs, Almayer (o velho conhecido) veio nobremente em minha salvação. Pouco tempo depois, apenas o necessário, sua mulher e filha juntaram-se a ele ao redor de minha mesa, e depois, chegou o resto daquele bando de Pantai[2] cheio de gestos e palavras. Às escondidas de minha respeitável hospedeira, costumava realizar animadas recepções com malaios, árabes e mestiços depois do café da manhã. Eles não clamavam minha atenção em voz alta. Chegavam com um apelo silencioso e irresistível — e o apelo, posso agora afirmar, não era a meu amor próprio ou minha vaidade. Parece-me, agora, ter tido um caráter moral, pois de que outro modo a memória desses seres, vistos em sua obscura existência banhada pelo sol, exigiria se expressar na forma de uma novela, exceto por aquele misterioso companheirismo que une, numa comunidade de medos e esperanças, todos os habitantes desta terra?

Não recebia meus visitantes com alvoroçado enlevo como os portadores de recompensas de lucro ou de fama. Não tinha a menor visão de um livro

---

2) Rio em cujas margens se passa a maioria das ações de *A Loucura de Almayer.*

Um Registro Pessoal

impresso quando me sentava, escrevendo, àquela mesa, num canto decadente de Belgravia[3]. Depois de todos esses anos, cada um deles deixando sua evidência de páginas lentamente escurecidas, posso honestamente dizer que é um sentimento vizinho à piedade que me levava a colocar, em palavras reunidas com consciencioso cuidado, a memória de coisas muito distantes e de homens que passaram.

Mas, voltando ao Capitão Froud e sua idéia fixa de nunca desapontar donos ou capitães de navios, não era provável que eu lhe faltasse em sua ambição — satisfazer, poucas horas depois da informação recebida, o invulgar pedido de um oficial capaz de falar francês. Ele me explicou que o navio fora fretado por uma companhia francesa que pretendia estabelecer uma linha mensal regular com viagens partindo de Rouen para o transporte de emigrantes franceses ao Canadá. Este tipo de coisa francamente não me interessava muito. Disse, com gravidade, que se fosse realmente uma questão de manter a reputação da Sociedade dos Capitães, eu a consideraria. Mas a consideração era apenas formal. No dia seguinte, conversei com o capitão e acredito que ficamos favoravelmente impressionados um com o outro. Ele explicou que seu imediato era uma pessoa excelente em todos os sentidos, e que não podia pensar em dispensá-lo para me dar o posto mais alto; mas se eu consentisse em ir como segundo oficial, receberia algumas vantagens especiais — e assim por diante.

Disse-lhe que se resolvesse ir, o posto realmente não importaria.

"Estou certo", insistiu, "de que você vai se dar muito bem com o Sr. Paramor."

Prometi sinceramente ficar por duas viagens, pelo menos, e foi nessas circunstâncias que iniciou o que viria a ser minha última relação com um navio. E, afinal, não houve uma viagem sequer. Pode ter sido simplesmente o cumprimento de um destino, daquela palavra escrita em minha testa que aparentemente me impediria, em todas minhas errâncias marinhas, de cruzar o Oceano Ocidental[4] — usando as palavras naquele sentido especial com que os marinheiros falam do comércio no Oceano Ocidental, de paquetes do Oceano Ocidental, casos duros do Oceano Ocidental. A vida nova aguardava bem ao pé da velha, e os nove capítulos de *A Loucura de Almayer* foram comigo para a Doca Victoria, de onde zarpamos para Rouen alguns dias mais tarde. Não chegarei ao ponto de dizer que o engajamento de um homem fadado a não cruzar jamais o Oceano Ocidental

---

3) Elegante distrito no sudoeste de Londres.
4) Oceano Atlântico Norte.

tenha sido a causa absoluta da Franco-Canadian Transport Company não ter conseguido fazer uma única travessia. Este poderia ter sido o motivo, é claro; mas o obstáculo evidente, bruto, foi claramente a falta de dinheiro. Quatrocentos e sessenta beliches para emigrantes foram montados na coberta inferior por diligentes carpinteiros enquanto estávamos na Doca Victoria, mas nenhum emigrante apareceu em Rouen — o que, sendo eu uma pessoa humanitária, confesso que me agradou. Alguns cavalheiros de Paris — creio que eram três, um deles alegadamente o Presidente — realmente apareceram e percorreram o navio de ponta a ponta, chocando dolorosamente suas cartolas contra as vigas do convés. Recebi-os pessoalmente e posso assegurar que o interesse que demonstraram pelas coisas era verdadeiro, muito embora obviamente nunca tivessem visto nada do gênero. Suas feições exibiam uma expressão de indefinível alegria quando desceram para terra. Apesar dessa cerimônia de inspeção supostamente indicar um preâmbulo de partida imediata, foi então que, enquanto desciam por nosso passadiço, tive a premonição de que não haveria nenhuma travessia nos termos de nosso contrato de fretamento.

Cabe dizer que em menos de três semanas houve um lance. Ao chegarmos, haviam nos conduzido com muita pompa até o centro da cidade e com todas as esquinas enfeitadas com cartazes tricolores anunciando o surgimento de nossa companhia, o *petit bourgeois* com sua esposa e filhos transformou a inspeção do navio em diversão dominical. Eu estava disponível o tempo todo em meu melhor uniforme para dar informações como um guia de turistas da Cook, enquanto nossos contramestres colhiam alguns trocados com grupos guiados pessoalmente. Mas então o lance foi dado — aquele que nos levou uma milha e meia rio abaixo para ancorarmos num cais mais sujo e todo lamacento — e a desolação do isolamento tomou conta de nós. A estagnação era total e insondável; pois, como já estávamos com o navio preparado nos mínimos detalhes para zarpar, como o tempo estava gelado e os dias eram curtos, ficamos absolutamente ociosos — a ponto de corar de vergonha quando nos bateu o pensamento de que o tempo todo estávamos recebendo nossos salários. O jovem Cole estava aflito porque, como dizia, não podíamos gozar de nenhuma diversão à noite depois de ter vadiado o dia inteiro: até o banjo perdera seu encanto, pois não havia nada que o impedisse de arranhá-lo o tempo todo entre as refeições. O bom Paramor — ele era, realmente, um excelente sujeito — ficou infeliz até onde sua natureza bonachona lhe permitia, até certo dia tedioso em que lhe sugeri, sem qualquer malícia, que ele devia empregar as energias entorpecidas da tripulação para puxar as duas amarras para o convés e inverter sua posição.

Por um momento, Sr. Paramor ficou radiante. "Excelente idéia!", mas imediatamente seu rosto se fechou. "Bem... Sim! Mas não podemos fazer esse serviço durar mais de três dias", murmurou desconsolado. Não sei quanto tempo ele esperava que ficássemos presos à margem do rio nas proximidades de Rouen, mas sei que as amarras foram recolhidas e invertidas segundo minha satânica sugestão, foram reinstaladas, e sua própria existência foi totalmente esquecida, creio, antes de um piloto fluvial francês vir a bordo para conduzir nosso navio rio abaixo, tão vazio como chegara, para as rotas do Havre. Pode-se pensar que este estado de ociosidade forçada favoreceu algum progresso na sorte de Almayer e de sua filha. Mas não foi assim. Por alguma espécie de feitiço maligno, a interrupção de meu companheiro de cabine tocador de banjo relatada há pouco os encerrou exatamente no ponto daquele fatídico pôr-do-sol por muitas semanas. Foi sempre assim com esse livro, iniciado em 89 e terminado em 94 — a mais curta novela que me coube escrever. Entre sua exclamação de abertura chamando Almayer para jantar na voz de sua esposa e a alusão mental de Abdullah (seu inimigo) ao Deus do Islã — "O Piedoso, o Compassivo" — que fecha o livro, viriam a ocorrer várias travessias marítimas demoradas, uma visita (para usar uma fraseologia elevada mais própria da ocasião) aos cenários (alguns deles) de minha infância e a realização de presunçosas promessas infantis, manifestando uma propensão romântica e despreocupada.

Foi em 1868 que, tendo eu por volta de nove anos, olhei um mapa atual da África e, colocando o dedo no espaço vazio que representava então o mistério insondável daquele continente, disse para mim mesmo, com a absoluta segurança e espantosa audácia que já não fazem parte de minhas características atuais:

"Quando crescer, vou até *lá.*"

E certamente não pensei mais naquilo até um quarto de século mais tarde e até a oportunidade oferecida de ir para lá — como se o pecado da audácia infantil tivesse que ser pago por minha cabeça adulta. Sim. Fui para lá: *lá* sendo a região das Stanley Falls que, em 68, era o mais vazio dos espaços vazios da superfície imaginada da terra. E o manuscrito de *A Loucura de Almayer*, levado comigo como se fosse um talismã ou tesouro, foi até *lá* também. Ter voltado de *lá* parece um desígnio especial da Providência; isto porque, muitas de minhas outras posses, infinitamente mais valiosas e úteis para mim, ficaram para trás em malfadados acidentes de transporte. Lembro-me, por exemplo, de uma complicada curva do Congo entre Kinchasa e Leopoldsville — especialmente quando era preciso percorrê-la, à noite, numa grande canoa com a metade do número

Um Registro Pessoal

adequado de remadores. Escapei de me tornar o segundo homem branco da história a ter-se afogado naquele ponto interessante por obra de uma canoa emborcada. O primeiro foi um jovem funcionário belga, mas o acidente ocorrera alguns meses antes de minha ida e também ele, acredito, estava indo para casa; não tão doente como eu, talvez — mas estava indo para casa. Contornei a curva mais ou menos vivo, embora estivesse enjoado demais para me importar se havia ou não sobrevivido, e com *A Loucura de Almayer* no meio de minha minguante bagagem o tempo todo, cheguei àquela deliciosa capital, Boma, onde, antes da partida do vapor que devia me levar para casa, tive tempo de sobra para desejar estar morto vezes sem conta com a maior sinceridade. Naquela época, havia sete capítulos de *A Loucura de Almayer* apenas, mas o capítulo seguinte de minha história foi o de uma longa, longa doença e uma convalescença muito sombria. Genebra, ou mais precisamente o estabelecimento hidropático de Champbel, ficou famoso para sempre pelo encerramento do oitavo capítulo na história da ascensão e queda de Almayer. Os acontecimentos do nono estão inextrincavelmente misturados com os detalhes da correta administração de um armazém ribeirinho pertencente a certa empresa da cidade cujo nome não importa. Mas aquele trabalho, assumido para me familiarizar novamente com as atividades de uma vida saudável, logo chegou ao fim. O lugar não tinha nada para me reter por muito tempo. Depois, aquela história memorável foi carregada, como um barril de seleto Madeira, para um lado e para outro sobre o mar durante três anos. Se este tratamento melhorou ou não seu sabor, por certo não gostaria de dizer. No que toca à aparência, certamente não fez nada do gênero. O manuscrito todo adquiriu uma aparência desbotada e a cor amarelada de coisa antiga. Tornou-se afinal pouco razoável supor que nada poderia jamais suceder a Almayer e Nina. No entanto, uma coisa das mais improváveis de acontecer em alto-mar haveria de acordá-los de seu estado de animação suspensa.

Como é mesmo que diz Novalis? "É certo que minha convicção cresce infinitamente no momento em que outra alma acredita nela." E o que é uma novela senão uma convicção da existência de nossos confrades humanos suficientemente forte para assumir a forma de uma vida imaginada mais clara do que a realidade e cuja verossimilhança acumulada de episódios selecionados cobre de vergonha o orgulho da história documental? A Providência que salvou meu manuscrito das corredeiras do Congo levou-o ao conhecimento de uma alma benevolente muito distante dali, em alto-mar. Seria a maior ingratidão de minha parte omitir o rosto pálido encovado e os profundos olhos negros do jovem de Cambridge (ele era um "passageiro por motivo de saúde" a bordo do bom

Um Registro Pessoal

navio Torrens com destino à Austrália) que foi o primeiro leitor de *A Loucura de Almayer* — o primeiríssimo leitor que jamais tive. "Se importaria muito em ler um manuscrito com uma caligrafia como a minha?", perguntei-lhe, certa noite, num súbito impulso ao final de uma longa conversa sobre a *História*[5] de Gibbon. Jacques (era o seu nome) viera sentar-se em minha cabine durante um tempestuoso meio-quarto, com o pretexto de trazer-me um livro de seu próprio estoque de viagem.

"Absolutamente", respondeu com sua entonação cortês e um leve sorriso. Enquanto eu abria uma gaveta, a curiosidade subitamente despertada emprestou-lhe um ar de expectativa. Fico imaginando o que ele esperava ver. Um poema, talvez. Agora, isto tudo está além da imaginação. Ele não era um homem insensível, apenas pacato, e estava abatido pela doença — um homem de poucas palavras e despretensiosa modéstia no convívio geral, mas com um toque incomum no conjunto de sua pessoa que o destacava da multidão indistinta de nossos sessenta passageiros. Seus olhos tinham um olhar pensativo, ensimesmado. Com seus modos reservados, atraentes, e a voz simpática, velada, perguntou:

"Do que se trata?" "É uma espécie de relato", respondi, com esforço. "Ainda não está terminado. No entanto, gostaria de saber o que pensa a seu respeito." Ele colocou o manuscrito no bolso de cima de sua jaqueta; lembro-me perfeitamente de seus finos dedos morenos dobrando-o ao comprido. "Eu o lerei amanhã", comentou, segurando a maçaneta da porta, e então, acompanhando o jogo do navio à espera de um momento propício, abriu a porta e se foi. No momento de sua saída, ouvi o trovejar contínuo do vento, o chiado da água nas cobertas do *Torrens*, e o rugido abrandado, como que distante, do mar revolto. Notei o crescente distúrbio na forte agitação do oceano, e respondi profissionalmente a isto com o pensamento de que às oito horas, no máximo dentro de outra meia hora, as velas do mastaréu do joanete teriam que ser colhidas.

No dia seguinte, mas desta vez no primeiro meio-quarto, Jacques entrou em minha cabine. Trazia um grosso cachecol de lã enrolado no pescoço e o manuscrito na mão. Estendeu-o em minha direção com o olhar firme, mas sem uma palavra. Recebi-o em silêncio. Ele sentou-se no sofá ainda sem dizer nada. Abri e fechei uma gaveta debaixo da escrivaninha onde se via uma lousa de registro totalmente preenchida em sua moldura de madeira, esperando para ser passada a limpo na espécie de livro onde costumava registrar cuidadosamente o diário de bordo. Virei-me inteiramente de costas para a escrivaninha. Nem assim Jacques concedeu

---

5) *História da Ascensão e Queda do Império Romano*, de Edward Gibbon.

Um Registro Pessoal

uma palavra. "Então, o que diz?", perguntei finalmente. "Vale a pena terminar?" A pergunta expressava exatamente o conjunto de meus pensamentos.

"Decididamente", respondeu com sua velada voz serena, e depois tossiu um pouco.

"Ficou interessado?", inquiri ainda, quase num sussurro.

"Muito!"

No silêncio que se seguiu, fiquei acompanhando instintivamente o pesado jogo do navio e Jacques colocou os pés sobre o sofá. A cortina de meu beliche balançava de um lado e para o outro como um pancá, a lâmpada do tabique rolava em seu aro e, de tempos em tempos, a porta da cabine trepidava com as rajadas do vento. Foi na latitude 40 sul, quase na longitude de Greenwich, até onde consigo me lembrar, que esses ritos silenciosos da ressurreição de Almayer e de Nina estavam acontecendo. Durante o prolongado silêncio, ocorreu-me que havia uma boa dose de texto retrospectivo até onde a história chegara. Sua ação seria inteligível, perguntei-me, como se o contador de histórias já estivesse nascendo no corpo do marinheiro. Mas então ouvi, vindo do convés, o apito do oficial de guarda e fiquei alerta para captar a ordem que se seguiria a esse chamado de atenção. Ela alcançou-me como um grito firme abafado de "Cruzar as vergas". "Ahá!", pensei comigo mesmo, "Vem aí uma rajada de oeste". Virei-me então para meu primeiríssimo leitor que, coitado, não viveria o suficiente para conhecer o fim da narrativa.

"Deixe-me perguntar mais uma coisa: a história está bem clara para você do jeito que está?"

Ele levantou seus gentis olhos escuros para meu rosto e pareceu surpreso.

"Sim! Perfeitamente."

Isto era tudo que queria ouvir de seus lábios com respeito aos méritos de *A Loucura de Almayer*. Não voltamos a falar do livro. Teve início um demorado período de tempo ruim e eu só tinha cabeça para meus deveres, enquanto o pobre Jacques arrumava um resfriado fatal e teve que ficar trancado em sua cabine. Chegando a Adelaide, o primeiro leitor de minha prosa partiu imediatamente para o interior e acabou morrendo muito repentinamente, talvez na Austrália, talvez na viagem para casa, cruzando o Canal de Suez. Não estou certo agora sobre como foi, e não creio que tenha sabido com precisão; embora tenha perguntado por ele a alguns de nossos passageiros da viagem de volta que, perambulando para "ver o país" durante a estada do navio no porto, haviam topado com ele aqui e ali. Finalmente partimos com destino ao lar, e nenhuma linha havia sido

Um Registro Pessoal

acrescentada ao cuidadoso rabisco das muitas páginas que o pobre Jacques tivera a paciência de ler com as sombras da Eternidade já se reunindo nas profundezas de seus imperturbáveis olhos ternos.

A determinação em mim instilada por seu simples e decidido "Definitivamente" permaneceu adormecida, mas viva, à espera de sua oportunidade. Ouso dizer que sou agora compelido, inconscientemente compelido, a escrever volume após volume, como no passado fui compelido a me fazer ao mar, viagem após viagem. As folhas devem se suceder uma às outras como as léguas se sucediam uma a uma, em outros tempos, até o fim designado que, sendo Verdade em si mesmo, é Único — único para todos os homens e para todas as ocupações.

Não sei qual dos dois impulsos me pareceu mais misterioso e mais fantástico. Ainda assim, tanto para escrever como para me fazer ao mar, foi preciso esperar minha oportunidade. Permitam-me confessar aqui que nunca fui um desses sujeitos maravilhosos que sairiam navegando numa banheira por diversão, e se posso me orgulhar de minha coerência, foi exatamente assim com minha atividade literária. Algumas pessoas, ouvi dizer, escrevem em vagões ferroviários, e poderiam fazê-lo, talvez, sentadas de pernas cruzadas num varal; mas devo confessar que minha disposição sibarita não consentirá que eu escreva sem alguma coisa minimamente parecida com uma cadeira. O avanço de *A Loucura de Almayer* foi antes de linha em linha que de página em página.

E assim aconteceu de eu quase perder o manuscrito, que já alcançava as primeiras palavras do nono capítulo, na estação ferroviária da Friedrichstrasse (em Berlim, como sabem) a caminho da Polônia, ou, mais precisamente, da Ucrânia. Em certa manhã modorrenta, fazendo uma baldeação de trem às pressas, deixei minha mala Gladstone numa sala de descanso. Um *Kofferträyer* valoroso e inteligente resgatou-a. No entanto, em toda minha ansiedade, não estava pensando no manuscrito, mas em todas as outras coisas guardadas na mala.

Em Varsóvia, onde passei dois dias, aquelas páginas errantes em nenhum momento foram expostas à luz, exceto uma vez, à luz de velas, com a mala aberta sobre uma cadeira. Estava me vestindo às pressas para jantar num clube esportivo. Um amigo de infância (ele havia trabalhado no Serviço Diplomático, mas o deixara para cultivar trigo em terras paternas, e não nos víramos por mais de vinte anos) estava sentado no sofá do hotel esperando para me acompanhar até lá.

"Precisa me contar alguma coisa de sua vida enquanto se veste", sugeriu amavelmente.

Não creio que lhe contei muita coisa de minha vida ali ou mais tarde.

Um Registro Pessoal

A conversa do pequeno grupo seleto com quem me fez jantar foi extremamente animada e percorreu a maioria dos temas debaixo do céu, da caça de animais selvagens na África ao último poema publicado numa revista bastante modernista, editada pelo mesmo jovem e patrocinada pela melhor sociedade. Mas ela não tocou em *A Loucura de Almayer*, e na manhã seguinte, em persistente anonimato, este inseparável companheiro seguiu comigo, de carro, para sudeste, rumo à província de Kiev.

Naquela época, era uma corrida de oito horas, se não mais, da estação ferroviária ao casarão rural que era meu destino.

"Caro menino" (essas palavras sempre foram escritas em inglês) — assim dizia a última carta oriunda daquela casa, recebida em Londres — "Dirija-se à única estalagem do lugar, jante o melhor que puder e, em algum momento da noite, meu criado confidencial, factótum e mordomo, um Sr. V. S. (previno-te que ele é de linhagem nobre), vai se apresentar a você, informando a chegada do pequeno trenó que o trará até aqui no dia seguinte. Envio por ele meu capote mais grosso que, com os sobretudos que você terá trazido, imagino que o impedirão de congelar na estrada."

Com efeito, enquanto jantava, servido por um criado hebreu num enorme quarto parecido com um celeiro com o piso recém-pintado, a porta se abriu e, trajando um costume de viagem com botas altas, grande boné de pele de ovelha e um casaco curto preso com cinto de couro, o Sr. V.S. (de linhagem nobre), um homem aparentando trinta e cinco anos, surgiu com um ar de perplexidade em sua fisionomia franca e bigoduda. Levantei-me da mesa e cumprimentei-o em polonês no tom correto de consideração exigido por seu sangue nobre e sua posição confidencial, espero. Seu rosto iluminou-se. Ao que parece, apesar das garantias tranqüilizadoras de meu tio, o bom sujeito tinha manifestado dúvidas sobre o nosso mútuo entendimento. Ele imaginara que eu lhe falaria em alguma língua estrangeira. Disseram-me que suas últimas palavras ao entrar no trenó para vir ao meu encontro tomaram a forma de uma exclamação ansiosa:

"Bem! Bem! Lá vou eu, mas só Deus sabe como vou me fazer entender pelo sobrinho de nosso amo."

Nos entendemos perfeitamente desde o início. Ele cuidou de mim como se eu já não fosse um adulto. Tive uma deliciosa sensação de volta à infancia indo da escola para casa quando, na manhã seguinte, ele me aconchegou num enorme capote de viagem de pele de urso e tomou assento protetoramente ao meu lado. O trenó era bem pequeno e parecia totalmente insignificante, quase um brinquedo, atrás dos quatro grandes baios arreados em parelhas. Nós três, contando o cocheiro, o enchíamos completamente.

Um Registro Pessoal

Este era um jovem de claros olhos azuis; a gola alta do casaco de peles emoldurava seu rosto alegre rodeando o topo de sua cabeça.

"Então, Joseph", meu companheiro dirigiu-se a ele, "acha que conseguimos chegar em casa antes das seis?" Sua resposta foi sim, seguramente, com a ajuda de Deus, e desde que não houvesse nevascas pesadas no longo trecho entre certos vilarejos cujos nomes me chegaram aos ouvidos com um som extremamente familiar. Era um excelente cocheiro, com um instinto para se conservar na estrada entre os campos cobertos de neve e um dom natural para extrair o melhor dos cavalos.

"Ele é filho daquele Joseph que imagino que o Capitão se lembre. Aquele que costumava conduzir a falecida avó do Capitão, de sagrada memória", comentou V.S. ajeitando cobertores de pele em redor de meus pés.

Lembrava-me perfeitamente do fiel Joseph que costumava conduzir minha avó. Como não! Fora ele que me deixara segurar as rédeas pela primeira vez em minha vida e me permitira brincar com o grande chicote do lado de fora da cocheira.

"Que fim levou ele?", perguntei. "Não está mais em serviço, imagino."

"Ele serviu nosso amo", foi a resposta. "Mas morreu de cólera faz dez anos — naquela grande epidemia que tivemos. E sua esposa morreu na mesma ocasião — a família toda, e este é o único rapaz que sobrou.

O manuscrito de *A Loucura de Almayer* repousava na mala por baixo de nossos pés.

Tornei a ver o sol se pôr nas planícies como o via nas viagens de minha infância. Ele se pôs, límpido e vermelho, mergulhando na neve como se estivesse se deitando no mar. Fazia então vinte e três anos que eu vira o pôr-do-sol naquela terra; e seguimos correndo na escuridão que desceu rapidamente sobre a lívida extensão nevada até emergirem sombras negras da desolação de uma terra branca se unindo a um céu estrelado, os arvoredos ao redor de uma aldeia da planície ucraniana. Uma ou duas casinhas deslizaram para trás, um muro baixo interminável e depois, reluzindo e piscando através de uma malha de abetos, as luzes da casa senhorial.

Naquela mesma noite, o errante manuscrito de *A Loucura de Almayer* foi desembrulhado e displicentemente colocado sobre a escrivaninha de meu quarto, um quarto de hóspedes que ficara à minha espera durante cerca de quinze anos, conforme me informaram em tom despretensioso. Ele não atraiu a menor atenção da carinhosa companhia que cercou o filho da irmã favorita.

"Você não terá muitas horas para si enquanto ficar comigo, irmão", disse ele — esta maneira de falar, tomada de empréstimo de nossos camponeses, era a expressão usual do mais alto bom humor num momento de afetuosa alegria. "Virei procurá-lo sempre para um bate-papo."

Na verdade, a casa toda vinha me procurar para conversar e todos se intrometiam o tempo todo na vida dos outros. Eu invadi a intimidade de seu estúdio, cuja principal característica era um colossal tinteiro de prata que lhe fora presenteado em seu qüinquagésimo aniversário mediante uma subscrição de todos os seus guardas. Ele havia sido tutor de muitos órfãos de famílias proprietárias das três províncias meridionais — desde o ano de 1860. Alguns tinham sido meus colegas de escola e de folguedos, mas nenhum deles, garotas e rapazes, que eu soubesse, jamais escreveu uma novela. Um ou dois eram mais velhos do que eu — consideravelmente mais velhos, aliás. Um deles, um hóspede de que me recordo em minha infância, foi quem me colocou pela primeira vez no lombo de um cavalo, e sua carruagem puxada a quatro cavalos, sua equitação perfeita e sua habilidade geral em exercícios viris foi uma de minhas primeiras admirações. Parece-me lembrar minha mãe observando, de uma colunata à frente da janela da sala de jantar, enquanto eu era colocado sobre o pônei, seguro, se bem me lembro, pelo próprio Joseph — o valete especialmente dedicado ao serviço de minha avó — que morreu de cólera. Com certeza era um jovem de casaco azul escuro e sem cauda e a enorme calça de cossaco, o uniforme dos homens que serviam no estábulo. Deve ter sido em 1864, mas calculando de outro modo, foi certamente no ano em que minha mãe obteve a permissão de voltar do exílio, para o qual acompanhara meu pai para o sul, e visitar sua família. Também por isso ela tivera que pedir permissão, e sei que uma das condições dessa concessão era ela ser tratada exatamente como uma condenada ao exílio também. Entretanto, um par de anos mais tarde, em memória de seu irmão mais velho que servira na Guarda e morrera cedo deixando legiões de amigos e uma amável lembrança no grande mundo de St. Petersburg, algumas personalidades influentes conseguiram para ela tal permissão — era oficialmente chamada de "Suprema Graça"— para abandonar o exílio por três meses.

Este foi também o ano em que começo a recordar minha mãe mais distintamente do que uma mera presença de fronte ampla, amável, protetora, silenciosa, cujos olhos expressavam uma espécie de autoritária doçura; e lembro-me também da grande reunião de todos os parentes de perto e de longe, e das cabeças grisalhas dos amigos de família prestando-lhe homenagem de respeito e amor na casa de seu irmão favorito que, alguns anos mais tarde, haveria de ocupar o lugar de meus pais.

Não compreendi o trágico significado disso tudo na ocasião, embora me lembre efetivamente de que vieram médicos também. Ela não apresentava sinais de invalidez — mas creio que já tinham pronunciado sua sentença a menos que uma mudança para um clima meridional pudesse, talvez, restabelecer sua periclitante saúde. Para mim, aquele parece ter sido o período mais feliz de minha vida. Havia minha prima, uma deliciosa menina facilmente irritável, alguns meses mais jovem do que eu, cuja vida, amorosamente cuidada como se ela fosse uma princesa real, chegou ao fim em seu décimo quinto ano. Havia outras crianças também, muitas delas já falecidas, e não poucas de cujos nomes me esqueci. Pairava sobre tudo a sombra opressiva do grande Império Russo — a sombra baixando com a escuridão de um recém-nascido ódio nacional estimulado pela escola de jornalistas de Moscou contra os poloneses depois do malsinado levante de 1863.

Isto foi muito antes do manuscrito de *A Loucura de Almayer*, mas o registro público dessas impressões formadoras não se deve ao capricho de uma irreprimível vaidade. Essas também são coisas humanas, já distantes em seu apelo. É justo que algo mais deva ser deixado aos filhos do novelista do que as cores e imagens de sua própria e árdua criação. As que em sua idade adulta possam parecer ao mundo que os cerca a faceta mais enigmática de suas naturezas e, talvez, devam permanecer para sempre obscuras até para eles mesmos, serão sua reação inconsciente à voz silenciosa daquele inexorável passado do qual derivaram remotamente sua obra de ficção e suas personalidades.

É somente na imaginação dos homens que toda verdade encontra uma existência real e inegável. A imaginação, não a invenção, é o mestre supremo tanto da arte como da vida. Uma versão exata e imaginativa de recordações autênticas pode servir valiosamente àquele espírito de piedade para com todas as coisas humanas que sanciona as concepções de um escritor de histórias e as emoções do homem revisitando sua própria experiência.

Um Registro Pessoal

II

Como já disse, estava desfazendo minha bagagem depois de uma viagem de Londres à Ucrânia. O manuscrito de *A Loucura de Almayer* — acompanhando-me já por três anos e meio ou mais, e então em seu nono capítulo de vida — estava depositado discretamente na escrivaninha entre duas janelas. Não me ocorreu guardá-lo em sua gaveta, mas meu olhar foi atraído pela boa conservação de seus puxadores de latão. Dois candelabros de quatro velas iluminavam vivamente o quarto que aguardara durante tantos anos o sobrinho errante. As persianas estava descidas.

A quinhentas jardas da cadeira em que estava sentado ficava a primeira choupana de camponeses da aldeia — parte da propriedade de meu avô materno, a única parte remanescente em posse de um membro da família; e além da aldeia, na ilimitada alvura de uma noite invernal, ficavam os vastos campos não cercados — não uma planície áspera e plana, mas uma terra dadivosa, generosa, de morros baixos arredondados, todos brancos agora, com manchas pretas de arvoredos aninhadas nos vales. A estrada por onde havia chegado corria por uma aldeia com uma curva passando muito perto dos portões que fechavam o curto passeio. Alguém percorria, lá fora, o fundo trilho na neve; um nervoso tilintar de campainhas infiltrou-se gradualmente pelo silêncio do quarto como um sussurro melodioso.

O criado que viera me ajudar ficara observando eu desfazer as malas e, durante a maior parte do tempo, contentara-se em ficar de pé, atencioso e inútil, à porta do quarto. Não precisava dele, afinal, mas não me agradou a idéia de despachá-lo. Era um rapaz jovem, certamente dez anos mais novo do que eu; eu não havia estado — não vou dizer naquele lugar, mas a sessenta milhas dali, desde o ano de 67; no entanto, sua fisionomia franca de camponês me pareceu estranhamente familiar. Era bem possível que pudesse ser um descendente, filho, ou mesmo neto, dos criados cujas faces cordiais me eram familiares na minha primeira infância. Na verdade, ele não fez jus a minhas especulações. Era filho de alguma aldeia próxima e estava ali por seus méritos, tendo aprendido o serviço em uma ou duas casas como menino despenseiro. Isto me foi informado em resposta a uma pergunta que fiz ao valoroso V- no dia seguinte. Poderia perfeitamente ter dispensado a pergunta. Logo descobri que todos os rostos da casa e

191

todos os rostos da aldeia: os rostos graves com longos bigodes dos chefes de família, os rostos plácidos dos jovens, os rostos das criancinhas de lindos cabelos, os belos rostos bronzeados com frontes altas das mães avistadas nas portas das choupanas, todos eram-me tão familiares como se eu os tivesse conhecido na infância, e minha infância parecia ter sido anteontem.

O tilintar das campainhas do viajante intensificou-se para depois sumir rapidamente, e a algazarra de cães latindo na aldeia finalmente se aquietou. Meu tio, recostado no canto de um pequeno sofá, fumava seu longo *chibouk* turco em silêncio.

"Você arranjou uma escrivaninha muito bonita para meu quarto", observei.

"Ela é realmente sua", disse ele, fitando-me diretamente com uma expressão atenta e pensativa como a que vinha fazendo desde que eu entrara na casa. "Há quarenta anos, sua mãe costumava escrever nesta mesma escrivaninha. Em nossa casa de Oratow, ela ficava na salinha de estar que, por acordo tácito, fora reservada para as moças — quero dizer, para sua mãe e a irmã dela que morreu tão jovem. Foi um presente de nosso tio Nicholas B. às duas quando sua mãe tinha dezessete e sua tia dois anos menos. Era uma moça muito querida, deliciosa, essa sua tia, de quem imagino que você apenas conheça o nome. Ela não brilhava tanto por sua beleza pessoal e por um espírito cultivado, no que sua mãe era muito superior. Era seu bom senso, a admirável doçura de sua natureza, sua excepcional facilidade e à-vontade nas relações cotidianas que a tornavam querida de todos. Sua morte foi um terrível sofrimento e uma séria perda moral para todos nós. Se tivesse vivido, traria as maiores bênçãos para a casa onde lhe coubesse entrar, como esposa, mãe e dona de casa. Ela teria criado ao seu redor uma atmosfera de paz e alegria que só aqueles que amam desinteressadamente são capazes de evocar. Sua mãe — muito mais bonita, excepcionalmente distinta em sua pessoa, seus modos e seu intelecto — tinha uma disposição menos fácil. Sendo mais brilhantemente dotada, ela também esperava mais da vida. Naqueles tempos árduos, especialmente, ficamos muito preocupados com seu estado. Com a saúde abalada pelo choque da morte de seu pai (estava sozinha na casa com ele, quando ele morreu subitamente), ela era dilacerada pela luta interior entre seu amor pelo homem com quem viria a se casar e seu conhecimento da objeção declarada de seu falecido pai a este enlace. Incapaz de desrespeitar aquela acalentada lembrança e aquele juízo que sempre lhe fora merecedor de confiança e respeito e, por outro lado, sentindo a impossibilidade de resistir a um sentimento tão profundo e tão verdadeiro, ela não poderia

Um Registro Pessoal

ter conseguido preservar seu equilíbrio mental e moral. Em guerra consigo mesma, não poderia transmitir a outros aquela sensação de paz que ela própria não gozava. Foi somente mais tarde, quando já estava finalmente unida ao homem de sua escolha, que ela desenvolveu aqueles dotes extraordinários de coração e espírito que provocaram o respeito e a admiração mesmo de nossos inimigos. Enfrentando com calma firmeza as provações cruéis de uma vida que refletia todos os infortúnios sociais e nacionais da sociedade, ela realizou as mais elevadas concepções de dever como esposa, mãe e patriota, compartilhando o exílio de seu marido e representando nobremente o ideal de mulher polonesa[6]. Nosso tio Nicholas não era muito dado a sentimentos afetivos. Afora sua adoração por Napoleão o Grande, creio que só amava realmente três pessoas neste mundo: a mãe, sua avó, que você conheceu mas de quem não deve se lembrar; o irmão, nosso pai, em cuja casa viveu por tantos anos; e de todos nós, seus sobrinhos e sobrinhas criados ao seu redor, apenas sua mãe. As qualidades de modéstia e afabilidade da irmã mais nova ele não parecia capaz de perceber. Fui eu que senti mais profundamente este inesperado golpe de morte caindo sobre a família menos de um ano depois de ter-me colocado à sua testa. Foi um terrível imprevisto. Vindo para casa de trenó, em certa tarde invernal, para me fazer companhia em nossa casa vazia onde eu devia ficar permanentemente administrando a propriedade e cuidando de negócios complicados — as moças se revezavam para trazê-lo todas as semanas — vindo, como disse, da casa da Condessa Tekla Potocka, onde nossa mãe inválida estava acomodada então para ficar perto de um médico, eles saíram da estrada e ficaram presos num monte de neve acumulado pelo vento. Ela estava sozinha com o cocheiro e o velho Valery, o criado pessoal de nosso falecido pai. Impaciente com a demora enquanto eles tentavam abrir caminho, ela saltou do trenó e foi procurar a estrada. Tudo isto aconteceu em 51, a menos de dez milhas da casa em que estamos sentados agora. A estrada foi logo descoberta, mas a neve voltara a cair pesadamente e eles levaram outras quatro horas para chegar em casa. Os dois homens tiraram seus casacões forrados de pele de ovelha e usaram seus próprios cobertores para protegê-la do frio, a despeito de seus protestos, suas ordens ríspidas e mesmo suas disputas, como Valery posteriormente me contou. 'Como eu poderia', ele a recriminava, 'ir ao encontro da alma abençoada de meu falecido amo se deixasse acontecer algum dano à senhora enquanto houver uma centelha

---

6) Todo o fragmento sobre a mãe e a tia de Conrad é parcialmente uma tradução e parcialmente um resumo de um fragmento das memórias de Tadeusz Bobrowski.

de vida em meu corpo?' Quando finalmente alcançaram a casa, o pobre velho estava rígido e sem fala pela exposição ao frio, e o cocheiro não estava em melhor forma, embora reunisse forças para conduzir o trenó sozinho até os estábulos. Às minhas censuras por ter se aventurado a sair com aquele tempo, ela respondeu caracteristicamente que não podia suportar a idéia de me abandonar a minha triste solidão. É espantoso que tenham permitido que saísse. Imagino que tinha que ser! Ela fez pouco caso da tosse que chegou no dia seguinte, mas pouco tempo depois a inflamação se estabeleceu nos pulmões e em três semanas ela se fora! Foi a primeira a ser levada da nova geração sob meus cuidados. Veja a inutilidade de todas as esperanças e temores! Eu era o mais frágil de todos ao nascer. Durante anos fui tão delicado que meus pais tinham poucas esperanças de me criar; e ainda assim sobrevivi a cinco irmãos e duas irmãs, e a muitos de meus contemporâneos; sobrevivi a minha esposa e filha, também — e de todos aqueles que tinham pelo menos algum conhecimento desses velhos tempos, restou apenas você. Foi minha sina colocar num túmulo prematuro muitos corações honestos, muitas promessas brilhantes, muitas esperanças cheias de vida."

Ele levantou-se bruscamente, suspirou e deixou-me, dizendo: "Jantaremos em meia hora". Sem me mover, fiquei escutando seus passos ágeis ressoando no piso encerado da sala ao lado, atravessando a ante-sala forrada de estantes de livros onde parou para colocar seu *chibouk* num descanso para cachimbos antes de passar para a sala de visitas (elas ficavam todas *en suite*), onde ficou inaudível sobre o grosso tapete. Mas ouvi a porta de seu estúdio se fechar. Contava então sessenta e dois anos e fora, por um quarto de século, o mais sábio, mais firme, mais indulgente dos tutores, estendendo sobre mim um cuidado e uma afeição paternais, um apoio moral que eu parecia sentir sempre perto nos mais distantes rincões da terra.

Quanto ao Sr. Nicholas B., subtenente de 1808, tenente em 1813 no Exército francês, e, durante um curto período, *Officier d'Ordonnance* do Marechal Marmont; posteriormente Capitão no 2º Regimento de Carabineiros Montados do exército polonês — enquanto este existiu, até 1830, no minúsculo reino estabelecido pelo Congresso de Viena — devo dizer isto de todo aquele passado mais distante, conhecido por mim tradicionalmente e um pouco *de visu*, e recordado pelas palavras do homem que acabara de sair, ele continua sendo a figura mais incompleta. É evidente que o devo ter visto em 64, pois é certo que ele não teria perdido a oportunidade de visitar minha mãe naquela que seria a última vez, como todos pensavam. De minha tenra meninice até hoje, quando tento recordar

Um Registro Pessoal

sua imagem, uma espécie de névoa se ergue diante de meus olhos, uma névoa em que percebo vagamente apenas uma cabeça coberta de cabelos brancos cuidadosamente penteados (o que é excepcional no caso da família B., onde a regra para os homens é ficarem garbosamente calvos antes dos trinta) e um nariz fino, curvo, digno, feições em estrita harmonia com a tradição física da família B. Mas não são esses restos fragmentários de mortalidade perecível que vivem em minha memória. Sabia, quando ainda muito novo, que meu tio-avô Nicholas B. era um Cavalheiro da Legião de Honra e que recebera também a Cruz Polonesa por mérito, *Virtuti Militari*. O conhecimento desses fatos gloriosos inspirou-me uma admirada veneração; entretanto, não é esse sentimento, por forte que seja, que resume para mim a força e o significado de sua personalidade. Ele é subjugado por uma outra, e complexa, impressão de espanto, compaixão e horror. O Sr. Nicholas B. permanece sendo para mim a criatura infeliz e miserável (mas heróica) que certa vez comeu um cachorro.

Faz bem quarenta anos que ouvi a história e o efeito ainda não se desfez. Creio que foi a primeiríssima narrativa, digamos, realista, que ouvi em minha vida. De qualquer forma, não sei porque deveria ter ficado tão assustadoramente impressionado. É bem verdade que sei como são nossos cães de aldeia — mas ainda assim... Não! Ainda hoje, recordando o horror e a compaixão de minha infância, pergunto-me se estou certo em revelar para um mundo frio e entediado esse terrível episódio da história familiar. Pergunto-me — está certo? — especialmente porque a família B. sempre foi honrosamente conhecida, numa larga extensão da zona rural, pelo refinamento de seus gostos em matéria de comidas e bebidas. Tudo por tudo, e considerando que esta degradação gastronômica envolvendo um galante jovem oficial repousa efetivamente à porta do Grande Napoleão, creio que cobri-la de silêncio seria um excesso de prurido literário. Revele-se a verdade. A responsabilidade é do Homem de Santa Helena, tendo em vista sua deplorável leviandade na condução da campanha russa. Foi durante a memorável retirada de Moscou que o Sr. Nicholas B., na companhia de dois colegas oficiais — sobre cuja moralidade e refinamento natural nada sei —, apanhou um cachorro nas cercanias de uma aldeia e o devorou. Até onde me posso lembrar, a arma usada foi um sabre de cavalaria, e o motivo do episódio esportivo foi mais uma questão de vida ou morte do que se o encontro tivesse sido com um tigre. Um destacamento de cossacos estava estacionado naquela aldeia perdida nas profundezas da grande floresta lituana. Os três desportistas os observavam, de um esconderijo, acomodarem-se tranqüilamente entre as choupanas pouco antes do escurecer daquele princípio de inverno, às

Um Registro Pessoal

quatro da tarde. Eles os observavam com repugnância e, talvez, desespero. Mais à noite, os impetuosos conselhos da fome se impuseram aos ditames da prudência. Arrastando-se pela neve, esgueiraram até a cerca de galhos secos que geralmente contorna as aldeias naquela parte da Lituânia. O que esperavam conseguir, e de que maneira, e se a empreitada valia os riscos, só Deus sabe. Entretanto, sabia-se que esses destacamentos de cossacos perambulavam, na maioria das vezes, sem um oficial de comando, tomando poucos cuidados, quando tomavam, com a segurança. Ademais, estando a aldeia à grande distância da linha de retirada francesa, eles não poderiam suspeitar a presença de soldados desgarrados do Grande Exército. Os três oficiais tinham se extraviado da coluna principal durante uma nevasca e ficaram perdidos durante muitos dias nos bosques, o que explica perfeitamente as terríveis provações que tinham passado. Seu plano era tentar atrair a atenção dos camponeses na choupana mais próxima do cercado; mas quando se preparavam para se aventurar na própria boca do leão, por assim dizer, um cachorro (é muito estranho que só houvesse um), criatura quase tão formidável, nas circunstâncias, quanto um leão, começou a ladrar no outro lado da cerca...

A esta altura da narrativa, que ouvi muitas vezes (a pedido) dos lábios da cunhada do Capitão Nicholas B., minha avó, eu costumava tremer de excitação.

O cão latiu. E se não tivesse feito nada além de latir, três oficiais do exército do Grande Napoleão teriam perecido honrosamente nas pontas das lanças cossacas, ou, talvez, escapando da caçada humana, teriam morrido dignamente de fome. Mas sem tempo para pensar em fugir, aquele cachorro fatal e revoltante, impelido pelo excesso de zelo, investiu por uma falha na cerca. Investiu e morreu. Sua cabeça, pelo que entendi, foi separada do corpo por um único golpe. Entendi também que, mais tarde, na solidão sombria dos bosques nevados, quando um fogo foi aceso pelo grupo num recanto protegido, a condição da caça foi considerada inteiramente insatisfatória. Ela não era magra — pelo contrário, parecia doentiamente obesa; sua pele exibia manchas despeladas de aspecto desagradável. No entanto, eles não tinham morto o cão pela pele. Era grande... Foi comido... O resto é silêncio... Um silêncio em que um garotinho estremece e diz resolutamente:

"Eu não conseguiria comer aquele cachorro."

E sua avó observa com um sorriso:

"Talvez você não saiba o que é fome."

Aprendi um pouco o que é, desde então. Não que tenha sido forçado a comer cachorros. Alimentei-me do animal emblemático que, na língua

Um Registro Pessoal

dos volúveis gauleses, é chamado *la vache enragée*[7]; eu já havia me sustentado à base de carne-seca, conheço o sabor de tubarão, de tripango, de serpente, de pratos indescritíveis contendo coisas inomináveis — mas um cachorro de aldeia lituana jamais! Gostaria de deixar bem claro que não fui eu, mas meu tio-avô Nicholas, da pequena nobreza rural polonesa, *Chevalier de la Légion d'Honneur*, etc., etc., que, em sua mocidade, comeu o cachorro lituano.

Gostaria que não o tivesse feito. O horror infantil do feito se agarra absurdamente ao homem grisalho. Sou absolutamente indefeso contra ele. Ainda assim, se realmente teve que fazê-lo, lembremo-nos caridosamente que ele o comeu no serviço ativo, enquanto sofria bravamente os efeitos do maior desastre militar da história moderna, e, de certa maneira, pelo bem de seu país. Ele o comera para aplacar sua fome, sem dúvida, mas também pelo bem de um desejo insaciável e patriótico, no ardor de uma grande fé que ainda vive, e na busca de uma grande ilusão irradiada, como um falso farol, por um grande homem para desencaminhar o esforço de uma brava nação.

Pro patri!

Visto sob esta luz, parece uma doce e decorosa refeição.

E visto à mesma luz, minha própria dieta de *la vache enragée* parece uma forma tediosa e extravagante de comodismo; pois por que deveria eu, filho de uma terra que homens como aqueles revolveram com seus arados e regaram com seu sangue, empreender a busca de fabulosas refeições de carne-seca e biscoitos de marinheiro no vasto mar? Na mais complacente das visões, parece uma pergunta irrespondível. É pena! Tenho a convicção de que existem homens de imaculada retidão prontos a murmurar desdenhosamente a palavra deserção. Assim, o prazer de uma aventura inocente pode se tornar amargo ao paladar. A cota do imponderável deveria ser considerada na apreciação da conduta humana num mundo onde nenhuma explicação é definitiva. Nenhuma acusação de infidelidade deveria ser levianamente proferida. As aparências dessa vida perecível são decepcionantes como tudo que cai sob o julgamento de nossos sentidos imperfeitos. A voz interior pode permanecer suficientemente fiel em sua recomendação secreta. A fidelidade a uma particular tradição pode sobreviver aos acontecimentos de uma existência não relacionada a ela, acompanhando fielmente, também, o caminho traçado de um inexplicável impulso.

---

7) Em francês no original: "a vaca enfurecida". Comê-la significa uma condição miserável.

Um Registro Pessoal

Levaria muito tempo para explicar a associação íntima de contradições na natureza humana que fazem o próprio amor se gastar nos momentos de alguma desesperada forma de traição. E talvez não haja explicação possível. A indulgência — como disse alguém — é a mais sábia das virtudes. Me aventuro a pensar que ela é uma das menos comuns, se não a mais incomum de todas. Eu não concluiria daí que os homens são tolos — nem mesmo a maioria dos homens. Longe disso. O barbeiro e o padre, respaldados pela opinião de toda a aldeia, condenaram justamente a conduta do engenhoso fidalgo que, partindo de sua terra natal, quebrou a cabeça do arrieiro, exterminou um rebanho de inofensivas ovelhas e passou por experiências extremamente dolorosas em certo estábulo. Deus nos livre de um camponês indigno escapar a uma merecida censura por se agarrar ao estribo de couro do sublime *caballero*. Ele era uma fantasia muito nobre, muito desprendida, não servindo para nada exceto provocar a inveja de mortais mais indignos. Mas há mais de um aspecto na graça daquela exaltada e perigosa figura. Ele também tinha suas fragilidades. Depois de ler tantos romances, desejou ingenuamente afastar seu próprio corpo da intolerável realidade das coisas. Ele desejou encontrar-se frente a frente com o valoroso gigante Brandabarbaran, Senhor da Arábia, cuja armadura é feita com a pele de um dragão e cujo escudo, preso ao braço, é o portão de uma cidade fortificada. Ó bondosa e natural fraqueza! Ó bendita simplicidade de um coração terno e sem malícia! Quem não sucumbiria a tão consoladora tentação? No entanto, era uma forma de auto-indulgência, e o engenhoso fidalgo de La Mancha não foi um bom cidadão. O padre e o barbeiro não foram irracionais em suas críticas severas. Sem ir tão longe quanto o rei Louis-Philippe, que costumava dizer em seu exílio, "O povo nunca está errado" — é possível admitir que deve haver alguma justeza no consenso de toda uma aldeia. Louco! Louco! Aquele que manteve em piedosa meditação o ritual de vigília das armas ao lado do poço de uma estalagem e se ajoelhou reverentemente para ser sagrado cavaleiro ao nascer do dia diante do gordo e velhaco estalajadeiro, chegou muito perto da perfeição. Ele segue cavalgando, a cabeça rodeada de uma auréola — o santo patrono de todas as vidas perdidas ou salvas pela irresistível graça da imaginação. Mas não foi um bom cidadão.

Talvez tenha sido este e nenhum outro o significado da muito lembrada exclamação de meu tutor.

Foi no delicioso ano de 1873, o último em que tive umas férias divertidas. Houve anos de ócio mais tarde, bastante alegres, de certa maneira, e não totalmente desprovidos de ensinamentos, mas este ano a que me refiro foi o ano de minhas últimas férias escolares. Há outra razões

198

Um Registro Pessoal

para lembrar-me desse ano, mas elas são muito longas para exprimi-las formalmente aqui. Além do mais, nada têm a ver com essas férias. O que tem a ver com as férias é que, antes do dia em que a observação foi feita, tínhamos visitado Viena, o Alto Danúbio, Munique, as Quedas do Reno, o Lago de Constança — na verdade, foi uma viagem de férias memorável. Pouco antes, estivéramos caminhando vagarosamente pelo vale de Reuss. Fazia um tempo delicioso. Era bem mais um passeio do que uma caminhada. Desembarcando de um vapor do Lago de Lucerna em Fluellen, o crepúsculo surpreendeu nosso ocioso passeio, no final do segundo dia, um pouco além de Hospenthal. Não foi neste dia que a observação foi feita: à sombra do profundo vale e com as habitações humanas deixadas bem para trás, nossos pensamentos não se detinham na ética da conduta, mas em problemas humanos mais comezinhos, como abrigo e alimento. Não parecia haver nada do gênero à vista, e estávamos pensando em voltar quando repentinamente, numa curva da estrada, demos com uma construção fantasmagórica à luz do crepúsculo.

Àquela altura, a obra do Túnel São Gotardo estava em andamento e aquele empreendimento magnífico de escavação foi diretamente responsável pelo inesperado edifício que se erguia solitário no sopé das montanhas. Ele era longo, embora não fosse realmente grande; era baixo; construído de tábuas, sem ornamentação, à maneira dos barracões de acampamento, com caixilhos de janela brancos perfeitamente nivelados com a fachada amarela de sua frente plana. Não obstante, era um hotel; tinha mesmo um nome que agora me escapa. Mas não havia um porteiro com cordões dourados à frente de sua humilde porta. Uma vigorosa criada respondeu a nossas perguntas, depois surgiram um homem e uma mulher que eram os donos do lugar. Estava evidente que não eram esperados, ou mesmo desejados, viajantes naquela estranha hospedaria que lembrava, com seu estilo austero, a casa que se eleva acima do casco bem pouco marítimo do brinquedo da Arca de Noé, posse universal de toda a infância européia. No entanto, seu telhado não era articulado e ela não estava cheia até a borda de animais de madeira com laterais chapeadas e pintadas. Não havia sequer um animal turista vivo em evidência. Serviram-nos alguma coisa de comer numa mesa comprida e estreita que, para minha cabeça cansada e meus olhos sonolentos, parecia se inclinar como a prancha de uma gangorra, já que não havia ninguém na outra ponta para equilibrá-la com nossas duas figuras empoeiradas e sujas da viagem. Depois subimos apressadamente a escada, para a cama, num quarto cheirando a tábuas de pinho, e caí rapidamente no sono mal encostei no travesseiro.

Pela manhã, meu tutor (ele era aluno da Universidade de Cracóvia) acordou-me cedo e, enquanto nos vestíamos, observou: "Parece ter muita gente alojada neste hotel. Ouvi barulho de conversa até às onze". Esta declaração me surpreendeu: eu não ouvira barulho nenhum, tendo dormido a sono solto.

Descemos a escada para a comprida e estreita sala de jantar com sua mesa comprida e estreita. Havia duas fileiras de pratos sobre ela. Junto a uma das muitas janelas sem cortina estava um homem alto, ossudo, com a cabeça calva realçada por um tufo de cabelos pretos em cima de cada orelha e uma comprida barba negra. Ele ergueu os olhos do jornal que estava lendo e pareceu genuinamente espantado com a nossa intrusão. Aos poucos foram chegando outros homens. Não pareciam turistas. Não havia nenhuma mulher. Aqueles homens pareciam se conhecer com alguma intimidade, mas não posso dizer que o grupo fosse muito loquaz. O homem calvo sentou-se gravemente à cabeceira da mesa. Tudo dava a impressão de uma reunião familiar. Pouco a pouco descobrimos de uma vigorosa criada em trajes nacionais que o lugar era realmente uma pensão para alguns engenheiros ingleses engajados nas obras do Túnel São Gotardo; pude me fartar de ouvir a língua inglesa até onde ela é usada numa mesa de desjejum por homens que não suportam gastar muitas palavras com amenidades.

Este foi meu primeiro contato com a sociedade britânica afora os tipos turísticos encontrados nos hotéis de Zurique e Lucerna — tipos que não têm qualquer existência real num mundo ordinário. Hoje sei que o homem calvo falava com um forte sotaque escocês. Tenho encontrado muitos de seu tipo desde então, tanto em terra como no mar. O segundo engenheiro do vapor *Mavis*, por exemplo, deve ter sido seu irmão gêmeo. Não posso deixar de pensar que realmente o era, embora, por razões que só ele sabe, tenha me garantido nunca ter tido um irmão gêmeo. De qualquer forma, o resoluto escocês calvo com sua barba negra pareceu uma pessoa muito misteriosa e romântica a meus olhos infantis.

Saímos dali desapercebidos. O percurso traçado nos levaria pelo Passo de Furca rumo à Geleira Rhône, com a intenção de descermos na direção do Vale Häsli. O sol se punha ao chegarmos no alto do desfiladeiro, quando a aludida observação foi pronunciada.

Sentáramos à beira da estrada para continuar a discussão iniciada cerca de meia milha antes. Estou certo de que se tratava de uma discussão porque me lembro perfeitamente de como meu tutor argumentava e de como, sem poder de resposta, eu escutava com os olhos obstinadamente cravados no chão. Uma agitação na estrada fez-me erguer os olhos — e avistei então meu inesquecível inglês. Tenho conhecidos de anos posteriores,

Um Registro Pessoal

familiares, colegas de navio, de quem me lembro menos nitidamente. Ele caminhava apressadamente para leste (acompanhado por um degradado guia suíço) com a aparência de um ardente e destemido andarilho. Vestia um terno com calção amarrado no joelho, mas como usava também meias soquete sob as botinas de amarrar por razões que, fossem de higiene ou de consciência, eram seguramente criativas, sua calva exposta ao olhar público e ao ar tonificante das grandes altitudes ofuscava o observador com o esplendor de sua compleição marmórea e seu rico tom de marfim novo. Liderava uma pequena caravana. O brilho de uma impetuosa, exaltada satisfação com o mundo dos homens e com o cenário de montanhas iluminava seu rosto muito vermelho e bem proporcionado, suas suíças curtas, prateadas, seus olhos inocentemente ávidos e triunfantes. Ao passar, lançou um olhar de amistosa curiosidade e um sorriso afável de dentes brilhantes, sólidos e grandes para o homem e o menino sentados como vagabundos empoeirados à beira da estrada com uma modesta mochila a seus pés. A alva careca brilhava fortemente, o desagradável guia suíço com sua boca grosseira caminhava como um urso relutante ao seu lado; um pequeno comboio de três mulas seguia, em fila indiana, o comando desse inspirador entusiasta. Duas senhoras passaram montadas, uma após a outra, mas pelo modo como estavam sentadas só pude ver suas costas calmas, uniformes, e as compridas pontas dos lenços azuis descendo bem abaixo da aba de seus chapéus idênticos. As duas filhas, certamente. Uma industriosa mula de carga de orelhas caídas e tocada por um condutor pálido e encurvado fechava o cortejo. Meu tutor, fazendo uma pausa para dar uma olhada e um leve sorriso, retomou seu enérgico raciocínio.

Posso lhes dizer que foi um ano memorável! Não se encontra um inglês assim duas vezes na vida. Teria sido ele, na mística ordenação dos acontecimentos corriqueiros, o embaixador de meu futuro, enviado para virar o jogo num momento crítico no topo de um desfiladeiro alpino, com os picos da Bernese Oberland como testemunhas mudas e solenes? Seu olhar, seu sorriso, o inextinguível e cômico ardor de sua aparição avançando resolutamente ajudaram-me a me recompor. Devo dizer que, naquele dia e na atmosfera alegre daquela altitude, eu estava me sentindo completamente esmagado. Foi o ano em que falara pela primeira vez, em voz alta, de meu desejo de ir para o mar. Inicialmente, como aqueles sons que estando fora da escala perceptível pelos ouvidos humanos permanecem inacessíveis a nossa audição, a declaração passou desapercebida. Era como se não tivesse existido. Mais tarde, experimentando outros tons, consegui provocar, aqui e ali, uma surpresa atenção momentânea — uma pergunta

Um Registro Pessoal

do tipo "Que ruído estranho foi este?" Mais adiante foi: "Ouviu o que esse menino disse? Que idéia mais estapafúrdia!" Enfim, uma onda de escandalizado espanto (não poderia ser maior se eu tivesse anunciado a intenção de entrar num mosteiro dos cartuxos) vazou da cidade educacional e acadêmica de Cracóvia espalhando-se por diversas províncias. Ela se estendeu muito rasa, mas à longa distância, provocando uma multidão de protestos, indignações, espanto apiedado, ácida ironia e absoluta zombaria. Eu mal conseguia respirar sob seu peso e certamente não encontrava palavras para responder. As pessoas ficavam imaginando o que o Sr. T. B. faria agora com seu preocupante sobrinho e, ouso dizer, esperavam bondosamente que ele me demovesse de minha loucura.

O que ele fez foi atravessar toda a Ucrânia para se haver comigo e julgar por si próprio, sem preconceito, imparcial e justo, tomando sua posição com base na sabedoria e no afeto. Até onde é possível para um menino cujo poder de expressão ainda não está formado, eu abri o segredo de meus pensamentos para ele, e ele, em troca, concedeu-me um vislumbre de sua mente e seu coração; o primeiro vislumbre de um inesgotável e nobre tesouro de pensamento claro e sentimento cálido que ao longo da vida deveriam ser meus, alimentando-me com um amor e confiança jamais desapontados. Praticamente, depois de várias conversas exaustivas, ele concluiu que não gostaria que eu lhe reprovasse mais tarde por ter arruinado minha vida com uma negativa incondicional. Mas eu devia dar um tempo para uma séria reflexão. E não devia pensar apenas em mim, mas nos outros; pesar os votos de afeição e consciência contra minha própria sinceridade de propósitos. "Pense bem o que isto tudo significa nas grandes questões, meu rapaz", exortou-me, finalmente, com especial cordialidade. "E, enquanto isto, tente obter o melhor lugar nos exames finais."

O ano escolar chegou ao fim. Obtive um lugar muito bom nos exames, o que, para mim (por certos motivos[8]), acabou sendo uma tarefa mais difícil do que para outros meninos. Quanto a isto, eu podia mergulhar com a consciência leve naquelas férias que eram como uma prolongada visita *pour prendre congé* do interior da velha Europa que eu deveria ver tão pouco nos vinte e quatro anos seguintes. Este, porém, não foi o propósito declarado daquela viagem. Ela fora planejada, suspeito, para distrair e ocupar meus pensamentos em outras direções. Nada fora dito, durante meses, sobre minha ida para o mar. Mas o apego que tinha a meu jovem tutor e sua influência sobre mim eram tão conhecidos, que ele

---

8) Quando adolescente, Conrad sofria ataques nervosos que dificultavam sua atividade escolar.

Um Registro Pessoal

deve ter recebido a missão confidencial de conversar comigo sobre minha loucura romântica. Era um arranjo muito apropriado, já que nem ele nem eu tínhamos tido um único vislumbre do mar em nossas vidas. Isto nos viria pouco a pouco, para ambos, em Veneza, na praia externa do Lido. Neste ínterim, ele assumira sua missão com tanto zelo que comecei a me sentir esmagado antes de chegarmos a Zurique. Ele argumentava nos trens, nos vapores do lago, ele havia argumentado para mim ao obrigatório nascer do sol sobre o Righi, por Zeus! Não pode haver dúvida de sua devoção por seu imprestável discípulo. Ele já o havia provado durante dois anos de incansáveis e árduos cuidados. Eu não poderia odiá-lo. Mas ele estava me esmagando lentamente, e quando começou a argumentar, no alto do Desfiladeiro de Furca, esteve talvez mais perto do êxito do que ele ou eu imaginávamos. Eu o ouvia em desesperado silêncio, sentindo aquele fantasmagórico, quimérico e desejado mar de meus sonhos escapar da enfraquecida garra de minha vontade.

O velho inglês entusiástico havia passado — e a discussão morreu. Que recompensa em ambição, honra ou consciência eu poderia esperar de uma vida assim no final de meus anos? Uma pergunta irrespondível. Mas já não me sentia esmagado. Nossos olhares se cruzaram então e uma emoção genuína era visível tanto no seu como no meu. O desfecho veio logo em seguida. Ele apanhou subitamente a mochila e se levantou.

"Você é um incorrigível, irremediável Dom Quixote. É o que você é."

Fiquei surpreso. Tinha apenas quinze anos e não entendi exatamente o que ele pretendia dizer. Mas senti-me ligeiramente enaltecido com o nome de um cavaleiro imortal associado a minha própria loucura, como algumas pessoas a chamariam cara a cara. Enfim! Não creio que houvesse algo de que me orgulhar. Meu estofo não era o de que são feitos os protetores de donzelas desamparadas e os reformadores das injustiças deste mundo; e meu tutor era quem melhor sabia disto. Assim, em sua indignação, ele foi superior ao barbeiro e ao padre quando me atirou um nome ilustre como censura.

Andei cinco minutos completos à sua retaguarda; depois, sem olhar para trás, ele parou. As sombras dos picos distantes se distanciavam sobre o Desfiladeiro de Furca. Quando o alcancei, virou-se para mim e, à vista total do Finster-Aahorn com seu bando de gigantescos irmãos erguendo as cabeças monstruosas contra um céu luminoso, colocou a mão afetuosamente em meu ombro.

"Muito bem! Chega! Não falaremos mais disso."

E, com efeito, não houve mais nenhum questionamento de minha misteriosa vocação entre nós. Não haveria mais questionamento sobre o assunto em parte alguma e por ninguém. Começamos a descer o Desfiladeiro de Furca conversando alegremente. Onze anos mais tarde, no mesmo mês, eu estava parado em Tower Hill, sobre degraus da doca St. Katherine, capitão da Marinha Mercante britânica. Mas o homem que pusera a mão em meu ombro no alto do Desfiladeiro de Furca já não estava vivo.

Naquele mesmo ano de nossas viagens, ele se diplomara na Faculdade de Filosofia — e somente então sua verdadeira vocação se manifestara. Obedecendo ao chamado, ele entrou imediatamente no curso de quatro anos da Escola de Medicina. Houve um dia em que, estando no convés de um navio atracado em Calcutá, abri uma carta contando-me sobre o fim de uma existência invejável. Ele havia montado uma clínica nalguma cidadezinha obscura da Galícia austríaca. E a carta prosseguia contando como todos os pobres enjeitados do distrito, tanto cristãos como judeus, espremeram-se ao redor do caixão do bom doutor com soluços e lamentações até o portão do cemitério.

Que vida tão curta e que opinião tão clara! Que maior recompensa em ambição, honra e consciência poderia ter almejado para si quando, no alto do Desfiladeiro de Furca, instou-me a olhar bem para o final de minha florescente vida.

Um Registro Pessoal

III

A devoração, numa floresta sombria, de um infeliz cachorro lituano por meu tio-avô Nicholas B. na companhia de dois outros militares maltrapilhos e esfomeados simbolizou, para minha imaginação infantil, todo o horror da retirada de Moscou e a imoralidade da ambição de um conquistador. Uma extrema aversão por aquele famigerado episódio vem colorindo as impressões que guardo do caráter e dos feitos de Napoleão o Grande. Não preciso dizer que elas são desfavoráveis. Foi moralmente condenável aquele grande capitão induzir um singelo cavalheiro polonês a comer cachorro ao instigar em seu peito a falsa esperança da independência nacional. Foi o destino daquela nação crédula ficar à míngua por mais de cem anos numa dieta de falsas esperanças e... bem... cachorros. Quando se pensa nisto, é um regime singularmente venenoso. Algum orgulho na constituição nacional que tenha sobrevivido a uma prolongada dieta de tais pratos é realmente perdoável. Mas basta de generalizações. Voltando aos particulares, o Sr. Nicholas B. confidenciou a sua cunhada (minha avó) em sua misantrópica maneira lacônica de falar que esta ceia nos bosques quase significara "sua morte". Não é de surpreender. Surpreende-me que a história tenha sido ouvida; pois o tio-avô Nicholas se diferenciava dos militares do tempo de Napoleão (e talvez, de todos os tempos), por não gostar de falar de suas campanhas, que começaram em Friedland e terminaram em algum lugar nas vizinhanças de Bar-le-Duc. Sua admiração pelo grande Imperador era irrestrita em tudo, exceto na expressão. Como a religião de um homem sincero, era um sentimento profundo demais para ser exibido perante um mundo de pouca fé. Aparte isto, ele parecia completamente desprovido de anedotas militares como se jamais tivesse visto um soldado em toda sua vida. Orgulhoso de suas condecorações, recebidas antes de completar vinte e cinco anos, recusava-se a usar as fitas na botoeira como era costume na Europa daquela época, e nem mesmo gostava de exibir as insígnias em ocasiões festivas, como se desejasse ocultá-las para não parecer jactancioso. "Basta que eu as tenha", costumava murmurar. Ao longo de trinta anos, elas foram vistas apenas duas vezes em seu peito — num auspicioso casamento na família e no enterro de um velho amigo. O casamento que mereceu semelhante

Um Registro Pessoal

honra não foi o de minha mãe, fiquei sabendo só bem mais tarde, tarde demais para odiar o Sr. Nicholas B., que honrou meu nascimento com uma longa carta de congratulações contendo a seguinte profecia: "Ele verá tempos melhores." Mesmo em seu coração amargurado havia esperança. Mas ele não era um autêntico profeta.

Era um homem de estranhas contradições. Vivendo muitos anos na casa do irmão, uma casa com muitas crianças, cheia de vida, de animação, barulhenta, com um constante ir e vir de muitos hóspedes, mantinha seus hábitos de reclusão e silêncio. Considerado obstinadamente reservado em todos seus propósitos, era, na realidade, vítima da mais dolorosa indecisão em todos os assuntos da vida civil. Debaixo de seu comportamento taciturno, fleumático, escondia-se uma capacidade de se enfurecer, um furor apaixonado e efêmero. Suspeito que não tivesse talento para a narrativa; mas parecia obter uma sombria satisfação em declarar que havia sido o último homem a cavalgar sobre a ponte do rio Elster após a batalha de Leipzig. Receando que alguma consideração favorável a seu valor pudesse ser imputada ao fato, ele condescendia em explicar como a coisa tinha se passado. Ao que parece, pouco depois do início da retirada, ele fora enviado de volta à cidade onde algumas divisões do Exército francês (e, entre elas, os corpos poloneses do Príncipe Joseph Poniatowski), amontoadas desesperadamente nas ruas, estavam sendo simplesmente exterminadas pelas tropas das Potências Aliadas. Perguntado sobre como estavam as coisas por ali, o Sr. Nicholas B. murmurava uma única palavra, "Chacina". Havendo entregue sua mensagem ao Príncipe, saiu imediatamente, às pressas, para dar conta de sua missão ao superior que o havia enviado. Àquela altura, o avanço do inimigo tinha envolvido a cidade e ele fora perseguido por tiros saídos das casas e caçado durante todo o percurso, até a margem do rio, por uma multidão desordenada de Dragões austríacos e Hussardos prussianos. A ponte havia sido minada no começo da manhã e ele temia que a visão de cavaleiros convergindo de muitos lados em sua perseguição alarmasse o oficial no comando dos sapadores causando a detonação prematura das cargas. Ele não havia se afastado duzentas jardas no outro lado quando ouviu o som das explosões fatais. O Sr. Nicholas B. concluía sua despojada narrativa com a palavra "Imbecil", pronunciada enfaticamente. Ela atestava assim sua indignação com a perda de tantos milhares de vidas. Mas sua fisionomia fleumática se iluminava quando falava de seu único ferimento com uma certa satisfação. Vai-se ver que havia alguma razão para isto ao saber que fora ferido no calcanhar. "Como sua Majestade o próprio Imperador Napoleão", lembrava seus ouvintes com fingida indiferença. Não restam dúvidas de

Um Registro Pessoal

que a indiferença era fingida quando se pensa no tipo muito distinto de ferimento de que se tratava. Em toda a história dos feitos militares, creio eu, apenas três guerreiros são publicamente conhecidos por terem sido feridos no calcanhar — Aquiles e Napoleão — verdadeiros semideuses — a quem a piedade familiar de um indigno descendente acrescenta o nome do simples mortal, Nicholas B.

Os Cem Dias encontraram o Sr. Nicholas B. morando com um parente distante nosso, proprietário de uma pequena quinta na Galícia. Como ele chegou até lá cruzando toda a extensão de uma Europa conflagrada e depois de que aventuras, receio que jamais saberemos. Todos os seus papéis foram destruídos logo após sua morte; mas se havia entre eles, como ele afirmava, um registro sucinto de sua vida, tenho plena certeza de que não ocuparia mais de meia folha de papel almaço, se tanto. Esse nosso parente era um oficial austríaco que deixara o serviço depois da batalha de Austerlitz. Diferentemente do Sr. Nicholas B., que ocultava suas condecorações, ele gostava de exibir sua honrosa exoneração em que era mencionado como *unschreckbar* (destemido) diante do inimigo. Nenhuma conjunção poderia parecer menos promissora, mas ainda assim a tradição familiar garante que os dois se davam muito bem em sua reclusão rural.

Perguntado se não ficara seriamente tentado a partir novamente para a França durante os Cem Dias para se incorporar ao serviço de seu amado Imperador, o Sr. Nicholas B. costumava murmurar: "Sem dinheiro. Sem cavalo. Muito longe para andar."

A queda de Napoleão e a falência das esperanças nacionais afetaram negativamente o caráter do Sr. Nicholas B. Ele desistiu de retornar à sua província. Mas havia uma outra razão para isto. O Sr. Nicholas B. e seu irmão — meu avô materno — tinham perdido o pai cedo, quando eram muito novos. A mãe, deixada ainda jovem e bem de vida, casou-se novamente com um homem de grande encanto e disposição cordial, mas sem um centavo. Ele veio a ser um padrasto atencioso e afetivo; a pena, porém, foi que, enquanto conduzia a educação dos meninos e formava seu caráter com sábios conselhos, fizesse tudo ao seu alcance para se apossar da fortuna, comprando e vendendo terra em seu próprio nome e investindo o capital de modo a cobrir os traços da propriedade verdadeira. Ao que parece, essas práticas podem ser bem-sucedidas quando se é suficientemente encantador para deslumbrar o tempo todo a esposa e do mesmo modo ousado para desafiar o inócuo horror da opinião pública. O momento crítico chegou quando o mais velho dos rapazes, ao atingir a maioridade, em 1811, pediu uma prestação de contas e pelo menos parte

Um Registro Pessoal

da herança para começar a vida. Foi então que o padrasto declarou, com calma determinação, que não havia contas a prestar e nenhuma propriedade a herdar. A fortuna toda era dele. Ele foi muito compreensivo com o equívoco do rapaz sobre o verdadeiro estado dos negócios, mas certamente se sentiu obrigado a manter firmemente sua posição. Velhos amigos vieram e se ocuparam, surgiram mediadores voluntários chegando por estradas lamentáveis dos mais distantes rincões das três províncias; e o Oficial da Nobreza (guardião *ex-officio* de todos os órfãos bem-nascidos) convocou uma reunião de proprietários rurais para "apurar, de maneira amigável, como surgira o desentendimento entre X e seus enteados e pensar medidas apropriadas para eliminá-lo". Uma delegação para este fim visitou X, que a recebeu com vinhos excelentes, mas recusou-se absolutamente a ouvir seus protestos. Quanto às propostas de arbitragem, ele simplesmente riu delas; no entanto, toda a província devia ter tomado conhecimento de que quatorze anos antes, quando desposara a viúva, toda sua fortuna visível consistia (afora por suas qualidades sociais) de uma ágil carruagem de quatro cavalos com dois criados com quem ele saía por ali fazendo visitas de casa em casa; e quanto a quaisquer fundos que possa ter tido naquela ocasião, sua existência só poderia ser inferida do fato de ser muito pontual no pagamento de suas modestas dívidas de jogo. Mas pelo poder mágico da afirmação persistente e obstinada, podia-se encontrar então, aqui e ali, pessoas murmurando que certamente "devia haver alguma coisa". Entretanto, no seu aniversário seguinte (que ele costumava comemorar com uma grande caçada de três dias), de toda a multidão convidada, apenas dois convidados compareceram, vizinhos distantes sem nenhuma importância; um notoriamente tolo e o outro, pessoa muito pia e honesta mas tão apaixonadamente amante da espingarda que, em sua própria confissão, não poderia recusar o convite para uma caçada que viesse do próprio diabo. X enfrentou esta manifestação da opinião pública com a serenidade de uma consciência impoluta. Ele recusou-se a ser esmagado. Ainda assim, deve ter sido um homem de sentimentos profundos porque, quando a esposa tomou abertamente o partido dos filhos, ele perdeu sua bela tranqüilidade, proclamou-se de coração partido e expulsou-a de casa, negligenciando, em sua dor, dar-lhe tempo suficiente para empacotar suas tralhas.

Este foi o começo de uma ação judicial, uma abominável maravilha de chicana que, pelo uso de todos os subterfúgios legais, foi montada para durar muitos anos. Foi também a ocasião para uma exibição de muita bondade e simpatia. Todas as casas vizinhas se abriram para a recepção dos desabrigados. Jamais faltou ajuda legal ou assistência material no

Um Registro Pessoal

prosseguimento da ação judicial. X, por seu lado, saiu por ali derramando lágrimas publicamente sobre a ingratidão dos enteados e a cega paixão da esposa; mas como simultaneamente exibisse uma grande esperteza na arte de ocultar documentos materiais (chegou a se suspeitar que teria queimado uma porção de documentos familiares historicamente interessantes), este litígio escandaloso teria que terminar com um acordo sob pena de acontecer o pior. Este foi finalmente acertado pela entrega, tirando da propriedade disputada, com plena satisfação de todas as queixas, de duas aldeias com cujos nomes não pretendo aborrecer meus leitores. Depois desse desfecho canhestro, nem a esposa nem os enteados teriam nada a dizer ao homem que presenteara o mundo com um exemplo tão bem-sucedido de auto-ajuda baseado no caráter, na determinação e na criatividade; e minha bisavó, com a saúde completamente abalada, morreu um par de anos depois, em Carlsbad. Legalmente garantido por um decreto na posse de seu saque, X recuperou a serenidade costumeira e seguiu vivendo na vizinhança em estilo confortável e aparente paz de espírito. Suas grandes caçadas voltaram a ser concorridas. Ele nunca se cansava de assegurar às pessoas que não guardava nenhum rancor pelo que se havia passado; ele protestava, em alta voz, sua permanente afeição pela esposa e os enteados. Era bem verdade, dizia, que eles tinham tentado, de todas as formas, deixá-lo nu como um santo turco, no ocaso de seus dias; e como ele se defendera da espoliação como qualquer pessoa do lugar teria feito, eles o haviam abandonado agora aos horrores de uma velhice solitária. No entanto, seu amor por eles sobrevivera a esses golpes cruéis. E pode ter havido alguma verdade em seus protestos. Logo depois, ele começou a fazer investidas amistosas junto a seu enteado mais velho, meu avô materno; e quando essas foram cabalmente rejeitadas, repetiu-as insistentemente com característica obstinação. Durante anos ele persistiu em seus esforços de reconciliação, prometendo a meu avô executar um testamento em seu favor, se eles apenas voltassem a ser amigos a ponto de se visitarem de vez em quando (era uma vizinhança muito próxima para aqueles territórios, cerca de quarenta milhas), ou mesmo aparecendo para a grande caçada no dia do aniversário. Meu avô era um ardoroso apreciador de todos os esportes. Seu temperamento era tão livre de rigidez e animosidade quanto se possa imaginar. Discípulo dos beneditinos liberais que dirigiam a única escola pública das então existentes no sul, ele havia lido profundamente os autores do século XVIII. Nele, a caridade cristã se combinava a uma indulgência filosófica para com as fraquezas da natureza humana. Mas a lembrança daqueles miseravelmente ansiosos primeiros anos, seus anos de juventude despojados de todas as ilusões generosas

Um Registro Pessoal

pelo cinismo da sórdida ação judicial, interpunha-se no caminho do perdão. Ele jamais sucumbiu ao fascínio da grande caçada; e X, com o coração disposto até o fim à reconciliação, com o rascunho do testamento pronto para assinar ao lado da cama, morreu sem testar. A fortuna assim adquirida e aumentada por uma sábia e cuidadosa gestão passou para alguns parentes distantes que ele nunca vira e que nem mesmo levavam seu nome.

Entrementes, a bênção da paz geral desceu sobre a Europa. O Sr. Nicholas B., despedindo-se de seu hospitaleiro parente, o "destemido" oficial austríaco, partiu da Galícia e, sem aproximar-se de sua terra natal onde a odiosa ação judicial ainda corria, procedeu diretamente para Varsóvia e entrou no exército do recém-constituído reino polonês sob o ceptro de Alexandre I, soberano de todas as Rússias.

Este Reino, criado pelo Congresso de Viena como reconhecimento a uma nação de sua antiga existência independente, incluía apenas as províncias centrais do antigo patrimônio polonês. Um irmão do Imperador, o Grão Duque Constantine (Pavlovich), seu Vice-rei e Comandante-em-Chefe, casou-se morganaticamente com uma dama polonesa a quem era fortemente ligado, estendeu esta afeição ao que ele chamava "Meus Polacos" de uma maneira caprichosa e selvagem. De compleição doentia, com uma fisionomia tártara e miúdos olhos ardentes, ele andava com os punhos cerrados, o corpo inclinado para a frente, lançando olhares suspeitosos por baixo de um enorme tricórnio. Sua inteligência era limitada e sua própria sanidade mental duvidosa. A marca hereditária se expressava, em seu caso, não por inclinações místicas como em seus dois irmãos, Alexandre e Nicolau (à sua maneira, pois um era misticamente liberal e o outro misticamente autocrático), mas pela fúria de um gênio incontrolável que geralmente explodia em repugnantes excessos nos campos de treinamento. Era um apaixonado militarista e fabuloso instrutor de exercícios militares. Tratava o Exército polonês como uma criança mimada trata um brinquedo favorito, só não o levava para a cama à noite. Não era pequeno o bastante para este fim. Mas brincava com ele o dia todo e todos os dias, deliciando-se com a variedade dos lindos uniformes e com a diversão dos exercícios incessantes. Esta paixão infantil, não pela guerra mas pelo simples militarismo, conseguiu o resultado desejado. O Exército polonês, em seu equipamento, seu armamemto e sua eficiência no campo de batalha, como então se entendia, tornou-se, por volta do final de 1830, um instrumento tático de primeira ordem. O campesinato polonês (não os servos) era alistado nas fileiras, e os oficiais pertenciam principalmente à pequena nobreza. O Sr. Nicholas B., com sua folha de serviços napoleônica, não teve dificuldade para obter um posto de tenente, mas a

Um Registro Pessoal

promoção no Exército polonês era lenta porque, sendo uma organização separada, não tomou parte nas guerras do império russo contra a Pérsia e a Turquia. Sua primeira campanha, contra a própria Rússia, viria a ser a sua última. Em 1831, no momento da eclosão da Revolução, o Sr. Nicholas B. era o capitão comandante de seu regimento. Algum tempo depois ele seria colocado à frente do estabelecimento de remonta do reino em nossas províncias meridionais, de onde saíam quase todas as montarias da cavalaria polonesa. Pela primeira vez desde que saíra de casa, aos dezoito anos, para iniciar sua vida militar na batalha de Friedland, o Sr. Nicholas B. respirava o ar da "Fronteira", seu ar nativo. Um destino duro estava à sua espera no cenário de sua juventude. Às primeiras notícias do levante de Varsóvia, toda a unidade de remonta, oficiais, veteranos e os próprios soldados rasos, foi prontamente detida e levada às pressas para além do Dnieper, para uma cidade mais próxima na própria Rússia. Dali eles foram dispersados em partes distantes do império. Nesta ocasião, o pobre Nicholas B. penetrou na Rússia muito mais profundamente do que fizera nos tempos da invasão napoleônica, ainda que menos voluntariamente. Ele ali permaneceu três anos, autorizado a viver livremente na cidade, mas tendo que se apresentar todos os dias, ao meio-dia, ao comandante militar, que costumava retê-lo para uma cachimbada e um bate-papo. É difícil formar uma idéia justa de como poderia ter sido um bate-papo com o Sr. Nicholas B. Devia haver um grande rancor sufocado por baixo de sua conduta taciturna, pois o comandante comunicava-lhe as novidades do teatro da guerra, e essas novidades eram como não poderiam deixar de ser, isto é, muito ruins para os poloneses. O Sr. Nicholas B. recebia as notícias com aparente fleuma, mas o russo mostrava uma calorosa simpatia por seu prisioneiro. "Como soldado que sou, compreendo seus sentimentos. Você certamente gostaria de estar no fogo da luta. Céus! Gosto de você. Se não fosse pelos termos do juramento militar, eu o deixaria partir sob minha responsabilidade. Que diferença faria para nós um a mais ou a menos de vocês?"

Outras vezes, ele cogitava com simplicidade.

"Diga-me, Nicholas Stepanovitch" — o nome de meu bisavô era Stephen e o comandante usava a forma russa de tratamento formal — "diga-me por que vocês poloneses estão sempre criando confusão? O que mais poderiam esperar de um levante contra a Rússia?"

Ele também era capaz de reflexões filosóficas.

"Veja seu Napoleão agora. Um grande homem. Não há como negar que ele foi um grande homem enquanto se contentou em espancar aqueles germanos e austríacos e todas aquelas nações. Mas não! Ele tinha que ir

Um Registro Pessoal

procurar confusão na Rússia, e qual foi a conseqüência? Tal como você me vê, eu tilintei este meu sabre nas calçadas de Paris."

Depois de sua volta à Polônia, o Sr. Nicholas B. o descrevia como um "homem valoroso mas estúpido" sempre que pudesse ser induzido a falar das condições de seu exílio. Recusando a opção que lhe fora oferecida de entrar para o Exército russo, foi aposentado apenas com metade da pensão de seu posto. Seu sobrinho (meu tio e tutor) contou-me que a primeira impressão duradoura em sua memória como criança de quatro anos foi a alegre excitação reinante na casa de seus pais no dia em que o Sr. Nicholas B. chegara de sua detenção na Rússia.

Cada geração tem suas memórias. As primeiras memórias do Sr. Nicholas B. devem ter sido moldadas pelos eventos da última partilha da Polônia, e ele viveu tempo suficiente para sofrer com o último levante armado, em 1863, um acontecimento que afetou o futuro de toda minha geração e coloriu minhas primeiras impressões. Com a morte de seu irmão, em cuja casa ele abrigara, durante cerca de dezessete anos, sua misantrópica timidez diante dos problemas mais comezinhos da vida, no começo dos anos cinqüenta, o Sr. Nicholas B. teve que reunir toda sua coragem e tomar alguma decisão quanto a seu futuro. Depois de uma longa e angustiante hesitação, foi finalmente persuadido a arrendar mil e quinhentos acres da propriedade de um amigo da vizinhança. Os termos do arrendamento eram muito vantajosos, mas a localização afastada da aldeia e a casa simples, confortável e em bom estado de conservação foram, imagino, os principais atrativos. Ele morou ali tranqüilamente por cerca de dez anos, vendo muito poucas pessoas e sem tomar parte na vida pública da província, tal como esta poderia existir sob uma tirania burocrática e autoritária. Seu caráter e seu patriotismo estavam acima de qualquer suspeita; mas os organizadores do levante, em suas freqüentes incursões para cima e para baixo da província, evitavam escrupulosamente chegar perto de sua casa. Era sentimento geral que o repouso dos últimos anos do velho não devia ser perturbado. Mesmo pessoas tão íntimas como meu avô paterno, um companheiro de armas durante a campanha moscovita de Napoleão e posteriormente companheiro oficial do Exército polonês, abstinha-se de visitar seu camarada quando se aproximava a data do levante. Os dois filhos e a única filha de meu avô paterno estavam todos profundamente envolvidos no trabalho revolucionário; ele próprio era daquele tipo de nobre rural polonês cujo único ideal de ação patriótica era "subir na sela e expulsá-los". Mas ele próprio concordava em que "o querido Nicholas não devia ser aborrecido". Toda esta cuidadosa consideração da parte dos amigos, tanto os conspiradores como os outros,

Um Registro Pessoal

não impediam o Sr. Nicholas B. de ser forçado a sentir os infortúnios daquele malfadado ano.

Menos de quarenta e oito horas depois do início da rebelião naquela parte do país, um esquadrão de batedores cossacos cruzou a aldeia e invadiu a herdade. A maioria permaneceu formada entre a casa e os estábulos enquanto vários deles, desmontando, saquearam os diversos barracões externos. O oficial em comando, acompanhado de dois homens, caminhou até a porta da frente. Todas as cortinas das janelas daquele lado estavam descidas. O oficial disse ao criado que o recebeu que queria ver seu amo. Ele lhe respondeu que o amo havia saído, o que era a verdade exata.

Sigo aqui a história tal como foi posteriormente contada pelo criado a amigos e parentes de meu tio-avô, e a ouvi muitas vezes.

Ao receber esta resposta, o oficial cossaco, que estivera parado no pórtico, entrou na casa.

"Onde foi o amo, então?"

"Nosso amo foi a J-" (a capital da província, distante cerca de cinqüenta milhas) "anteontem."

"Há apenas dois cavalos nos estábulos. Onde estão os outros?"

"Nosso amo sempre viaja com seus próprios cavalos" (querendo dizer: não de diligência). "Ele ficará fora uma semana ou mais. Ele fez a graça de me dizer que tinha que resolver certos negócios no Tribunal Civil."

Enquanto o criado falava, o oficial examinava o vestíbulo. Havia uma porta à sua frente, uma à direita e uma à esquerda. O oficial escolheu a sala da esquerda e ordenou que as cortinas fossem erguidas. Era o estúdio do Sr. Nicholas B. com um par de altas estantes de livros, alguns quadros nas paredes, e tudo o mais. Ao lado da grande mesa central forrada de livros e papéis, havia uma minúscula escrivaninha bem iluminada com várias gavetas, entre a porta e a janela; era onde meu tio-avô costumava se acomodar para ler ou escrever.

Erguendo a cortina, o criado espantou-se ao perceber que toda a população masculina da aldeia se aglomerara em frente da casa, pisoteando os canteiros de flores. Havia também algumas mulheres entre eles. Ficou satisfeito ao ver o padre da aldeia (da Igreja Ortodoxa) subindo o passeio. O bom homem, na pressa, vinha com a sotaina arregaçada até o alto das botas.

O oficial estivera examinando as lombadas dos livros nas estantes. Depois se inclinou sobre a borda da mesa central e observou vagarosamente:

"Seu amo não o levou à cidade com ele, então."

"Sou o criado principal e ele me deixa cuidando da casa. É um rapaz

Um Registro Pessoal

jovem e forte que viaja com nosso amo. Se — Deus me perdoe — acontecer algum acidente na estrada, ele poderia ser muito mais útil do que eu."

Olhando pela janela, ele viu o padre discutindo veementemente no meio da turba, que parecia contida por sua interferência. Três ou quatro homens, porém, conversavam com os cossacos à porta.

"E você não acha que seu amo foi se juntar aos rebeldes, talvez, hein?", perguntou o oficial.

"Nosso amo seria velho demais para isto, com certeza.. Ele tem bem mais de setenta e está ficando fraco também. Já faz alguns anos que não monta um cavalo e também não consegue andar muito atualmente."

O oficial ficou ali sentado, balançando a perna, muito calado e indiferente. Àquela altura, os camponeses que estavam falando com os soldados cossacos à porta tiveram permissão para entrar no vestíbulo. Um ou dois mais saíram da multidão e os seguiram. Eram sete ao todo e entre eles o ferreiro, um ex-soldado. O criado apelou respeitosamente para o oficial.

"Vossa Senhoria faria a graça de dizer às pessoas para voltarem para suas casas? O que elas querem invadindo esta casa desse jeito? Não está certo elas se comportarem assim quando nosso amo está fora, e eu sou responsável por tudo aqui."

O oficial só riu um pouco e depois de um instante perguntou:

"Vocês têm alguma arma na casa?"

"Sim. Temos. Umas velharias."

"Coloque-as aqui, sobre esta mesa."

O criado fez uma nova tentativa de obter proteção:

"Vossa Senhoria não diria a essas pessoas...?"

Mas o oficial fitou-o em silêncio de tal modo que ele desistiu imediatamente e saiu apressado para chamar o despenseiro para ajudá-lo a recolher as armas. Enquanto isso, o oficial percorreu lentamente todos os cômodos da casa, examinando-os atentamente, mas sem tocar em nada. Os camponeses no vestíbulo recuaram e tiraram os gorros à sua passagem. Ele não lhes dirigiu palavra. Quando voltou ao estúdio, todas as armas encontradas na casa estavam sobre a mesa. Havia um par de grandes pistolas de pederneira dos tempos napoleônicos, duas espadas de cavalaria, uma no modelo do Exército francês e outra do Exército polonês, uma ou duas espingardas de caça.

O oficial, abrindo a janela, atirou fora pistolas, espadas e espingardas, uma de cada vez, e seus soldados as recolheram. Os camponeses no vestíbulo, encorajados por seus modos, tinham se esgueirado atrás dele para dentro do estúdio. Ele não deu o menor sinal de tomar consciência

Um Registro Pessoal

de sua existência e, com seu negócio aparentemente concluído, saiu da casa pisando forte sem uma palavra. Mal havia saído, os camponeses no estúdio vestiram os gorros e começaram a sorrir uns para os outros. Os cossacos saíram cavalgando, cruzando os pátios da herdade diretamente para os campos. O padre, ainda discutindo com os camponeses, moveu-se gradualmente pelo passeio e sua sincera eloqüência arrastava a multidão silenciosa atrás de si, para longe da casa. Justiça seja feita aos párocos da Igreja Grega que, estrangeiros como eram no país (todos oriundos do interior da Rússia), a maioria deles usava a influência que tinha sobre suas ovelhas na causa da paz e da humanidade. Fiéis ao espírito de sua vocação, tentavam aplacar as paixões do campesinato exaltado, opondo-se à rapina e à violência sempre que podiam, com todo seu poder. E esta conduta eles mantinham contra os desejos expressos das autoridades. Mais tarde, alguns deles vieram a sofrer por esta desobediência, sendo removidos abruptamente para o norte distante ou enviados a paróquias siberianas.

O criado estava ansioso para se livrar dos poucos camponeses que haviam entrado na casa. Que tipo de conduta era aquela, perguntou-lhes. Para com um homem que era um simples arrendatário, que tinha sido invariavelmente bom e respeitoso com os aldeões durante anos, e no outro dia apenas tinha acertado doar dois pastos para o uso do rebanho da aldeia? Ele lhes lembrou também a dedicação do Sr. Nicholas B. aos doentes na época do cólera. Cada palavra dessas era expressão da verdade e foram tão eficazes que os homens começaram a coçar as cabeças e a vacilar. O orador apontou então para a janela, exclamando: "Olhem! Toda sua gente está se afastando calmamente, e vocês, seus tolos, fariam melhor de segui-los e orar a Deus para perdoar seus maus pensamentos."

Este apelo foi uma infeliz inspiração. Aglomerando-se desajeitadamente à janela para ver se ele estava falando a verdade, os camponeses derrubaram a pequena escrivaninha. Ao cair, ouviu-se um tilintar de moedas soltas. "Tem dinheiro nessa coisa!", gritou o ferreiro. Num instante, o tampo da delicada peça do mobiliário foi esmagado e ali estavam, expostos numa gaveta, oitenta meios-imperiais. Moeda de ouro era uma visão rara na Rússia, mesmo naquele tempo; ela deixou os camponeses fora de si. "Deve haver mais disso pela casa e vamos pegá-las!", gritou o ferreiro ex-soldado. "É tempo de guerra." Os outros já estavam gritando pela janela, convocando a multidão para voltar e ajudar. O padre, subitamente abandonado ao portão, levantou os braços e se afastou às pressas para não ver o que ia se passar.

Em sua busca de dinheiro, aquela bucólica multidão destroçou tudo

Um Registro Pessoal

que havia na casa, rasgando com facas, cortando com machadinhas de tal modo que, como disse o criado, não restaram duas peças inteiras de madeira em toda a casa. Eles quebraram alguns espelhos muito finos, todas as janelas, e cada peça de vidro e porcelana. Eles atiraram os livros e papéis para o gramado e atearam fogo no monte, aparentemente por pura diversão. A única coisa que deixaram intacta foi um pequeno crucifixo de marfim que permaneceu pendurado na parede do dormitório devastado acima do confuso monte de trapos, mogno quebrado e tábuas estilhaçadas que haviam sido a armação da cama do Sr. Nicholas B. Apanhando o criado fugindo com uma caixa de estanho laqueada, eles a arrancaram dele e, como resistiu, atiram-no pela janela da sala de visitas. A casa era térrea mas se elevava muito acima do solo e a queda foi tão séria que o homem ficou estatelado, sem sentidos, até o cozinheiro e o cavalariço se aventurarem a sair de seus esconderijos, ao crepúsculo, e o recolherem. A essa altura, a turba havia partido, carregando a caixa de estanho que poderia conter notas de dinheiro. A alguma distância da casa, no meio de um campo, eles a arrombaram. Encontraram em seu interior documentos redigidos em pergaminho e as duas cruzes da Legião de Honra e Por Mérito. À vista desses objetos que, explicou o ferreiro, eram insígnias de honra concedidas apenas pelo Czar, ficaram extremamente apavorados com seu feito. Atiraram tudo numa vala e se dispersaram às pressas.

Ao tomar conhecimento desta particular perda, o Sr. Nicholas B. ficou completamente arrasado. O mero saque de sua casa não pareceu afetá-lo muito. Enquanto ainda estava acamado refazendo-se do choque, as duas cruzes foram encontradas e devolvidas. Isto favoreceu sua lenta convalescença, mas a caixa de estanho e os pergaminhos, embora tivessem sido muito procurados por todas as valas da vizinhança, jamais foram encontrados. Ele não conseguiu se refazer da perda de sua Patente da Legião de Honra, cujo preâmbulo, discorrendo sobre seus serviços, sabia de cor até a última letra, e depois desse golpe, dispunha-se a recitá-lo às vezes, com os olhos rasos d'água. Seus termos aparentemente o assombraram de tal modo nos dois últimos anos de sua vida que costumava repeti-los para si próprio. Isto é confirmado pela observação feita mais de uma vez por seu velho criado aos amigos mais íntimos: "O que deixa meu coração pesado é ouvir nosso amo em seu quarto, à noite, andando de um lado para outro e rezando em voz alta em francês".

Deve ter sido pouco mais de um ano depois que vi o Sr. Nicholas B. ou, mais corretamente, que ele me viu pela última vez. Foi, como já disse, quando minha mãe teve um licença de três meses do exílio, que ela estava passando na casa de seu irmão, e amigos e parentes vinham de longe e de

Um Registro Pessoal

perto para reverenciá-la. É inconcebível que o Sr. Nicholas B. não tenha se contado entre esses. A criancinha de alguns meses que ele havia carregado nos braços ao voltar para o lar depois de anos de guerra e exílio professava sua fé na salvação nacional sofrendo sua cota de exílio. Não sei se ele estava presente no dia de nossa partida. Já admiti que, para mim, ele é particularmente o homem que na juventude tinha comido cachorro assado nas profundezas de uma sombria floresta de pinheiros nevados. Minha memória não consegue situá-lo em nenhuma cena rememorada. Um nariz adunco, um pouco de cabelos brancos lustrosos, a impressão evanescente de uma figura rígida, esguia e descarnada, militarmente abotoada até a garganta é tudo que existe agora, sobre a terra, do Sr. Nicholas B., apenas essa vaga sombra perseguida pela memória de seu sobrinho-neto, o último ser humano sobrevivente, imagino, de todos que ele viu no curso de sua taciturna vida.

Mas lembro-me bem do dia de nossa partida de volta para o exílio. A comprida, *bizarre*, surrada carruagem com quatro cavalos de posta parada à frente da casa com suas oito colunas, quatro de cada lado do amplo lance de escada. Nos degraus, grupos de criados, alguns parentes, um ou dois amigos da vizinhança próxima, um perfeito silêncio, o ar de grave concentração em todas as faces; minha avó, toda de preto, olhando estoicamente, meu tio dando o braço a minha mãe até a carruagem onde eu já havia sido acomodado; no alto da escada, meu pequeno primo com um curto saiote de padrão axadrezado com uns toques de vermelho e atendido, como uma princesinha, pelas mulheres de seu próprio lar: a *gouvernante* principal, nossa querida, corpulenta Francesca (que servia à família B. havia trinta anos), a antiga enfermeira, agora servente externa, um belo rosto de camponesa exibindo uma expressão compungida, e a boa e feia Mlle. Durand, a governanta, com suas sobrancelhas pretas se encontrando sobre um nariz curto e grosso e a tez parecendo papel pardo desbotado. De todos os olhos voltados para a carruagem, somente seus olhos bondosos vertiam lágrimas, e apenas sua voz soluçante quebrou o silêncio com um apelo a mim: "*N'oublie pas ton français, mon chéri.*" Em três meses, simplesmente brincando conosco, ela me havia ensinado não só a falar o francês, mas também a ler nesta língua. Ela era efetivamente uma excelente companheira de folguedos. À distância, a meio caminho dos grandes portões, uma aranha leve, aberta, aparelhada com três cavalos à maneira russa, estava encostada de um lado do passeio. O capitão de polícia do distrito estava sentado em seu interior com a viseira de seu quepe tendo uma faixa vermelha baixada sobre os olhos.

Parece estranho que ele estivesse ali observando com tanto zelo a nossa

Um Registro Pessoal

partida. Não querendo tratar com leviandade a justa timidez dos imperialistas de todo o mundo, permito-me a reflexão de que uma mulher, praticamente condenada pelos médicos, e um garotinho, que sequer atingira os seis anos, não poderiam ser considerados seriamente perigosos mesmo para o maior dos impérios concebíveis zelando pelas mais sagradas responsabilidades. E esse bom sujeito, acredito, não pensava assim também.

Tomei conhecimento mais tarde do motivo de sua presença naquele dia. Não me recordo de quaisquer sinais exteriores, mas parece que a saúde de minha mãe havia piorado tanto, cerca de um mês antes, que houve dúvidas se teria condições de viajar na ocasião. Nesta incerteza, solicitara-se ao Governador-Geral, em Kiev, para conceder-lhe um prolongamento de quinze dias para sua estadia em casa do irmão. Nenhuma resposta fora dada a esta petição, mas certo dia, ao cair da noite, o capitão de polícia do distrito veio até a casa e expressou ao valete de meu tio, que correra ao seu encontro, seu desejo de falar com o amo em particular, imediatamente. Muito impressionado (ele pensava que ia ser preso), o criado, "mais morto de medo do que vivo", como narrou posteriormente, conduziu-o sorrateiramente pela grande sala de visitas que estava às escuras (aquela sala não era iluminada todas as noites), na ponta dos pés, para não atrair a atenção das senhoras da casa, e levou-o através do laranjal aos aposentos privados de meu tio.

O policial, sem qualquer preliminar, enfiou um papel nas mãos de meu tio.

"Olhe. Leia isso. Não devia mostrar este papel para o senhor. Estou cometendo um erro. Mas não consigo comer nem dormir com um serviço desses sob meu encargo."

O capitão de polícia, natural da Grande Rússia, servia há muitos anos no distrito.

Meu tio desdobrou e leu o documento. Era uma ordem de serviço emitida pelo secretariado do Governador Geral tratando do assunto da petição e ordenando que o capitão desconsiderasse todos os protestos e explicações com respeito àquela doença, tanto de médicos como de outros, "e se ela não tivesse deixado a casa de seu irmão" — prosseguia — "na manhã do dia especificado por sua autorização, você deve despachá-la imediatamente, sob escolta, diretamente" (sublinhado) "ao hospital-prisão de Kiev, onde ela será tratada como o caso exige".

"Pelo amor de Deus, Sr. B., cuide que sua irmã vá embora pontualmente nesse dia. Não me obrigue a fazer este serviço com uma mulher — e ainda de sua família. Eu simplesmente não consigo suportar esta idéia."

Um Registro Pessoal

Ele torcia desesperadamente as mãos. Meu tio o observava em silêncio.

"Obrigado pelo aviso. Garanto-lhe que mesmo que estiver morrendo, será levada até a carruagem."

"Sim — com efeito — e que diferença faria — viajar para Kiev ou de volta a seu marido. Pois ela teria que ir — morta ou não. E veja, Sr. B., eu estarei aqui no dia, não que duvide de sua promessa, mas porque devo. Eu preciso estar. Dever. De qualquer forma, meu ofício não serve para um cão enquanto alguns de vocês polacos seguirem se revoltando, e todos vocês tiveram que sofrer por isto."

Eis o motivo para ele estar ali numa aranha aberta puxada por três cavalos entre a casa e os grandes portões. Lamento não ter sido capaz de entregar seu nome ao escárnio de todos que acreditam nos direitos de conquista, como um sensível e repreensível guardião da grandeza imperial. Por outro lado, estou em posição de dizer o nome do Governador Geral que assinou a ordem com a nota marginal "a ser cumprida ao pé da letra", com a própria letra. O nome do cavalheiro era Bezak. Um alto dignatário, um oficial enérgico, o ídolo, por algum tempo, da imprensa patriótica russa.

Cada geração tem suas memórias.

Um Registro Pessoal

IV

Não se deve supor que, ao apresentar as lembranças desta meia hora entre o momento em que meu tio saiu do quarto até nos reencontrarmos no jantar, eu tenha perdido *A Loucura de Almayer* de vista. Confessando que minha primeira novela foi iniciada na ociosidade — uma ocupação de férias —, penso ter dado também a impressão de que foi um livro muito protelado. Ele jamais se enfraqueceu em minha mente, mesmo quando a esperança de concluí-lo era muito tênue. Muitas coisas se interpuseram em seu caminho: obrigações diárias, novas impressões, velhas lembranças. Ele não foi o resultado de uma necessidade — a famosa necessidade de expressão da própria personalidade que os artistas encontram em sua busca de motivos. A necessidade que me animou foi uma necessidade oculta, encoberta, um fenômeno inteiramente obscuro e inexplicável. Ou talvez algum mago ocioso e frívolo (deve haver magos em Londres) tivesse lançado um feitiço sobre mim pela janela de sua sala de visitas enquanto eu explorava o labirinto de ruas a leste e oeste em solitárias caminhadas errantes, sem mapa e sem compasso. Até começar aquela novela, só havia escrito cartas, e não muitas. Jamais fizera anotações de um fato, uma impressão ou anedota em toda minha vida. A idéia de um livro planejado estava inteiramente fora de minhas faculdades mentais quando me sentava para escrever; a ambição de ser um autor jamais apareceu entre aquelas graciosas existências imaginárias que às vezes criamos carinhosamente, para uso próprio, na paz e imobilidade de um devaneio: no entanto, está claro como a luz do meio-dia que a partir do momento em que escrevi a primeira página manuscrita de *A Loucura de Almayer* (ela continha cerca de duzentas palavras e esta proporção de palavras por página permaneceu comigo durante os quinze anos de minha vida literária), a partir do momento em que escrevi, na singeleza de meu coração e espantosa ignorância de meu espírito, aquela página, a sorte estava lançada. Jamais o Rubicão terá sido mais cegamente transposto, sem invocação dos deuses, sem temor dos homens.

Naquela manhã, levantei-me da mesa depois do desjejum empurrando a cadeira para trás e tocando a campainha violentamente, ou talvez devesse dizer resolutamente, ou mesmo ansiosamente, não sei. Mas seguramente

Um Registro Pessoal

deve ter sido um toque especial da campainha, um som comum tornado impressivo, como o toque de campainha comandando o abrir das cortinas para um novo ato. Era algo que não costumava fazer. Geralmente, eu me demorava no desjejum, e raramente me dava ao trabalho de tocar a campainha para tirarem a mesa; mas naquela manhã, por alguma razão oculta no mistério geral do fato, não me demorei. No entanto, não estava com pressa. Puxei o cordão casualmente e, quando o tênue tilintar em algum lugar do porão se desfez, enchi o cachimbo da maneira usual e olhei para a caixa de fósforos com olhar distraído, de fato, mas sem exibir, posso jurar, o menor sinal de uma bela ansiedade. Estava suficientemente composto para perceber, depois de um tempo razoável, a caixa de fósforos sobre a cornija da lareira, bem debaixo de meu nariz. E tudo isto foi lindamente, seguramente, usual. Antes de me desfazer do palito, a filha de minha hospedeira surgiu à porta com seu rosto pálido e calmo e um olhar inquisitivo. Ultimamente vinha sendo a filha que atendia aos chamados da campainha. Menciono este pequeno fato com orgulho, por demonstrar que, durante os trinta ou quarenta dias de minha estadia como inquilino, eu produzira uma impressão favorável. Na última quinzena, eu havia sido poupado da desagradável visão da escrava doméstica. As moças daquela casa em Bessborough Gardens eram trocadas freqüentemente, mas fossem baixas ou altas, claras ou escuras estavam sempre desalinhadas e particularmente sujas, como se numa versão sórdida do conto de fadas a gata borralheira fosse transformada em criada. Eu estava infinitamente sensibilizado com o privilégio de ser atendido pela filha da hospedeira. Embora fosse anêmica, era asseada.

"Pode limpar isso tudo imediatamente, por favor?", disse-lhe com cadência entrecortada, empenhado que estava em chupar simultaneamente o cachimbo. Foi um pedido inusitado, admito. Geralmente, ao me levantar da mesa do desjejum, eu me sentava à janela com um livro e deixava que tirassem a mesa quando bem quisessem; mas se acham que naquela manhã eu estava ao menos impaciente, estão enganados. Lembro-me de estar perfeitamente calmo. Na verdade, não estava absolutamente certo de que queria escrever, ou que pretendia escrever, ou que tivesse qualquer coisa sobre o que escrever. Não, eu não estava impaciente. Postei-me ociosamente entre a cornija e a janela, nem mesmo esperando conscientemente que a mesa fosse tirada. Eram dez para a um que, antes da filha da hospedeira terminar, eu pegaria um livro e me sentaria com ele, durante toda a manhã, num estado de espírito de agradável indolência. Afirmo-o com segurança e nem mesmo sei agora os livros que estavam então espalhados pelo quarto. Fossem quais fossem, não eram obras de

Um Registro Pessoal

grandes mestres, encerrando o segredo do pensamento claro e da expressão exata. Fui um grande leitor desde os cinco anos de idade, o que talvez não seja espantoso numa criança que jamais teve consciência de aprender a ler. Aos dez eu havia lido boa parte de Victor Hugo e de outros românticos. Havia lido, em polonês e em francês, história, viagens, romances; conhecia *Gil Blas* e *Dom Quixote* em edições adaptadas; havia lido, no começo da meninice, poetas poloneses e alguns poetas franceses, mas não saberia dizer o que li na noite anterior ao dia em que comecei a escrever. Creio que foi um romance, e é bem possível que tenha sido um dos romances de Anthony Trollope. É muito provável. Meu conhecimento dele era então muito recente. Ele é um dos novelistas ingleses cujas obras li pela primeira vez em inglês. Com homens de reputação européia, como Dickens e Walter Scott e Thackeray, foi diferente. Minha primeira introdução à literatura ficcional inglesa foi *Nicholas Nickleby*. É extraordinário como a Sra. Nickleby podia tagarelar incoerentemente tão bem em polonês, e o sinistro Ralph se enforcer naquela língua. Quanto à família Crummles e a família dos instruídos Squeers, ela parecia tão natural para eles como sua língua nativa. Era certamente uma excelente tradução. Isto deve ter sido em 1870. Mas acredito realmente estar enganado. Aquele livro não foi minha primeira introdução na literatura inglesa. Meu primeiro contato foi (ou foram) os *Dois Cavalheiros de Verona*, e no próprio manuscrito da tradução de meu pai. Foi durante nosso exílio na Rússia e deve ter sido menos de um ano depois da morte de minha mãe porque lembro-me de estar vestido com a blusa preta com debrum branco de meu luto fechado. Estávamos vivendo juntos, muito isolados, numa casinha nos arredores da cidade de T-. Naquela tarde, em vez de ir brincar no grande pátio que dividíamos com nosso locador, eu me demorara no quarto onde meu pai geralmente escrevia. O que me animou a subir em sua cadeira, estou certo de não saber, mas um par de horas mais tarde ele me encontrou ajoelhado nela com os cotovelos apoiados na mesa e a cabeça apoiada entre as mãos sobre as páginas soltas do manuscrito. Fiquei muito confuso, esperando encrenca. Ele ficou à porta, olhando para mim com ar surpreso, mas depois de um momento de silêncio, limitou-se a dizer:

"Leia a página em voz alta."

Felizmente, a página à minha frente não estava muito borrada com rasuras e correções, e a caligrafia de meu pai era, em geral, extremamente legível. Quando cheguei ao fim, ele fez um aceno com a cabeça e eu disparei para fora considerando-me afortunado por escapar da reprimenda por aquele lance de impulsiva audácia. Desde então venho tentando descobrir o motivo daquela brandura e imagino que, sem o meu

Um Registro Pessoal

conhecimento, eu ganhara, na idéia de meu pai, o direito a alguma liberdade em minhas relações com sua escrivaninha. Fazia apenas um mês, ou uma semana apenas, talvez, que eu lera para ele, em voz alta, do princípio ao fim, e para sua perfeita satisfação enquanto repousava em seu leito com a saúde um pouco abalada na ocasião, as provas de sua tradução de *Trabalhadores do Mar* de Victor Hugo. Este foi meu diploma para a consideração, acredito, e também meu primeiro contato com o mar em literatura. Se não me lembro onde, como e quando aprendi a ler, provavelmente não esquecerei o treinamento na arte de ler em voz alta. Meu pobre pai, ele próprio um admirável leitor, foi o mais exigente dos mestres. Reflito orgulhosamente que devo ter lido aquela página de *Dois Cavalheiros de Verona* razoavelmente bem aos oito anos de idade. A próxima vez que os encontrei foi numa edição de cinco xelins, em um volume, das tragédias de William Shakespeare, lida em Falmouth, nos momentos ociosos do dia, sob o acompanhamento ruidoso dos malhos de calafate enfiando estopa nas juntas do convés de um navio na doca seca. Havíamos chegado à beira de ir a pique e com a tripulação se recusando a trabalhar depois de um mês de encarniçadas batalhas com os vendavais do Atlântico Norte. Os livros são parte integrante da vida de cada pessoa, e minhas associações shakespearianas são com aquele primeiro ano de nosso isolamento o último que passei com meu pai no exílio (ele enviou-me para a Polônia, diretamente ao irmão de minha mãe, para poder se concentrar no isolamento), e com o ano de fortes vendavais, o ano em que cheguei mais perto de morrer no mar, primeiro pela água e depois pelo fogo.

Dessas coisas eu me lembro, mas do que estava lendo no dia antes de iniciar minha vida de escritor, esqueci-me. Tenho apenas a vaga idéia de que poderia ter sido um dos romances políticos de Trollope. E lembro-me também das condições daquele dia. Era um dia de outono com atmosfera opalina, um dia velado, semi-opaco, com pontos brilhantes e lampejos de luz avermelhados nos telhados e janelas opostos, enquanto as árvores da praça, completamente despidas, pareciam traços feitos a nanquim numa folha de papel de seda. Era um daqueles dias londrinos com o encanto de misteriosa amenidade, de fascinante brandura. O efeito da névoa opalina era freqüente em Bessborough Gardens, em virtude da proximidade do rio.

Não há qualquer razão para me lembrar daquele efeito mais naquele dia do que em algum outro, exceto por ter me demorado à janela depois da filha da hospedeira sair com seus despojos de xícaras e pires. Escutei-a colocar a bandeja no corredor e finalmente fechar a porta; e continuei

Um Registro Pessoal

fumando de costas para o quarto. É perfeitamente evidente que não estava com a menor pressa de mergulhar em minha vida literária, se posso descrever como mergulho minha primeira tentativa. Todo meu ser parecia profundamente embebido na indolência de um marinheiro longe do mar, cenário de interminável labuta e obrigações incessantes. Em matéria de completa rendição à indolência, ninguém pode vencer um marinheiro em terra quando está com tal estado de espírito, um estado de espírito de absoluta irresponsabilidade plenamente desfrutado. Se bem me lembro, não pensava em coisa alguma, mas esta é uma impressão difícil de acreditar com a distância de tantos anos. Estava muito longe de pensar em escrever uma história, embora é possível, e mesmo provável, que tivesse em mente o homem Almayer[9].

Eu o vira pela primeira vez, cerca de quatro anos antes, da ponte de um vapor atracado num raquítico ancoradouro a quarenta milhas da foz, mais ou menos, de um rio de Bornéu. Era de manhã bem cedo e uma tênue névoa, uma névoa opalina como a de Bessborough Gardens, só que sem as manchas brilhantes nos telhados e chaminés provocadas pelos raios avermelhados do sol londrino, prometia se transformar em neblina lanosa. Afora uma pequena canoa sobre o rio, nada se movia. Eu acabara de sair, bocejando, de minha cabine. O *serang*[10] e a tripulação malaia estavam inspecionando as correntes de carga e experimentando os guinchos; suas vozes chegavam amortecidas do convés inferior, e seus movimentos eram preguiçosos. Fazia frio naquele amanhecer de um dia tropical. O contramestre malaio, subindo para pegar alguma coisa nos caixões da ponte, tremia visivelmente. As florestas acima e abaixo e na margem oposta pareciam escuras e úmidas: a umidade pingava do equipamento por cima dos toldos esticados do convés, e foi em meio a um arrepiante bocejo que avistei Almayer. Ele estava cruzando um trecho de capim queimado, uma forma incerta, obscura, com o vulto difuso de uma casa por trás, uma casa de esteiras, bambus e folhas de palmeira com telhado pontiagudo de palha.

Ele subiu no molhe. Trajava simplesmente um pijama esvoaçante em padrão de cretone (flores enormes de pétalas amarelas sobre um desagradável fundo azul) e uma fina camiseta de algodão de mangas curtas.

---

9) O herói do primeiro romance de Conrad, *A Loucura de Almayer* (1895), que também figura em seu segundo, *Um Pária das Ilhas* (1896). Seu protótipo foi Charles William Olmeijer, um holandês eurasiano que vivia em Bornéu; ao que parece, os dois tinham pouco em comum afora o som de seu nome.
10) Contramestre nativo.

Um Registro Pessoal

Seus braços, desnudados até o cotovelo, estavam cruzados no peito. O cabelo preto parecia ter sido cortado havia muito tempo e um cacho enrolado descia sobre a testa. Eu ouvira falar dele em Cingapura; ouvira falar dele a bordo; ouvira falar dele de manhã cedo e tarde da noite; ouvira falar dele no lanche e no jantar; ouvira falar dele num lugar chamado Pulo Laut por um mestiço que se apresentou como administrador de uma mina de carvão que parecia civilizado e progressista até se ouvir que a mina não podia ser presentemente explorada por estar assombrada por alguns fantasmas especialmente malignos. Eu ouvira falar dele num lugar chamado Dongola, na Ilha Célebes, quando o rajá daquele pouco conhecido porto marítimo (não se consegue ancorar ali a menos de quinze braças, o que é extremamente incômodo) subiu a bordo em visita de cortesia com apenas dois atendentes e bebeu garrafa após garrafa de gasosa sobre a claraboia da popa com meu bom amigo e comandante Capitão C-. Finalmente, ouvira seu nome distintamente pronunciado diversas vezes em inúmeras conversas em língua malaia. Ó, sim, eu ouvira muito distintamente — Almayer, Almayer — e vira o Capitão C- sorrir enquanto o gordo e sujo rajá ria francamente. Ouvir um rajá malaio rir francamente é uma experiência rara, posso garantir. E entreouvi mais vezes o nome de Almayer pronunciado por nossos passageiros de convés (em sua maioria, vendedores ambulantes de boa reputação) que se sentavam espalhados por todo o navio — rodeados de fardos e caixas — sobre esteiras, almofadas, acolchoados, tocos de madeira, conversando sobre negócios das Ilhas. Palavra de honra, ouvi o murmúrio abafado do nome Almayer à meia-noite, quando caminhava da ponte para a popa para observar a barquilha patente tilintando seus quartos de milha no grande silêncio do mar. Não pretendo sugerir que nossos passageiros sonhavam em voz alta com Almayer, mas é inegável que dois deles, pelo menos, aparentemente insones e tentando eliminar os inconvenientes da insônia com um pouco de conversa sussurrada naquela hora fantasmagórica, mencionaram, de alguma forma, Almayer. Era realmente impossível, a bordo daquele navio, livrar-se definitivamente de Almayer; e um pônei muito pequeno amarrado à frente e abanando a cauda dentro da cozinha, para grande embaraço de nosso cozinheiro chinês, destinava-se a Almayer. Só Deus sabe para que desejaria ele um pônei, pois estou plenamente convencido de que não poderia montá-lo; mas este é o homem, ambicioso, almejando a grandeza, importando um pônei enquanto em todo o povoado, onde ele costumava brandir diariamente seu punho impotente, havia apenas uma pista praticável para um pônei: um quarto de milha, quando muito, cercada por centenas de léguas quadradas de floresta virgem. Mas quem sabe? A importação daquele pônei de Bali poderia fazer parte de algum esquema complexo, algum plano diplomático, alguma armação promissora. Com Almayer, nunca se poderia saber. Ele regia sua conduta por considerações distantes do óbvio, pressupostos incríveis que tornavam sua lógica impenetrável a qualquer pessoa razoável. Fiquei sabendo disso tudo mais tarde. Naquela manhã, vendo a figura de pijama se movendo na neblina, disse comigo mesmo: "Eis o homem."

Ele aproximou-se do costado do navio e ergueu um rosto atormentado, redondo e chato, com aquele cacho de cabelo preto caindo sobre a testa e um olhar triste, abatido.

"Bom dia."

"Bom dia."

Ele olhou fixamente para mim: eu era uma cara nova, tendo substituído havia pouco o imediato que estava acostumado a ver; e creio que esta novidade inspirou-lhe, como costumava acontecer, uma profunda desconfiança.

"Não esperava vocês antes da noite", observou suspeitosamente.

Não imagino porque poderia ter ficado magoado, mas assim me pareceu estar. Dei-me ao trabalho de lhe explicar que tínhamos alcançado o farol na desembocadura do rio pouco antes de escurecer e, com a maré favorável, o Capitão C- conseguira cruzar a barra e não havia nada para impedi-lo de subir o rio à noite.

"O Capitão C- conhece esse rio como a palma de sua mão", concluí explicativamente, tentando chegar a um acordo.

"Melhor", disse Almayer.

Inclinando-me sobre a amurada da ponte, olhei para Almayer que fitava o molhe com ar sorumbático. Ele arrastava um pouco os pés; usava chinelos de palha com solas grossas. A névoa matinal se adensara bastante. Tudo em volta pingava: os guindastes, os parapeitos, cada corda do navio — como se uma propensão ao choro tivesse descido sobre o universo.

Almayer ergueu novamente a cabeça e, com o tom de um homem acostumado aos golpes do destino, perguntou apenas audivelmente: "Imagino se vocês não teriam alguma coisa como um pônei a bordo?"

Disse-lhe quase num sussurro, pois ele afinara minhas comunicações a sua clave menor, que tínhamos algo como um pônei, e insinuei, com a maior delicadeza, que ele estava atrapalhando terrivelmente também. Estava muito ansioso para desembarcá-lo antes de começar a manejar a carga. Almayer ficou olhando demoradamente para cima, para mim, com os olhos melancólicos e incrédulos como se não fosse seguro acreditar em minha afirmação. Esta patética

Um Registro Pessoal

desconfiança no desfecho favorável de qualquer tipo de negócio tocou-me profundamente, e acrescentei:

"Ele não parece ter sofrido nem um pouco com a travessia. É um belo pônei, aliás."

Almayer não era do tipo a ser consolado; por resposta, clareou a garganta e baixou novamente os olhos para os pés. Tentei me entender com ele de outra maneira.

"Por Zeus!", disse. "Não tem medo de pegar uma pneumonia, ou bronquite, ou algo assim andando por aí de camiseta com esta névoa úmida?"

Ele não era do tipo a ser aplacado com uma demonstração de interesse por sua saúde. Sua resposta foi um sinistro "Sem chance", querendo dizer que até este meio de escapar da sorte inclemente lhe era vedado.

"Vim apenas...", balbuciou depois de um instante.

"Certo, então agora que está aqui, vou desembarcar imediatamente esse seu pônei e o senhor poderá levá-lo para casa. Realmente não o quero no convés. Ele está atrapalhando."

Almayer pareceu indeciso. Insisti:

"Olhe, vou simplesmente içá-lo para fora e baixá-lo no cais à sua frente. Prefiro fazer isto antes de abrirem as escotilhas. O diabinho pode saltar para o porão ou fazer alguma outra coisa mortal."

"Tem um cabresto?", suplicou Almayer.

"Sim, claro, há um cabresto." E sem esperar mais, debrucei-me sobre a amurada da ponte.

"*Serang*, desembarque o pônei de Tuan[11] Almayer."

O cozinheiro fechou apressadamente a porta da cozinha e um momento depois começou um grande alvoroço no convés. O pônei escoiceava com tremenda energia, os *kalashes*[12] saltavam para longe de seu alcance, o *serang* distribuía ordens com voz estridente. De repente o pônei deu um salto para cima da escotilha da proa. Seus pequenos cascos fizeram um estrondo terrível; ele corcoveava e recuava. Com a crina e o topete em terrível confusão, as narinas dilatadas, flocos de espuma salpicando seu pequeno peito largo e os olhos em brasa, o pônei tinha pouco menos de onze palmos; feroz, terrível, colérico, belicoso, disse há! há! distintamente, raivando e escoiceando — e dezesseis robustos *kalashes* o cercavam como enfermeiras desconcertadas rodeiam uma criança mimada e geniosa. Ele agitava a cauda sem parar, arqueando o belo pescoço; era perfeitamente

---

11) "Senhor", forma de tratamento polido a superiores em malaio.

12) Marinheiros nativos das Índias Orientais.

Um Registro Pessoal

delicioso; era encantadoramente malcomportado. Não havia um átomo de imperfeição naquela performance; nada de selvagem arreganhar de dentes ou retração de orelhas. Ao contrário, espetou-as para a frente de um modo comicamente agressivo. Era totalmente amoral e adorável; gostaria de lhe oferecer pão, açúcar, cenouras. Mas a vida é dura e o senso do dever, o único guia seguro. Por isso endureci meu peito e da posição elevada em que estava, sobre a ponte, ordenei que os homens se atirassem todos ao mesmo tempo sobre ele.

O idoso *serang*, soltando um estranho grito inarticulado, deu o exemplo. Era um excelente oficial — de fato muito competente e um fumante moderado de ópio. O resto do pessoal enxameou rapidamente em volta daquele pônei. Eles se penduraram em suas orelhas, sua crina, sua causa; empilharam-se em seu lombo, dezessete ao todo. O carpinteiro, segurando o gancho da corrente de carga, atirou-se por cima de todos. Era um oficial muito preparado também, mas gaguejava. Já ouviram um chinês amarelo claro, magro, triste, discreto gaguejar em inglês *pidgin*? É realmente curioso. Ele inteirava dezoito. Eu mal conseguia ver o pônei; mas pela agitação daquele amontoado de homens ficava claro a presença de alguma coisa viva em seu meio.

Do cais, Almayer chamava com voz trêmula:

"Oh, veja!"

De onde ele estava não podia ver o que se passava na coberta exceto, talvez, o topo das cabeças dos homens; ele só podia escutar o tumulto, os golpes poderosos como se o navio estivesse sendo feito em pedaços. Olhei para ele:

"O que é?"

"Não deixe quebrarem suas pernas", suplicou choroso.

"Oh, bobagem! Ele está bem agora. Não pode se mexer." Àquela altura, com a corrente de carga enganchada na larga cinta de lona em torno do corpo do pônei, os *kalashes* saltavam como molas simultaneamente em todas as direções, rolando uns sobre os outros, e o valoroso *serang*, dando uma pancada atrás do guincho, acionou o vapor.

"Devagar!", gritei, com grande apreensão ao ver o animal ser içado até o topo do guindaste.

No cais, Almayer arrastava nervosamente seu chinelo de palha. O chocalhar do guincho estancou e, num silêncio tenso e cheio de expectativa, o pônei começou a balançar acima do convés.

Que flácido ele estava! Mal se sentiu no ar, relaxou todos os músculos de maneira espantosa. Os quatro cascos unidos, a cabeça caída e a cauda pendendo absolutamente imóvel. Ele recordava vivamente a patética

Um Registro Pessoal

ovelhinha da fita da *Ordem do Velo de Ouro*. Eu não tinha a menor idéia de que algo com a forma de um cavalo pudesse ficar flácido daquele jeito, seja vivo ou morto. Sua indômita crina caía pesadamente, uma confusão de pêlos inertes: as orelhas agressivas tinham caído, mas enquanto ele estava ali, balançando lentamente sobre a parte frontal da ponte, notei um brilho astuto em seus sonolentos olhos entrecerrados. Um contramestre confiável, com o olhar atento e um amplo sorriso nos lábios, liberava cuidadosamente o guindaste. Eu vigiava, profundamente absorto.

"Isso! Assim vai dar."

O gancho parou. Os *kalashes* se alinharam junto à amurada. A corda do cabresto pendia perpendicular e imóvel como a corda de um sino, diante de Almayer. Reinava um grande silêncio. Sugeri cordialmente que ele devia pegar a corda e decidir o que pretendia fazer. Ele estendeu uma mão provocadoramente casual e superior.

"Cuidado, então! Podem baixar!"

Almayer pegou a corda com suficiente destreza, mas quando os cascos do pônei tocaram no cais, esta prontamente cedeu lugar ao mais tolo otimismo. Sem demora, sem pensar, quase sem olhar, ele desprendeu rapidamente o gancho da eslinga, e a corrente do guincho, depois de atingir as ancas do pônei, oscilou de volta chocando-se estrepitosamente com o costado do navio. É possível que eu tenha piscado. Sei que perdi alguma coisa, porque depois vi Almayer estirado de costas sobre o molhe. Ele estava só.

O espanto deixou-me sem palavras por tempo suficiente para Almayer se recompor lenta e dolorosamente. Os *kalashes* enfileirados na amurada estavam boquiabertos. Uma brisa leve agitava a neblina que, cerrada, ocultava agora completamente a praia.

"Como diabos conseguiu deixá-lo fugir?", perguntei escandalizado.

Almayer examinava a palma ferida de sua mão direita e não respondeu a minha pergunta.

"Para onde acha que ele irá?", gritei. "Existem cercas por aí nessa cerração? Ele pode fugir para a floresta? O que vamos fazer agora?"

Almayer encolheu os ombros.

"Alguns homens meus devem estar por aí. Cedo ou tarde eles vão pegá-lo."

"Cedo ou tarde! Está tudo muito bem, mas e quanto a minha eslinga de lona — ele a carregou. Quero-a de volta imediatamente para desembarcar duas vacas da Celebes."

Desde Dongola, tínhamos a bordo um par de pequeninas vacas da ilha, além do pônei. Amarradas no outro lado do convés de proa, ficavam abanando as caudas pela outra porta da cozinha. Essas vacas não pertenciam a Almayer, porém; eram faturadas para Abdullah bin Selim, seu inimigo. O desprezo de Almayer por minhas exigências foi total.

"Se fosse você, tentaria descobrir para onde ele foi", insisti. "Não seria melhor reunir seus homens, ou algo assim? Ele vai acabar caindo e cortando os joelhos. Pode até quebrar uma perna, sabe?"

Almayer, porém, mergulhado em pensamentos profundos, já não parecia se interessar pelo pônei. Estarrecido com sua repentina indiferença, mandei todos os homens descerem em terra para caçá-lo por minha conta, ou, de algum jeito, pela eslinga de lona que carregava em volta do corpo. Toda a tripulação do vapor, com exceção de foguistas e maquinistas, correu pelo molhe passando pelo pensativo Almayer e sumiu de vista. A branca cerração os engolira; e novamente desceu um pesado silêncio que parecia se estender por muitas milhas acima e abaixo do rio. Ainda emburrado, Almayer começou a subir a bordo e eu desci da ponte para encontrar-me com ele no convés da proa.

"Se importaria em dizer ao capitão que quero vê-lo muito em particular?", perguntou-me em voz baixa, correndo os olhos por tudo ao redor.

"Está bem. Vou ver se pode."

Com a porta de sua cabine escancarada, o Capitão C-, tendo acabado de voltar do banheiro, grande e troncudo, ajeitava os bastos cabelos cinzaferro molhados com duas grandes escovas.

"O Sr. Almayer falou-me que desejava vê-lo muito em particular, senhor."

Ao dizer essas palavras, sorri. Não sei porque sorri exceto que me pareceu absolutamente impossível mencionar o nome Almayer sem sorrir. Não precisava ser necessariamente um sorriso alegre. Virando a cabeça em minha direção, o Capitão C- também sorriu, tristemente.

"O pônei fugiu dele — eh?"

"Sim, senhor. Fugiu."

"Onde está ele?"

"Só Deus sabe."

"Não. Quero dizer Almayer. Deixe-o entrar."

A cabine do capitão dava diretamente para o convés debaixo da ponte e bastava-me acenar da passagem para Almayer, que ficara na proa, cabisbaixo, no mesmo lugar em que o deixara. Ele veio andando taciturnamente, apertou a mão do capitão e sem demora pediu permissão para fechar a porta da cabine.

"Tenho uma bela história para lhe contar", foram as últimas palavras que ouvi. A amargura do tom era notória.

Um Registro Pessoal

Afastei-me da porta, é claro. Naquele momento, não havia nenhum membro da tripulação a bordo; apenas o carpinteiro chinês, com um saco de lona pendurado em volta do pescoço e um martelo na mão, errava pelas cobertas vazias extraindo a marteladas as cunhas das escotilhas e atirando-as conscienciosamente para dentro do saco. Sem nada para fazer, juntei-me aos dois maquinistas à porta da sala de máquinas. Era quase hora do desjejum.

"Ele levantou cedo, não foi?", comentou o segundo maquinista, sorrindo com indiferença. Era um homem abstêmio, com uma boa digestão e uma visão plácida e razoável da vida, mesmo quando estava com fome.

"Sim", disse eu. "Trancado com o velho. Algum assunto muito particular."

"Ele vai lhe impingir uma patranha interminável", observou o maquinista chefe sorrindo acidamente.

Ele era dispéptico e se roía de fome pela manhã. O segundo deu um amplo sorriso, um sorriso que formava duas rugas verticais em suas bochechas escanhoadas. E eu sorri também, mas não estava exatamente alegre. Aquele homem, cujo nome aparentemente não podia ser pronunciado em qualquer parte do Arquipélago Malaio sem um sorriso, não tinha nada de divertido. Naquela manhã, ele tomou o desjejum conosco em silêncio, quase sem tirar os olhos de sua xícara. Informei-o de que meus homens haviam topado com seu pônei cabriolando na cerração à beira de um poço de oito pés de profundidade onde ele guardava seu estoque de guta-percha. A tampa estava aberta, sem ninguém por perto, e minha tripulação quase mergulhara de cabeça naquele pavoroso buraco. Jurumundi Itam, nosso melhor contramestre, hábil em delicados trabalhos de costura, que consertava as bandeiras do navio e costurava os botões de nossos casacos, fora incapacitado por um coice no ombro.

Remorso e gratidão pareciam estranhos ao caráter de Almayer. Ele balbuciou:

"Quer dizer aquele sujeito pirata?"

"Que sujeito pirata? O homem está no navio há onze anos", falei indignado.

"É a aparência dele", murmurou Almayer como desculpa.

O sol desfizera a neblina. De onde estávamos sentados, debaixo do toldo da proa, podíamos avistar, à distância, o pônei amarrado a um esteio da varanda na frente da casa de Almayer. Ficamos um longo tempo em silêncio. De repente Almayer, aludindo evidentemente ao tema de sua conversa na cabine do capitão, exclamou ansiosamente por sobre a mesa.

"Realmente não sei o que fazer agora!"

O Capitão C- apenas ergueu a sobrancelha para ele e levantou-se da cadeira. Nós nos dispersamos por nossos afazeres, mas Almayer, meio vestido como se encontrava em seu pijama de cretone e a fina camiseta de algodão, permaneceu a bordo, demorando-se perto do passadiço como se não conseguisse decidir se devia ir para casa ou ficar por ali. Nossos rapazes chineses lançavam-lhe olhares atravessados quando cruzavam de um lado para outro; e Ah Sing, nosso jovem imediato chefe, o mais gracioso e simpático dos chineses, captando meu olhar, acenou significativamente por trás de suas costas corpulentas. A certa altura da manhã, aproximei-me dele por um momento.

"Então, Sr. Almayer", dirigi-me sossegadamente a ele, "ainda não começou a olhar suas cartas?"

Havíamos trazido sua correspondência e ele estava segurando o maço de cartas desde o fim do desjejum. Ele olhou para o maço quando lhe falei e, por um momento, pareceu a ponto de abrir os dedos e deixar o maço todo cair fora da amurada. Creio que esteve tentado a fazê-lo. Jamais esquecerei aquele homem com medo de suas cartas.

"Faz muito tempo que está fora da Europa?", perguntou-me.

"Não muito. Nem oito meses", disse. "Deixei um navio em Cingapura, pois estava com as costas machucadas, e fiquei algumas semanas no hospital."

Ele suspirou.

"O comércio anda muito ruim por aqui."

"De fato!"

"Desanimado!... Está vendo esses gansos?"

Com a mão segurando as cartas, apontou-me o que parecia uma mancha de neve se arrastando ondulante no canto mais distante de seu cercado. A mancha sumiu atrás de uns arbustos.

"Os únicos gansos da Costa Leste", informou Almayer num murmúrio perfunctório com uma centelha de raiva, esperança ou orgulho. Logo depois, com a mesma falta de qualquer tipo de animação, declarou sua intenção de escolher uma ave gorda e enviá-la para nós no dia seguinte.

Já ouvira falar dessas larguezas. Ele oferecia um ganso como se fosse uma espécie de ornamento da Corte concedido apenas a amigos íntimos da casa. Eu esperava mais pompa na cerimônia. O presente tinha seguramente uma qualidade especial, múltipla e rara. Do único bando da Costa Leste! Ele não fazia por menos. Aquele homem não compreendia suas oportunidades. No entanto, agradeci-lhe demoradamente.

"Sabe", interrompeu-me bruscamente num tom muito peculiar, "o pior desse lugar é que não se consegue perceber... é impossível perceber..."

Um Registro Pessoal

Sua voz afundou num murmúrio lânguido. "E quando se tem interesses muito grandes... interesses muito importantes...", concluiu fracamente, ... "rio acima".

Olhamo-nos. Ele espantou-me com um sobressalto e uma careta muito estranha.

"Bem, tenho que ir", explodiu apressadamente. "Até logo!"

No momento de pisar no passadiço, ele atalhou o passo para me fazer um convite murmurado para jantar em sua casa, naquela noite, com meu capitão, convite que aceitei. Não creio que poderia recusá-lo.

Aprecio as pessoas respeitáveis que falam do exercício do livre arbítrio "a qualquer momento, por motivos práticos". Livre, é? Por motivos práticos! Tolice! Como poderia ter-me recusado a jantar com aquele homem? Não recusei simplesmente porque não poderia recusar. Curiosidade, um saudável desejo de mudança da dieta, civilidade comum, as conversas e os sorrisos dos últimos vinte dias, cada condição de minha existência naquele momento e naquele lugar confluíam irresistivelmente para a aceitação; e coroando tudo, havia a ignorância, digo, a ausência fatal de presciência para contrabalançar essas condições imperativas do problema. Uma recusa teria parecido perversa e insana. Ninguém que não fosse um lunático rabugento teria recusado. Mas se não tivesse conhecido Almayer muito bem é quase certo que jamais veria impressa alguma linha de minha autoria.

Aceitei pois — e ainda estou pagando o preço de minha sanidade mental. O dono do único bando de gansos da Costa Leste é responsável pela existência de uns quatorze volumes, até agora. O número de gansos que ele criava sob condições climáticas adversas era consideravelmente superior a quatorze. O total de volumes jamais superará, eu garanto, essa contagem de cabeças; mas minhas ambições não apontam exatamente para isto e, com todas as angústias que a labuta de escrever me custaram, sempre pensei amavelmente em Almayer.

Fico pensando que atitude ele teria se viesse a saber de algo assim. Isto não será jamais descoberto neste mundo. Mas se algum dia nos encontrarmos nos Campos Elísios — onde não consigo imaginá-lo sem a escolta de um bando de gansos (aves sagradas para Júpiter) — e ele me inquirir na placidez daquelas plagas serenas, nem luminosas nem escuras, nem ruidosas nem calmas, ondeando incessantemente com as brumas revoltas das etéreas multidões de mortos, creio que sei a resposta a dar.

Eu diria, depois de ouvir atenciosamente o tom apático de suas contidas censuras, pois não deveriam perturbar minimamente, é claro, a solene placidez da eternidade — eu diria algo assim:

Um Registro Pessoal

"É verdade, Almayer, que no mundo lá de baixo eu confisquei teu nome para meu próprio uso. Mas é um furto muito pequeno. O que é um nome, Ó Sombra? Se tanto de tua velha fraqueza mortal ainda se prende a ti para que te sintas ofendido (foi o tom de tua voz terrestre, Almayer), então, rogo-te, procura falar sem demora com nossa sublime Sombra-irmã — com aquele que em sua efêmera existência como poeta comentou o perfume da rosa. Ele te confortará. Vieste até mim despido de todo prestígio pelos sorrisos bizarros dos homens e a tagarelice desrespeitosa de cada vendedor ambulante das Ilhas. Teu nome era propriedade comum dos ventos: ele, por assim dizer, flutuava nu sobre as águas em torno do Equador. Eu envolvi tua desprestigiada forma com o manto real dos trópicos e tentei colocar na voz abafada a angústia da paternidade — feitos que não me pediste — mas não esqueças que todo o esforço e todo o sofrimento foram meus. Em tua vida terrestre me assombraste, Almayer. Considera que isto foi tomar uma grande liberdade. Como estavas sempre te queixando de estar esquecido do mundo, deverias lembrar-te de que se eu não tivesse acreditado o suficiente em tua existência para deixar que assombrasses meus aposentos em Bessborough Gardens, terias ficado ainda mais esquecido. Tu afirmas que se eu tivesse tido mais competência para observar-te com maior isenção e simplicidade, poderia ter captado melhor a singularidade interior que, insistes, acompanhou tua carreira até aquele minúsculo ponto de luz, dificilmente visível, infinitamente abaixo de nós, onde nossos túmulos repousam. Certamente! Mas reflete, Ó Sombra queixosa! que isto não foi tanto culpa minha quanto de teu rematado azar. Acreditei em ti da única maneira que me foi possível acreditar. Não estava à altura de teus méritos? Seja. Mas foste sempre um homem infeliz, Almayer. Nada era suficientemente valioso para ti. O que te tornou tão real para mim foi sustentares essa teoria de grandeza com certa convicção e admirável consistência."

É com palavras assim traduzidas para expressões obscuras apropriadas que estou preparado para aplacar a ira de Almayer na Morada das Sombras, pois tendo ele partido há muitos anos, jamais nos encontraremos novamente neste mundo.

V

Na carreira do menos literário dos escritores, no sentido de que a ambição literária jamais entrou no mundo de sua imaginação, o surgimento do primeiro livro é um acontecimento bastante inexplicável. Em meu próprio caso, não consigo reconstruir qualquer causa psicológica ou mental que pudesse assinalar e sustentar. Tendo como o maior de meus dons uma consumada capacidade para não fazer nada, não consigo sequer apontar o tédio como estímulo racional para empunhar uma pena. A pena, de qualquer forma, estava lá, e isto não tinha nada de admirável. Todo mundo tem uma pena (o aço frio de nossos dias) em seus aposentos nesta era luminosa de selos de um pêni e cartões-postais de meio-pêni. Com efeito, esta foi uma época em que, por meio de cartões-postais e selos, o Sr. Gladstone construiu a reputação de um ou dois romances[13]. E eu também tinha uma pena largada por ali — a pena raramente usada, a relutantemente empunhada de um marinheiro em terra firme, a pena áspera com a tinta seca de tentativas abandonadas, de respostas retardadas mais tempo do que a decência permitia, de cartas iniciadas com infinita relutância e postergadas bruscamente para o dia seguinte — a semana seguinte, muito provavelmente! A pena negligenciada, abandonada, posta de lado à menor provocação, e, sob a pressão de terrível necessidade, caçada sem entusiasmo, com uma preocupação perfunctória e irritada, com o desagradável espírito de "Onde diabos *foi parar* essa coisa abominável?" Onde, de fato! Ela poderia ter ficado caída durante todo um dia atrás do sofá. A anêmica filha de minha hospedeira (como Ollendorf teria expressado[14]), conquanto impecavelmente limpa, tinha um modo descuidado, desdenhoso, de lidar com seus afazeres domésticos. Ou poderia mesmo estar descansando delicadamente acomodada em seu nicho, ao lado da perna da mesa, e ao ser apanhada revelar um bico aberto e ineficiente que teria desencorajado qualquer pessoa com instintos literários. Mas não eu! "Tanto faz. Esta serve."

---

13) Alusão oblíqua à reforma postal de 1870, realizada durante o primeiro mandato de primeiro-ministro de Gladstone, que introduziu cartões-postais de meio-pêni.
14) Ollendorf criou um método de ensino de línguas popular no século XIX.

Um Registro Pessoal

Ó dias sem malícia! Se alguém me houvesse dito então que uma devotada doméstica, com uma idéia geralmente exagerada sobre meus talentos e minha importância, seria colocada em estado de temor e sobressalto pelo escândalo que eu faria com a suspeita de alguém ter mexido em minha sacrossanta pena de criação, eu jamais me dignaria a dar mais do que um complacente sorriso de descrença. Há imaginações improváveis demais para qualquer tipo de reparo, desenfreadas demais para a própria indulgência, absurdas demais para um sorriso. Se esse vidente do futuro fosse um amigo, eu poderia ficar intimamente entristecido talvez. "Que pena!", teria pensado, fitando-o com o rosto impassível, "o infeliz está ficando louco."

Eu teria certamente me entristecido; pois neste mundo em que os jornalistas lêem os sinais do céu, e o próprio vento do paraíso, soprando onde quer, o faz sob a direção profética do Serviço de Meteorologia, mas onde o segredo dos corações humanos não pode ser captado nem pela súplica, nem pela oração, seria infinitamente mais provável que o mais equilibrado de meus amigos abrigasse o germe da incipiente loucura do que eu me tornasse um narrador de histórias.

Pesquisar maravilhado com as transformações do próprio ser é uma busca fascinante para as horas vagas. O campo é tão vasto, as surpresas tão variadas, o tema tão cheio de sugestões inúteis mas curiosas sobre a ação de forças invisíveis, que não nos fatigamos facilmente dela. Não me refiro aqui aos megalomaníacos que repousam inquietos sob os louros de sua ilimitada vaidade — que efetivamente jamais repousam neste mundo, e quando saem dele continuam fumegando no aperto de sua última morada, onde todos jazem em obscura igualdade. Também não estou pensando naqueles espíritos ambiciosos que, buscando incansavelmente alguma meta de engrandecimento, não conseguem dispensar algum tempo a um olhar isento sobre si próprios.

É uma pena. São infelizes. Esses dois tipos, juntamente com o grupo bem maior dos totalmente desprovidos de imaginação, esses seres desafortunados em cujo olhar cego e vazio (como expressou o grande escritor francês[15]) "o universo todo desaparece em monótona insignificância", deixam escapar, talvez, a verdadeira tarefa de nós homens cujo tempo nesta terra é curto, a persistência de opiniões conflitantes. A visão ética do universo nos envolve, enfim, em tantas contradições absurdas e cruéis, em que os últimos vestígios de fé, esperança, caridade, e mesmo da própria razão, parecem prontos a perecer, que cheguei a suspeitar que

---

15) Anatole France em *Le Mannequin d'Osier* (1897); citação inexata.

o objetivo da criação não pode absolutamente ser ético. Eu acreditaria piamente que seu objetivo é puramente espetacular: um espetáculo de espanto, amor, adoração ou ódio, se quiserem, mas nessa visão — e apenas nela — nunca de desespero! Essas opiniões, deliciosas e pungentes, são um fim moral em si. O resto é nosso negócio — o riso, as lágrimas, a ternura, a indignação, a profunda tranqüilidade de um coração empedernido, a isenta curiosidade de um espírito sutil — este é nosso negócio! E a incansável atenção absorta a cada fase do universo real refletida em nossa consciência pode ser nossa missão nesta terra. Uma missão em que o destino talvez não nos tenha reservado nada exceto nossa consciência, dotada de uma voz para dar verdadeiro testemunho da maravilha visível, do terror apavorante, da infinita paixão e da ilimitada serenidade; da lei suprema e do permanente mistério do espetáculo sublime.

Chi lo sà? Pode ser verdade. Nessa visão, há espaço para toda religião menos para o credo invertido da impiedade, a máscara e o manto do árido desespero; para toda alegria e toda dor; para todo belo sonho, para toda caridosa esperança. A grande meta é permanecer fiel às emoções evocadas pelo abismo cercado pelo firmamento de estrelas cujo número infinito e espantosa distância podem nos mover ao riso ou às lágrimas (foi a "Morsa ou o Carpinteiro"[16], no poema, que "chorou ao ver uma tal quantidade de areia"?), ou novamente, a um coração perfeitamente empedernido, podem não significar absolutamente nada.

A citação casual, que se sugeriu a si mesma saindo de um poema cheio de méritos, leva-me a observar que na concepção de um universo puramente espetacular, onde qualquer tipo de inspiração tem uma existência racional, todo tipo de artista encontra um lugar natural; e entre eles, o poeta, como o vidente *par excellence*. Mesmo o prosador, que em sua labuta menos nobre e mais árdua deveria ter um coração empedernido, merece um lugar, contanto que observe com olhos aguçados e mantenha o riso longe de sua voz, para fazer rir ou chorar. Sim! Mesmo ele, o artista de ficção em prosa, que não passa, afinal, de verdade freqüentemente extraída de um poço e vestida com o manto colorido de frases imaginadas — mesmo ele tem seu lugar entre reis, demagogos, padres, charlatães, duques, girafas, Ministros do Gabinete, fabianos, pedreiros, apóstolos, formigas, cientistas, cafres, soldados, marinheiros, elefantes, advogados, dândis, micróbios e constelações de um universo cujo admirável espetáculo é um fim moral em si.

---

16) Alusão ao conhecido poema "Morsa ou o Carpinteiro" em *Através do espelho* (1871) de Lewis Carroll (1832-1898).

Percebo aqui (sem ofensa) o leitor fazendo uma expressão sutil, como se eu houvesse "despejado o saco". Assumo a liberdade de novelista para observar a mente do leitor formulando a exclamação, "É isto! O sujeito fala *pro domo*."[17]

Na verdade, não era esta a intenção! Quando joguei o saco no ombro não sabia o que havia dentro. Mas afinal, por que não? Os belos pátios da Casa da Arte são invadidos por muitos adeptos humildes. E não há adepto tão devotado quanto aquele que tem permissão de sentar-se à entrada. Os colegas que entraram se inclinam a pensar demais em si mesmos. Esta última observação, tomo a liberdade de dizer, não é maldosa nos termos definidos pela lei da calúnia. É uma observação sincera sobre um assunto de interesse público. Mas não importa. *Pro domo*. Assim seja. Para sua casa *tant que vous voudrez*. E no entanto, na verdade não estava absolutamente ansioso em justificar minha existência. A tentativa teria sido, não só desnecessária e absurda, mas quase inconcebível num universo puramente espetacular, onde nenhuma necessidade tão desagradável deve se colocar. Contento-me em dizer (e é o que faço, em certa medida, nestas páginas): *J'ai vécu*. Existi, obscuro entre as maravilhas e terrores de minha época, como o Abade Sieyès, o enunciador original das palavras citadas, conseguiu existir em meio às violências, os crimes e as exaltações da Revolução Francesa. *J'ai vécu*, como entendo que a maioria de nós consegue existir, escapando das mais variadas formas de destruição por um fio de cabelo, salvando meu corpo, é claro, e, talvez, também minha alma, mas não sem algum dano aqui e ali para o afiado gume de minha consciência, essa peça de herança dos séculos, da raça, do grupo, da família, plástica e tingível, moldada pelas palavras, os olhares, os atos, e mesmo pelos silêncios e abstinências que rondam a infância; tingidas num padrão de matizes delicados e cores cruas pelas tradições, crenças e preconceitos herdados — inexplicável, despótica, persuasiva, e, freqüentemente, em sua textura, romântica.

E freqüentemente romântica!... O assunto em questão, porém, é evitar que essas reminiscências se transformem em confissões, uma forma de atividade literária desacreditada por Jean Jacques Rousseau devido à extrema perfeição que alcançou no trabalho de justificar sua própria existência; pois é palpavelmente, mesmo inteiramente visível a um olhar desarmado, que este era seu propósito. Mas o homem, como se vê, não era um escritor de ficção. Era um moralista sincero, como ficou claramente demonstrado no grande destaque dado à celebração de seus natalícios

---

17) Da expressão latina *pro domo sua*, significando "em causa própria".

Um Registro Pessoal

pelos herdeiros da Revolução Francesa, que não foi absolutamente um movimento político, mas uma poderosa explosão de moralidade. Ele não tinha nenhuma imaginação, como a mais casual leitura de "Émile" vai demonstrar. Não era um romancista, cuja primeira virtude é a exata compreensão dos limites impostos pela realidade de seu tempo ao jogo de sua invenção. A inspiração vem da terra, que tem um passado, uma história, um futuro, e não do frio e imutável céu. Um escritor de prosa imaginativa (mais ainda que qualquer outra sorte de artista) revela-se em suas obras. Sua consciência, seu sentimento mais profundo das coisas, legítimo e ilegítimo, lhe dá sua atitude diante do mundo. Na verdade, quem corre a pena sobre o papel para a leitura de estranhos (a menos que seja um moralista que, genericamente falando, não tem nenhuma consciência exceto a que procura criar para uso alheio) não pode falar de mais nada. É M. Anatole France, o mais eloqüente e íntegro dos prosadores franceses, quem diz que devemos reconhecer que, "fraquejando a decisão de conservarmos nossa paz, só podemos falar de nós mesmos."

Esta observação, se bem me recordo, foi feita durante uma polêmica com o falecido Ferdinand Brunetière sobre os princípios e regras da crítica literária. Como se endereçava a um homem a quem devemos a memorável declaração: "O bom crítico é aquele que narra as aventuras de sua alma entre obras-primas", M. Anatole France sustentava que não há regras nem princípios. E isto pode ser perfeitamente verdadeiro. Regras, princípios e padrões morrem e desaparecem todos os dias. Talvez estejam todos mortos e desaparecidos a esta altura. Estes, porém, são os bravos dias de liberdade dos marcos destruídos, enquanto mentes engenhosas se ocupam na criação das formas dos novos faróis que, consola pensar, serão então instalados nos velhos locais. Mas o que interessa a um escritor é a certeza íntima de que a crítica literária jamais morrerá, pois o homem (tão diversamente definido) é, antes de qualquer coisa, um animal crítico. E, na medida em que espíritos ilustres se disponham a tratá-la no espírito da nobre aventura, a crítica literária nos atrairá com todo encanto e sabedoria de uma bem contada história de experiência pessoal.

Especialmente para os ingleses entre todos os povos da terra, uma tarefa, qualquer tarefa, empreendida com espírito aventureiro, adquire o mérito de romance. Mas os críticos, como regra, mostram pouco espírito aventureiro. Eles aceitam riscos, é claro — dificilmente se pode viver sem eles. O pão de cada dia nos é servido (embora frugalmente) com uma pitada de sal. Caso contrário ficaríamos enjoados da dieta suplicada, e isto não seria somente impróprio, mas ímpio. Salvai-nos dessa impiedade ou de qualquer outra! Um ideal de maneiras reservadas, extraído de um

Um Registro Pessoal

senso de decoro, da timidez, talvez, ou da cautela, ou simplesmente do enfado, induz, eu suspeito, alguns escritores de crítica a ocultarem o lado aventuroso de seu chamado, e a crítica torna-se então mero "comentário", como seria o relato de uma viagem onde apenas as distâncias e a geologia de um novo país devessem ser registradas; os vislumbres de feras exóticas, os perigos de mar e de terra, as escapadas por um triz e os sofrimentos (oh, também os sofrimentos! não tenho dúvida dos sofrimentos) do viajante sendo cuidadosamente excluídos; nenhum local obscuro, nenhuma árvore frutífera sequer mencionada, de modo que a performance toda pareça mero ato de destreza de um escritor treinado correndo num deserto. Um espetáculo cruel — uma aventura das mais deploráveis. "Vida", nas palavras de um imortal pensador de, eu diria, origem rústica, mas cujo nome perecível se perdeu para a adoração da posteridade — "vida não é só tomar cerveja e jogar boliche." Também não é escrever romances. Não mesmo. *Je vous donne ma parole d'honneur* que-não-é. Não *toda*. Estou sendo enfático porque faz alguns anos, recordo-me, a filha de um general...

Revelações súbitas do mundo profano devem ter chegado, uma vez ou outra, aos eremitas em suas células, aos enclausurados monges da Idade Média, aos sábios solitários, homens de ciência, reformadores; as revelações do julgamento superficial do mundo, chocantes para as almas concentradas em seu árduo labor pela causa da santidade, ou do conhecimento, ou da temperança, digamos, ou da arte, menos da arte de contar piadas ou tocar flauta. E assim foi que essa filha de general veio até mim — ou, deveria dizer, uma das filhas do general. Havia três dessas damas solteiras, com belas idades avantajadas em posse de uma granja vizinha numa ocupação unida e mais ou menos militar. A mais velha digladiava contra a dissolução dos costumes nas crianças da aldeia, e empreendia ataques frontais sobre as mães do vilarejo pela conquista de mesuras. Soa fútil, mas era realmente a guerra por uma idéia. A segunda travava escaramuças e patrulhava toda a região; e foi essa quem empurrou uma ordem de reconhecimento bem em minha mesa — refiro-me à que usava colarinhos levantados. Na verdade, ela estava fazendo uma visita de cortesia a minha esposa no espírito ameno da cordialidade vespertina, mas com sua costumeira determinação marcial. Marchou para dentro de meu quarto girando seu bastão... mas não — não devo exagerar. Não é minha especialidade. Não sou um escritor humorístico. Com toda sobriedade, então, só posso dizer que ela tinha um bastão para girar.

Não havia nenhum fosso ou muralha protegendo meu abrigo. A janela estava aberta; a porta também permanecia aberta para aquele melhor amigo de meu trabalho, o brilho tépido e calmo dos vastos campos. Eles

Um Registro Pessoal

estendiam-se ao meu redor infinitamente prestimosos, mas, verdade que se diga, durante semanas eu não saberia dizer se o sol continuava brilhando sobre a terra, ou se as estrelas ainda corriam pelo céu em seus cursos previstos. Eu estava dedicando inteiramente alguns dias do tempo que me fora destinado aos últimos capítulos do romance *Nostromo*, a história de uma região costeira imaginária (mas existente) que ainda é mencionada aqui e ali, e na verdade com benevolência, às vezes associada à palavra "fracasso", às vezes em conjunção com a palavra "extraordinário". Não tenho opinião sobre esta discrepância. É o tipo de diferença sem solução. Tudo que sei é que durante vinte meses, negligenciando as alegrias comuns da vida a que têm direito mesmo os mais humildes desta terra, eu havia, como o profeta dos tempos antigos, "lutado contra o Senhor"[18] por minha criação, pelos promontórios da costa, pela escuridão do Placid Gulf, a luz sobre as neves, as nuvens no céu, e pelo sopro de vida que havia insuflado nas formas de homens e mulheres, latinos e saxões, judeus e gentis. Estas talvez sejam palavras fortes, mas é difícil caracterizar de outro modo a intimidade e a tensão de um esforço criativo em que mente, vontade e consciência se empenham ao máximo, hora após hora, dia após dia, alheias ao mundo, e excluindo tudo o que torna a vida realmente amável e terna — algo que só encontraria um paralelo material na interminável tensão sombria de uma travessia para oeste, no inverno, contornando o Cabo Horn. Pois esta também é a luta de homens com o poder de seu Criador, em grande isolamento do mundo, sem as amenidades e consolos da vida, uma luta solitária marcada por um sentimento de indefensável pequenez, por nenhuma recompensa que pudesse ser adequada, pelo mero atingir de uma longitude. Entretanto, uma certa longitude, uma vez alcançada, é inquestionável. O sol, as estrelas e a forma de sua terra são as testemunhas de sua conquista; ao passo que um punhado de páginas, a despeito do tanto que tenham de seu, é, quando muito, um espólio obscuro e questionável. Ei-las. "Fracasso" — "Extraordinário": façam sua escolha; ou ambos, talvez, ou nenhum — um mero farfalhar e esvoaçar de pedaços de papel se acumulando durante a noite, e indistinguíveis, como os flocos de neve de uma nevasca condenados a derreter ao clarão do dia.

"Como tem passado?"

Foi a saudação da filha do general. Eu não ouvira nada — nem rugido de roupas, nem pisadas. Sentira apenas, um momento antes, uma espécie de premonição do mal; tivera a sensação de uma presença inóspita —

---

18) Refere-se a Jacó, no Velho Testamento, Gênese (32: 24-30), que teria lutado durante a noite toda com um homem cuja identidade divina lhe foi revelada ao amanhecer.

Um Registro Pessoal

apenas este aviso e nada mais; e então veio o som da voz e o estridor de uma terrível queda de enorme altura — uma queda, digamos, das mais altas nuvens flutuando em suave procissão sobre os campos na tênue brisa de oeste daquela tarde de julho. Recompus-me prontamente, é claro; em outras palavras, saltei de minha cadeira aturdido e confuso, cada nervo latejando com a dor de ser arrancado de um mundo e atirado em outro — perfeitamente cortês.

"Oh! Como tem passado? Quer se sentar?"

Foi o que disse. Esta recordação horrível mas, garanto-lhes, perfeitamente verdadeira, lhes diz mais do que todo um volume de confissões *à la* Jean Jacques Rousseau. Reparem! Não uivei para ela, nem comecei a derrubar móveis, nem me atirei ao chão esperneando, nem me permiti sugerir de algum outro modo a estarrecedora extensão do desastre. O mundo todo de Costaguana (a região, talvez se lembrem, de minha história costeira), homens, mulheres, promontórios, casas, montanhas, cidade, *campo* (não havia um único tijolo, pedra ou grão de areia de seu solo que eu não tivesse colocado no lugar com as próprias mãos); toda a história, geografia, política, finanças; a riqueza da mina de prata de Charles Gould, e o esplendor do magnífico Capataz de Cargadores, cujo nome, gritado à noite (o Dr. Monygham ouviu-o passar sobre sua cabeça — na voz de Linda Viola), dominava, mesmo depois da morte, a escura enseada com suas conquistas de tesouro e amor — e que vieram se estatelar em meus ouvidos. Senti que jamais conseguiria recolher os pedaços e, naquele mesmo momento, estava dizendo, "Não quer se sentar?"

O mar é um remédio poderoso. Vejam o que o treinamento como vigia de convés, mesmo de um navio mercante, pode fazer! Este episódio deveria lhes proporcionar uma nova opinião sobre os marinheiros ingleses e escoceses (um pessoal muito caricaturado) que tiveram a última palavra na formação de meu caráter. A modéstia é uma virtude, mas neste desastre creio que honrei seu ensinamento singelo. "Não quer se sentar?" Muito bom; muito bom mesmo. Ela tomou assento. Seu olhar divertido correu por todo o recinto. Havia páginas do manuscrito sobre a mesa e, debaixo da mesa, um maço de cópias datilografadas sobre uma cadeira, folhas soltas tinham voado para cantos distantes; havia páginas vivas, páginas cortadas e feridas, páginas mortas que seriam queimadas ao final do dia — a confusão do brutal campo de batalha de uma longa, longa e desesperada batalha. Longa! Imagino que tenha ido para a cama de vez em quando, e me levantado igual número de vezes. Sim, imagino que tenha dormido e comido o alimento colocado à minha frente, e falado coerentemente com minha hospedeira nas ocasiões oportunas. Mas jamais tomei consciência do fluxo normal da vida cotidiana, facilitada e amenizada para mim por uma silenciosa, atenciosa e incansável afeição. Na verdade, pareceu-me que estivera sentado àquela mesa cercado pelos destroços de um combate desesperado durante dias e noites sem fim. Assim me pareceu pelo profundo cansaço que aquela interrupção me deixou perceber — o pavoroso desencanto de uma mente percebendo, subitamente, a futilidade de uma ingente tarefa, junto com uma fadiga corporal que nenhuma quantidade de trabalho físico realmente pesado poderia causar. Eu já havia carregado sacos de trigo nas costas, curvado quase até o chão sob as vigas do convés de um navio, das seis da manhã às seis da tarde (com uma hora e meia para refeições), por isso devia saber.

E adoro as letras. Sou zeloso de sua honra e preocupado com a dignidade e a decência de seu serviço. Fui, muito provavelmente, o único escritor que aquela dama aprumada jamais flagrou no exercício de seu ofício e não me perturbou o fato de não ser capaz de me lembrar quando fora que eu me vestira pela última vez, e como. Certamente estaria convenientemente vestido, no essencial. As regalias da casa incluíam um par de olhos vigilantes cinza-azulados que cuidariam disto. Mas sentia-me um pouco encardido como um *lepero*[19] de Costaguana depois de um dia de batalha pelas ruas, todo amarrotado e desgrenhado até os calcanhares. E receio ter piscado estupidamente. Tudo isto foi ruim para a honra das letras e a dignidade de seu serviço. Vista indistintamente através da poeira de meu universo desmoronado, a boa senhora corria o olhar pelo quarto com uma serenidade ligeiramente divertida. E sorria. De que diabos estaria sorrindo? Ela observou casualmente:

"Receio o haver interrompido."

"Absolutamente."

Aceitou a negativa com perfeita boa-fé. E era estritamente verdade, Interrompido — pois sim! Ela me havia roubado pelo menos vinte vidas, cada uma infinitamente mais pungente e real do que a sua, porque animada de paixão, imbuída de convicções, empenhada em grandes questões criadas a partir de minha própria substância para um fim cuidadosamente pensado.

Ele permaneceu em silêncio por um instante, e depois disse com um último olhar para os destroços da batalha:

"E o senhor senta-se assim aqui escrevendo seu... seu..."

"Eu-quê? Oh, sim! Sento-me aqui o dia todo."

"Deve ser perfeitamente delicioso."

Imagino que, já não sendo muito jovem, eu devia estar à beira de um

---

19) Proletário mexicano.

colapso; mas ela havia deixado seu cão na varanda e o cachorro de meu filho, patrulhando o campo em frente, o havia avistado de longe. Ele acorreu rápido e direto como uma bala de canhão, e o ruído da luta que eclodiu subitamente em nossos ouvidos foi mais que suficiente para evitar um ataque de apoplexia. Saímos apressadamente e separamos os valorosos animais. Em seguida, disse à dama onde poderia encontrar minha esposa — dobrando o canto da casa, debaixo das árvores. Ela assentiu com a cabeça e saiu com seu cachorro, deixando-me arrasado diante da morte e da devastação que levianamente causara — e com o som pavorosamente instrutivo da palavra "delicioso" reverberando em meus ouvidos.

No entanto, mais tarde, eu a escoltei devidamente até o portão para o campo. Pretendia ser cortês, é claro (o que são vinte vidas num reles romance para uma pessoa ser rude com uma dama por sua causa?), mas principalmente, para adotar o bom e sólido estilo Ollendorffiano, não queria que o cachorro da filha do general brigasse novamente (*encore*) com o fiel cachorro de meu jovem rebento (*mon petit garçon*). — Estaria receoso de que o cachorro da filha do general pudesse vencer (*vaincre*) o cachorro de meu filho? — Não, não receava... Mas basta de método Ollendorffiano. Por mais apropriado e aparentemente inevitável ao comentar algo referente à dama, não é tão adequado à origem, caráter e história do cachorro; pois o cachorro era o presente dado ao filho por um homem para quem as palavras tinham tudo menos um valor Ollendorffiano, um homem quase infantil nos movimentos impulsivos de seu gênio inculto, o mais sincero dos impressionistas verbais, usando seus grandes dotes de sentimento direto e expressão precisa com uma refinada sinceridade e uma forte, ainda que, talvez, não inteiramente consciente, convicção. Sua arte não obteve, eu receio, todo crédito que sua inspiração genuína merecia. Estou aludindo ao falecido Stephen Crane, autor de "O Emblema Vermelho da Coragem", uma obra imaginativa que teve seu curto momento de glória na última década do século passado. Outros livros se seguiram. Não muitos. Faltou-lhe tempo. Era um talento individual e completo que alcançou um reconhecimento apenas relutante, um tanto desdenhoso, do mundo em geral. Por isto, hesita-se em lamentar sua morte prematura. Como um dos homens de seu "Barco aberto", sente-se que ele foi daqueles a quem o destino raramente concede um desembarque seguro depois de muito esforço e sofrimento ao remo. Confesso uma afeição duradoura por essa figura enérgica, esguia, frágil, de vida intensa e fugaz. Ele gostou de mim mesmo antes de nos encontrarmos por força de uma ou duas páginas de minha escrita, e, depois de nos encontrarmos, gosto de pensar que ele ainda me apreciava.

Um Registro Pessoal

Costumava me garantir com grande sinceridade e alguma severidade mesmo, que "todo menino *devia* ter um cão". Suspeito que ele tenha se chocado com minha negligência dos deveres parentais. No final das contas, foi ele que ofereceu o cachorro. Certo dia, algum tempo mais tarde, depois de brincar por uma hora com a criança sobre o tapete na mais absoluta absorção, levantou a cabeça e declarou categoricamente: "Vou ensinar seu menino a montar". Isto não viria a acontecer. Não lhe foi dado tempo.

Mas aí está o cachorro — um velho cão agora. Troncudo e baixo sobre suas patas arqueadas, com uma cabeça preta num corpo branco e uma ridícula mancha preta na outra extremidade, ele provocava, quando saíamos a passear, sorrisos não totalmente maldosos. Grotesco e simpático no conjunto de sua aparência, ele geralmente é manso, mas seu temperamento se revelava inesperadamente belicoso na presença de outros de sua espécie. Quando se deita ao lado da lareira, com a cabeça bem levantada e o olhar fixo nas sombras distantes do quarto, alcança uma pose de notável dignidade com a consciência tranqüila de uma vida impoluta. Ele criou um bebê e agora, depois de ver seu primeiro protegido ir para a escola, está criando outro com a mesma devoção conscienciosa, mas com uma gravidade de modos mais deliberada, sinal de maior sabedoria e experiência amadurecida, mas também, receio, de reumatismo. Do banho matinal às cerimônias noturnas do berço tu cuidas, amigo velho, da criatura bípede de tua adoção, e és tratado, no exercício de teus deveres, com toda atenção possível, com infinita consideração, por todas pessoas da casa — tanto quanto eu; só que tu o mereces mais. A filha do general lhe diria que isto deve ser "perfeitamente delicioso".

Aha! velho cão. Ela nunca te ouviu ganir com dor aguda (é essa pobre orelha esquerda) enquanto conservas, com incrível autocontrole, uma rígida imobilidade temendo derrubar a pequena criatura bípede. Ela nunca viu teu sorriso resignado quando o pequeno bípede, interrogado com firmeza, "O que você está fazendo com o bom cachorro?", responde com um olhar escancarado e inocente: "Nada. Só gostando dele, mamãe querida!"

A filha do general não sabe as cláusulas secretas de tarefas auto-impostas, bom cão, a dor que pode espreitar a recompensa do rígido autocontrole. Mas vivemos juntos muitos anos. Ficamos mais velhos, também; e embora nossa obra ainda não esteja acabada, podemos indulgir, de vez em quando, numa pequena introspecção diante da lareira — meditar na arte de criar bebês e na perfeita delícia de escrever histórias em que tantas vidas entram e saem ao custo de uma que imperceptivelmente se esvai.

245

Um Registro Pessoal

VI

No retrospecto de uma vida que teve, afora em seus estágios preliminares de infância e adolescência, dois desenvolvimentos distintos, e mesmo dois elementos distintos como terra e água, para seus atos sucessivos, é inevitável uma certa dose de ingenuidade. Tenho consciência disto ao traçar estas páginas. Esta observação não é feita com espírito apologético. À medida que os anos passam e o número de páginas vai regularmente aumentando, cresce também o sentimento de que só se pode escrever para amigos. Então, por que colocá-los na obrigação de protestar (como amigos fariam) que dispensam qualquer apologia, ou plantar, talvez, em suas cabeças, a dúvida sobre nossa discrição? Isto quanto aos cuidados devidos aos amigos a quem uma palavra aqui, uma linha acolá, uma página afortunada com sentimento justo no lugar certo, alguma feliz simplicidade, ou mesmo uma bem-sucedida sutileza, retirou da multidão dos próximos como um peixe é tirado das profundezas do mar. Pescar é, sabidamente (refiro-me aqui ao alto-mar), uma questão de sorte. Quanto aos inimigos, eles cuidarão de si próprios.

Existe um cavalheiro, por exemplo, que, metaforicamente falando, se joga com os dois pés sobre mim. Esta imagem não tem a menor elegância, mas é especialmente apropriada para a ocasião — para diversas ocasiões. Não sei precisar desde quando ele vem se entregando a essa prática intermitente, cujas temporadas são regradas pelo comportamento do mercado editorial. Alguém chamou minha atenção para ele (em forma impressa, é claro) há algum tempo, e experimentei prontamente uma espécie de afeição relutante por aquele homem robusto. Ele não poupa de sua análise a menor partícula de minha substância: pois a substância do escritor é sua escrita; o que resta não passa de uma sombra vazia, estimada ou odiada por motivos não críticos. Nem uma partícula! No entanto, o sentimento provocado não é um capricho afetado ou perverso. Ele tem uma origem mais profunda e, ouso pensar, mais estimável do que o capricho do desregramento emocional. Na verdade, ele é legítimo no sentido em que se presta (relutantemente) a uma consideração, a diversas considerações. Há aquela robustez, por exemplo, indício tão freqüente de bom equilíbrio moral. Esta é uma consideração. Não é agradável, com

Um Registro Pessoal

efeito, ser pisoteado, mas a inteireza da operação, implicando não só uma leitura cuidadosa, mas algum discernimento real da obra cujas qualidades e defeitos, sejam quais forem, não estão em sua superfície, é algo a que devemos ser gratos considerando que nossa obra pode ser condenada sem ao menos ser lida. Esta é a mais tola proeza que pode perfeitamente acontecer com um escritor arriscando sua alma na crítica. Pode não causar nenhum dano, é claro, mas é desagradável. É tão desagradável como descobrir um daqueles batoteiros do truque das três cartas entre um grupo de rapazes decentes num vagão de terceira classe. A descarada impudência da operação toda, apelando insidiosamente para a insensatez e credulidade humanas, a arenga atrevida, desavergonhada, proclamando abertamente a fraude enquanto insiste sobre a lisura do jogo, nos provoca um sentimento de repugnante aversão. A violência genuína de um homem correto disputando francamente uma luta limpa — mesmo que ele pretenda derrubá-lo — pode parecer chocante, mas continua dentro do terreno da decência. Conquanto onerosa, não é, em sentido algum, ofensiva. Pode-se perfeitamente sentir algum respeito pela decência, mesmo quando praticada sobre nosso próprio e vil corpo. É mais do que evidente que um inimigo desse gênero não será contido com explicações ou aplacado com elogios. Se eu quisesse apresentar o pretexto da juventude para me desculpar pela ingenuidade a ser encontrada nestas páginas, ele provavelmente diria "Tolice!" numa coluna e meia de texto feroz. O escritor, porém, não é mais velho do que seu primeiro livro publicado, e, não obstante as vãs manifestações de declínio que nos afligem nesta vida passageira, aqui estou com a grinalda de apenas quinze curtos verões em minha fronte.

Com a observação, então, de que nesta tenra idade, alguma ingenuidade de pensamento e expressão é desculpável, prossigo para admitir que, no conjunto, minha condição anterior de existência não foi um bom equipamento para uma vida literária. Talvez não devesse usar a palavra literária. Ela pressupõe uma intimidade com as letras, um talento mental e um modo de sentir que não ouso pretender. Apenas amo as letras; mas o amor pelas letras não faz um literato, assim como o amor pelo mar não faz um marinheiro. E é bem possível, também, que eu ame as letras da mesma maneira que um literato pode amar o mar que observa da praia — um cenário de grande encanto e grandes feitos que mudaram a face do mundo, a grande estrada sem limites para toda sorte de países misteriosos. Não, talvez fosse melhor dizer que a vida no mar — e não quero dizer um mero gosto dele, mas um bom período de anos, algo que realmente conte como serviço efetivo — não é, no conjunto, um bom equipamento para uma vida literária. Deus me livre, porém, de pensarem que estaria rejeitando meus mestres do castelo de popa. Sou incapaz desse tipo de apostasia. Confessei minha atitude de devoção para com suas sombras em três ou quatro narrativas, e se alguém na terra precisa, mais que outros, ser fiel a si próprio na esperança de ser salvo, este é certamente o escritor de ficção.

O que pretendo dizer, simplesmente, é que o treinamento no castelo de popa não nos prepara suficientemente para a aceitação da crítica literária. Apenas isto e nada mais. Mas este defeito tem a sua gravidade. Se me é permitido torcer, inverter, adaptar (e corromper) a definição de bom crítico de M. Anatole France, diria então que o bom autor é aquele que contempla sem acentuada alegria ou excessiva tristeza as aventuras de sua alma em contato com a crítica. Longe de mim a intenção de desencaminhar um público atencioso para a crença de que não há crítica no mar. Seria desonesto, e mesmo indelicado. Pode-se encontrar de tudo no mar, segundo o espírito com que se procure — luta, paz, romance, o mais acerbo naturalismo, ideais, tédio, aversão, inspiração — e toda oportunidade concebível, inclusive a oportunidade de fazer asneiras — exatamente como na busca da literatura. Mas a crítica de castelo de popa é um tanto diferente da crítica literária. O que têm em comum é que, diante de uma e da outra, responder com insolência, como regra geral, não compensa.

Sim, encontra-se a crítica no mar, inclusive a crítica favorável — eu lhes digo, pode-se encontrar de tudo nas águas salgadas — geralmente de improviso, e sempre *viva voce*, o que constitui uma diferença óbvia, visível, da operação literária do mesmo tipo, com o conseqüente viço e vigor que pode estar faltando na palavra impressa. Com a crítica favorável, que vem no final, quando o crítico e o criticado estão prestes a se separar, é diferente. O elogio dos humildes talentos a alguém no mar tem a permanência da palavra escrita, raramente o encanto da variedade, é formal em seu fraseado. Nisto o mestre literário é superior, muito embora também ele possa dizer apenas — e freqüentemente diz com a mesma frase — "Posso decididamente recomendar." Ele geralmente usa a palavra "Nós"; deve haver alguma virtude oculta na primeira pessoa do plural que a torna especialmente adequada para declarações críticas e majestosas. Tenho um punhado dessas apreciações marítimas favoráveis, assinadas por vários mestres, amarelando lentamente na gaveta esquerda de minha escrivaninha, farfalhando sob meu manuseio reverente como um punhado de folhas secas colhidas num momento de ternura da árvore do conhecimento. Estranho! Parece ter sido por esse punhado de pedaços de papel, encabeçados pelos nomes de alguns navios e assinados com os nomes de

Um Registro Pessoal

alguns comandantes escoceses e ingleses que enfrentei indignações espantadas, zombarias e recriminações duras de suportar para um rapaz de quinze anos; que me acusaram de falta de patriotismo, de falta de bom senso, e de falta de coração; que sofri as agonias do conflito interior e derramei não poucas lágrimas secretas, e me privei das belezas do Desfiladeiro de Furca, e fui chamado de "incorrigível Dom Quixote" em alusão à loucura livresca do cavaleiro. Por esse espólio! Eles farfalham, esses pedaços de papel — uma dezena, ao todo. Nesse som tênue, fantasmagórico, vivem as memórias de vinte anos, as vozes de homens rudes que já se foram, a voz poderosa dos ventos eternos, e o sussurro de um misterioso encanto, o murmúrio do vasto mar que de algum modo deve ter alcançado meu berço continental e entrado sorrateiramente em meus ouvidos, como aquela fórmula da fé maometana que o pai muçulmano sopra no ouvido do filho recém-nascido, convertendo-o em um fiel quase em seu primeiro alento. Não sei se fui um bom marinheiro, mas sei que fui um marinheiro muito fiel. E afinal, há aquele punhado de "personagens" de diversos navios para provar que todos esses anos não foram totalmente um sonho. Ali estão eles, em tom conciso e monótono, mas como textos tão sugestivos para mim como qualquer página literária inspirada. Mas enfim, como se sabe, já fui chamado de romântico. Bem, isto não se pode evitar. Mas fica. Lembro-me ter sido chamado de realista também. E como essa acusação não pode ser provada, tentemos sobreviver a ela, a todo custo, para variar. Com isso em mente, confidencio-lhes modestamente, e somente porque não há ninguém por perto para ver-me corar ao clarão desta luz da meia-noite, que essas sugestivas peças de elogio de castelo de popa contêm, todas e cada uma, a expressão "estritamente sóbrio".

Terei captado um murmúrio público, "Isto é certamente muito gratificante?" Sim, é gratificante — obrigado. É ao menos tão gratificante receber um atestado de sóbrio quanto de romântico, embora não qualifiquem ninguém para a secretaria de uma associação de temperança ou para o cargo de arauto oficial de alguma instituição democrática ilustre, como o Conselho Municipal de Londres, por exemplo. A prosaica reflexão acima foi colocada aqui para provar a sobriedade normal de meu julgamento em assuntos mundanos. Fiz questão disto porque, há um par de anos, com a publicação de um conto meu numa tradução francesa, um crítico parisiense — quase certamente M. Gustave Kahn, no *Gil-Blas*[20] —

---

20) Jornal diário francês (1879-1914) que contava com a contribuição de muitos intelectuais eminentes.

Um Registro Pessoal

, fazendo uma curta menção a minha pessoa, resumiu sua impressão da qualidade do escritor com as palavras *un puissant rêveur*. Seja! Quem sofismaria com as palavras de um leitor complacente? No entanto, talvez não um sonhador assim incondicional. Tomo a liberdade de dizer que jamais perdi o senso de responsabilidade nem no mar nem em terra. Há mais de um tipo de embriaguez. Antes mesmo dos mais sedutores devaneios, permaneci atento àquela sobriedade de vida interior, àquele ascetismo de sentimento em que a exclusiva forma nua da verdade, tal como se possa concebê-la, tal como se possa senti-la, pode ser apresentada sem vergonha. Do poder do vinho advém apenas uma veracidade sentimental e indecente. Procurei ser um trabalhador sóbrio durante toda minha vida — todas minhas duas vidas. Assim agi por gosto, sem dúvida, tendo um horror instintivo à perda de minhas faculdades plenas, mas também por convicção artística. No entanto, há tantas ciladas em cada lado do caminho verdadeiro que, tendo-o percorrido um tanto, e sentindo-me um pouco gasto e cansado como um viajante de meia-idade se sentiria com as dificuldades cotidianas da marcha, pergunto-me se me mantive sempre, sempre fiel a essa sobriedade em que há poder, verdade e paz.

Quanto a minha sobriedade marítima, isto está devidamente certificado pela assinatura de vários capitães de navio confiáveis com alguma reputação em seu tempo. Parece-me ouvir um polido murmúrio de que "Certamente isto deveria ser pacífico". Não necessariamente. Aquele augusto corpo acadêmico do Departamento Marítimo da Câmara de Comércio não considera nada pacífico na concessão de seus certificados de formação. Pelos regulamentos promulgados sob a primeira Lei de Navegação Mercante, a própria palavra SÓBRIO deve estar escrita, caso contrário nem todo um saco, uma tonelada, uma montanha das mais entusiásticas recomendações terão alguma valia. A porta das salas de exame ficarão fechadas a suas lágrimas e súplicas. O mais fanático defensor da moderação não poderia ser mais ferozmente impiedoso em sua retidão do que o Departamento Marítimo da Câmara de Comércio. Como já estive face a face, em várias oportunidades, com todos os examinadores do Porto de Londres de minha geração, não devem restar dúvidas quanto à realidade e persistência de minha sobriedade. Três deles eram examinadores em marinhagem, e foi meu destino cair nas mãos de cada um deles nos intervalos previstos pelo serviço naval. O primeiro de todos, alto, reservado, com cabelos e bigode inteiramente brancos, modos afáveis e calmos e um ar de bondosa inteligência, deve ter ficado, sou forçado a reconhecer, mal impressionado com alguma coisa de minha aparência. Com as velhas mãos ossudas entrelaçadas frouxamente sobre as pernas

Um Registro Pessoal

cruzadas, começou com uma pergunta elementar em voz mansa, e foi em frente, em frente... Durou horas e horas. Fosse eu um micróbio estranho potencialmente letal para o Serviço Mercante, não poderia ter sido submetido a um exame mais microscópico. Tranqüilizado por sua aparência cordial, eu havia ficado inicialmente muito alerta em minhas respostas. Mas com o tempo, uma sensação de torpor foi se insinuando em meu cérebro. E o monótono processo prosseguiu dando a sensação de que incontáveis eras eram gastas em meras preliminares. Assustei-me então. Não temia ser reprovado; esta eventualidade sequer passou pela minha cabeça. Era alguma coisa muito mais séria, e assustadora. "Este velho", disse para mim mesmo, aterrorizado, "está tão perto da cova que deve ter perdido toda a noção do tempo. Ele está considerando este exame em termos de eternidade. Tudo bem para ele. Sua corrida está chegando ao fim. Mas já posso me ver saindo desta sala para o mundo dos homens como um estranho, sem amigos, esquecido até por minha hospedeira, isso se for capaz de lembrar o caminho da casa alugada depois dessa interminável experiência." Esta afirmação não é um exagero verbal tão grande quanto se possa imaginar. Alguns pensamentos muito estranhos passavam por minha cabeça enquanto articulava as respostas; pensamentos que nada tinham a ver com marinhagem, ou com qualquer coisa razoavelmente conhecida nesta terra. Em alguns momentos, eu realmente acreditei estar delirando numa espécie de prostração. Finalmente fez-se silêncio, e este também pareceu durar muitos séculos, enquanto o examinador, debruçado sobre a escrivaninha, preenchia pausadamente minha folha de avaliação com uma caneta silenciosa. Estendeu-me a tira de papel sem uma palavra, inclinando solenemente a alva cabeça para minha mesura de despedida...

Ao sair da sala, sentia-me completamente esmagado, como um limão espremido, e o porteiro na cabine de vidro onde eu me detivera para pegar o chapéu e dar-lhe um xelim, disse:

"Puxa! Pensei que o senhor não fosse mais sair.

"Quanto tempo fiquei lá dentro?", perguntei frouxamente.

Ele puxou seu relógio.

"Ele o segurou, senhor, pouco menos de três horas. Creio que isto nunca aconteceu com nenhum dos cavalheiros antes."

Só então saí do edifício e comecei a caminhar ao ar livre. E como o bicho homem é avesso a mudanças e se retrai diante do desconhecido, disse comigo mesmo que realmente não me importaria de ser examinado pela mesma pessoa em alguma ocasião futura. Mas quando chegou novamente o momento da provação, o porteiro introduziu-me em outra sala contendo a já familiar parafernália de modelos de navios e equipamentos, um quadro de sinais na parede, uma grande mesa comprida coberta de formulários oficiais tendo um mastro desaparelhado preso à sua beirada. O solitário habitante me era desconhecido de vista, mas não de reputação, que era simplesmente execrável. Baixo e troncudo até onde pude julgar, metido num velho terno castanho, estava sentado com os cotovelos apoiados na mesa, as mãos encobrindo os olhos, e meio de lado em relação à cadeira que eu devia ocupar do outro lado da mesa. Ele estava imóvel, misterioso, distante, enigmático, com algo de tristonho em sua pose, como aquela estátua de Giulano (creio) de Medici cobrindo o rosto no túmulo esculpido por Michelangelo, embora, é claro, estivesse longe, muito longe de ser belo. Começou tentando me fazer falar tolices. Mas eu havia sido prevenido daquela feição diabólica e o contradisse com grande segurança. Algum tempo depois, parou. Até aí, tudo bem. Mas sua imobilidade, o cotovelo grosso sobre a mesa, a voz brusca, infeliz, o rosto oculto e enviesado foram me impressionando cada vez mais. Ele manteve um silêncio inescrutável por um momento, e então, colocando-me num navio de certo porte no mar, sob certas condições de tempo, estação, local, etc., etc. — tudo muito claro e preciso —, ordenou-me que executasse certa manobra. Antes de eu chegar na metade, ele produziu algum dano material no navio. Mal eu resolvera a dificuldade, ele introduziu outra, e quando aquela também foi atendida, meteu outro navio à minha frente, provocando uma situação muito perigosa. Senti-me um pouco ultrajado com este engenho para amontoar problemas sobre uma pessoa.

"Eu não teria entrado nessa encrenca", sugeri suavemente. "Teria visto esse navio antes."

Ele jamais se exaltava.

"Não, não poderia. O tempo está fechado."

"Oh! Eu não sabia", desculpei-me vagamente. Imagino que tenha conseguido afinal evitar o desastre com suficiente verossimilhança, e o horrível negócio prosseguiu. O esquema do teste que ele estava aplicando era, segundo concluí, uma viagem de volta para casa — o tipo de viagem que eu não desejaria ao meu pior inimigo. Aquele navio imaginário parecia operar sob a mais absoluta maldição. Não vale a pena me alongar neste sofrimento interminável; basta dizer que muito antes do fim, eu teria recebido com gratidão a oportunidade de me mudar para o *Holandês Voador*[21]. Finalmente ele me atirou no Mar do Norte (imagino) e arranjou-

---

21) Legendário navio fantasma condenado a não voltar jamais a um porto.

me um litoral a sotavento com bancos de areia — a costa holandesa possivelmente. Distância, oito milhas. A evidência de tão implacável animosidade deixou-me sem palavras por bons trinta segundos.

"Então", disse ele — pois nosso progresso vinha sendo realmente muito rápido até então.

"Terei que pensar um pouco, senhor."

"Não me parece que há muito tempo para pensar", murmurou sardonicamente por baixo da mão.

"Não, senhor", disse com algum vigor. "Não a bordo de um navio que eu pudesse ver. Mas aconteceram tantos acidentes que realmente não consigo me lembrar do que me sobrou para trabalhar."

Ainda meio de lado e com os olhos escondidos, ele grunhiu uma observação inesperada.

"Você se saiu muito bem."

"Tenho as duas âncoras na proa, senhor?", perguntei.

"Tem."

Preparei-me pois, como última esperança do navio, para largar as duas da maneira mais efetiva, quando seu infernal sistema de testar iniciativa entrou em cena novamente.

"Mas há somente um cabo. O outro você perdeu."

Era desesperador.

"Então eu as levaria para trás, se pudesse, e amarraria a espia mais resistente que tivesse a bordo na ponta do cabo antes de largá-las, e se o navio se soltasse disto, o que é muito provável, eu não faria simplesmente nada. Ele teria que ir."

"Nada mais a fazer, hein?"

"Não, senhor. Não poderia fazer mais nada."

Ele deu uma risadinha amarga.

"Você sempre poderia dizer suas orações."

Levantou-se, distendeu-se e bocejou de leve. Era um rosto desagradável, forte, emaciado. Deixou-me aborrecido e mal-humorado com as perguntas usuais sobre luzes e sinais, e eu safei-me da sala agradecido — estava aprovado! Quarenta minutos! E novamente caminhei ao ar livre ao longo de Tower Hill, onde tantos homens bons haviam perdido suas cabeças porque, eu suponho, não tiveram iniciativa suficiente para se salvar. E no íntimo de meu coração, eu não fazia objeção em encontrar uma vez mais aquele examinador quando chegou a hora da terceira e última provação, cerca de um ano depois. Cheguei mesmo a desejar encontrá-lo. Já conhecia o pior dele, e quarenta minutos não é um tempo exorbitante. Sim, eu claramente desejava...

Um Registro Pessoal

Mas não deu. Quando me apresentei no exame para Capitão, o examinador que me recebeu era baixo, roliço, de rosto redondo, suave, com fofas suíças grisalhas e lábios úmidos loquazes.

Ele iniciou as operações com um despreocupado "Vejamos. Humm. Que tal me dizer tudo que sabe a respeito de contratos de arrendamento". Ele manteve a coisa nesse estilo o tempo todo, divagando, à guisa de comentário, por passagens de sua própria vida, depois recompondo-se abruptamente e voltando ao tema em questão. Foi muito interessante. "Qual é sua idéia de um leme provisório?", inquiriu subitamente, ao final de uma instrutiva anedota sobre uma questão de estiva.

Preveni-o de que não tinha nenhuma experiência de leme perdido no mar, e dei-lhe dois exemplos clássicos sobre o assunto extraídos de um manual. Em troca, ele descreveu-me um leme alternativo que ele próprio inventara havia alguns anos, quando comandava um vapor de 3.000 toneladas. Posso afirmar que era uma invenção das mais criativas. "Pode lhe servir algum dia", concluiu. "Você agora vai mudar para vapor. Todo mundo vai para o vapor."

Nisto ele estava enganado. Nunca fui para o vapor — não mesmo. Se viver o suficiente, serei uma relíquia bizarra de um barbarismo extinto, algum tipo de monstruosa antigüidade, o único marinheiro das Idade das Trevas que nunca foi para o vapor — não mesmo.

Antes de concluir o exame, ele me propiciou detalhes interessantes do serviço de transporte no tempo da guerra da Criméia.

"O uso de cabos de arame se generalizou naquela época, também", observou. "Eu era um capitão muito jovem então. Isto foi antes de você ter nascido".

"Sim, senhor. Sou de 1857."

"O ano da Revolta[22]", comentou, como que para si próprio, acrescentando com mais força que seu navio estava então no Golfo de Bengala, arrendado pelo Governo.

Evidentemente, o serviço de transporte havia sido o formador deste examinador que tão inesperadamente me dera um vislumbre de sua existência, despertando em mim o sentido de continuidade daquela vida marítima em que eu entrara, dando um toque de intimidade humana ao mecanismo das relações oficiais. Senti-me adotado. Sua experiência caiu-me também como se ele fosse um antepassado.

---

22) A "Revolta dos Sipaios" (1857-8) contra o governo britânico na Índia, iniciado por tropas a serviço da British Indian Company, que provocou a transferência do governo da Índia da Companhia para a Coroa Britânica.

Escrevendo meu extenso sobrenome (ele tem doze letras) com todo cuidado na tira de papel azul, observou:

"Você é de origem polonesa?"

"Nasci lá, senhor."

Ele depôs a caneta e recostou-se para olhar-me como se fosse pela primeira vez.

"Não há muitos de sua nacionalidade em nosso serviço, imagino. Não me lembro de ter encontrado nenhum antes ou depois de deixar o mar. Não me lembro sequer de ter ouvido falar de um. Um povo de interior, não é o que são?"

Disse que sim — isto mesmo. Estávamos afastados do mar não só pela situação geográfica, mas também por uma completa ausência de associação indireta, não sendo absolutamente uma nação comercial, mas puramente agrícola. Ele fez então a curiosa reflexão de que era "um longo caminho para eu iniciar uma vida marítima"; como se a vida marítima não fosse justamente uma vida em que se percorre um longo caminho para longe do lar.

Disse-lhe, sorrindo, que certamente eu poderia ter encontrado um navio muito mais perto de minha terra natal, mas pensara comigo mesmo que, se era para ser um marinheiro, seria um marinheiro britânico e nenhum mais. Era uma questão de escolha deliberada.

Ele assentiu com um leve movimento de cabeça; e como continuava fitando-me interrogativamente, estendi-me um pouco confessando-lhe que passara algum tempo no Mediterrâneo e nas Índias Ocidentais. Não gostaria de me apresentar ao Serviço de Marinha Mercante britânico como um total principiante. Não era o caso lhe dizer que minha misteriosa vocação havia sido tão forte que até minhas dissipações de juventude tiveram que ser cometidas no mar. Era a exata verdade, mas temo que ele não tivesse compreendido a psicologia um tanto excepcional de minha ida para o mar.

"Imagino que jamais topou com algum conterrâneo seu no mar. Encontrou?"

Admiti nunca ter encontrado. O examinador se entregara ao espírito da conversa fiada. Por mim, eu não tinha a menor pressa de deixar aquela sala. Nenhuma mesmo. A era dos exames havia terminado, eu jamais tornaria a ver aquele homem afável que era um antepassado profissional, uma espécie de avô na profissão. Mais ainda. Eu devia esperar que me dispensasse e ele não dava sinais disto. Num momento em que se calou olhando para mim, acrescentei:

"Mas ouvi falar de um faz alguns anos. Ao que parece, era um garoto servindo a bordo de um navio de Liverpool, se não estou enganado."

"Como se chamava?"

Eu lhe disse:

"Como você diz isto?", perguntou, arregalando os olhos à estranheza do som.

Repeti o nome pausadamente.

"Como se soletra?"

Soletrei. Ele balançou a cabeça para a natureza impraticável daquele nome e observou:

"É quase tão longo quanto o seu — não é?"

Não havia a menor pressa. Eu fora aprovado para Capitão e tinha todo o resto da vida diante de mim para aproveitar o melhor que pudesse. Isto me parecia um longo tempo. Fiz vagarosamente um pequeno cálculo mental e disse:

"Não tanto. Duas letras menor, senhor."

"Verdade?" O examinador empurrou-me por cima da mesa a tira azul assinada e levantou-se da cadeira. De certa forma, isto me pareceu um encerramento muito brusco de nossas relações, e me senti quase triste por me separar daquela excelente pessoa que havia sido capitão de um navio antes do murmúrio do mar alcançar meu berço. Estendeu-me a mão e desejou-me sorte. Chegou a dar alguns passos até a porta comigo e encerrou com um conselho bondoso.

"Não sei quais são seus planos, mas você devia ir para o vapor. Quando se obtém o certificado de capitão, é o momento certo. Se fosse você, eu iria para o vapor."

Agradeci-lhe e fechei a porta às minhas costas definitivamente para a era dos exames. Mas naquela ocasião não caminhei ao ar livre como nas duas anteriores. Caminhei pela Hill de tantos decapitados com passos medidos. Era um fato, dizia comigo mesmo, que era agora um capitão britânico acima de qualquer dúvida. Não que tivesse uma idéia exagerada daquele feito muito modesto, com que, porém, sorte, oportunidade, ou qualquer outra influência externa não poderia ter nada a ver. Aquele fato, satisfatório e obscuro em si, tinha para mim um significado um tanto ideal. Era uma resposta a certo ceticismo não declarado e mesmo a algumas calúnias não muito gentis. Eu me vingara do que haviam chamado de estúpida obstinação ou capricho fantástico. Não pretendo dizer que o país todo fora convulsionado por meu desejo de ir para o mar. Mas para um rapaz entre quinze e dezesseis anos, bastante sensível, a comoção deste pequeno mundo certamente parecera muito considerável. Tão considerável que seus ecos persistiram absurdamente até hoje. Eu me vejo, em momentos de isolamento e recordação, refutando argumentos e exortações

Um Registro Pessoal

feitas trinta e cinco anos atrás por vozes hoje silenciadas para sempre; encontrando coisas para dizer que um garoto encurralado não poderia ter encontrado, pelo simples fato de que seus impulsos eram misteriosos para si próprio. Eu não compreendia mais do que as pessoas que me convocavam a explicá-los. Não havia nenhum precedente. Acredito piamente que o meu foi o único caso de um rapaz de minha nacionalidade e meus antecedentes dando, por assim dizer, um salto duradouro para longe de seu ambiente racial e suas relações pessoais. Pois é preciso entender que não havia a menor idéia de algum tipo de "carreira" em meu chamado. Rússia ou Alemanha estavam fora de questão. A nacionalidade, os antecedentes as excluíam. O sentimento contra o serviço naval austríaco não era tão forte, e ouso dizer que não teria dificuldade em abrir caminho para a Escola Naval em Pola. Isto teria significado seis tormentosos meses a mais com o alemão, talvez, mas ainda estava em idade de admissão e, sob outros aspectos, estava bem qualificado. Este expediente para aplacar minha loucura chegou a ser considerado — mas não por mim. Devo admitir que, a este respeito, minha negativa foi prontamente aceita. Aquela ordem de sentimento era compreensível ao mais duro de meus críticos. Não me convocaram para dar explicações; o que tinha em vista, em verdade, não era uma carreira naval mas o mar. Só parecia haver passagem aberta até ele através da França. Eu tinha a língua, de qualquer forma, e de todos países da Europa, é com a França que a Polônia era mais ligada. Havia algumas facilidades de olharem um pouco por mim inicialmente. Cartas foram escritas, respostas foram recebidas, arranjos foram feitos para minha partida para Marselha, onde um excelente sujeito chamado Solary, com trânsito por vários canais franceses, prometera gentilmente colocar *le jeune homme* no caminho de arranjar um navio decente para sua estréia, se realmente pretendia experimentar *ce métier de chien*.

Eu observava com gratidão esses preparativos todos, e não denunciava minhas intenções. Mas a observação de meu último examinador era perfeitamente justa. A resoluta decisão de que "se marinheiro, então marinheiro inglês" já estava formulada em minha cabeça, embora, é claro, em língua polonesa. Eu não sabia seis palavras em inglês e era suficientemente astuto para compreender que seria melhor nada revelar de minhas intenções. Do jeito que as coisas andavam, eu já era considerado meio maluco, ao menos por conhecidos mais distantes. O principal era partir. Coloquei fé na carta muito cordial do bondoso Solary a meu tio, embora me chocasse um pouco a expressão *métier de chien*.

Este Solary (Baptistin), quando o vi em pessoa, era um homem muito jovem, de muito boa aparência, exibindo uma curta barba pontiaguda,

Um Registro Pessoal

uma pele viçosa e olhos negros ternos e joviais. Era tão bondoso e bem-humorado quanto qualquer garoto poderia desejar. Eu ainda estava dormindo num modesto quarto de hotel perto do cais do velho porto depois das fadigas da viagem *via* Viena, Zurique, Lyon, quando ele entrou tempestivamente abrindo as janelas para o sol da Provença e me censurando ruidosamente por estar na cama. Com que graça ele me alarmou com suas exprobrações barulhentas para me levantar e partir imediatamente para uma "campanha 'de três anos' nos Mares do Sul". Mágicas palavras! *"Une campagne de trois ans dans les mers du sud"* — assim reza a expressão francesa para uma viagem de três anos em águas profundas.

Ele proporcionou-me um delicioso despertar, e sua cordialidade era incansável; mas temo que não se empenhou na procura de um navio para mim com espírito muito solene. Ele próprio já estivera no mar, mas o deixara aos vinte e cinco anos ao descobrir a possibilidade de ganhar a vida em terra de maneira muito mais agradável. Era relacionado com um número incrível de famílias abastadas de Marselha de uma certa classe. Um de seus tios era um corretor marítimo bem estabelecido, muito bem relacionado com navios ingleses; outros parentes seus lidavam com lojas para produtos navais, possuíam oficinas de velas, vendiam cabos e âncoras, eram chefes de estiva, calafates, trabalhadores em construção naval. Seu avô (creio) era uma espécie de dignatário, o Síndico dos Pilotos. Fiz conhecimentos entre essa gente toda, mas principalmente entre os pilotos. O primeiro dia inteiro que passei sobre águas salgadas foi a convite, num grande barco para transportar pilotos, cuidadosamente conduzido sob falésias muito próximas, num tempo nevoento, ventoso, rumo às velas dos veleiros e à fumaça dos vapores que se erguiam distantes, além do alto e esguio farol Planier que cortava a linha do horizonte varrido pelo vento com um alvo golpe perpendicular. Eram hospitaleiros, aqueles vigorosos marinheiros provençais. Sob a designação genérica de *le petit ami de Baptistin*, me fizeram hóspede da Corporação de Pilotos, livre para andar noite e dia em seus barcos. E muitos dias e noites passei navegando com aqueles homens rudes e cordiais sob cujos auspícios teve início minha familiarização com o mar. Muitas vezes o "amiguinho de Baptistin" teve a capa de marinheiro mediterrâneo atirada em suas costas por suas mãos honradas enquanto flutuavam, à noite, a sotavento do Chateau d'If, à cata das luzes de navios. Seus rostos curtidos, barbeados e com suíças, uns magros e outros cheios, com os atentos olhos franzidos dos pilotos, um ou outro com fina argola dourada no lobo de uma orelha cabeluda, moldaram minha infância marítima. A primeira operação de marinhagem que tive a oportunidade de observar foi a abordagem de navios

Um Registro Pessoal

no mar, a qualquer hora, sob todos as condições de tempo. Eles me proporcionaram farta amostra disto. E fui convidado a me sentar à sua mesa hospitaleira em mais de uma daquelas altas casas escuras da cidade velha, tomar a *bouillabaisse* servida num prato grosso por esposas de sobrancelhas cerradas e voz trovejante, conversar com suas filhas — moças corpulentas de perfis puros, gloriosos cabelos negros arranjados com complicada arte, olhos escuros e dentes ofuscantes.

Fiz também outros conhecimentos de natureza bastante diferente. Um deles, Madame Delestang, bela dama altiva de porte hierático, levava-me, de vez em quando, no banco da frente de seu coche ao Prado, à hora de um elegante passeio ao ar livre. Ela pertencia a uma antiga família aristocrática do sul. Com seu altivo enfado, costumava lembrar-me Lady Dedlock em *A Casa Soturna* de Dickens, obra-prima pela qual tenho tal admiração, ou melhor, tão intensa e irracional afeição desde meus tempos de garoto, que até mesmo suas fraquezas são-me mais preciosas do que a força da obra de outros autores. Li-a inúmeras vezes, tanto em polonês como em inglês; li-a recentemente e, por uma inversão nada surpreendente, a Lady Dedlock do livro lembrou-me fortemente a *belle Madame Delestang*.

Seu marido (sentava-me de frente para ambos), com o fino nariz ossudo, um rosto magro intensamente pálido apertado entre curtas suíças formais, nada tinha do "ar importante" e da solenidade cortesã de Sir Leicester Dedlock. Pertencia apenas à *haute bourgeoisie*, e era o banqueiro com quem um modesto crédito havia sido aberto para minhas necessidades. Era um monarquista tão ardente — melhor, um mumificado, congelado monarquista — que usava, na conversa comum, torneios de discurso contemporâneo, eu diria, do bom Henrique IV; e quando falava de questões financeiras, não calculava em francos, como a ímpia ralé de franceses pós-revolucionários, mas em obsoletos e esquecidos *écus* — *écus* entre todas as moedas do mundo! —, como se Luís XIV ainda pavoneasse seu esplendor real pelos jardins de Versalhes e Monsieur Colbert se ocupasse da condução dos assuntos marítimos. Deve-se admitir que num banqueiro do século XIX era uma idiossincrasia muito singular. Felizmente, no escritório (ocupava parte do andar térreo da residência citadina dos Delestang numa pacata rua arborizada), as contas eram feitas em dinheiro moderno, de forma que nunca tive dificuldade de informar minhas necessidades aos graves, contidos, decorosos, escrivães legitimistas (eu imagino) sentados na eterna penumbra das janelas pesadamente gradeadas, por trás de balcões antigos, sombrios, embaixo de tetos imponentes com cornijas muito ornamentadas. Saindo daquele lugar, eu costumava ter a

Um Registro Pessoal

sensação de estar deixando o templo de alguma religião muito respeitável, mas completamente temporal. E era geralmente nessas ocasiões que, da porta da grande carruagem, Lady De-, isto é, Madame Delestang, avistando meu chapéu erguido, acenava-me com cordial imperiosidade para eu me aproximar da carruagem, e sugeria, com divertida *nonchalance*, "*Venez donc faire un tour avec nous*", ao que seu marido acrescentaria um encorajador "*C'est ça. Allons, montez, jeune homme*". Ele às vezes me inquiria sugestivamente, mas com perfeito tato e delicadeza, sobre a maneira como eu empregava meu tempo, e jamais deixou de manifestar a esperança de que eu escrevesse regularmente para meu "honrado tio". Eu não fazia segredo sobre o uso que fazia de meu tempo e imagino que meus canhestros relatos sobre pilotos e coisas assim entretivessem Madame Delestang, até onde aquela mulher inefável poderia ser entretida pela tagarelice de um jovem orgulhoso de suas novas experiências entre homens estranhos e sensações estranhas. Ela não externava suas opiniões e conversava muito pouco comigo; no entanto, seu retrato permanece na galeria de minhas memórias íntimas, ali fixado por um curto e fugaz episódio. Certo dia, depois de me largar na esquina de certa rua, ofereceu-me a mão e me reteve por um instante com uma leve pressão. Estando o marido sentado e olhando fixamente em frente, ela inclinou-se para fora do coche para dizer, com um toque de advertência em seu modo preguiçoso de falar "*Il faut, cependant, faire attention à ne pa gâter sa vie*". Jamais seu rosto estivera tão próximo do meu anteriormente. Isto fez meu coração disparar e me deixou pensativo durante boa parte daquela noite. Por certo é preciso cuidar de não estragar a própria vida. Mas ela não sabia — ninguém poderia saber — como me parecia impossível aquele risco.

Um Registro Pessoal

VII

Poderão os transportes do primeiro amor ser aplacados, avaliados, transformados numa fria suspeita sobre o futuro pela grave citação de uma obra de Economia Política? Eu pergunto — será concebível? Será possível? Seria direito? Com meus pés à beira do mar e prestes a abraçar meu sonho dourado, o que poderia significar um conselho bem intencionado sobre estragar a vida para minha paixão juvenil? Foi o mais inesperado e o último, também, dos muitos conselhos que recebi. Soou-me muito *bizarre* — e, pronunciado como foi, na presença de minha sedutora, como a voz da loucura, a voz da ignorância. Mas eu não era tão insensível nem tão estúpido para não reconhecer ali, também, a voz da bondade. A imprecisão do conselho — pois o que poderia significar a frase: estragar a própria vida? — chamava a atenção com seu ar de profunda sabedoria. De qualquer sorte, como já disse anteriormente, as palavras de *la belle Madame Delestang* deixaram-me pensativo durante toda a primeira metade da noite. Tentei compreender, mas foi em vão, pois não tinha uma noção da vida como empresa passível de ser mal conduzida. Mas deixei de lado o ânimo pensativo pouco antes da meia-noite, hora em que, sem qualquer assombração do passado ou visão do futuro, caminhei até o cais do *Vieux Port* para ingressar no barco de meus amigos. Sabia onde ele aguardava sua tripulação, num trecho de canal atrás do Forte, na entrada do porto. O cais deserto parecia muito alvo e seco ao luar, como que coberto de geada sob o vento cortante daquela noite de dezembro. Um ou dois vagabundos se esgueiraram silenciosamente; um guarda alfandegário fardado, a espada do lado, andava a passo por baixo dos gurupés da extensa fila de navios atracados com as proas de frente para a longa parede plana, ligeiramente curva, das casas altas que pareciam formar um imenso edifício abandonado com incontáveis janelas bem fechadas. Aqui e ali, algum esquálido *café* para marinheiros lançava um clarão amarelo sobre o brilho azulado das lajes. Ao passar, ouvia-se um surdo murmúrio de vozes no interior — nada mais. Que calma imperava na ponta do cais naquela última noite em que saí para uma viagem de serviço a convite dos pilotos marselheses! Nenhum som de passos, exceto os meus, nenhum suspiro, nenhum eco distante da folia normal que corria solta nas indescritíveis

Um Registro Pessoal

vielas da Cidade Velha alcançou meus ouvidos — e subitamente, com um terrível chocalhar de ferro e vidro, o ônibus da Jolliette[23] em sua última viagem dobrou a esquina do paredão nu de frente para a massa caracteristicamente angulosa do Forte St. Jean. Três cavalos trotavam lado a lado batendo ruidosamente os cascos nos paralelepípedos de granito, e o estrondeante engenho amarelo se sacudia violentamente atrás deles, fantástico, iluminado, completamente vazio com o condutor aparentemente adormecido em seu poleiro balouçante acima daquela extraordinária balbúrdia. Achatei-me ofegante contra a parede. Foi uma experiência apavorante. Então, depois de alguns passos trôpegos à sombra do Forte, mais escura que uma noite de céu nublado sobre o canal, avistei a minúscula luz de uma lanterna sobre o cais, e percebi vultos embuçados avançando para ela de várias direções — Pilotos da Terceira Companhia se apressando para embarcar. Sonolentos demais para falar, subiam silenciosamente a bordo. Resmungos baixos e um enorme bocejo fizeram-se ouvir. Alguém exclama *"Ah! Coquin de sort!"* e suspira entediado com sua dura sorte.

O *patron* da Terceira Companhia (havia cinco companhias de pilotos à época, acredito) é cunhado de meu amigo Solary (Baptistin), um quarentão espadaúdo de olhar arguto e franco que sempre fitava os olhos de seus interlocutores. Ele me saúda com um baixo e sincero *"Hé, l'ami. Comment va?"* Com seu bigode aparado, o maciço rosto franco com uma expressão enérgica sem deixar de ser plácida, é um belo tipo de meridional tranqüilo. Pois existe um tipo assim, em que a volúvel paixão meridional se transmuda em sólida força. Ele é bonito, mas não se poderia tomá-lo por alguém do norte, mesmo ao fraco clarão da lanterna sobre o cais. Ele vale uma dúzia de normandos ou bretões comuns, mas, enfim, em toda a imensa extensão das costas mediterrâneas, não se encontraria meia dúzia de homens com sua estampa.

De pé, ao lado da cana do leme, ele puxa seu relógio de baixo da grossa jaqueta e inclina a cabeça para ver as horas sob a luz projetada no barco. É hora. Sua voz agradável comanda calmamente à meia voz, *"Larguez."* Um braço repentinamente estendido recolhe a lanterna do cais — e, endireitado inicialmente por uma corda e em seguida impelido pelo impulso compassado de quatro pesados remos, o grande barco carregado de homens desliza para fora da sombra escura e abafada do Forte. As águas abertas do *avant-port* cintilam sob a lua como que espargidas com milhões de lantejoulas, e o extenso quebra-mar branco brilha como um

---

23) O porto moderno de Marselha.

grosso lingote de sólida prata. Com um curto chocalhar de roldanas e um simples rugido sedoso, a vela se enfuna com uma leve brisa tão cortante que para ter vindo diretamente da gélida lua, e o barco, depois do estrépito dos remos sendo recolhidos, parece ficar em repouso, rodeado por um misterioso murmúrio, tão tênue e irreal que poderia ser o rugir dos esplendorosos raios de luar caindo como um aguaceiro sobre o rijo, acetinado mar.

Recordo-me perfeitamente daquela última noite passada com os pilotos da Terceira Companhia. Conheci o encanto do luar desde então em vários mares e costas — costas de florestas, de rochas, de dunas de areia —, mas nenhuma magia tão perfeita na revelação de seu caráter oculto, como que permitindo devassar a natureza mística das coisas naturais. Durante horas, imagino, nenhuma palavra foi pronunciada naquele barco. Os pilotos, sentados face a face em duas fileiras, cochilavam com os braços cruzados e os queixos apoiados em seus peitos. Eles exibiam uma grande variedade de bonés: de tecido, lã, couro, com aletas, com borla, um ou dois pitorescos *béret* redondos descidos sobre as testas; e um avô, com um glabro rosto ossudo e enorme nariz adunco, vestia um manto com capuz que o deixava parecido com um monge encapuçado sendo conduzido, Deus sabe para onde, por um grupo silencioso de marinheiros — tão quietos que pareciam mortos.

Meus dedos coçavam pelo leme e no devido momento, meu amigo, o *patron*, entregou-o a mim no mesmo espírito com que o cocheiro da família deixa o menino segurar as rédeas num trecho fácil de estrada. Uma enorme solidão nos rodeava; as ilhotas à frente, Monte Cristo e Château d'If, plenamente iluminadas, pareciam flutuar em nossa direção — tão regular, tão imperceptível era o progresso de nosso barco. "Mantenha-o na esteira da lua", murmurou quietamente o *patron*, sentando-se pensativo nas pranchas da popa e procurando pelo cachimbo.

O ponto de parada dos pilotos com um tempo daqueles ficava uma ou duas milhas a oeste das ilhotas; quando nos aproximávamos do local, o barco que íamos substituir surgiu diante de nossa vista subitamente, a caminho de casa, atalhando negro e sinistro, sob uma vela sombria, a esteira da lua, enquanto nossa vela deve ter sido para eles uma visão alva e ofuscante. Sem alterar nosso curso em um fio de cabelo, deslizamos um pelo outro à distância de um remo. Um preguiçoso grito de saudação se elevou dele. Instantaneamente, como num passe de mágica, nossos entorpecidos pilotos saltaram sobre seus pés como um só corpo. Uma incrível babel de provocações eclodiu, uma tagarelagem jocosa, animada, que durou até as popas dos barcos se cruzarem, o deles agora todo

Um Registro Pessoal

iluminado com a vela cintilando diante de nossos olhos, o nosso escurecendo totalmente à sua visão, afastando-se deles sob uma vela sombria. Aquela extraordinária algazarra emudeceu quase tão repentinamente quanto havia começado; primeiro um deles se cansou e sentou-se, depois outro, depois três ou quatro juntos, e quando tudo se desfizera em murmúrios e risos guturais, uma vigorosa e persistente casquinada até então desapercebida se tornou audível. O encapuzado vovô se divertia muito dentro de seu capuz.

Ele não havia participado da gritaria de piadas e da agitação. Permanecera silencioso em seu lugar ao pé do mastro. Já me haviam informado que era marinheiro graduado de segunda classe (*matelot léger*) na armada que zarpara de Toulon para a conquista da Argélia no ano da graça de 1830. E, com efeito, eu havia visto e examinado um dos botões de seu velho capote castanho remendado, o único de latão do grupo desencontrado, chato e fino, com as palavras *Equipages de ligne* gravadas em cima. Aquele tipo de botão, acredito, deixou de ser usado com o último dos Bourbons franceses. "Guardei-o do tempo de meu Serviço Naval", explicou, balançando rapidamente a frágil cabeça de abutre. Era pouco provável que tivesse achado aquela relíquia na rua. Ele parecia velho o bastante para ter combatido em Trafalgar — ou, ter desempenhado, de alguma forma, seu pequeno papel ali como carregador de pólvora. Pouco tempo depois de sermos apresentados, ele me informou num jargão franco-provençal, murmurando tremulamente com a boca desdentada, que quando era um "garoto não maior que isto" tinha visto o Imperador Napoleão retornando de Elba. Era de noite, relatou vagamente, sem entusiasmo, num lugar entre Fréjus e Antibes, em campo aberto. Uma grande fogueira havia sido acesa ao lado da encruzilhada. A população de diversas vilas havia se reunido ali, velhos e jovens — crianças de colo inclusive, porque as mulheres tinham se recusado a ficar em casa. Soldados altos, vestindo grandes capotes peludos, formaram um círculo olhando silenciosamente para as pessoas, e seus olhares duros e imensos bigodes bastariam para manter qualquer um a distância. Ele, "sendo um menininho impudente", esgueirou-se para fora da multidão, arrastando-se de gatinhas até o mais perto que ousara das pernas dos granadeiros, e espiando por entre elas, distinguiu de pé, perfeitamente imóvel à luz da fogueira, "um sujeito baixo e gordo usando tricórnio, com um longo capote abotoado, um grande rosto pálido, inclinado sobre um ombro, parecendo um padre. Suas mãos estavam entrelaçadas nas costas... Parece que era o Imperador", comentou o Ancião com um leve suspiro. Ele o estava observando atentamente do chão quando "meu pobre

Um Registro Pessoal

pai", que estivera procurando desesperadamente o menino por toda parte, o agarrou e arrastou para longe, pela orelha.

O relato parecia uma recordação autêntica. Narrou-o inúmeras vezes, usando as mesmas exatas palavras. O vovô honrava-me com uma predileção especial e um tanto embaraçosa. Os extremos se tocam. Havia muito ele era o membro mais velho naquela Companhia, e eu era, se posso dizer, seu bebê temporariamente adotado. Ele era piloto havia mais tempo do que qualquer homem no barco podia lembrar; trinta-quarenta anos. Ele próprio não sabia muito bem, mas isto poderia ser verificado, sugeriu ele, nos arquivos do Escritório de Pilotos. Estava aposentado havia muitos anos, mas continuava saindo por força do hábito; e, como meu amigo, o *patron* da Companhia certa vez me confiou num sussurro, "o velhote não perturbava ninguém. Ele não atrapalha." Tratavam-no ali com rude deferência. Um ou outro fazia-lhe alguma observação insignificante de vez em quando, mas ninguém realmente dava atenção ao que ele tinha para dizer. Ele sobrevivera a seu vigor, sua utilidade, sua própria sabedoria. Usava compridas meias verdes de lã esticadas por cima da calça até acima dos joelhos, uma espécie de touca de dormir de lã sobre o crânio despelado e tamancos de madeira nos pés. Sem o manto de capuz, parecia um camponês. Meia dúzia de mãos se estendiam para ajudá-lo a subir a bordo, mas depois ele era abandonado a seus pensamentos. Evidentemente, ele jamais realizava trabalho algum, exceto, talvez, atirar uma corda quando chamado: "*Hé, l'Ancien!* Solte as adriças aí, ao seu lado" — ou algum pedido de fácil realização.

Ninguém dava a menor atenção às casquinadas no interior da sombra do capuz. Elas persistiram animadamente por muito tempo. Evidentemente ele conservara intacta a inocência de espírito, que é facilmente divertida. Mas quando sua hilaridade se esgotou, fez uma observação profissional com voz trêmula, mas confiante:

"Não dá muito trabalho numa noite assim."

Ninguém tomou conhecimento. Era um mero truísmo. Não se poderia esperar a atracação de qualquer embarcação numa noite preguiçosa de onírico esplendor e placidez espiritual como aquela. Teríamos que deslizar ociosamente de um lado para outro, mantendo nosso posto dentro do rumo estabelecido e, a menos que uma brisa fresca se levantasse com a aurora, aportaríamos antes do amanhecer numa ilhota a duas milhas de distância, resplandecente como um morro de luar congelado, para "fazer uma 'boquinha' e tomar um trago de vinho". Eu já me familiarizara com o procedimento. O valente barco, esvaziado de sua multidão, aninharia seu costado diretamente na rocha — tal é a mansidão do clássico mar

265

quando está de ânimo dócil. Feita a "boquinha" e engolido o trago de vinho — não era literalmente mais do que isto com gente abstêmia —, os pilotos passariam o tempo saltitando nas lajes de pedra salgadas e soprando os dedos enregelados. Um ou dois misantropos sentar-se-iam aparte, empoleirados em blocos de pedra como aves marinhas de hábitos solitários; os mais sociáveis tagarelariam ruidosamente em pequenos grupos gesticulantes; e sempre haveria um ou outro de meus anfitriões mirando o horizonte vazio com uma comprida luneta de latão, uma pesada peça de aparência criminosa pertencente a todos que passava de mão em mão o tempo todo com movimentos que pareciam golpes de martelo e bastonadas. Então, por volta do meio-dia (era o turno curto — o turno longo durava vinte e quatro horas), outra leva de pilotos nos substituiria — e rumaríamos para o velho porto fenício, dominado e vigiado da crista de uma árida colina de terra acinzentada pela listras brancas e vermelhas do edifício de Notre Dame de la Garde[24].

Tudo isto se passou como eu havia previsto na plenitude de minha experiência recente. Mas aconteceu também um imprevisto, algo que me faz recordar minha última saída com os pilotos. Foi nesta ocasião que toquei, pela primeira vez, no costado de um navio inglês.

A aurora não trouxera nenhum vento novo; apenas a incansável brisa fora ficando mais cortante à medida que o céu fora clareando e se tornando mais transparente do lado oriental, com uma luminosidade incolor e diáfana. Foi enquanto estávamos todos em terra, na ilhota, que um vapor foi localizado pela luneta, um ponto preto como um inseto pousado na linha sólida do horizonte marítimo. Ele emergiu rapidamente até sua linha de flutuação e foi se aproximando em marcha constante, um casco esbelto com um longo penacho de fumaça se afastando do sol nascente. Embarcamos às pressas e orientamos o barco na direção de nossa presa, mal conseguindo fazer três milhas por hora.

Era um grande vapor cargueiro de alta classe, de um tipo que já não se encontra nos mares, casco negro, superestruturas baixas e brancas, poderosamente equipado com três mastros e muitas vergas na proa; dois homens em seu enorme timão — não existiam engrenagens de direção a vapor naquele tempo — e, com eles, três outros na ponte, avolumados por grossas jaquetas azuis, rostos corados, cachecóis, bonés de pala — imagino que ali estavam todos seus oficiais. Há navios que encontrei mais de uma vez e conheço bem de vista, cujos nomes esqueci; mas jamais esqueci o nome

---

24) Basílica do século XIX, em estilo bizantino, no topo de uma íngreme colina.

daquele navio avistado uma única vez, há tantos anos, sob o translúcido esplendor de um frio amanhecer. Como poderia — o primeiro navio inglês cujo costado toquei! O nome — li-o letra por letra na proa — era *James Westoll*. Não é muito romântico, dirão. O nome de um muito considerável, famoso e universalmente respeitado proprietário de navio do norte da Inglaterra, acredito. James Westoll! Que melhor nome poderia ter um honrado e diligente navio? Para mim, a exata disposição das letras está viva juntamente com o sentimento romântico da realidade do navio tal como o vi flutuando, imóvel, retirando uma graça ideal da austera pureza da luz.

Estávamos então muito próximos dele, e, num impulso repentino, candidatei-me para remar o bote que largou imediatamente para colocar o piloto a bordo, enquanto nosso barco, balouçado pela aragem que nos acompanhara durante toda a noite, seguiu deslizando mansamente ao longo do extenso costado negro luzidio da grande embarcação. Algumas remadas nos emparelharam, e foi então que, pela primeira vez em minha vida, dirigiram-se a mim em inglês — a língua de minha opção secreta, de meu futuro, de longas amizades, das mais profundas afeições, das horas de labuta e de lazer, e, também, das horas solitárias, dos livros lidos, dos pensamentos perseguidos, das emoções relembradas — de meus próprios sonhos! E se (depois de ser assim moldado por ela naquela parte incorruptível de mim) não ouso chamá-la em voz alta de minha, então, de qualquer forma, a língua de meus filhos. Assim é que pequenos acontecimentos tornam-se memoráveis pela passagem do tempo. Quanto à qualidade do próprio comunicado, não diria que foi muito marcante. Curto demais para a eloqüência e carente de qualquer encanto sonoro, consistiu precisamente das duas palavras "Atenção aí", grunhida roucamente acima de minha cabeça.

Procedida de um sujeito grandalhão — ele tinha uma incômoda papada peluda — vestindo camisa de lã azul e calça folgada puxada muito para cima, até o nível do esterno por um par de suspensórios excessivamente vistoso. Como no lugar em que ele estava não havia amurada mas apenas um parapeito e suportes, pude dar uma olhada no conjunto de sua volumosa pessoa dos pés à copa alta de seu chapéu mole preto, assentada como um absurdo cone com aba sobre a vasta cabeça. O aspecto grotesco e maciço daquele marinheiro de convés (imagino que fosse isto — muito provavelmente o encarregado das lanternas) muito me surpreendeu. O curso de minhas leituras, sonhos e anseios pelo mar não me havia preparado para um irmão do mar daquele tipo. Jamais encontrei uma figura minimamente parecida com a sua, exceto nas ilustrações dos divertidos

Um Registro Pessoal

contos sobre barcaças e navios costeiros de W.W. Jacobs[25]; mas o talento inspirado do Sr. Jacobs para ridicularizar pobres marinheiros inocentes numa prosa que, embora extravagante em sua venturosa invenção, é sempre artisticamente ajustada à verdade observada, ainda não existia. Talvez o próprio Sr. Jacobs ainda não existisse. Quando muito, imagino, teria provocado o riso de sua pajem àquela época remota.

Portanto, repito, outras deficiências aparte, eu não poderia estar preparado para a visão daquela velha toninha rouca. O objetivo de sua mensagem concisa era chamar minha atenção para uma corda que ele balançava incansavelmente para eu agarrar. Peguei-a, embora isto não fosse realmente necessário pois o navio, àquela altura, tinha interrompido seu curso. Depois tudo se passou muito depressa. O bote encostou com um leve choque no costado do vapor, e o piloto, agarrando a escada de corda, havia subido metade do caminho antes de eu perceber que nossa tarefa de abordagem havia terminado; o tilintar dissonante e abafado do telégrafo da casa de máquinas chegava a meus ouvidos através da chapa de ferro; meu companheiro no bote me apressava dizendo "afaste-empurre com força"; e quando me apoiei no flanco liso do primeiro navio inglês que jamais toquei, senti-o pulsar sob a palma aberta de minha mão.

Sua proa guinou um pouco para oeste, apontando para o distante farol em miniatura do quebra-mar da Jolliette, difícil de distinguir contra a terra ao fundo. O bote chapinhou dançando no marulho da esteira espumosa e, virando o corpo em meu assento, acompanhei o *James Westoll* com os olhos. Não havia percorrido um quarto de milha quando hasteou o estandarte como exigem os regulamentos do porto para a chegada e partida de navios. Eu o vi subitamente trêmulo e reluzente em seu mastro. O Emblema Vermelho! Na atmosfera incolor, diáfana, que banhava as massas cinzentas e pardas do continente ao sul, as lívidas ilhotas, o pálido azul translúcido do mar sob o pálido céu translúcido daquele frio amanhecer, ele era, até onde a vista podia alcançar, a única mancha vivamente colorida — flamejante, intensa e, agora, minúscula como a pequenina faísca vermelha que o reflexo concentrado de um grande fogo acende no coração transparente de uma bola de cristal. O Emblema Vermelho — a simbólica, cálida, protetora tira de pano desfraldada sobre os mares, fadada a ser, por tantos anos, o único teto sobre minha cabeça.

---

25) William Wymark Jacobs (1863-1943), popular contista inglês.

APÊNDICE

A CONDIÇÃO DA ARTE*

Uma obra que aspire, embora humildemente, à condição de arte, deveria conter sua justificação em cada linha. E a própria arte pode ser definida como uma tentativa sincera de render o mais alto tipo de justiça ao universo visível, trazendo à luz a verdade, múltipla e una, subjacente a cada um de seus aspectos. É uma tentativa de encontrar em suas formas, suas cores, sua luz, suas sombras, nos aspectos da matéria e nos fatos da vida, o que é fundamental a cada um, o que é duradouro e essencial — sua qualidade esclarecedora e convincente — a verdade mesma de sua existência. O artista, pois, como o pensador ou o cientista, busca a verdade e faz seu apelo. Impressionado pelo aspecto do mundo, o pensador mergulha em idéias, o cientista em fatos — de onde emergem, em breve, fazendo seu apelo àquelas qualidades de nosso ser que melhor nos preparam para a arriscada aventura de viver. Eles falam autorizadamente a nosso senso comum, a nossa inteligência, a nosso anseio de paz ou a nosso anseio de desassossego; não raro a nossos preconceitos, às vezes, a nossos medos; freqüentemente a nosso egoísmo — mas sempre a nossa credulidade. E suas palavras são ouvidas com reverência, pois tratam de assuntos graves: o cultivo de nossas mentes e os cuidados com nossos corpos, a concretização de nossas ambições, a perfeição dos meios e a exaltação de nossos preciosos objetivos.

Com o artista, é diferente.

Confrontado com o mesmo espetáculo enigmático, o artista desce pelo interior de si próprio, e naquela região solitária de tensões e conflitos, se tiver merecimento e fortuna, encontrará os termos de seu apelo. Seu apelo é feito a nossas capacidades menos óbvias: àquela parte de nossa natureza que, pelas condições belicosas da existência, é necessariamente conservada escondida, dentro de qualidades mais rijas e resistentes — como o corpo vulnerável dentro de uma armadura de aço. Seu apelo é menos alto, mais

---

*) Prefácio a *O Negro do "Narciso"*.

profundo, menos nítido, mais excitante — e esquecido mais cedo. Seu efeito, porém, dura para sempre. O saber cambiante de gerações sucessivas descarta idéias, questiona fatos, demole teorias. Mas o artista apela para aquela parte de nosso ser que não depende da sabedoria: para aquilo em nós que é um dom e não uma aquisição — e, portanto, mais solidamente duradouro. Ele fala para nossa capacidade de deleite e admiração, para o senso de mistério que rodeia nossas vidas; para nosso senso de piedade, de beleza, de dor; para o sentimento latente de companheirismo com toda a criação — para a sutil, mas invencível, convicção de solidariedade que entrelaça a solidão de incontáveis corações, para a solidariedade nos sonhos, na alegria, no sofrimento, nas aspirações, nas ilusões, na esperança, no medo, que une os homens uns aos outros, que une toda a humanidade — os mortos aos vivos e os vivos aos que vão nascer.

É somente uma seqüência de idéias, melhor, de sentimentos assim que pode, em certa medida, explicar o propósito da tentativa, feita no conto que se segue, de apresentar um episódio agitado nas vidas obscuras de alguns indivíduos tirados da multidão anônima dos confusos, dos simples e dos sem voz. Pois se existe algo de verdade na crença há pouco confessada, fica evidente que não existe um lugar de esplendor, ou um canto escuro da Terra, que não mereça, quando menos, um olhar passageiro de admiração e piedade. O motivo, então, pode ser a justificativa do assunto da obra; mas este prefácio, que é simplesmente um reconhecimento de esforço, não pode terminar aqui — pois o reconhecimento ainda não está completo.

A ficção — se ela aspira a ser arte — apela para o temperamento. E, de fato, ela deve ser, como a pintura, como a música, como toda arte, o apelo de um temperamento a todos os incontáveis temperamentos cujo poder sutil e irresistível dota acontecimentos passageiros com seu verdadeiro significado, e cria a atmosfera moral, emocional, do lugar e do momento. Para ser eficaz, esse apelo deve ser uma impressão transmitida através dos sentidos; e, de fato, isto não pode ser feito de nenhum outro modo porque o temperamento, seja individual ou coletivo, não é sensível à persuasão. Toda arte, portanto, apela essencialmente aos sentidos, e a intenção artística, ao se expressar em palavras escritas, também deve fazer o seu apelo através dos sentidos, caso seu desejo maior seja atingir a mola secreta das emoções correspondentes. Ela deve aspirar ardentemente à plasticidade da escultura, à cor da pintura e à mágica sugestividade da música — que é a arte das artes. E é somente através da devoção completa e inabalável à perfeita combinação de forma e substância; e é somente através de um cuidado incessante e intimorato com a forma e o som das sentenças que se pode fazer uma aproximação da plasticidade e da cor, e a luz da mágica sugestividade pode ser trazida para brincar, por um instante evanescente sobre a superfície comum das palavras: das velhas, velhas palavras, desgastadas, desfiguradas por séculos de uso negligente.

O sincero empenho para realizar essa tarefa criativa, para ir o mais longe naquele caminho que suas forças lhe permitam, para avançar sem medo da fraqueza, do cansaço ou da censura é a única justificativa válida para quem trabalha em prosa. Se tiver a consciência limpa, sua resposta aos que, na plenitude de um saber que busca o proveito imediato, procuram especificamente ser edificados, consolados, divertidos; que procuram ser prontamente melhorados ou encorajados, ou assustados, ou chocados, ou encantados, deve dizer o seguinte: A tarefa que estou tentando realizar é, pelo poder da palavra escrita, fazê-los ouvir, fazê-los sentir — é, antes de mais nada, fazê-los *ver*. Isto — e nada mais, e isto é tudo. Se eu for bem-sucedido, vocês encontrarão ali, de acordo com seus méritos, encorajamento, consolo, medo, encanto, tudo o que pedirem — e, talvez, também, aquele vislumbre de verdade que se esqueceram de pedir.

Agarrar, num momento de coragem, da desapiedada corrida do tempo, uma fase passageira da vida, é apenas o começo da tarefa. A tarefa abordada com ternura e fé é segurar inequivocamente, sem cuidado e sem medo, o fragmento resgatado diante de todos os olhos, à luz de um ânimo sincero. É mostrar sua vibração, sua cor, sua forma; e, através de seu movimento, sua forma e sua cor, revelar a substância de sua verdade — desvendar seu segredo inspirador: a força e a paixão no âmago de cada momento convincente. Numa tentativa sincera desse tipo, se formos merecedores e afortunados, poderemos, talvez, atingir tal pureza de sinceridade que a visão apresentada de pesar ou piedade, de terror ou alegria, despertará enfim nos corações dos espectadores aquele sentimento de irrevogável solidariedade; da solidariedade na origem misteriosa, nas fadigas, na alegria, na esperança, na incerteza do destino que une os homens uns com os outros e toda a humanidade ao mundo visível.

É evidente que aquele que, certa ou erradamente, adere às convicções expressas acima não pode ser fiel a nenhuma das fórmulas provisórias de seu ofício. A parte duradoura delas — a verdade que cada uma apenas imperfeitamente oculta —, ele a deveria conservar como a mais preciosa de suas posses, mas todas elas — Realismo, Romantismo, Naturalismo, até mesmo o não oficial Sentimentalismo (do qual, como do pobre, só nos livramos com extrema dificuldade) —, todos esses deuses, depois de um curto período de amizade, haverão de abandoná-lo — mesmo na própria soleira do templo — às vacilações de sua consciência e à franca percepção das dificuldades de seu trabalho. Nessa alarmante solidão, o supremo grito da Arte pela Arte perde a excitante ressonância de sua aparente imoralidade. Ele soa distante. Deixou de ser um grito e é escutado apenas como um murmúrio, muitas vezes incompreensível, mas, às vezes, e fracamente, encorajador.

Às vezes, deitados confortavelmente à sombra de uma árvore de beira de estrada, ficamos observando os movimentos de um trabalhador num campo distante, e, passado algum tempo, começamos a imaginar languidamente o que ele pode estar fazendo. Observamos os movimentos de seu corpo, o balanço de seus braços; vemo-lo abaixar-se, endireitar-se, hesitar, recomeçar. Pode contribuir para o encanto de um momento de lazer ficar sabendo o propósito de seus esforços. Se soubermos que ele está tentando levantar uma pedra, cavar uma valeta, arrancar um toco, observaremos seus esforços com um interesse mais real; ficaremos predispostos a perdoar a dissonância de sua agitação com a placidez da paisagem; e, mesmo, se estivermos com uma disposição de espírito fraternal, poderemos perdoar a sua falta. Compreenderemos seu objetivo e, afinal, o sujeito tentou, e talvez não tenha tido a força — e, talvez, não tenha tido o saber. Perdoaremos, seguiremos nosso caminho — e esqueceremos.

E assim é com o trabalhador da arte. A Arte é longa e a vida é curta, e o sucesso fica muito distante. E assim, duvidando da força para chegar tão longe, falamos um pouco sobre o objetivo — o objetivo da arte, que, como a própria vida, é inspirador, difícil — obscurecido por névoas. Ele não está na lógica pura de uma conclusão triunfante; não está no desvelamento de um daqueles segredos cruéis chamados Leis da Natureza. Não é menos grandioso, apenas mais difícil.

Conter, durante o tempo de uma respiração, as mãos ocupadas no trabalho da Terra e compelir homens arrebatados pela visão de metas distantes a olhar, por um momento, para a cena circundante de forma e cor, de claridades e sombras; fazê-los parar para um olhar, um suspiro, um sorriso — esta é a finalidade, difícil e evanescente, reservada à realização de poucos. Mas, às vezes, pelos merecedores e afortunados, essa tarefa chega a ser realizada. E quando é realizada — vejam! —, toda a verdade da vida está ali: um momento de visão, um suspiro, um sorriso — e a volta a um repouso eterno.

Conrad (de pé, no centro) com companheiros a bordo do navio Torrens.

O Otago, *primeiro navio comandado por Conrad.*

Selo polonês comemorativo do centenário do nascimento de Conrad.

Retrato de Conrad com o uniforme de capitão da marinha mercante britânica.

Conrad, sua esposa, o filho mais velho e uma amiga, 1914.

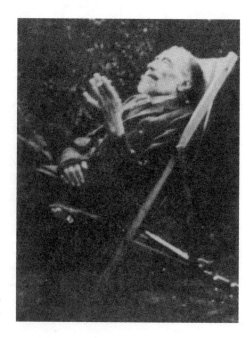

Conrad em junho de 1924, pouco antes de sua morte.

Na página seguinte: Joseph Conrad. Foto British Council.

CRONOLOGIA

1857 - 3 de dezembro: nasce Józef Teodor Konrad Nalecz Korzeniowski em Berdyczew, Polônia (sob domínio russo), de Apollo Nalecz Korzeniowski (nascido em 1820) e sua esposa, Ewelina Bobrowska, então com 26 anos.

1861 - Seu pai, poeta e tradutor, é preso em Varsóvia pelas autoridades russas acusado de participação no clandestino Comitê Nacional Polonês, organização patriótica contrária à dominação russa.

1862 - O pai de Conrad é condenado ao exílio em Vologda, Rússia; a esposa e o filho o acompanham.

1865 - Morre, em 6 de abril, a mãe de Conrad.

1866 - Conrad é enviado para morar com seu tio, Tadeusz Bobrowski, em Nowofastow, na Ucrânia polonesa. Depois vai para Kiev.

1868 - O pai recebe permissão para viver em Lemberg, Galícia. Conrad freqüenta ginásio ali.

1869 - Mudam-se para Cracóvia. Conrad freqüenta uma escola preparatória. O pai morre em 23 de maio. Tadeusz Bobrowski torna-se seu protetor.

1872 - Conrad recebe a liberdade de Cracóvia em consideração a seu pai. Não consegue obter cidadania austríaca. Informa o tio sobre seu desejo de ser marinheiro.

1873 - Viagem de férias à Alemanha, Suíça, Itália, com seu tutor, o Sr. Pulman. Vê o mar pela primeira vez em Veneza.

1874 - Deixa a Polônia e vai para Marselha onde se torna aprendiz de marinheiro na marinha mercante francesa.

1874-1875 - Empregado de Delestang and Sons, banqueiros e armadores. Aprendizado no *Mont-Blanc* em viagem de Marselha à Martinica e Le Havre.

1876-1877 - Participa do círculo *légitimiste* do banqueiro Delestang. Viaja às Índias Ocidentais na escuna *St.-Antoine*.

1877 - Compra uma participação na tartana *Tremolino* engajando-se no transporte ilegal de armas de Marselha à Espanha, para ajudar no levante Carlista em apoio a Don Carlos, pretendente ao trono espanhol.

1878 - Março: encerra desventurado caso amoroso e duela com o norte-americano J.M.K. Blunt; sai sem ferimentos graves. Seu tio vai a Marselha e paga suas dívidas. Abril: os russos recusam-se a prorrogar seu passaporte, pois Conrad teria que prestar o serviço militar. Não podendo permanecer na França, deixa Marselha no vapor inglês *Mavis* para Constantinopla. Em junho, chega à Inglaterra pela primeira vez no *Mavis*.

1878-1879 - Navega como marinheiro comum no *Skimmer of the Sea* na costa leste inglesa; no *Duke of Sutherland*, Londres-Austrália; no *Europa*, Londres-Mediterrâneo.

1880-1890 - Faz carreira como oficial do Serviço Mercante (terceiro imediato, 1880; imediato, 1883; capitão, 1886) nos navios *Loch-Etive*, Londres-Austrália; *Anna Frost*; *Palestine*, Londres-Oceano Índico; *Riversdale*, Londres-Madras; *Narcissus*, Bombaim-Dunquerque; *Tilkhursy*, Hull-Cardiff-Cingapura; *Vidar*, Cingapura-Bornéu; *Melita*, Cingapura-Bangcoc; *Highland Forest*, Amsterdã-Java; *Otago*,Bangcoc-Sydney-Maurício-Port Adelaide, e outros.

1886 - Torna-se súdito britânico em 19 de agosto. Passa no exame para Capitão Ordinário da marinha mercante inglesa.

1890 - Navega no *Ville de Maceio*, a serviço da Société Anonyme Belge pour le Commerce du Haute-Congo, da França ao Congo Belga. No *SS Roi des Belges* subindo o rio Congo, fica doente de disenteria, febre e gota.

1891 - Administra armazéns da Barr, Moering and Co. na margem do Tâmisa, Londres.

1891-1893 - Imediato no *Torrens*, clíper de passageiros, Plymouth-Adelaide-Cidade do Cabo-Santa Helena-Londres, onde conhece John Galsworthy que se torna seu amigo.

1893-1894 - Segundo imediato no *Adowa*, Londres-Rouen-Londres, onde encerra sua carreira de marinheiro em 14 de janeiro de 1894.

1894 - Fevereiro: morre seu tio Tadeusz Bobrowski. Abril: termina o rascunho de *Almayer's Folly* (*A Loucura de Almayer*), iniciado em 1889 e escrito em viagens e portos de 1889 a 1895. Conhece Edward Garnett, crítico literário com quem estabelece amizade para toda a vida.

1895 - *A Loucura de Almayer* é publicado em Londres, onde vive no número 17 da rua Gillingham.

1896 - Publicação de *An Outcast of the Islands* (*Um Proscrito das Ilhas*). Casa-se em 24 de março com Jessie George, nascida em 1873. Monta residência em Uvy Walls, Stanford-le-Hope, Essex.

1897 - Publicação de *The Nigger of the "Narcissus"* (*O Negro do "Narciso"*). Conhece Henry James. Inicia amizade íntima com R.B. Cunningham Graham.

1898 - Nasce Borys Conrad. Publicação de *Tales of Unrest* (*Contos de Desassossego*: "Karain"; "Os Idiotas", "A Guarda Avançada do Progresso", "O Retorno", "A Lagoa"). Inicia colaboração com Ford Madox Hueffer (depois F.M. Ford). Aluga uma casa de campo ("The Pent") em Kent, perto de Ashford. Amizade com Stephen Crane.

1899 - Conclui "The Heart of Darkness" ("O Coração das Trevas"). J.B. Pinker torna-se agente literário de Conrad. Divide o prêmio *The Academy* de 150 guinéus por *Tales of Unrest* (com Maurice Hewlett e Sydney Lee).

1890 - Publicação de *Lord Jim*.

1901 - Publicação de *The Inheritors* (*Os Herdeiros*), escrito em colaboração com Ford Madox Hueffer [Ford].

1902 - Publicação de *Youth and Two Other Stories* (*Juventude e Duas Outras Histórias*: "Juventude", "O Coração das Trevas", "O Fim da Peia").

1903 - Publicação de *Typhoon and Other Stories* (*Tufão e Outras Histórias*: "Tufão", "Amy Foster", "Falk", "Amanhã") e *Romance* (em colaboração com Ford).

1904 - Publicação de *Nostromo*. Jessie Conrad fere o joelho e fica parcialmente incapacitada para o resto de sua vida.

1905 - Recebe pensão da *Civil List* por instigação de William Rothenstein e Edmund Gosse. Viagem de quatro meses pela Europa continental. Escreve *Autocracy and War* (*Autocracia e Guerra*).

1906 - Conhece Arthur Marwood que se torna seu amigo mais íntimo. Nasce o filho John Alexander. Publicação de *The Mirror of the Sea* (*O Espelho do Mar*).

1907 - Os Conrad mudam-se para The Someries, perto de Luton, Bedfordshire. Publicação de *The Secret Agent* (*O Agente Secreto*).

1908 - Publicação de *A Set of Six* (*Um Conjunto de Seis*: "Gaspar Ruiz", "O Informante", "O Bruto", "Um Anarquista" , "O Duelo", "Il Conde").

1909 - Desentendimento com Ford. Os Conrad mudam-se para uma casa de campo em Aldington.

1910 - Completa *Under Western Eyes* (*Sob os Olhos do Ocidente*) e sofre colapso nervoso. Depois de se recuperar, mudam-se para Capel House, Orlestone, perto de Ashford, Kent.

1911 - Publicação de *Under Western Eyes*.

1912 - Aparece *Some Reminiscences* (*Algumas Reminiscências*), posteriormente renomeado *A Personal Record* (*Um Registro Pessoal*), em forma de livro. Publicação de *Twixt Land and Sea* (*Entre a Terra e o Mar*: "Um Sorriso da Fortuna", "O cúmplice secreto", "Freya das Sete Ilhas").

1913 - Publicação de *Chance* (*Chance*).

1914 - Visita a Polônia com sua família onde fica retido pela guerra de agosto; é ajudado a sair pelo embaixador norte-americano na Áustria; volta à Inglaterra em novembro. *Chance* alcança grande sucesso.

1915 - Publicação de *Within the Tides* (*Dentro das Marés*: "O Plantador de Malata", "O Sócio", "A Pousada das Duas Bruxas", "Por Causa dos Dólares").

1916 - Visita estações navais no Mar do Norte a convite do Almirantado.

1917 - Publicação de *The Shadow-Line* (*A Linha de Sombra*).

1919 - Publicação de *The Arrow of Gold* (*A Flecha de Ouro*). Os Conrad mudam-se para Oswalds, Bishopsbourne, perto de Canterbury.

1920 - Publicação de *The Rescue* (*O Resgate*). Adapta para o teatro *O Agente Secreto*.

1921 - Publicação de *Notes on Life and Letters* (*Notas sobre a Vida e Cartas*). Visita a Córsega com a esposa.

1923 - Conrad visita os Estados Unidos. Última viagem marítima. Faz uma leitura de seus livros (*Vitória*) na casa da Sra. Arthur Curtiss James. Publicação de *The Rover* (*O Errante*).

1924 - Recusa o título de cavaleiro. Morre subitamente de ataque cardíaco em 3 de agosto, em Oswalds. É enterrado em Canterbury. Publicação de *The Nature of a Crime* (*A Natureza de um Crime*), escrito em colaboração com Ford.

1925 - Publicação de *Tales of Hearsay* (*Contos de Ouvir Dizer*: "A Alma do Guerreiro", "Príncipe Roman", "O Conto", "O Imediato Negro") e *Suspense* (romance inacabado).

1926 - Publicação de *Last Essays* (*Últimos Ensaios*).

1928 - Publicação de *The Sisters* (*As Irmãs*), início de um romance.

OUTROS TÍTULOS DESTA EDITORA

ALGUMAS AVENTURAS DE SÍLVIA E BRUNO
Lewis Carroll

AURÉLIA
Gérard de Nerval

CENTÚRIA - CEM PEQUENOS ROMANCES-RIO
Giorgio Manganelli

A CIDADE AUSENTE
Ricardo Piglia

CONTOS CRUÉIS
Villiers de L'Isle-Adam

CONTOS FRIOS
Virgilio Piñera

A CRUZADA DAS CRIANÇAS
Marcel Schwob

EM BREVE CÁRCERE
Sylvia Molloy

AS FERAS
Roberto Arlt

FORDLÂNDIA
Eduardo Sguiglia

FUGADOS
José Lezama Lima

A INVASÃO
Ricardo Piglia

O MENINO PERDIDO
Thomas Wolfe

MORALIDADES LENDÁRIAS
Jules Laforgue

NOME FALSO
Ricardo Piglia

NOS MARES DO SUL
Autobiografia de um viajante
Robert Louis Stevenson

OCEANO-MAR
Alessandro Baricco

PRISÃO PERPÉTUA
Ricardo Piglia

RESPIRAÇÃO ARTIFICIAL
Ricardo Piglia

O TREM E A CIDADE
Thomas Wolfe

O VIDRINHO
Luis Gusmán

WASABI
Alan Pauls

Este livro terminou
de ser impresso no dia
25 de janeiro de 2002
nas oficinas da
Book RJ Gráfica e Editora,
em São Paulo, São Paulo.